镜子背后的女人

毛国聪 ◎ 著

浙江工商大学出版社

图书在版编目（CIP）数据

镜子背后的女人 / 毛国聪著 . — 杭州：浙江工商
大学出版社，2018.5（2018.7重印）

ISBN 978-7-5178-2728-3

Ⅰ . ①镜… Ⅱ . ①毛… Ⅲ . ①长篇小说—中国—当代
Ⅳ . ① I247.5

中国版本图书馆 CIP 数据核字 (2018) 第 075333 号

镜子背后的女人

毛国聪 著

特约策划	孙　侃	
责任编辑	唐　红　郑　建	
封面设计	林朦朦	
责任印制	包建辉	
出版发行	浙江工商大学出版社	

（杭州市教工路 198 号　邮政编码 310012）

（E-mail：zjgsupress@163.com）

电话：0571-88904980，88831806（传真）

排　　版	庆春籍研室
印　　刷	杭州五象印务有限公司
开　　本	710mm×1000mm　1/16
印　　张	25.5
字　　数	390 千
版 印 次	2018 年 5 月第 1 版　2018 年 7 月第 2 次印刷
书　　号	ISBN 978-7-5178-2728-3
定　　价	49.00 元

穿越灵镜，天地重生

感动，震撼，这是我读完这部长篇小说后最深刻的感受。这是两个似已用旧了的词语，但在掩卷回味、欲罢不能之际，一时间唯有这样明白晓畅的文字才可略微表达我的内心。感动，是因为以邝放为代表的各个书中人物有血有肉、有正有邪、有得有失，每个人的境遇和结局都能让你感慨万端，悲欢离合、生死存亡的情节更是教人沉湎其中，难以自拔；震撼，一是因为一唱三叹、光怪陆离的故事，二是因为整个作品独辟蹊径的叙事方法和酣畅淋漓的语言风格。读完这部作品，笔者几十年的阅读经验受到了极大的颠覆，忍不住研读再三，仍惊惋于它胆敢"冒犯"传统的独特理念，惊惋于它"重塑"小说创作技法的诸多探索，这是真的。

不消说，《镜子背后的女人》集中了众多吸引眼球的叙述元素：灵魂的镜子，忘情男女，大地震，官场沉浮，困兽犹斗，生死拷问，神秘的失踪，没有结果的苦苦搜寻……各具亮点和叙述价值的故事点巧妙组合，反复衍生，这座名曰广都的城市里由此上演一场场好看的大戏，淫邪与激情，梦幻与现实，坚守与退却，争夺与放弃，环环紧扣的故事终于在大地震猝然发生时登上巅峰：正经受不公命运的主人公对爱人不惜生命的寻找，身心"托体同山阿"般的与自然山水相融，所有社会矛盾在沧海桑田巨大变迁面前相形见绌，它昭示出人类力量与大自然力量的纠缠，才是推动世事演变和社会发展的根本规律。

这显然是一次不无冒险的文学抒写，各式人物、繁复事件、丰富意蕴和多条叙述线索一次次令创作难度加码。笔者在阅读到某些段落时，经常替作者捏一把汗：把人物逼到这一角落，怎样方可起死回生？情节发展已延衍至如此远处深处，怎般又方能重新拉回？不得不钦服的是，睿智的作者在竭力把故事说"圆"、让情节按情理推进的同时，竟又特意抬高创作难度指数，完美的人事设置和意义投射，使整部小说的叙事始终如"走钢丝"一般在高位运行：在祸福叵测的官场，真性情的邝放万般执拗独善其身，男女主人公的患难挚情在世俗的围剿中抵死突围，强烈的生命意识因惨烈大地震而进入哲学层面，邝放与旷野、邝勇的明暗角色安排合辙于镜子的隐喻，奋协会长和镜子姑娘的不时现身成为叙事之复调……当我们撩开情节细节密匝的帷幕，在纵深处窥见的并非简单的人物命运，更关键的则是难以尽言的人间真理和不可违逆的宇宙法则。多个向度、多重含意的人物、故事及其背景，这才是作者小说的妙处。显然，作品要达到这一高度，首先建立在作者对万千世相的透辟了解和对文学创作技法的深切体悟之上。

　　所有的镜子都是一种要命的武器，作者在小说里如是说。正如依倩对邝放的信中所言："你的肉体在这个世上生活，而你的灵魂却躲在镜子背后。"由此可知，镜子可以照见世间万物，却往往把人作为捕捉对象；镜子虽能照见人的肉体，却对被肉体所掩盖的灵魂无能为力；而一个善于把灵魂躲藏于镜子背后的人，其曾经的遭际、现时的困厄、未来的疑惑，三言两语又怎能说清？或许是一种无奈，更是一种抵抗，镜子由此成了躲藏者隐匿自身、麻痹对方的有力武器，邝放和依倩何尝不是如此。

　　而大地震在这部作品中又承担了怎样的角色？这同样是一个值得探究的问题。地震是在毁灭凡间还是在让天地重生？是不可名状的激愤还是不可避免的调适？是绝望的终点还是希望的起首？在小说的后半篇，作者对此进行了不乏感性更不乏理性的探讨："我们会因为天灾而伤心，更会为人祸而痛苦。如果连这么大的地震都震落不了我们的眼泪，震不开我们的嘴，震不出我们的心里话，那我们真的无可救药了……"这段文字说明，作者把大地震当成了一个人类与大自然猛烈交集的关键节点，这是一个让人类彻底袒露内心、彻底宣泄情感，并彻底荡涤人类污垢的千载难逢的节点。生命的万般脆弱，所揭示的并不仅仅是生死无常，也道出了宇宙内在的真相；荒谬世事此时此刻顿时显得极度可笑，丑恶真善也在天摇地裂之际得以澄清。邝放在废墟中苦苦寻找依倩，其目的已不单是寻找某个特定的人，而他伸展四肢、仰躺于沟壑之间，企图与山体融为一体，"成为盘古"的行为，正是借助这一特殊节点，重新认知大自然，并在天地间占有并明确人类的位置。

作者在作品中还细致描绘了一场梦境，这场拥有完整故事的梦境能让我们集中感知沉浸于复杂世事的邝放，所陷入的那番困境以及试图摆脱困境的某种努力，这一梦境把主人公的不羁挣扎，描述得更为清晰，这或许就是这部作品的"文眼"：在这个古怪的梦中，"我"被命令赶往某地去修理一部大机器，这部大机器是花了无数思想智慧、心血肉体和地球资源造成的，而它的动力是生生不息前赴后继的地球生物——人。当这部机器出了毛病，前去修理的"我"进入机器内部时，不仅发现修复的巨大难度，且自身一时也无法从中脱身。惊惧过后，唯有与机器搏命方能杀出一条血路，而当"我"终于发现机器故障的源头——一个大洞后，果断地从那儿冲了出来，成了一个肉丸子，并以血肉堵住了洞口、缝合了窟窿，机器方才重新运转。挣扎也好，躲藏也罢，说到底，其行为指向仍是以一己之力补洞堵漏，惊醒世人。不能说这是唐吉诃德大战风车般的不识时务、不自量力，相反，我们这个时代，缺的正是这种"唯有搏命方能杀出一条血路"的勇气和"及时发现机器故障源头"的智慧。

必须提到的还有作者那汪洋恣肆的语言表达和意象轰炸："……圈圈盼望的敲门声还没有响起，邝放已动了让他下岗待业的念头。一个大男人，整天呆在厨房里，让人一闻，一点隐私都没有，还有侮辱大款的嫌疑。如果战争大得让女人走开，厨房就该小得让男人进不去。""……不能像逻各斯写了几篇读后感议论文、翻译了一些唐诗宋词和古语圣言就自诩作家。不能像宽巷子里的行为艺术家，涂满金粉、摆个动作，胡乱放些破铜烂铁，就是装置艺术。也不能像贾刚谋导演，弄些修饰过的影子和恶搞桥段就妄想观众掏钱买票。更不能像相扑大师，以体量来吓唬人。"这样的句段在整部作品中俯首可拾，这也是这部作品堪称"景观"的一大特色。而他在情节安排、细节铺陈、人物描摹时的随意、放松，尤其是叙述进程中的跳跃、断续，在我看来，如此这般的率性和机趣，同样是他在小说创作中的一种个性追求。

作品主人公邝放的原型是否即是国聪？两者究竟具有多少相似度？作者若非邝放，岂是隐于邝放背后之旷野？这些问题，在我通读整部作品的过程中一直纠缠着我。对高洁品格的自觉修炼，对官场肮脏现象的拒斥，对纯洁爱情的追索，对粗鄙事物的厌弃，以及对小说创作的迷恋，这些方面都强烈地显现了邝放鲜明的个性，都表明了他的人生追求，事实上，在我印象中，这些秉性同样体现在作者身上。所谓"文如其人"，文章格调与作者人格的相合，即为其意之一。尽管小说的人物难免艺术化、理想化，但什么样的作家写什么样的作品，什么样的作品输出什么样的能量，之间无疑存在巨大的关联。

有幸作为这部长篇新作最早的读者之一，我再次为作者的文学功底所折服。其实，虽然直至最后我都未能推辞掉作者请我作序的邀约，心中却一直惴惴不安，生怕拙劣的解读不但未能道尽作品真意，还曲解了作者的创作原意，误导了读者应有的阅读感受。我实在缺乏为这部当代优秀小说担纲序言作者这一重要角色的能力，在此向作者和广大读者乞谅，这份恳求同样是真的。

是为序。

孙侃

2018 年 4 月 5 日

（孙侃，中国作家协会会员，著名文学评论家、报告文学作家。已出版长篇报告文学、人物传记、散文集等专著 40 余种，并数次获国家级、省级文学奖等重要奖项。）

镜子背后的女人

目 录

从此以后，他逐渐练就了一身虚与委蛇的闪避功夫，躲饭局，躲麻将纸牌，躲交往应酬，躲那些与他鼻子不合的人和事。他沉默寡言，守口如瓶，把自己刻意藏在肚子里。他既不推崇沉默的价值，也不害怕"一出声便俗"，而是担心一说话就把自己放出来。

习惯只是长期顺从的沉淀物，害怕存在感被抹去的虚幻徒劳。强烈的存在感，是群居动物的特性。他们喜欢被看见、被注视，那是种奖赏、荣耀。他们一生都在渴望公众目光，一辈子甘愿活在他人眼里。

镜子背后的女人

朱玉最瞧不起邝放这种模棱两可、躲躲藏藏的样子，这比邝放的不忠更让她愤怒。邝放回来之前，她希望他理直气壮地否认，暴跳如雷地咒骂那些心术不正诽谤污蔑他的家伙，甚至不在乎把自己归入陷害者行列。

因为灯光，黑暗成了广都可爱的背景和点缀，连白天的雾霾都经受不住灯光的照射而无影无踪。灰暗破旧的广都棚户区已被灯光改变，广都人的生活因此而发生了不可思议的变化。贫穷有了色彩，痛苦充满了浪漫。

邝放之所以最后同意离婚，就是要把朱玉、儿子和曾经的家作为躲藏对象。他不见依倩，也是想把依倩作为躲藏对象，从而实现躲藏整个世界的梦想。他躲起来，只是不愿伤害别人，不想让自己受伤。

把他变成漂亮的小妞，往死里泡……邝放灵光一闪，终于找到一种诗情画意的办法——继续写奋协会长。他信心十足地认为在两百字之内就能灭了他。可一想到自己跟他毕竟相处了这么久，心一软，决定在一千字内干掉他。

从商场回来，依倩多次站在卧室门口，呆呆地望着熟睡的旷野。她不想打扰他，她要让他好好睡一觉，直到他自己醒来。可她又想躺上床，跟旷野一起进入梦乡。她觉得，两个人一起在梦里，就是爱情。

他本想走出激昂悲壮，瞬间离开广都。可直到走出孤独寂寞，也没能走出广都。在这个越来越庞大的城市里，他一直不停地寻找自己的位置，可至今依然悬置着，犹如水中浮萍，无法给自己定位。

第十二章 / 293

我不想打电话，也不想发邮件。经过电脑处理的文字，就像无限复制的商品，一样的味道，一样的面孔。机器永远不会在乎所谓的思想智慧、伦理道德。能唤起记忆的真情实感，须用可触摸的笔和纸来书写，经电脑过滤的情感没有水分。

第十三章 / 315

那时的邝放正在三娥山上，半躺半卧在帐篷里，迷迷糊糊地纠结着外面的风风雨雨。他啥都想到了，就是没有想到自己成了左邻右舍的话题，在帮他们互相安慰、驱散恐惧、打发漫漫长夜。这是真的。邝放能躲过地震，却躲不了人们的口舌和想象力。

第十四章 / 329

他闭上眼睛，静静地蜷缩在母亲体内，他又成了母亲的儿子。他从母亲怀里离开，最终又回到了母亲怀里。母亲是他的出生地，也是他的最后归宿。母亲用行为向他诠释了"我们从哪里来，到哪里去"的终极命题。

第十五章 / 355

他在汹涌澎湃的大海里挣扎漂泊。就在他筋疲力尽即将沉溺时，突然看到一只木鼓向他飘来。他钻进木鼓，整个世界一下子安静下来。他婴儿般躺在晃晃悠悠的摇篮里。当轰隆隆的鼓声骤然响起时，他钻出木鼓，伸直蜷缩的腰。灿烂的阳光洒满大地。

第十六章 / 373

余震不断。世界仍在恍惚。可再也没有人把它们与纳音大地震联系在一起。人们相信，纳音大地震已经永远过去。纳音大地震只在记忆、书本、影视、网络游戏和云端，以大数据和幻影的形式偶尔再现。

后记 / 392

镜子背后的女人

第一章

从此以后，他逐渐练就了一身虚与委蛇的闪避功夫，躲饭局，躲麻将纸牌，躲交往应酬，躲那些与他鼻子不合的人和事。他沉默寡言，守口如瓶，把自己刻意藏在肚子里。他既不推崇沉默的价值，也不害怕"一出声便俗"，而是担心一说话就把自己放出来。

1

　　第一次走进广都城区，邝放发现自己的鼻子特别敏感。空气里稍有异物，就鼻塞、喉咙发痒，不停咳嗽、打喷嚏。他的鼻子能分辨几十种动植物气味的细微差异，无须导航就能准确无误地把他带到他想去的地方。一旦有人进入视野，他就能闻到人的味道，并以此决定是握手还是躲避。多年来，他都以气味来确定自己的好恶，通过鼻子来认识和判断这个世界。

　　那时的邝放以为自己的鼻子将在这个社会发挥重要作用，仅靠鼻子就能干出一番事业。被选派到清水县任副县长期间，因为反对引进有异味的企业，成为他离开清水县的诱因。当天晚上，他在办公室里龙飞凤舞地写了一幅没有落款没盖印章的毛笔字"体味人生"，并精心装裱后挂在墙上。从此以后，他逐渐练就了一身虚与委蛇的闪避功夫，躲饭局，躲麻将纸牌，躲交往应酬，躲那些与他鼻子不合的人和事。他沉默寡言，守口如瓶，把自己刻意藏在肚子里。他既不推崇沉默的价值，也不害怕"一出声便俗"，而是担心一说话就把自己放出来。在不得不出现的场合，他宁愿默默无闻地躲在角落阴影里。他希望别人对他视而不见，最好是根本看不见他。

　　邝放从小就有躲藏天赋，喜欢跟小伙伴玩躲猫猫游戏，能随口说出一万个躲藏的地方。他躲起来，几乎没人能够找到他。他曾经藏在月亮上砍桂花树，躲在星星里睡大觉。邝家山如此之大，天空如此之高，世界如此丰富多彩，想躲就能躲，想藏就能藏，没有什么大不了的。

　　第一个让邝放心醉神迷的躲藏地是书，是费成文送给他的图画本《西游记》。父亲四处找他挖地种豆，母亲即使知道他在哪里看书，也总是说："我没看见。"好像他一看书，母亲就看不见他了。有一天，他好奇地问母亲："你真的看不到我吗？"母亲摸了摸他的脑袋，微微一笑："你在看书，我咋看得到你？"

邝放以为书真的能把自己藏起来。躲进书里，就像藏在母亲怀里，他感到惊奇、温暖、安全。他相信世界上有无数神秘的隐形人，比他看到的有形人多。纳音大地震后他才明白，那是因为隐形人根本不屑世人知道他们的存在。

四十年前的腊月初五，邝放出生在邝家山的一间木屋里，与他的孪生兄弟邝勇相差几分钟。

邝家山距广都市中心一百一十三公里。在海拔一千六百八十七米的地方，有个泉眼，当地人叫它龙王泉。一年四季，冰凉的泉水汩汩涌出，在半山腰流出一方难得的台地、一片丰美的水草、比白云还多的牛羊。龙王泉流到邝家坝就不肯离开，盘桓成了一汪清澈的池塘。当地人把这池塘叫作邝家堰，把那条小溪叫作邝家河。多年以前，邝放的祖先在邝家河流经村子的地方，建造了一溜堤坝、一台水车、一座水磨坊，在邝家河两岸修房造屋，一代一代守着邝家河、邝家坝、邝家山。

邝放的父亲邝直，一辈子只有一次出了邝家坝。在75岁那年的2月29日上午10时整，他被人穿戴整齐地装进柏木棺材，停放在院坝中间。从父亲闭上眼睛停止呼吸那刻起，母亲就没喝一口水、吃一点东西、说一句话。出殡前，邝放把母亲扶到堂屋门口阶沿边的木椅上坐下。母亲双手平放在膝盖上，静静地望着夯土墙边的格桑花，直到所有的送葬人回来，都没动一下身子。这是她与丈夫分开时间最长的一次。

清晨的阳光刚刚穿透浓雾，端公邓世如就准时出场了。他是邝家坝地区最神秘的人，大人、孩子都对他充满了好奇和尊敬。他让生者既感到恐惧又感到安慰。再大胆的人也不敢对他有丝毫腹诽，只知恭恭敬敬、不折不扣地遵循他的一言一行。

邓世如身着星冠羽衣，踏罡步斗，在棺材前摆好罗盘、八卦、令牌、阴阳镜、桃木宝剑等法器，开始驱鬼逐魔，为邝直打通阴阳两界，开辟通往天堂之路。他点香烧纸，洒酒祭肉，手持黄纸符箓，嘴里念念有词，一会儿哼哼唧唧，一会儿咿哩哇啦，一会儿喃喃自语，好像在跟什么看不见的东西对话。那声音时而低沉，时而激昂，时而让人毛骨悚然，时而让人如坐云端。他的一招一式，吓得山风不再放肆，整个世界鸦雀无声。此时的他成了世界的绝对主角、一个伟大的演员，把祈求、争执、绝望、悲伤、欣喜表演得淋漓尽致，把周围的所有观众带进了他营造的情景里如痴如醉、无法自拔，要哭而不敢哭出声，想笑而不敢露齿。

所有的人或坐或站，紧张地望着他飘忽的身影，不敢移动半步。他们好像不是来参加邝直的葬礼，而是专门来观赏邓世如的表演。

邓世如在院坝中间手舞足蹈，高举桃木宝剑，向东南西北舞了六十四个金色光圈后，示意邝放把早已准备好的金色大公鸡给他。邓世如抓住公鸡的翅膀，刚才还乱叫的公鸡突然无声无息。他双手捧着公鸡，在棺材前恭恭敬敬地拜了三拜，然后，使劲掐了一下鸡冠，扯下一片鸡毛，在鸡冠上蘸上鲜血，把鸡毛"啪"的一声粘贴在棺材上，又随手把公鸡撂在地上，表示出丧时辰到了。

公鸡丢了魂似的呆头呆脑，趴在青石板上不再扑腾。

领头抬匠一声吆喝，八个大汉便抬起棺材，由邓端公开道引路，在江春发的乐队陪伴下，慢悠悠地穿过邝家堰，绕过鹿溪河、王家湾、程家沟、断头崖，大汗淋漓地爬上了邝家山。那是邝直一辈子最风光、最享受的一次。纳音大地震发生前，他依然安静地躺在老屋后山的墓地里。

邝直的葬礼热闹异常，全村人都到了。送葬队伍踏云踩雾，绵延差不多一公里。邝放非常难过，不仅因为死者是自己的父亲，也因为自己正端着灵牌、领头把父亲送上山土葬。一路上，离开送葬队伍，恨不得代替父亲去死的念头一直缠绕在他心里。在纳音大地震灾区寻找父母坟墓时，他老是听到嘈杂的声音重复一句话："就是你，埋葬了你的父母。"

江吹吹是江春发的绰号，邝直的发小，邝家坝的歌唱家。他的拿手好戏是哭丧。他虽然没上音乐学院接受过专业训练，没走过星光大道，也没参加过超级男声比赛，但他的歌喉足以让不愿意去阎王殿的人起死回生。改革开放那年，他组建了向天公司，自任董事长，民间说法是邝家坝丧乐队，邝家坝地区最著名的文化娱乐公司。在纳音镇各类婚丧嫁娶活动中，人们都会看到他们耀眼的身影。向天公司成立当天就接到一笔业务，卧床多年的邝大爷升天了。随后，江吹吹的业务源源不断，使他无法分身进军如火如荼的房地产行业。

邝直74岁生日那天，江吹吹笑嘻嘻地对邝直说："你死后，我要免费送你上山。"在广都雾霾第一次飘至邝家山的那天中午，江吹吹因肺气肿不得不收起心爱的唢呐。当年秋天的一个黄昏，他气喘吁吁地跟邝直说："看来只有你送我上山啰。"

听说邝直死了，江吹吹突然来了精神，擦去唢呐的斑斑锈迹。出殡那天，他换上伴随他几十年的行头，精神抖擞地走在送葬队伍后面，在锣鼓、铙钹和歌唱家的积极配合下，一路卖力地吹着《祝你一路顺风》《偏偏喜欢你》《把悲伤留给自己》《朋友别哭》《在希望的田野上》《人生何处不相逢》等歌曲。不管是欢快的还是悲伤的，他把平生吹过的丧葬歌都吹了一遍，好像不是在为邝直吹，而是在为自己提前吹。惊天动地的唢呐声，彻底淹没了邝放的抽泣和亲朋好友的恸哭。当天晚上，江吹吹得意地跟老婆说，今天是他吹得最起劲的一次。第二天早晨，他老婆喊他吃饭，才发现他已僵冷地躺在床上，再也没有爬起来。

费成文的父亲费通晓是画家，母亲方妮是诗人。费成文7岁那年暑假，他父母带着他，蹚过清澈的鹿溪河，翻过雄伟的三娥山，深入山清水秀的邝家坝采风，教儿子画画，在邝直家里吃住了差不多两个月。这是邝家第一次接待一家子陌生人。

邝直突然看到西装革履的费通晓和前凸后翘的方妮，感到惊奇和不解。费通晓和方妮对居然能亲眼看到从画中走出来的人物、发现线装书里失落的桃花源，也感到不解和惊奇。直到他们都去了另一个世界，彼此间的新奇和不解依然没有消除。在那两个月里，他们互不打扰，好像有距离的两条平行线。

邝直经常跟老婆抱怨费通晓把他们的儿子带走了。费通晓离开邝家坝的前一天，硬把6岁的邝放两兄弟从牛背上撺掇下来，苦口婆心地劝说邝直把两兄弟一起送进十里外的邝家坝小学——一间不足一百平方米的土坯房里读书。邝直觉得他家穷，供不起两兄弟同时读书，最后勉强同意送一个去上学。定居广都市区后，邝放回老家的次数越来越少。邝放第一次戴着眼镜回家，邝直以为又来了一个陌生人。他母亲张淑华也百思不得其解，自己怎么会生出一个戴眼镜的东西。邝放每回来一次，邝直觉得那不是自己儿子的感觉就强烈一次。在纳音大地震灾区寻找依倩的路上，邝放羡慕自己的父母。他们在邝家坝安静地出生、成长、生活，最后平静地在老屋里寿终正寝，连惊天动地的纳音大地震对他们都毫无影响。

邝放看到费成文的图画书，就闻到了一股从来没有闻过的神秘味道。他后来才知道那是翰墨香味。当天晚上，他做了个迷迷糊糊的梦，梦见费成文的身体里堆满了书，还散发出一缕奇特光芒。望着摇曳的煤油灯，他发誓要读书，让自己未来的身体也能发出那种光芒。

分别时，费成文慷慨地要把图画书《西游记》送给邝放两兄弟。费通晓和方妮非常赞同，只是觉得书太少，又没有摄像机、记者和领导，就打消了举行捐赠仪式的念头。邝直对此不屑一顾，邝放却心花怒放，张淑华打心眼里为儿子感到高兴。

在村口的断头崖下，邝勇偎在母亲身边，像第一次见到费成文他们一样安静、好奇，眼里飘着洁白的云朵。邝放攥着图画书，依依不舍地望着费成文远去的背影。眼看洁白的云朵飘过山崖，一只美丽的金丝猴蹿上树梢，邝放突然拔腿追上去，把一颗白石塞进费成文手里。那颗晶莹剔透的白石至今仍被费成文视为最珍贵的藏品。

费成文一家离开后不久，平时疯玩得天上都是脚板印的邝放突然安静了下来，连爬树抓知了、下河摸鱼、用弹弓打鸟都不干了。他经常跑到断头崖下，比照邝家山，反复琢磨图画书里的孙悟空、玉皇大帝、妖魔鬼怪、蟠桃园、水帘洞、花果山。

一天下午，他又与邝勇争看图画书。邝勇争不过他，含着眼泪向断头崖方向跑去。邝放没理他，着迷地坐在地上看书。直到暮色降临看不清字，他才想起邝勇，邝勇却不见了。他以为邝勇先回家了，就急忙赶回家，屋里屋外到处找，也没找到邝勇。他父母和村民找遍邝家山，找了几十年，都没有找到邝勇，好像邝勇被野兽囫囵吞进了肚子，或者人间蒸发了。这成了邝家坝至今没人能解开的谜团。

邝放和邝勇长得一模一样，如果他们在一起安静地不说话不做事，他们父母也分不清谁是谁。好在他们性情截然不同，一有动作，就知道哪个是邝放，哪个是邝勇。邝勇失踪后，父母看着不说话、呆立墙角、充满恐惧的儿子，也不知道是丢了邝放还是邝勇。邝直本想把他暴打一顿，可不知道是该打邝放还是邝勇。邝直瞪了他一眼又进山寻找。张淑华紧紧抱住邝放泣不成声。

两个月暑假过后，邝放跟费成文再也没有见过面，直到他们同时走进广都中学高一三班教室。邝放为能够在另一个世界再次见到费成文而惊喜万分，费成文则认为有了邝放就不怕找不到邝家坝。

他们的再次相遇，还得感谢魏主任和广都市穿越式的发展变化。五十年前的广都，还是个名不见经传的小乡场。四十年前，广都乡改名叫广都镇。三十年前，广都镇改名叫广都县。十五年前，广都县改名叫广都市。五年前，广邝高速公路从广都大厦的大门口出发，巨蟒般地穿过三娥山，发现美丽的亚诺山寨后便骤停下来。那一年的国庆大假期间，亚诺乡改名叫纳音镇，成了广都市新兴的旅游开发区。

在费通晓造访邝家后的第三年，魏主任一手拿烟一手握笔，在地图上调整区域规划。当铅笔刚画到亚诺山时，突然掉下来一撮烟灰，受到惊吓的铅笔一倒拐，就把与亚诺山遥遥相望的邝家山一起圈进了广都市。邝家坝于是被纳入广都市管辖，邝放也顺理成章地入了广都籍。多年来，邝家坝虽然享受着广都美誉，却没享受到广都某部分人的实惠。

根据逻各斯的精确考证和浪漫解读，古老神秘、崭新现代的广都，是农耕文明的发祥地，拥有两千二百三十四年七个月零两天的建制史。沃野千里的广都是个特别讨打的地方，经历过一千多次大大小小的战争，有差不多五千个叱咤风云的大人物走马灯似的在这里称王称霸。他们振臂一呼，就有千百万人人头落地，血流成河。一个喷嚏，就能喷出一大片废墟。一拍桌子，就能拍出五条大马路。一支笔，就能戳起一大片楼房。通向它的路，没有三千次左拐、右拐、掉头，根本进不去、出不来。即使拿着广都地图、指南针，启动 GPS、汽车导航仪、手机地图，求救卫星都辨不清东南西北。

2

　　1 月 28 日早晨,曙光乍现,一辆红色思域轿车便快速驶出丽都花园
小区大门。林雨清老人正在狭窄的空地上挥舞太极剑。渤海之冰已发布
三十五条"一号机密"微信。巴掌大的草地上,蹦跳着几只慌里慌张的
麻雀。

　　朱玉左手提包,右手拖着集装箱般的行李,跟在背褐色双肩包的邝藏
后面,头也不回地快步走向小区大门。学校放寒假前,她已跟儿子准备
好,春节期间去西藏旅游。

　　邝放刚想上前帮朱玉拿行李,一片还没黄透的香樟叶,突然从枝丫间
飘下来,"咔"一声擦过地面挡住他的路。他立即创作了一个比喻:树叶
像头发,每天都在纷纷扬扬地飘落。可树叶掉光了枝丫还在,春天来了,
又会长出新叶。而头发掉一根就少一根,连发根都留不住。

　　邝放提起右脚踢向树叶,叶片惨叫着从他脚底惊飞而去。与此同时,
他听到体内震耳欲聋的"嘎吱"声,那是颈椎和膝关节挣扎出的呐喊。好
长一段时间以来,他感到自己像辆老爷车,经常出现螺丝松动的异响,四
分五裂的感觉一天比一天强烈。

　　邝放抬起头,发现朱玉和邝藏不见了,他们好像不是走进了旅行车,
而是走进了初升的太阳里。他呆呆地站在盲道上,斜探身子,活像夏不凡
画的一棵歪脖子迎客松。

　　旅行车突然喷出一股黑烟,阻断了邝放的视线。他忽然觉得朱玉不是
带着儿子去西藏旅游,而是在躲避他。他被他们抛弃了。他刚想叫辆出租

车把他们追回来，一辆安装了扩音器的大功率摩托车，气势汹汹地从他身旁呼啸而过。丽都花园小区发生了一次轻微地震，震源深度零米。

去年，邝放就向儿子保证，公休假带他们到飞机上俯瞰珠穆朗玛峰。可一个重要会议，使他违背了自己的诺言。前年，他说带他们去普陀山，恰好碰上要接待向日葵考察团。大前年，他计划陪他们去登泰山，体验原汁原味的"一览众山小"。半年前，他信誓旦旦地要率领全家人去西双版纳、腾冲、大理。三个月前，他突然心血来潮，鼓动全家去若尔盖草原，重温二万五千里风景。结果他们花了两个周末采购的帐篷、睡袋、急救包、防潮垫、干粮、手压电筒、绷带、创可贴、口罩、组合刀具、消炎止血防蚊虫药物等野营用品，至今还躺在邝放的越野车里。

许诺十多年，邝放都没带他们外出旅游过，之前是因为没有项目计划、财政预算，之后是因为忙碌的工作。每到节假日，邝放就紧张不安，感觉要爆发世界大战似的。离不了他的事情的确不少。无论大小，做每件事都得有个机会，可机会不可能同时给两件事，做这件事就得牺牲另一件事。他因此没有少听朱玉的怨言，在儿子眼里也成了一个不讲信用的父亲。

在办公室里，邝放正要给朱玉发条短信，表现自己的关心，肚子就迫不及待地咕咕叫饿。今天早上，他忙得忘了吃早餐。环顾办公室，除了茶水没有什么可吃的。叫外卖，他没有把握快餐店是否愿意接他这单小生意。这个时候出去吃东西，也让他无法界定是早餐还是午餐。如果被人撞见，他们会瞪大眼睛，生出一万八千个疑问。办公室有书籍、文件、桌椅、电脑，还有一盆云竹、两盆绿萝，但都不能填饱肚子。

邝放站起身，颇有节奏地举手、收腹、挺腰、摇头，像在练习网络医生传授的健康秘诀。可早上的饥饿非同一般，扭腰摆臀根本收买不了，赖着他不离不弃。他掏出香烟，猛吸一口，饥饿被呛住了，狼狈逃窜。

摆平饥饿之后，邝放不知道接下来该干什么。平时按部就班的事情好像都旅游去了，应该准时出现的问题好像都已圆满解决。事情永远不会自动消失，问题绝不可能平白无故地被干掉。他隐隐约约地觉得有什么东西出了故障。他端坐在椅子上，开始静养浩然正气。

突然传来的敲门声惊动了邝放。他拿起小杨送来的代拟稿，终于发现了问题的症结。一页稿子，差不多都是错别字。鬼画符般的一笔一画，还不如兽骨上的甲骨文顺眼。他开始以为小杨在学孩儿体书法，后来发现并不是那么回事。现在的年轻人已不会写字。他们只记住了黄金屋、颜如玉、千钟粟而忘了书。提审鄢副市长时，检察院的小丁做笔记。可询问进行了大半天，小丁一个字都没记下来。因为他只会用电脑。可怜的鄢副市长不得不亲自动手，写了一本上千页的忏悔录，差点儿被逼成小说家。

奋协会长对地球新人的无知感到惊讶和纳闷。地球是圆是方之类的问题，都得借助搜索引擎才能回答你。一加一等于多少，也要拜托手机、计算器帮忙。没有 GPS、手机地图，他们就寸步难行。离家十米就必须启动手机步行导航。

邝放的目光掠过办公桌上的电脑，发现一沓信签纸正涌动着白色光芒，他脑袋里像有胎儿要呱呱坠地似的。就在灵感接近他脑门时，手机铃声大作。躲在文件堆里的手机像有急事向他汇报，挣扎着向他奔过来。他一把抓过手机，使劲掐住它。

"老邝，收到短信没？今晚的饭局你必须参加哈。"费成文的声音清晰地传来。

"什么饭局？我……"

费成文不容分说地打断他："出来嗨。朋友聚会。家院国际。6点见。"

邝放刚想挂断电话，费成文又来了一句："你来，给你个惊喜。"

不知是见多识广的缘故，还是麻木不仁的原因，现在的任何惊喜都已贿赂不了邝放，也没有任何了不得的人或事能让他兴奋或者沮丧。除了儿子和朱玉，他几乎不主动给人打电话，连中秋节、春节、国庆节都懒得动一下手指头发条祝福短信。对喝酒打牌唱歌跳舞桑拿按摩越来越没兴趣，对那些空前绝后的把戏越来越无动于衷，跟朱玉做爱也成了敷衍塞责的例行公事。他隐隐约约地感到自己的生理功能就像无法唤回的光阴，正不露声色地远离他。即使是吃过防腐剂的小鲜肉，换个频道也会瞬间苍老、腐朽、面目全非。他只感到厌倦，觉得自己像福斯卡一样活得太久。

食，不再是邝放的天，反而成了他的负担。无论吃什么，都吃不出一丁点儿快乐。一离开满桌的山珍海味，就感到腹内空空。在费成文为他荣任地方办常务副主任举办的饭局上，为了躲酒，他在洗手间的镜子里看到油光满面、门牙缝里嵌了一小片菜叶、嘴角粘了一块肉屑的自己，突然感到一阵恶心，好像自己成了个食肉机器。此后，他就以五谷杂粮为主，发誓做个素食者。但一个人时，他也渴望拥有狗的鼻子，蝙蝠的耳朵，敢吃肉芽的勇气，跟老鼠蟑螂称兄道弟的本领。

费成文的年龄只比邝放大一百二十天，却像大了一千二百年。他固执地把自己当作邝放的诤友和老师，经常仗酒欺人，骂邝放太胆小，谆谆教导邝放该怎么为人处世，还拉扯上无数名人、伟人、圣人和成功人士来吓唬他。如果邝放被起诉，那些无论死活的名人、伟人、圣人、成功人士，都是货真价实的帮凶。为了教育培养邝放，费成文常把钱江拿来打比方。

现在的钱江是万方集团董事长。大学毕业后，他在广都市城建局七楼昏暗逼仄的办公室里蠢蠢欲动了两年。为了不每天弓腰驼背地爬上爬下，他纵身跳入商海。下海之初，他确实捞到了不少鱼虾、乌龟、海豚和鲨鱼。有次差点捉到一条鲸鱼，逮住一个水怪。不到两年，钱江也不清楚东挪西借的钱怎么像贼一样从口袋里溜掉了，还给他的衣服留下几个破洞。

第一次破产后，钱江在荷花池的地摊上做"倒爷"。每天夜幕降临，他就摆开摊子，扯起喉咙叫卖最时髦的超短裙、最新款的乳罩、扯不烂的丝袜、美国进口的牛仔裤、出口转内销的羊毛衫，免费赠送法国香水、意大利耳坠、英国胸针……半年后，嗜赌如命的他雇了两个漂亮的小姑娘为他守摊，重新驰骋赌场，打麻将、诈金花、玩老虎机。连续三天三夜，他在麻将桌上终于输完了他做"倒爷"赚的钱，还借了一屁股水钱。第二次破产后的三年里，他左突右击地干这干那，能想的办法都想尽了，仍然没为口袋搞到一分钱。

最初是房主催命鬼似的纠缠，后来是赊欠几个月饭费的折磨。房租是给房子的，可以不管，大不了露宿。风倒是用之不尽，可总是餐风也不是长久之计。他磨磨蹭蹭地来到天府广场，模仿阳光里的哈巴狗，伸出舌头想换口味。口味没有换成，反把辘辘饥肠勾引得满世界跑。

支撑了他二十四小时的半个面包的温度，哪是满世界寒风的对手。他无师自通地学会了缩头哈腰的功夫，绝望地想让大慈寺边的乞丐和桥洞里的流浪汉免费培训自己，却因缴不起学费，还挡住了他人的阳光，差点挨揍。这是真的。他后来跟费成文说，流浪和浪漫，只有一字之差。

站在九眼桥上，他正想抚摸锦江里的粼粼波光，突然想起费成文的警告："如果你想跳河，先把自己洗干净，别污染了咱们的母亲河。"

他茫然地望着朦朦胧胧的合江亭，期待河水猛涨，把他彻底淹没。

说时迟那时快，一个陌生人惊慌失措地直奔他而来。他简直没有一点让开的意识，也没有一点躲避的力气。擦身而过时，那人猛地塞给钱江一个帆布包。钱江还没有搞清楚怎么回事，那人就不见了。他哆哆嗦嗦地站在桥头，等到死也没再见到那个人。

回到出租房，打开包一看，他吓得像剥落的墙皮，瘫在地上。过了好久，他才战战兢兢地爬起来又打开帆布包。那确实是鼓鼓囊囊的一包钞票。第二天，《广都日报》登载了一则新闻：昨天，警方一举破获本市有史以来最大的贩毒案件，涉案人员无一人漏网。

钱江仔细琢磨毒贩头目的照片，越琢磨越觉得像是昨天塞给他帆布包的那个人。他匆匆买了几盒饼干，窜回出租房。就在他不知道怎么处理这包钱时，一阵滚雷般的敲门声吓得他忘了把钱藏起来。胖猪般的女房东，张开五根麻辣香肠指，从包里抓过一沓钞票。

"哼！你，你原来在给老娘装穷。哼，这是三个月的饭钱。哼，五个月的房租。哼，还有利息。哼！"

钱江还没有明白发生了什么事，门"砰"的一声关上了。

半年多来，他最怕见到女房东。可今天的女房东却成了侠盗，来无影去无踪。他心有余悸地想，既然女房东从包里拿走了一叠钱，那说明这包钱是自己的。他把这包钱心安理得地藏了起来。整整一个月，除了每天捋一张钞票出门买烟买干粮，他就待在出租房里读报纸、听广播、看电视，谨防有人像女房东一样来抢自己的钱。不久之后，《广都日报》连载了一则新闻：毒贩全部被判处死刑，立即执行。

当天晚上，钱江第一次乘飞机离开广都，直奔唐城。

镜子背后的女人

3

钱江身着银灰色 T 恤、浅蓝色牛仔裤，脚穿运动鞋，头戴白色棒球帽，腋窝下夹着棕色小坤包，健步跨进家院国际酒店 8888 号包间。迎宾小姐粲然一笑，使他的墨镜突然受到惊吓，卡在两只招风耳上动弹不得。

"钱……"邝放正要招呼钱江，就被钱江抓住手，夸张地叫"老同学好"，随即凑近他耳朵蚊声道："别叫我钱江。我改名了，叫郝豪玩。"

"什么好好玩？"

"小声点。我改天向你解释。你现在就叫我郝哥。"

"郝哥……"浓妆艳抹的方安安嗲声嗲气地叫。

"哎，我马上就来。"钱江又凑近邝放耳朵嘱咐道，"哥们，记住哈，我姓郝。"

望着钱江忙乎的身影，邝放感到惊异。钱江怎么也改名换姓了？从局部来看，他的阔嘴仍然处于脸的边缘，还没有成为国际金融城。但从国际国内大好形势而言，他确实成了经济中心。

如果知道有钱江光临，邝放一定想方设法推掉费成文的饭局。他抓住机会瞪了费成文一眼，暗示他必须承担一切后果。突然，他看到钱江目光僵直，知道有美女出现了。果不其然，一位美女走进包间。

费成文像要弥补过失，连忙向邝放介绍依情，还递了个莫名其妙的眼神。

"这位是邝放，我的同学，广都市地方办主任。这位是依情，编辑，诗人。"

"邝主任好。"

邝放刚想跟依倩握手，就被钱江捷足先登了。钱江要做暖男，把邝放搦在一边，紧紧抓住依倩的手："依美女好。"并专横地把握手延续成牵手，还大声武气地嚷起来："老费，依美女到了，可以开饭了吧！"

邝放被推上主位，依倩被安排在他的左侧位置。他表面上正襟危坐，鼻子却在暗暗追索米兰的幽香——依倩刚进包间时他就闻到的异香。他开始以为是家院国际酒店喷洒的新品种香水，就四处寻找香源，却在依倩身上突然停下来：清澈的大眼睛，红润的圆脸，红唇皓齿，黑而发亮的短发，淡蓝色的连衣裙。启齿之间，一对灵动的虎牙若隐若现。当依倩在他身边坐下后，他才确定那是米兰的幽香，而且是从依倩身上散发出来的。后来他在依倩家里看到一盆盆米兰时，终于知道为什么依倩会发出那种香味。她整天跟米兰生活在一起，米兰的幽香已侵入她的身体和灵魂。那时他觉得，作为管道的鼻子，也有雅俗之别。能闻到异香，鼻子就不仅仅是一种感官。如果灵魂是一种物质的东西，那最接近灵魂的就是香。沉香是迦南树的灵魂，幽香是米兰的灵魂，肌香是人的灵魂。但是，那令人心醉的米兰幽香很快就被香烟、美酒、脂粉冲淡。当邝放喝得差不多醉了时，已闻不到米兰幽香了。

"在他人看来，我的生活是幸福的，我的事业是成功的，我的人生是圆满的。凡是别人羡慕的，我都有。"这是钱江常态性的开场白，好像他的人生是油腻腻的，需要减肥。

饭桌上最亢奋的是钱江、郝董、郝豪玩，他吆喝得最响亮，酒杯也端得最高。他激情澎湃地发表演说，讲手机段子，以此来证明自己见多识广、幽默风趣。邝放怀疑他打算转行干晚会主持人，或者说相声、扮喜剧小品演员，一心一意地扮傻装嫩，逗大家开心。但钱江的眼睛却像在依倩脸上办理了永久居住证。这顿饭局不是为他的大嘴大胃，而是为他饥饿的眼睛准备的。邝放多次提醒钱江，小心眼珠子鼓出来掉到盘子里，被大家当作山珍海味给享用了。

几杯酒下肚，邝放开始频频举杯，像要用酒精稀释钱江的注意力。费成文知道邝放酒量有限，叫他别着急。可越劝，邝放越要喝。他已欣然接受钱江的"酒是尸体的防腐剂、激情的源泉"的精妙看法，还打算跟五粮液积极配合，把道貌岸然、一本正经的邝放灌翻在地。费成文奇怪地望着邝放，不知道今天的邝放怎么了。平时喝酒，他总是推三阻四。无论在场的是谁，大家刚进入状态，邝放就不见了，要么躺在沙发上醒酒，要么钻进车里躲酒，要么不辞而别。

据介绍，斜眼削肩的苏盈盈是广都电视台的招牌菜，刚做完十二期感动好人节目，拥有令人神魂颠倒、回味无穷的三十八个部位。她本来是个天生的斜眼，经过后天的培养，斜眼度直逼华山峭壁。虽然每个男人都认为她在跟自己调情，但除了市委书记贾金强外没人敢接招。后来有人根据邝放和苏盈盈在同一张照片里、同一个饭局上的事实，认定邝放和贾金强在争风吃醋。

苏盈盈虽瘦得仿佛一道闪电，仍不愧为酒中豪杰。过去，那叫皮包骨，需要营养，现在，号称苗条，拥有掌上飞的美誉。她一直嫌酒瓶不够精致，非要通过肠胃把美酒重新灌装过，不仅来者不拒，而且频繁地主动出击。她跟郝豪玩连干三杯后，马不停蹄地跟方安安联袂攻克邝放，又单独拿下费成文，可在依倩面前却败下阵来。她拿出对付郝董的甜言蜜语之类的法宝也失了灵。她的酒胆也没能在依倩身上派上用场。苏盈盈的目的并不是硬要依倩喝酒，只是想把依倩当作自己喝酒的借口。她大方地让依倩喝饮料，自己喝了几乎同等量的白酒。

下颌跟鼻子一样尖耸，号称整容发烧友的方安安，是嫦娥美容院的形象大使。为了与智能化时代接轨，她整了三百六十五次容，几乎换掉了她父母给她的所有零部件，堪称生物与技术、药物、机械完美融合的标本。她的纤腰盈盈一握，胸部颇具抚摸的深远意义。刚看到依倩时，她被吓掉了九十九层脂粉，不得不手忙脚乱地用酒来给自己补妆，用血红的热情跟剩在脸上的脂粉一较高下。众所周知的结果是：方安安大获全胜。她不仅使融在空气里的胭脂黯然失色，而且从依倩那里捞到了十二杯酒的自尊自信。这是真的。胭脂跟媚态差不多薄，来得急去得快，生死一瞬间。

在去年中秋节饭局上，郝董跟方安安在"有没有龙星人"这个问题上英雄所见略同。郝董便绕过与他们持不同观点的一帮家伙，跟方安安握了八十七次手，紧紧拥抱了一年零五个月，还连干了三大杯红酒，弄得公开宣布喜欢郝董的唐师师后悔过早地暴露自己的意识形态。为了给后悔一个酣畅淋漓的交代，唐师师硬是灌肠般地把白酒当作二十缸果醋灌进肚子，差点使郝董起诉地球卫士有限责任公司生产的避孕套是假冒伪劣产品。

前天深夜，郝董做了个梦，梦见方安安在化妆室里把自己的头发、牙齿、眼睛、嘴唇、乳房、胳臂、蜂腰、肥臀一一取下来清洗，又一一安装上去。他大吃一惊。方安安原来是机器人。他从梦魇里惊醒后，又发现躺在身边的不是魅力四射的方安安，而是一块蜷缩着的腊排：稀疏而焦黄的头发，塌陷的鼻子，黧黑的脸颊，嵯峨的牙齿，峡谷般的阔嘴，蛾眉不见了，会传送秋波的眼睫毛不见了，两座高耸的乳峰好像遭遇了一场可怕的地震……吓得郝董丢下温暖、理想、诗意和远方，一溜烟冲出房门。当他再次见到魅力四射的方安安时，还以为自己又做了个噩梦。

唐师师的八寸高跟鞋底像铁马掌，每次都会"噔噔噔"地提前告诉大家，地震了。她今天特别讨厌房间的平淡颜色，身着大红连衣裙在包间里飘来飞去，活像秋风里的红辣椒，彻底改变了室内的空气颜色。她是国际电影学院表演系的大四学生，正在广都实习。打从幼儿园起，她就不付现金、不刷卡、不用支付宝，因为她随身揣着任性、乖张和妩媚之类的本钱。她今天把家院国际酒店当作试戏场，要扮演醉贵妃，硬把无辜的郝董当成唐明皇。她不知道此时的郝董根本瞧不起唐明皇，只想把郝豪玩演得滴水不漏。"酒"攻不下之后，唐师师使出一招杀手锏：舍身倒向郝董，非要在郝董身上留下痕迹不可。郝董只得举手投降。

平时叫郝董喝酒，这些美女根本用不着使手段。他经常自称是不怕溺死在酒里的酒鬼、不惜花下死的色鬼。郝董认为，目前他与依情的唯一联系是视线，可被唐师师不识好歹地截断了。他恨不得手里的酒杯是支火枪，砰、砰、砰，把唐师师像火鸡一样从空中打落到地板上。

有一次，郝董正在跟方安安缠绵悱恻，唐师师来电叫他去电梯咖啡馆喝咖啡。郝董没搭理。唐师师立即发了条短信："你再不过来，我马上恢复母系社会。"郝董不得不委屈地撂下方安安。

饭局一开始，邝放就有意无意地视察桌上的三大美女，侦察她们的底细。第一瓶酒见底时，他相信她们全身点满了朱砂。随着敬酒仪式的高歌猛进，三位美女越来越面如桃花。邝放最担心她们的血管突然迸裂，血溅家院国际。

依倩始终像个局外人，端坐着，几乎不说话，偶尔用筷子夹一点菜，喝一小口白开水。郝豪玩向她敬酒，她就端起白开水表示一下。即使郝豪玩使尽浑身解数，她也只是点点头，微微一笑。在这种饭局上，她总感到无聊、浪费时间、有味而无趣。因为费成文，她不便马上离开，就把自己想象成戏台下的观众，心不在焉地欣赏那些道具：屋顶的吊灯，桌上的肉菜、酒杯、香烟，包括服务员和他们这帮尊贵的客人。

她一直暗自纠结一个问题：旷野怎么会突然出现，突然消失？这么多年来，旷野从来没有如此清晰地出现在她眼前。刚看到邝放，旷野就莫名其妙地从她的记忆里冲出来，直接替换了邝放，使她差点把旷野叫出声。之后整整一周，邝放和旷野总在她眼前交替出现，使她寝食不安。

费成文的介绍吓跑旷野后，依倩局促不安地多次想借口离开，都因碍于情面而强忍着。她的意识却时时游离在饭局之外，暗自琢磨邝放与旷野之间似有若无的联系。她向来相信最初的感觉，后来的事实无非是最初感觉的印证。

当邝放端起酒杯又向费成文敬酒时，依倩蓦然发现茶色窗玻璃上映着旷野的影子，飘逸、变幻不定。这个发现让她顿感兴奋。她凝神察看邝放的一举一动，喝酒的样子，与郝豪玩周旋调侃的表情变化，几乎忘了自己正在热闹的饭局上。后来，她又发现墙壁、杯盘和塑料桌布上都映着旷野的影子，它们显得比邝放还真实可信。

没被打扰地研究邝放的影子，她不再感到饭局的无聊。

酒精、香烟在缭绕，室内的空气越来越浓稠。如果不马上放些空气进来，这屋里将再也没有任何缝隙，谁都休想出去。邝放打开窗户。一股乍暖还寒的风冒失地冲进来，芥末一样使他张口结舌。他赶紧扯了几张餐巾纸胡乱蒙住嘴巴，活像贴着吓鬼道符的傩人。

"德国人把这东西用来做春药。"郝豪玩一口吞下一片鸡枞菌，又夹起一块薄饼，意味深长地瞪着邝放说，"你知道不？这叫金屋藏娇。"

邝放不知道德国人是不是把鸡枞菌用来做春药，但清楚所谓的"金屋藏娇"，就是他从小喜欢吃的面疙瘩薄饼，里面藏有一片肥肉，在油锅里蹦跶几下，成了金黄色，像女人涂了脂粉，化了浓妆。乡下的面疙瘩一进城一上桌就变成了"金屋藏娇"。人们从来不怕在这方面浪费智慧。

逻各斯推崇的"名士菜"原来是大葱焖豆腐，"学人菜"是仔姜大蒜春芽拌白肉。它们几乎一上桌就被干掉了。而桌上的烤全羊却眼巴巴地期待着大家的青睐。甲鱼、清蒸鳜鱼正想方设法逃回河里。东坡肘子、大龙虾、海参已气得脸发黑，浑身冰冷。它们备受冷落，全都怪酒。酒已成为饭局主角。

依情期待着旷野再次出现，专注地盯着窗玻璃、茶杯、桌布。当邝放侧身喝酒的刹那，她发现旷野又现身窗玻璃，呼之欲出。她刚要起身，突然听到费成文叫自己。

"依情，你给邝主任敬杯酒。"费成文毫无征兆地说道。

"不，不，我不行了。"邝放连忙说。

"男人不准说不行。"三个"女汉子"齐声喝道。

"依美女，领导都下指示了。这杯酒，你必须喝。"郝董又找到了要依情喝酒的借口。除了依情，每个人都一往无前地要成为酒杯里的游泳健将。

"这杯酒，依情必须敬，邝放必须喝……我陪你们喝一杯……"费成文正儿八经地说。

"为什么？"邝放吃惊地问。

"你们喝了再说。"

"喝，喝，喝……喝啊，喝啊喝……"

"砰"的一声，郝董的"爱疯"手机掉在地上。他浑然不觉，继续跟着几个美女吆喝，为依情和邝放的"交杯酒"仪式伴奏。

"那你，你先说……"

"依情能来咱们编辑部，是你帮的忙……"

"你……你在瞎说。"

酒桌上，为了让别人多喝酒，总要找些理由或借口，也不管八竿子打得着打不着。

"邝放，你忘了啊？晏医生要你找我……"

"哈哈。你喝多了，我帮的是依兮然……"

"依兮然就是依情啊，依情是她的笔名……"

"笔名……"

一颗《E.T. 外星人》的子弹慢慢穿过屏幕，"嗖"的一声击中邝放头部。他的脑袋里蓦然出现一行文字："我要带你到天上去看星星。"这行文字闪了一下就不见了。他一直想逮住那行文字，衔在嘴里，再吐出来。可那行文字再也没有出现过。酒精和香烟都没能帮他遮掩住讶异。他的这副表情，就是在向纪委述职述廉时也没有显露过。

邝放终于收到费成文许诺的惊喜——自己与依倩有了某种关系。

邝放忍不住侧身瞅了依倩一眼。依倩清澈的目光宛若一汪泉水，凉幽幽地淌过他心坎，使他萌生出隐隐约约的希冀。多年来，他看到的几乎都是虚妄贪婪的窟窿在眼前恍惚，极少看到如此清澈明亮的眼睛。

邝藏小时候也长有这样一双清澈明亮的眼睛。后来他的眼睛就蒙上了云翳一样的东西，好像患了眼疾，有了怨恨、不屑、冷漠、张狂，甚至愤怒。他带邝藏去看眼科大夫，进行了一系列检查，没有任何生理上的毛病。朱玉曾经也有一双清澈明亮的眼睛，做了近视眼手术后就变得越来越脆弱，被人看一眼都会受伤。

邝放向来认为，生命是眼睛赋予的，没有眼睛，整个世界就会消失。

可邝放不敢再瞅第二眼。他想起了美杜莎，害怕自己变成一块无法动心的石头。

"喝，喝交杯酒。"郝豪玩瞪着血红的双眼，再次闹嚷起来。

"好啊，好，喝交杯酒。交杯酒。交杯酒。交杯酒……"

大家边拍掌边跟着郝豪玩起哄，好像他们刚刚注册成功了一个合唱团。看来不喝这杯酒，这顿饭局就不可能收场。

"喝，喝，不，不，我喝，喝，醉了……"

早已面红耳赤、心跳加速的邝放，摇摇晃晃地站起来，像要准备上台发表重要讲话。就在这时，包间里突然多了一个人：高要求。

4

据灵通人士报道：两年前的 1 月 28 日，地方办副主任高要求将晋升为常务副主任。春风得意的高要求做了充分的上任前心理准备、物资准备和工作准备，请了三百六十五次客，接受了超过八千人次的唾沫祝贺、电话祝贺、短信祝贺、红包祝贺，以及无数眼神、手掌、胳臂等肢体祝贺。可天有不测风云，星期一早上，突然刮来一股西北风，出了倒春寒。邝放从天而降，踉跄地落在了广都市地方办常务副主任的位置上。后来有人证实，那天的广都市地方办发生了一次强地震。

脸色蜡黄的高要求，脸上经常蓬勃着饱满的疙瘩，霸占了本该属于正常器官的位置。他随时都像受到某种伤害，高昂着头，生拉活扯地制造阴影来掩饰自己的某些缺陷。每次不得不见他时，邝放的头痛症就会复活。如果高要求是他老婆，倾家荡产也要离婚，即使死了变成猪也不愿跟他同圈。邝放经常觉得他们应该一起去演战争电影，他名正言顺地用刺刀把高要求捅死，或者毫不手软地用手枪把他干掉。可不到两个月，邝放却希望有人能把自己痛扁一顿，捶打成高要求的模样。只有这样，他们才能成为抗日神剧里的精彩搭档。

在邝放上任地方办常务副主任的第九十二天那个风雨交加的上午，高要求毫无征兆地出现在他的办公室，说要调走，到林业局任局长。

高要求一上任就烧了几把大火：砍光了市区所有的树，拔光了所有的花草，新植了从世界各地收购来的大量名贵花草树木，使广都一下子从盛夏进入萧秋。之后，高要求每年都要按四季定期更换花草树木，还尽情发挥自己的坚强意志，不定时地拔出这条街和那条街的树进行交换，名曰"换防"。他要求绿化工程项目必须两个同时开工，便于换防。有人质疑那些花草树木太贵。他说，那些花草树木都是生命，生命是无价的。人也是一种生命，从来离不开氧气的生命。花草树木辛辛苦苦地为人类制造氧气，挪个地方休息一下不行吗？而且，花草树木还在为我们美化城市，美化我们的生活环境。美，不是用钱来衡量的。

纳音大地震发生时，高要求正在亚诺山上寻找奇花异草，一棵巨大的冷杉冷不防倒下来，刚好砸中他。他脸上的疙瘩纷纷爆裂，很快成了一具流淌脓血的尸体，腐臭难闻。

在一次饭局上，高要求惊喜地发现自己跟刚任广都市市委书记不久的贾金强同姓。三杯酒就厘清了他们的辈分：高要求矮贾金强两辈。虽然他们的年龄相差五个月零四天，高要求仍然欢天喜地地以孙子身份敬了九杯酒、两支烟。

多年前的一天傍晚，高要求的生父饿得眼冒金花，顺手偷了三根红萝卜而以偷盗罪被判了十年徒刑。父母离婚后，他就随母姓了。他趁给贾书记点烟的机会小声问，能不能给他的姓平反昭雪，改姓贾。贾书记严肃地说："公安局说了算。"公安局虽然没有为高要求的姓和生父平反昭雪，却纠正了他的年龄，把他的档案年龄改小了10岁。如此算来，高要求不足8岁就参加了工作，年龄仅比他爷爷小九岁，他父亲名正言顺地成了他的儿子。这是真的。张警官中午多喝了两杯酒，暧昧的眼神把高要求脸上石榴籽般的疙瘩看成了青春痘。张警官后来跟人说，他是在实事求是地纠正高要求的生理年龄。

望着高要求，邝放觉得今天多收了一个惊喜，感到忐忑不安。

"老领导，这杯酒，你应该喝。这么多的美女……我先敬你一杯。"

高要求说话的口吻和音调发生了基因突变，特别是尾音，拖得很长，长得在空中曲成了鱼钩。

"高局长，我敬你！"

"老领导，我先敬你。"

邝放突然被感动了，感动得站立不稳。

"好，好，好！我们就……就同……同归于尽。"

话音刚落，邝放就看到高要求瞪大眼睛，茫然地望着自己。他奇怪地转过头，发现在座的男男女女都张口结舌地看着他。

"我们干了。"高要求举起酒杯，跟邝放碰了一下。清脆的碰杯声吓得尴尬魂飞魄散。

喝了这杯酒，邝放发现自己确实已藏不住醉态，活像小时候被他追得无处可逃、一头拱进草堆里的秧鸡。

"对不起，我还有事，我敬大家一杯。我干了，各位随意。"

高要求一喝完酒就不见了，他已练成乾坤大挪移绝技。

"美女。美女。美女……"郝豪玩扯起喉咙叫道，好像高要求把所有的美女都拐走了。

站在门口的男服务生趋步而来，笔直地站在郝董面前，恭恭敬敬地问道："先生，您需要什么？"

郝豪玩偏着脑袋，鼓着灯笼似的眼睛："你是美女？"他的右手猛拍桌子："我叫美女，你跑来干啥？"

男服务生满脸通红地杵在那里，走也不是，不走也不是。

"郝董，你要干吗？"费成文怕郝董肚子里的酒鬼跑出来动手动脚，挥手叫服务生离开，可服务生好像被《员工手册》捆住了，动弹不得。

"我要美女……"

一个女服务员赶紧来到郝豪玩跟前，小心问道："先生，有事吗？"

"我……要……香……烟。"郝豪玩的眼珠子骨碌碌地转了几个大圈，一口一口地吐出四个字。

"先生，您要什么香烟？"

郝豪玩反手又给了桌子一巴掌，好像他跟这张桌子有杀父之仇、夺妻之恨。他瞪着女服务员，阴阳怪气地问："美女，我要什么，你都不知道啊，美女……你有什么，统统给我拿来……"

费成文马上从桌上拿起大重九香烟，从中抽出一支，塞进他嘴里。郝豪玩张口衔住，杂耍似的，一副喷火吐烟的架势。男服务生几乎同时拿出打火机，火苗呼地窜出来。郝豪玩刚把嘴凑上去，男服务生却缩回手。郝豪玩腾地站起来，又给了桌子一巴掌。桌子终于被郝董驯服，没叫得像刚才那么高亢激越。

"先生，你的香烟拿倒了。"男服务生怯怯地说。

"我就喜欢这样……你还在这儿干吗……出去。"

"抽什么烟？喝酒，喝酒……"商智勇从郝董嘴上一把扯走香烟。

不认识商智勇的人，猛然看到他，以为是客人带出来长见识的孩子。只有神游夜总会的小姐才会把他当宝贝。这完全是他父母不负责任的结果。他父母相识不到半小时，他就神不知鬼不觉地钻进他妈的肚子里。差二十四天才六个月，他娘就痛并快乐地把他从肚子里赶到光天化日之下。无论白天晚上，他无所顾忌地山吃海喝，像要弥补他父母的过失。可二十多年来，无数的酒肉饭菜并没能让他膨胀多少。直到他认认真真抄了几本小说书，被广大中小学生鉴定为溪蒙文化公司董事长，才稍微减轻他父母的内疚。他从小就口无遮拦，大话惊人。他借小说人物之口，狂傲地宣称："只因为没有战争，我才没能成为将军。"

郝豪玩去年进军文化产业时结识了商智勇。从商业角度来说，郝豪玩当仁不让地是商智勇的前辈，但从发展文化产业的角度而言，他不得不屈居商智勇之后。每次郝豪玩道完开场白，商智勇总会顶上一句："你再厉害，也只能在十五公里的对流层里蹦跶几下。"

两人平时都是见不得离不得的冤家对头。

"喝就喝。商智勇。你。你以为我。我不敢喝。喝……你娃儿开始不喝。现在吼什么吼……我不管你是不是。文化名人。我……我什么时候虚过你。老子就是蒙住半……半边嘴巴。就是喝……喝醉了，也能把你娃弄翻……不是吓唬你。我是从酒河里……游……游泳过来的。我喝的白酒，起码有……有几百亩……随便……随便行驶航空母舰。你娃没有资格跟我喝。老郎，我们喝。来，我……先干三杯……"

地球人都知道，只要郝豪玩说话时只用句号和省略号，酒就差不多淹至他的耳根子了。此时此刻，酒已淹没了他的头顶。

商智勇好像遭遇了莫大侮辱，倏地跳起来，几乎与坐着的郝董高矮平等了。商智勇觉得自己长高了许多，但郝董仍然认为他还是没有现在的房价高得吓人。

"我先敬大家一杯。"商智勇端起酒杯，撂开郝豪玩，"谢谢，你们都坐下吧。我站起来，只是想要你们看到我。你们站起来，我又不见了。"

郝豪玩一仰脖子，酒一下子溜进他喉咙。他把空酒杯往桌上一掼，厉声道："倒酒。倒酒。酒……我……我们……不喝茅台。喝鬼……酒鬼……酒。"郝董把皮包一拍："今天。我请客。"他拉开皮包拉链，把手伸进去，在里面摩挲了一阵子，好像手被螃蟹夹住了，抖了好一会儿才脱出手，却两手空空。他又把手送进皮包，居然拿出了一张名片。

"今天我请客。"费成文不满地说。

"不。我请。你。你别管我。我……"他又把手送进皮包，一出手，居然带出了一张信用卡。好像桌子不胜信用卡的重量，"啪"地一下把信用卡撂在地上。

商智勇腰都没有弯一下就捡到了信用卡。仔细观察商智勇此时此刻的神情，肯定会发现一个小人国的首领。他把信用卡递给服务生，正色道："就他请，反正他娃有的是钱……郝董，密码。"

"今天就这样。"费成文看了看手表，手表的时针已逼近十点。

"郝豪玩，来点啤酒，漱漱口。"商智勇好像掐准了郝董的七寸，阴阳怪气地提了一个方案。广都人都知道，商智勇的啤酒量深不可测。他喝啤酒时胃就像漏斗。郝豪玩什么都不怕，就怕商智勇提议喝啤酒。商智勇端起啤酒杯，就像拿着手榴弹。

"商董。别像寡妇那样着急。总有让你娃冒泡的时候。"

"各人自扫门前雪。今晚就这一杯。大家一起干了。"费成文以主人的身份做了一个总结。

"不行。邝放……还……还没有跟……跟依美女……喝交杯酒。老邝……你喝不喝。你不喝。我……喝了。喝了你……你……你娃……别后悔……"郝豪玩再次叫喊起来，其他男女也像丢了心肝似的跟着起哄。

邝放以为高要求的出现已使大家忘了他与依倩喝交杯酒的事，可郝豪玩仍然不放过他。他正不知如何搪塞过关，惊讶地发现依倩站起来，面向他，露出两颗洁白的虎牙，微笑。邝放觉得依倩不是在微笑，而是要把美丽的微笑送给他。眼看微笑从她的贝齿嫩唇间飘向自己，心慌意乱的邝放赶忙摇摇晃晃地抬起手臂。

依倩突然又看到了旷野。她不知道是旷野赶走了邝放，还是邝放变成了旷野。她脸色绯红，端着酒杯向旷野靠近，米兰之气瞬间赶走了烟味、酒味、腥膻味。邝放的心再次荡漾起沁入肺腑的米兰幽香。他深吸一口气便屏住呼吸，试图把那缕幽香关在体内。他的脸由红变紫，几乎站立不稳。依倩把手伸进邝放臂弯。她的触碰瞬间传遍邝放心身。

邝放真的醉了。

费成文看了一眼依倩，又看了一眼邝放，发现他们都跟平时判若两人。他以为出了什么事，不安地看了看周围，差点发现郝豪玩的绝望。

5

离开家院国际酒店后，依倩径直去了办公室。

刚到《广都文学》编辑部的那段时间，她充满了热情和期待，认为自己已站在文坛的前沿阵地，能充分了解当下的文艺动态，及时看到最新的优秀作品。可没过多久，她就感到了失望。

打开电脑，一位投稿作者的自我介绍就叽叽叽地叫起来："我的第一声啼哭，就是一首感天动地走进新时代的歌。周岁时，我偎在我妈怀里边吃奶边咿巴出了三首口水诗。三岁时，我在同桌小女孩的裙子上填了一阕似娘儿词。五岁时，我在学前班的黑板上写了一首好了歌。八岁时，我为自己写了十部短篇小说。十二岁生日那天，我完成了一部五十万字的长篇历史小说。小学毕业那年暑假，我为美女班主任拍摄了一部微电影。我发誓，只要能够考上重点高中，我要拍一部一千五百集的电视连续剧，让所有的人看得傻头憨脑。如果我的作品在贵刊上发表，我马上给你发个大红包……"

依倩毫不犹豫地删除"自我介绍"。她读小说越多，越忘不了《密码时代》。那是她第一次发现旷野。

这是个密码时代。

谁能破解密码，谁就能掌控世界。

密码时代的每个人、所有事物都有各自的密码。所有的人、物被密码圈禁成了虚无的影子。没有密码，进不了门、上不了路、开不了车、打不通手机、说不了话、吃不了东西、做不了爱、看不了书、取不了钱、发不了微信……一旦被破解了密码，只有一条路：束手待毙，成为被绝对控制的奴隶。

密码时代是一个不会被遗忘的社会。没有隐形人，不需要历史学家。每时每刻发生的大事小事，每个人的言谈举止，哪怕做爱后的一声叹息，都被自动加密全部记录保存下来。任何人要把秘密带进坟墓都是痴心妄想。

密码时代看似畅通无阻，实则步步惊心。加密手段越来越了得，险种越来越多，而保险系数却越来越低。在密码时代，没有人，只有机器。地球人彻底失去了怀疑和反抗的欲望和言行。人人都被全面监控，人人都是嫌疑人。所做和将做一样，犯法意识和犯法行为同罪。每个人只是显微镜下的分子，云端里的信息和数据，分崩离析的价值显影。人类尊严荡然无存。人类意义烟消云散。密码时代为犯罪作恶、弄虚作假提供了前所未有的便利。地球上再也没有可以躲藏的地方。

密码成了绝对真理，地球人最后的脆弱防御。

一天，钟寒和夏雪穿过熙熙攘攘的人群时突然触到了对方，看见了彼此。电光石火间，他们同时忘了各自的密码，整个世界突然销声匿迹，所有的人瞬间消失，偌大的广场上只剩下他们两个人。

他们的爱情故事，惊心动魄地开始了。

图书馆闭馆时，她借走了那期《广都文学》杂志。满月的银辉洒满匆匆回宿舍的路。同学跟她打招呼都浑然不觉。当她靠在床上一口气读完《密码时代》时，天已大亮。同学们鼾声已息。一缕晨曦涂抹着她红润的脸庞。她不再相信"每一本打开的书，都是漫漫长夜"，也不赞同"假如你吃了鸡蛋，觉得好吃，何必要认识下蛋的母鸡"的观点。小说是种召唤。只看小说，只能看懂一半。读小说，还需要读作者。

依倩顾不得洗脸漱口，打开电脑，输入关键词"旷野"。可除了词义解释，没有任何关于旷野的信息。人肉搜索也没发现一点有用线索。她把标题上方的旷野后脑勺剪影用手机拍下来，无限放大，也没有发现蛛丝马迹。她不明白，网络社会居然查不到一个人的点滴信息。难道人类又回到了魔法时代，真名实姓一旦暴露，就会被控制、被杀掉？

她看过不少在这个网那个坛上活蹦乱跳的作者的简介。他们的简介和头衔远比他们的作品丰富多彩，更言之凿凿地显示，他们的老祖宗不是女娲的干儿子就是周武王的公主。每天跟谁喝了二两老白干、放了三个响屁、做了一个梦都被细腻地记录在案。而旷野好像密码时代的人，无迹可寻。旷野是真名还是笔名？是女人还是男人？是年轻人还是老年人？是早已作古的无从稽考的无名氏，还是依然活在当下的现代人？作者为什么要把自己隐藏在剪影里？

她对旷野充满了好奇心。那时的她不知道，好奇心是爱情的前奏。

根据梦想公司的不完全统计，有好奇心的地球人鬼魅般快速消失，有好奇心的读者差不多已成为活化石。如果地球人是进化来的，好奇心就是最大的推手。而现在的许多人，只有现实和眼前事物。

依情在母亲肚子里本来是个男孩，知道父亲期盼有个女儿，摇身一变，成了女孩。母亲受不了她的折腾，多次去医院打算做掉她，都因身体不适被医生劝回。也许在娘肚子里就感到了危机，她得抓紧时间猛长。当她呱呱坠地时，父亲发现是个女孩儿，喜不自禁。父亲对两个哥哥从来都是摆出一副威严的面孔，对这个女儿却完全是慈父模样。每次父亲回家前，她都会把父亲给她买的玩具放在最显眼的地方，只等父亲惊奇地发现，跟她一起玩。

三岁那年的一天晚上，她抱着小白兔守在盥洗室外等父亲跟她玩。父亲洗完澡，穿好衣服就向客厅走去，忘了拿开放衣服的小凳子。她摇摇摆摆地紧跟在父亲后面，一不小心摔倒在地，耳根在小凳子上碰出了伤口，鲜血直流，吓得父亲赶紧把她抱到医院，缝了几针，至今留下一条不很明显的疤痕。

她从小就喜欢瞪大眼睛看父亲刮胡子的动作和吸烟的样子。她最享受父亲穿着睡衣把她抱在怀里看电视。她经常自告奋勇地要为父亲斟酒。父亲有次问她长大了想干啥，她一本正经地说，为爸爸买烟买酒、洗衣做饭。乖巧懂事的她，完全按照父亲所期望的那样成长。在高中作文《我的爸爸妈妈》里，她写道："最爱我的一个女人，爱上了我最爱的一个男人。"可在她考上广都大学那年，她的父亲突然因病去世。父亲的离世，让她告别了无忧无虑的岁月。尽管还是那张爱笑的脸庞，忧郁和伤感却不失时机地袭击她。她后来不顾母亲和哥哥的坚决反对而独自在异乡漂泊，只是不想生活在没有父亲的故乡。

她很少去教室上课，却把大量时间用来阅读、写作。她不再是班上的优秀学生，也不想担任学生干部。再多的荣誉如果没有父亲与她分享，就变得毫无意义。她任性地让自己的兴趣支配自己，独自生活在现实之外那个寂静而五彩缤纷的世界。有一次，她为读旷野的作品差点耽误考试。大学毕业前，她已用"依倩"笔名发表了不少诗歌、散文。可这么多年来，她的作品只有一个标题《永远的父亲》，只有一个主角——父亲。

旷野是个密码，她要破解。比照父亲的样子，她给旷野画了无数画像，但始终无法清晰。她有时觉得旷野只是一个符号，是虚幻的存在。有时觉得旷野就在眼前，跟她说话，向她微笑。父亲是她过去生活中的唯一存在，而旷野就是从未离开过她的现在。

父亲去世后，她的主要爱好就是收集整理署名旷野的作品，坚持订阅《广都文学》。多年来，旷野的诗歌小说，是她与旷野的唯一联系。她相信旷野即使不是广都人，也与《广都文学》有密切联系，因为旷野的小说、诗歌只在《广都文学》上发表。在家乡工作不到两年，她毅然辞职来到广都。

依倩问过她的同事，旷野是谁，他们都说不知道。旷野从来没有领过稿费，他们也从来没有给旷野寄过样刊之类的东西。旷野的作品都是费成文亲自交给他们编辑的。她多次旁敲侧击地问费成文，费成文总是三缄其口，顾左右而言他。有一次，她又问费成文，费成文反问道："你干吗要知道他是谁？知道了又怎么样？"她开始怀疑费成文就是旷野，可她仔细观察费成文，始终无法把旷野和费成文合二为一。可她今天却两次看到旷野。她本想在饭局上当面问邝放，但邝放总是心神不宁地只顾喝酒，让她始终没能问出口。

依倩在办公室纠结邝放是不是旷野时，邝放被人搀扶着，跌跌撞撞地在神游夜总会的大堂里游了三遍红地毯，一副误入歧途的形象。他不想进去。他反复说这里不是他的家。他大声宣布自己不是夜游神。他撞翻了易拉宝上的三个美女，扯掉了花盆里的五朵塑料花，差点成了挂在墙壁上的山水人物画。

6

纳音大地震发生前，神游夜总会的巨型招牌一直在钱坤集团的严厉监督下，通宵达旦地闪烁，即使在灿烂的阳光里，也罔顾勤俭节约之类的规定而闪闪发光。每当夜幕降临，霓虹灯就开始癫狂地写字作画。有时因为一阵风而忘了偏旁，有时故意漏掉几笔。有一段时间，它一直在写"礻游夜总人"。"礻"是个谜语，要求进进出出的人有奖竞猜。悬在半空的"人"，好像需要翻译的龙星文。可它们无论如何狡猾，随时随地都能被拥有三千年知识的成年人指认出来。

电梯。望不到头的走廊。转弯抹角。漂亮的领班。暧昧的暗灯。令人窒息的香水味。精致的房门上的书法体英文。神秘的接头暗号。在殷红的灯光里，一切都显得富丽堂皇，像被搓磨得金光灿烂的金币。大堂经理、服务员，包括来来往往的客人，全都衣冠楚楚、彬彬有礼，好像刚参加过培训班。

奋协会长认为，这里的整洁是要花钱的。只有金钱敢在这里喋喋不休。

在迷茫的气氛里，一群美女鱼贯而入，瞬间排成一列，仿佛等待被检阅的仪仗队。腰际悬挂的精致小牌，用草坪上"请勿踩踏"的牌子改做而成，只是换上了没有任何歧义的阿拉伯数字。衣衫根本约束不了她们的肉体，成了诱惑的同盟。她们全身缀满地地道道的钻石，活像股市显示屏前的眼睛。按照它们的光亮度，每颗差不多价值百万。她们静若处子，动如脱兔，举手投足，碧波荡漾。

灯光骤亮，魔术师掀开黑色魔布，露出动人心弦的真相：若隐若现的乳房，网兜里的鱼，不安分地乱窜。空气里漂浮着血红的嘴唇、惨白的肌肤、金色的脚指甲、星星般的霓虹灯……突然分散又瞬间聚拢。外表安静而内心紧张，就像临场运动员，只等信号枪响，便奋不顾身地冲出去。

这些美女，直接扼杀了诗人的想象力。这些男人，一进去就变成了鬼迷日眼的家伙：邝放叫庄哥，费成文叫穆哥，商智勇叫卓哥，钱江叫杨哥。他们装模作样地东倒西歪、指指点点，如炬的目光在美女身上肆无忌惮地游走，好像神气活现的鉴宝专家。在他们知道自己是个男人后，就学会了装模作样。装模作样是男人最大的本事。

奋协会长认为酒是地球人的伟大发明，不仅成就了男人的本事，为地球人的文化娱乐事业做出了杰出贡献，还黑灯瞎火地创造了新物种——酒鬼。

邝放一喝酒就脸红筋胀，浑身红白相间，像卫星地图。而且，他有酒后寒，血液里的酒精没散尽就不会暖和。邝放在清水县第一次喝醉酒后，无论在饭局上还是在歌厅里，差不多一喝就醉、一醉就睡，睡得青眼白眼都睁不开。对他来说，酒是一种特效安眠药。好长一段时间以来，他成了需要声音做背景的人。只有在嘈杂的环境里，他才能安然入睡，安静的环境反而抱影无眠。在宾馆里睡不着，他就把电视机打开，把音量调到高分贝，直到彻底醒来。广都市计生办黄主任经常在开会时呼呼大睡。开会是黄主任的睡眠开关。酒和声音是邝放的睡眠开关。此时此刻，邝放的睡眠开关失灵了。那时缓时急、时轻时重的歌声乐奏让他漂浮空中，上下不得。他想躺下去，却不知道把头放在哪里。他想关闭耳朵，精灵般的地球人至今没能发明锁耳朵的钥匙。

"庄哥，喝酒嘛。"

容不得邝放再想，杨哥亲自为庄哥"点杀"的小红姑娘袅娜娉婷地扑过来，一股浓烈的脂粉味瞬间卷走了周边空气，让他窒息得喘不过气。他浑浑噩噩地睁开眼睛，发现一张血盆大口，吓得他侧转脑袋要躲避。"啵"的一声，小红姑娘的红嘴像个图章印在他左脸上。小红姑娘认为盖错了地方，又对准他的嘴唇，蓄势待发。饶是他善于躲藏，小红姑娘的红嘴还是烙在了他的右脸上。在一明一暗的灯光里，他成了三嘴怪物。

邝放至今只被两个女人吻过，一个是他的母亲，一个是朱玉。其实，他真正吻过的女人只有朱玉。可多年来，他们不再接吻。

邝放从来不喜欢浓妆艳抹的女人。他还没有培养出贾宝玉吃胭脂的嗜好。涂脂抹粉，跟除臭差不多。他只想直击真相，就算是胭脂那样薄的间隔也不允许。在这个唯一没有偏见和歧视的地方，他没把小红姑娘赶走，既害怕钱江以为自己挑三拣四，也不想让小红姑娘在她的姐妹中感到自卑。

四位美女终于找到了亲人，爆发出失火的热情。剩下的姑娘鱼贯退出。欢快的音乐响起来。震耳欲聋的重金属分贝，及时行乐的号角，不断敲打庄哥的耳膜。这些由不同器械同时发出的简单又直接的声响，在闭塞的空间合成无处可逃的杂音。屋顶的彩球伸出五颜六色的手，狂挥乱舞，挠得人心发痒。炫目的激光，坚不可摧的铁棍鞭子，飞舞横扫，满世界都是碎裂的声响。

穆哥一把抱住虫虫小姐，好像刚发现的宝贝，仔细辨别真伪。卓哥为了他的最新力作开始跟贝贝小姐体验生活。杨哥攥着话筒，紧紧搂着挺好姑娘，摇头摆尾地引吭高歌。庄哥听到的只有几句歌词：把她们挤干了扔掉……你脱了我的衣服，就要给我穿上婚纱……腰带以上属于天神，腰带以下属于魔鬼……

除了在邝家坝的山林野地，邝放从来不唱歌。他唱的歌，他们听不懂。他们用撩人的四肢、媚眼、红唇唱的歌，他不会唱。除了沉默，他只想呐喊、呼唤、浅吟低唱。松涛比小提琴的声音优美。有蓝天做背景的山歌更动人。再豪华的 KTV 包间，也装不下自由奔放，理解不了空旷天籁，消解不了苍凉悲怆。

小红姑娘刚触到庄哥脸颊，就像被烫着似的猛然闪开。但胆大心细的小红姑娘并没有被庄哥的冷漠吓倒，像悬崖绝壁上的登山者，攀着他的胳臂，一会儿给他点一支烟，一会儿喂他一片苹果，一会儿灌他一杯啤酒，一会儿要他啃鸡爪……弄得庄哥再也没有一处干净的地方。

他突然清晰地想起了依情。依情用一杯矿泉水，化解了一帮男女对他的围困。她没有跟他们一起来？他的目光四处游弋，确实没有发现依情。他不禁想到，如果依情在这里，还能认出他吗？

小红姑娘把庄哥喂得差不多后，又手把手地教庄哥掷骰子。掷了几个回合，不晓得谁输谁赢，叫他喝他就喝。他已忘记拒绝。

被抽走了筋骨的庄哥，越来越频繁地东倒西歪。小红姑娘多次把他的头揽进乳沟，把话筒递到他嘴边，他始终没哼出一个音符。小红姑娘终于失去耐性，自顾自地拿着话筒，边唱边站起来，去跟屏幕里的奶油小生同台献艺。

庄哥鼓足残存的一点意志，靠紧沙发端坐着，可肩膀最终没能扛住他的脑袋。他的头突然歪向左边，倒在酒精里。窖藏三十年的鬼酒，终于产生了预期效果。

"庄哥，庄哥……"

庄哥还没来得及走进梦里，就被小红姑娘摇醒了。

庄哥努力睁开眼睛，只看到小红姑娘和荧屏里的影子。穆哥、杨哥、卓哥都不见了。他们已找到更能展示才艺的地方。他们要用自己的方式，向这个世界表达他们的思想，施展他们的行动力。

"你醒啦！庄哥呀，我们走……去魔指堂……"小红姑娘嗲声嗲气地惊叫起来。听口音，庄哥猜不出她是何方人氏。

一丝不挂的小红姑娘已经脱掉可怜的伪装。庄哥清清楚楚地看到一坨扭来扭去的肉团，闻到一股避孕套的味道。他一把推开小红姑娘，冲向洗手间。他肠胃里的酒鬼终于发怒，在体内张牙舞爪地咆哮，一场革命性的暴动。抽水马桶张开大口，早已急不可耐。他一仰脖子，哇啦哇啦，肠胃里的东西以抛物线的方式喷射出来。可惜的是，不像在办公室扔纸团，他失了方向。那些五颜六色黏糊糊的东西并没有按照他的意志砸中抽水马桶，而是呈发散状，蘑菇云般洒满墙壁、洗手台、马桶盖、花岗石地面，活像投资井喷、金融泛滥。他边喷边冲向抽水马桶，要在小红姑娘面前释放创新活力、经济活力，而小红姑娘却肯定地认为，他正在呕吐。就在小红姑娘不知所措时，一股巨大的力量瞬间把她与庄哥彻底分开。庄哥一头栽向深不可测的抽水马桶……

眼看邝放即将被卑鄙下流的抽水马桶吞噬，奋协会长"嗖"地站起身，想扶住他，为他揉揉肚子捶捶背，即使跌跌撞撞地送他回家也心甘情愿。这是真的。至今没给邝放点一个赞，没买一张门票观看他的精彩演出，他感到不安。他一直想帮邝放一把，以减轻自己的内疚。他刚伸出手，就突然天昏地暗起来。邝放消失了，整整一宿，再也没有出现过。

奋协会长发誓寻找机会，用一些实实在在的东西支持邝放：在手机上发祝福，在博客上留言，在微信上挪用九个表情，在惊悚小说里用他做五十七次比喻。

第二章

习惯只是长期顺从的沉淀物，害怕存在感被抹去的虚幻徒劳。强烈的存在感，是群居动物的特性。他们喜欢被看见、被注视，那是种奖赏、荣耀。他们一生都在渴望公众目光，一辈子甘愿活在他人眼里。

7

早晨醒来，邝放的身体软绵绵的，头仍在隐隐作痛，好像电视新闻里闪现的铿锵声明和悲愤抗议。

恍惚想起昨晚，他就跟自己的肚子怄气。自己的肠胃太不争气，辛辛苦苦培养了这么多年，还在跟酒肉饭菜过不去，经常给他丢人现眼。他痛恨自己至今没长出一只鸵鸟的胃、储酒的钢罐。好长一段时间以来，为了成为"众人"，他拼命锻炼酒量、培养酒胆。他现在虽然不乏酒胆，酒量却始终没能增加。他深吸一口气，突然闻到自己哈出的臭味。可怜的酒，本来清香无比，经过肠胃就变得臭不可闻。

邝放挣扎着从床上爬起来，准备去上班。在关上防盗门的刹那，发现床头上方悬挂的结婚照像幅挂歪了的油画。他的笑容蒙了尘垢似的凸出相框，而朱玉骄傲的表情清晰得呼之欲出。那个倾斜虽不起眼，却在摧毁屋子，摧毁这个家。他必须想办法将它摆正。

他与朱玉从来没有拍过结婚照。他们结婚时，还没有专门的婚纱影楼。即使那时拍了结婚照，也没有合适的地方悬挂。乔迁新居后，他们同时觉得空白的墙上缺了点什么。朱玉认为那里只能挂结婚照。可他断然拒绝朱玉提出去婚纱影楼拍结婚照的要求。二十年后再去拍结婚照，不是明摆着跟时光对着干吗？他不想为难自己，为难摄像师。脂粉能涂抹脸蛋，却无法糊弄岁月。朱玉只得翻箱倒柜地找出过去的相片，挑出一张他们恋爱时的合影，经过影楼翻拍、放大、修画、抹刮、拼贴、添加元素等现代技术的处理，又通过创新、烘托、渲染、夸张、隐藏、留白等艺术手段，居然折腾出了一张历史性的结婚照。每当面对这张结婚照，邝放就有一种羞涩之感。而朱玉却兴致勃勃地把它高悬在床头上方，以此证明这是她的地盘。每当看到结婚照，邝放就觉得这是他们爱情渐行渐远的一次回光返照。

邝放放下公文包，戴上眼镜，爬上凳子，小心翼翼地把结婚照拨过去扶过来，可弄来弄去，始终倾斜着，就像这段时间的股市曲线图，无论从哪个角度看，总觉得别扭。他累得满头大汗、精疲力竭，相框还是倾斜着，而且经过这番折腾，倾斜得更厉害了。

邝放呆呆地站在地板上，仿佛在深情地凝望一张遗像。

他赶紧低下头，看了一眼手表，8 点 40 分。

他匆匆下楼。司机张翼鹏早已等在门口。以往，他 8 点 20 分准时出门，提前二十分钟到办公室，这几乎成了他的习惯。可今天怎么了？妻子和儿子昨天才出门，他的生活马上偏离了习惯的轨道。

邝放气馁地关上车门，闭上眼睛。

当他连走带跑地进了办公室，时针正好指向 9 点。

办公室外面突然聚集了一群人。来办事的、汇报工作的，一拨接一拨。事情越来越多，他却不知道自己到底在干什么，也不知道那些事情从何而来。刚做了的事，连自己都记不得，更别指望他人记住。可大大小小的事情仍然没完没了。无论什么事，都很着急，都很重要，仿佛成群结队的敌人，必须想方设法地把它们统统干掉。

邝放办公室里的东西不多，书籍、文件、报刊、浅黄色的落地窗帘、几乎接到天花板的文件柜，满当当的，显得有些杂乱。他座位背后的墙壁上悬挂着一幅水墨画《牧山图》，对面墙壁上贴了一幅从不放过他眼睛的书法作品《从善如流》。他从来不想借此证明自己拥有不少东西，也不想以此来解释自己的喜好、水平、性格和品味。他觉得，有了那些东西，他在办公室里就不再那么显眼。他希望有人进来时，会被那些文件之类的东西吸引而没发现他的存在。他很少开窗户，门大多时候都是关上的。办公室是他办公的地方，也是他的躲藏地。

自从走进这间办公室，他老觉得坐在那里的人不是自己，而是某种意志的象征。他不该有自己的思想，更不能有自己的情绪。任何一间办公室都不能空着，他恰好被安排填补了这个空缺。每当把废纸投中垃圾筐，邝放就充满了自己正在干一番惊天伟业的感觉。

中午 12 点半，他没感到饥饿，却觉得办公室像高原，令人窒息。他突然有种冲动，把进进出出的人统统赶走，把办公桌砸烂，把那些堆积如山的文件烧掉，把办公楼推倒，渴望来一次地震，震碎花岗石地板，在上面栽秧种麦。

他起身刚到门口，又被一对陌生男女堵住了。

"对不起，我马上要开会。"邝放立即换了一副凝重的面孔。

有段时间，每当接到开会通知，看到堆积如山的文件，他就对自己充满了同情和尊敬。有时候，急匆匆走在开会路上，还有即将统领世界的感觉。开会是个美妙的借口。开会的人，衣着变了，腔调变了，神情变了，心思变了，气氛变了，环境变了，整个世界都变了。许多问题需要开会解决，开会本身也需要开会解决。有一次，他问一位朋友为什么老叫他领导。那位朋友说，你总是说你在开会啊。只有领导才经常开会，咱们老百姓是不开会的。

奋协会长认为，开会就是扔炸弹，扔得越远越好。很多人因为力度不够，把自己炸伤了。

邝放叫来刘主任，一男一女跟着刘主任去了会议室。

邝放顺手反锁了办公室的门，好像在跟门外的世界赌气。他坐在沙发上，望着明亮的吊灯，突然感到心神不宁。过去的墙壁、屋顶、窗户、门，都能为我们遮风挡雨，而现在有什么真正能为我们遮挡的？许多事物的功能正在异化消失。办公室里有电话、电脑。他兜里有二十四小时不准关闭的手机。楼下有一辆随时等着把他关起来送往某地的轿车。司机是专门监视他的看守。门卫从来不睡觉，紧紧盯着他进进出出。街头巷尾、室内室外都有直瞪瞪的天眼。档案室存有他无法改变的信息资料……

他不能待在办公室里。办公室让他产生了可怕的联想。

在翰林大道十字路口，邝放的车不由自主地拐了个弯，驶进了广都文学杂志社。

"几棵东倒西歪树，一群稀奇古怪人。"邝放对广都文学杂志社的最初印象至今没有改变。一溜曲折的灰色围墙、茂密的爬山虎、探出围墙的几根桂花树枝，就是广都文学杂志社与外面世界的联系。三十多年来，那栋灰色的三层楼房在仁合路上并没有长高、长大。四周的高楼大厦吓得它蜷缩成一团。两根瘦小的水泥柱至今还苦苦支撑着杂志社的牌匾。

在那个激情四溢的年代，邝放三天两头跑来这里，和费成文一拨人意气风发地载歌载舞，喝酒猜拳，彻夜长谈。两间办公室，几张旧桌子，一本《广都文学》杂志，就是费成文的整个世界。从全国各地寄来的来稿来信，堆满办公室。大多数信件还没来得及被检阅，就用麻袋装上堆放在过道里。不少编辑，因为看稿，视网膜脱落。那时的他们相信自己正在创造不朽的人类事业，他们将被世人铭记、传颂。后来，他跟邝放同时被选派到基层挂职锻炼，邝放到清水县当副县长，费成文到越西县当县委副书记。邝放至今还在仕途，而费成文却因婚姻问题回了编辑部，一直坚守在这里，从编辑、责编干到副主编、主编、社长。

"稀客。稀客。"

费成文脸上堆满了惊喜，仿佛龙星人终于光临地球。

"正好路过。"

"依倩，倒茶。"费成文好像没听到他的话，只顾激动地喊。

当邝放的目光与依倩的目光相遇时，他突然明白自己为什么多年后又跑来广都文学杂志社。依倩轻声说了句"请喝茶"，就出去了。他虽然没看到依倩的虎牙，但她的声音却滞留在他耳际，仿佛玻璃茶杯里翻腾的青山绿水。

邝放一边抱怨昨天的饭局，一边把身子软绵绵地交给藤椅。

费成文指了指书桌上的一尊陶瓷菩萨说："昨天早上，钱江拿来这尊菩萨。说是几百年前一个被砍了头的亲王家里供过的。我问要多少钱。他说这东西搁在他手里不值钱，无条件送给我。我说，那我先帮你供着，你什么时候要，随时可以拿走。他说他刚回广都，想请广都的同学聚聚。还说必须把你请到。哈哈哈……我说朱玉出国旅游去了，正好约你出来。美酒加美女！哈哈……"

"出国旅游？"邝放一下子站起来，惊得藤椅嘎吱大叫一声。

"朱玉是去西藏，谁说她是出国？"

"出国又不是叛国，干吗大惊小怪？"

"你说她去哪儿？"

"你真不知道朱玉是去欧洲旅游？"费成文满脸惊诧，"老兄，你这个老公当得有点儿那个。也许，朱玉这时候正在巴黎广场看中国大妈跳舞呢。你儿子的签证，是我跟朋友打招呼加急办的。"

"这么大的事，她怎么瞒我？"

去欧洲？那得花多少钱？她一个教书匠哪里来的钱？虽然他不清楚家里的财政状况，但肯定没有去欧洲旅游的闲钱。

邝放成了一首不知道该怎么结尾的现代派诗歌。

"这算多大的事？不就是去欧洲，又不是去火星。"

"对你来说，当然不算事。她一直叫穷，怎么还去欧洲旅游？老费，是不是你……"

"看你想哪里去了？你我这么多年的哥们，我啥事瞒过你？"

"等她回来，我一定要问清楚。"

"女人都这样。雪莉也在跟我生气。她不相信我昨晚睡在办公室。兄弟，帮我向雪莉解释一下。女人啊，想象力就是丰富。"

"你有那么多崇拜者，也够嫂夫人想象一下了。"

"去你的！我心里顶多揣一两个来想象而已。你可有不少的粉丝啊。"费成文压低声音道，"依倩，就是你的粉丝。"

"开玩笑，谁会崇拜我？"

"嘿嘿，有不少人问我，旷野是谁？我都守口如瓶……不过，老邝，你可要弄清楚，他们都是旷野的粉丝，而不是邝放的。嘿嘿，哪天我向外宣布说，旷野就是我，看你怎么办？"

"老费，我再次警告你，那是我们两人的秘密。"邝放端起茶盅，访贫问苦似的喝了口茶水。

费成文端起他的茶盅，到饮水机前加水。

费成文刚弯下身子，邝放忽然看到了依倩。他刚要说什么，依倩转过身，突然变成了费成文。费成文继续唠叨昨天的饭局。话题刚接近依倩，哧溜一下就不见了。费成文像在故意捉弄他，自始至终，没再提过依倩。

费成文叫邝放一起吃晚饭。邝放推说有事就走了。

在走廊里，邝放四下里看了看，静悄悄的。所有的门紧闭着，像被法院贴了封条。下楼时，他感到楼道天梯似的绵延不绝。

　　不知是因为没有再见到依倩，还是朱玉竟然没有告诉他去欧洲旅游，邝放每走一步都感到宛若梦游。

8

一闪一闪的车灯，害怕迷路似的眨巴着眼睛。一辆白色宝马，在车流里扭来扭去。它嫌前面的车挡了道，扭腰摆臀地超过去。后面的车好像突然发现了艳物，争先恐后地追上来。白色宝马不愿有人欣赏它肥白的屁股，"呼"地开进了公交车道。还没来得及迷途知返，它一撅屁股，卡在两辆公交车之间动弹不得。为了避让它，邝放差点撞上后窗贴着"大龄剩女，追撞必嫁"的"领航员"。

这条广都最宽大的迎宾大道，如果没有车辆，会被怀疑是为飞机修的跑道，却经常不顾大局地堵车。邝放想尽量给车辆让道，可没有多余的空间供他让。他只能与其他车一起，恋人似的在街上挪动。他要找个停车场把车停下，可挪了差不多五十万条街都没有发现停车场。他多次想把车丢在街上步行，又觉得车不是自己的，没有权力处置，只得继续待在车里与车同呼吸共患难。

在大街上，邝放老觉得自己只是一滴水，无法跟人、车汇成河流，而且很快就会被蒸发掉。二环高架路开膛破肚似的修了差不多四十年都没有修好，每次经过这里，邝放就要迷路。

地球人最喜欢折腾路和被路折腾。路，成了地球最重要的标签：马路、铁路、柏油路、高速公路、航空路、星际路、革命之路。好像所有的人只想借路逃跑，相信道路能驱逐蛮荒和贫穷，给人带来灿烂的未来。多年来，广都的变化就是路的变化。

突然，一位穿制服的年轻人好像有重要情况向邝放汇报，远远地向他招手。邝放摇下车窗。年轻人奔到车窗前，激动地说："先生，来，来，过来，过来。"年轻人退后几步，像交警一样开始指挥。

邝放以为违反了交通规则，乖乖地向年轻人缓缓驶去。

"先生，我来给你停车。"年轻人飞跑过来，一股脂粉、香水和葱花的混合味同时窜至跟前，"先生，风情酒吧今天五折优惠，还有……"

接过换车牌，邝放被车抛弃似的不知所措。

去年，由风情酒吧、花都、塞拉河、世纪之约、朦胧、印象、千种万种、零点、昙花醉美、9号公馆……串起来的酒吧一条街还没完全建成，就成了广都市最有名的一条街。外地来的朋友指名道姓地要到这里。这条街成了广都的最新标志、一张靓丽的名片，各类报刊电视网络极力渲染的政绩，好像本届政府只做了这么一件事。

奋协会长动用一百个市长跟镜子姑娘打赌，一大帮家伙正在惊心动魄地规划第二条街、第三条街……

好像看到了在神游夜总会兼过职的迎宾小姐，邝放突然成了言情小说里的主人公，只想逃跑。

"先生，这边请。"迎宾小姐果断截断了他的逃路。

酒吧外风情万种，酒吧里气象万千。在这种地方，邝放最怕碰见熟人。可他边走边东张西望，好像就是来找熟人的。

"嗨，邝主任，来，来喝一杯，体验生活。"

邝放一惊，扭头一望，是逻各斯。逻各斯正召集一大帮文人雅士在这里举行文艺沙龙活动。逻各斯琴棋书画样样精通，署名文章经常被发现。他是广都文艺界最大的官员、广都官场最著名的文艺家。作为《广都改革开放纪实》的第一作者、"广都文丛"主编，可谓著作等身。他年轻时差点发现哲学之卵，至今还拥有一个口头禅：有了思想，宇宙将不堪一击。如果你三句话还没夸其文采，他就瞧不起你。凡是出于无知、愚蠢和别有企图的家伙恭维他几句，他马上对你另眼相待。如果你再敬他一杯酒递上一支烟，他就会告诉你宇宙里到底有多少颗星星。邝放向来怕跟文艺家打交道。那个圈子不像官场有权威，或者个个都是权威。他最怕的是官场里的文艺家，他们拥有双重权威。

坐在上首的金导演，长着一张倭瓜脸，他的鼻子和双唇齐头并进，不差分毫地处在同一垂直线上。为了拍好抗战题材的影视片，他三天两头去日本深入生活，而最先抵达日本的绝对是他的鼻子，好像日本人更喜欢他的鹰钩鼻。他凭借又长长了三厘米的花白头发，刚刚完成喧宾夺主行动，正唾沫飞溅地谋划如何深入太平洋，从海底把日本戳沉，一了百了。他经常把日本人当笑柄，发誓要笑掉日本相扑手的赘肉，日本男人的小胡子，日本女人背上的枕头、和服上的樱花。每天晚上 7 点，他准时派遣还在尿裤子的小男孩在电视机里干掉五十二个全副武装的日本大兵，为惨死的亲人报仇雪恨。据统计，金导演和小男孩迄今已在电视机里杀死差不多三亿日本鬼子，包括他们的子孙后代。

默默坐在侧边的付平国，正在构思撰写关于金导演的最新影评。去年 9 月，因为在微博上发表了两篇追悼海子和介绍卡夫卡的文章，他瞬间成了广都市著名的文艺评论家。听说今天有金导演莅临，他跃跃欲试，梦想进军影视界。

"那是高诗人。"

一团影子正蹑手蹑脚地飘向屋角，不知是谁嘟嚷一声，吓得那团影子立即袅袅婷婷起来。新锐诗人高广涵正在酝酿他的第九千九百九十九首诗，发誓写完十亿首诗之后就金盆洗手。

上周三子夜时分突然冒出来的网络作家余晓平坚定地认为，除了 IT 行业，干啥都不行。大家对他的共同印象是：像一件文物。他的巨著已用三十五个集装箱，在美国海军陆战队和航空母舰的护送下，运抵美国西海岸。

广都市著名国画家、逍遥画派掌门人唐允易永远黑白分明，上穿对襟布扣白色唐装，下着黛黑直筒裤，一副"祖国之恋"气派。他一出现，谁都要多看他几眼，恨不能像 X 光机那样扫描透视。这不仅因为他的小辫子、不成比例的五官和瘦高身材，主要原因是，他画儿童画总是把小鸡鸡画在大腿上。有一次，他跟著名油画家、写实派教主冷苦漠恰好同桌。在三瓶歪嘴白酒的怂恿下，冷苦漠仰起蚀刻版画般的面孔，问唐允易把小鸡鸡画在大腿上有何深刻含义。唐允易遭此奇耻大辱之后迅速改变画风，勇往直前地当代先锋起来。他的画都是简单的几何图案、自相矛盾的线条、自我解读的物象，有着深刻寓意和无限象征的混搭颜色。但冷苦漠却雄辩地证明了绘画艺术和摄影艺术真的有天壤之别、云泥之分。他们单独一个人时还不大引人注目，两人在一起时，就像颂歌朗诵会上的一对国宝。

以模仿女人动情时的呻吟打入歌坛的吴双桨向来认为，自己的歌声是甘甜的矿泉水，必须源源不断地灌装在大众耳朵里。邝放的背影刚出现在他眼里，他就喷出了第一个音符，把邝放一下子掀到了二楼，差点引发五湖四海的海啸。

"谢，谢谢。有个，朋友在上面，等我。"邝放边说边走，好像真的在找人。凡是有名流雅士的场合，邝放就显得特别口拙木讷，像个天生的结巴。

"你们在哪个包间体验生活，等会儿我来敬酒？"在吴双桨山呼海啸的歌声里，逻各斯的声音发生了可怕的变奏。

"谢谢。我还不知道。"邝放拿出手机，装着打电话的样子，急忙离开了，好像在躲子弹。

"为什么要到酒吧？"

这是邝放一进二楼包间就想搞清楚的问题。可一瓶啤酒几乎见底，他也没弄明白。多年来，他的工作生活、交往应酬，一切都按部就班、井然有序，呆板得像设置了程序的机器。他的所有时间都进行了细致严格的分配。每件事，无论公事私事，都排好了队，等着他去处理解决。他还提心吊胆地不能让任何事插队抢先，必须防止意外事情的出现。即使欢乐也不许随便进来。他时常担心一些事会突然打乱整个程序，出现不可知的后果。他从小就被教育要做一个好孩子、好学生、好儿子、好丈夫、好父亲、好下属、好领导、好朋友、好人……这些可圈可点的习惯几乎成了他生活的全部，就像北斗七星一样缺少变化。日积月累的结果使他不知不觉地向习惯妥协。倘若打破习惯，他立即会被一种莫名其妙的恐惧笼罩。做人不易，做男人更难。男人只有一根骨头，他要备加珍惜。这么多年来，邝放躲在这些好习惯里，安全顺利地走到现在。他已步入习惯的轨道。习惯使他像天府广场一样容不下任何意外。

奋协会长认为，生物种类应该由习惯来划分，人与人之间也应该由习惯来区别。如果一个人能够把一个习惯坚持十年，就会成为行家里手；坚持一辈子，就可以说功成名就；坚持几千年、几万年，肯定会成为新物种。地球人不是进化的结果，而是习惯的产物。

越溪镇的党委书记温去西被抓后，广都人纷纷感叹："习惯害人啦！"温去西喜欢洗脚，几乎每天都洗，当然不是在自己家里。11日中午，他又多喝了两杯酒，本来应该去单位上班，却误入魔指堂。两只脚还没有洗干净，就被来检查的同志叫醒带走了。温去西上班还没有形成习惯，到洗脚房洗脚却成了习惯。

站在纳音大地震的废墟上，望着风起云涌的天空，邝放发现，习惯只是长期顺从的沉淀物，害怕存在感被抹去的虚幻徒劳。强烈的存在感，是群居动物的特性。他们喜欢被看见、被注视，那是种奖赏、荣耀。他们一生都在渴望公众目光，一辈子甘愿活在他人眼里。一旦失去那些目光，他们就觉得自己不存在似的感到孤独、寂寞、难受，生不如死。邝放从来讨厌被关注，从不接受媒体采访，发表文章只用笔名，气味稍有不对就缄默不言。在邝放谣言的旋涡里挣扎时，他最气愤的不是那些人的污蔑中伤，而是自己被过分关注了。

邝放终于理解了父亲。无论生活多么艰苦，父亲总是说：习惯了就好。他与母亲能够一起度过漫长的五十多年，关键在于习惯。只要习惯了，就会受惯性驱使，忘记其他一切，包括快乐、痛苦。机器之所以是机器，在于人们事先给它设置了习惯程序。

邝放不清楚自己的那些习惯是怎么形成的，自己是从何时开始拒绝变化、害怕变化、没有变化的，好像一万年前他已决定，就这样按部就班地过完一生。在现实生活中，外部的变化从来不事先征求我们的意见。三千年如一秒，一万公里就在眼前。层出不穷的东西让我们无所适从，不知身在何时何地，根本无法把握自己、确定自己。瞬息万变模糊了我们的过去，也使我们的未来处于一种迷茫状态。只有习惯，勉强可以应付那些足以否定我们的变化。当一个人拥有习惯后，就开始拒绝变化。

然而，昨天他鬼使神差地去了神游夜总会，今天又到酒吧，一个人喝了一瓶啤酒。他隐约发现，习惯已经动摇，变化正在开始。

9

依倩的出现，引爆了邝放的写作欲望。上大学的第一年，邝放就野心爆棚地想要成为作家，发誓写一部二十一公斤重的小说，创造一个完全属于自己的世界，以保护和传承名声事业。他把那个宏伟的世界命名为 8849 世界，并赋予了它无数伟大的使命感、责任感、艺术感。他要把自己的所作所为、所思所想全都藏在里面，即使不能写成世界名著，至少要写成四百五十万字的货真价实的巨著。即使不能生前开花，也要身后流芳。他几乎看到 2108 年的地球人在万家讲坛眉飞色舞地帮他解读，在新旧媒体上发表花样百出的心得体会，在太阳下朗诵他的镭之思、铀之想。他差不多成了传奇故事的主角。他那时的梦想是，书还没有面世就出了大名，先捞他一笔真金白银再说。即使鉴于身体状况，消费不了美女也无所谓。

大二的一天晚上，他从图书馆出来，在朦胧的路灯光和婆娑的树影里突然发现光彩照人的朱玉。他立即决定放弃写小说。他要写诗，成为诗人。那段时间，他心潮澎湃地写了无数像"路灯的黯淡，是因为你的出现"之类的佳词丽句。当诗情退潮后，他回光返照般地又想写小说。可这么多年来，虽然有无数惊世骇俗的想法在头脑里左冲右突，始终没能找到出口。一是因为生活、工作和事业，只得缠绵于构思和梦想，没有时间和精力施展拳脚。二是他被一位作家的观点吓得无力提笔。那位作家说，写二十万字的小说，至少有二十万个问题需要解决。他也切身体会到，写得越多，必须解决的问题也越多。另一个重要原因是没有什么大遭遇。在创作素材和主题选择上，他向来像交友一样挑剔。自杀失败后，他才明白，创造8849世界是个极其危险、几乎不可能完成的任务。而现在，他拿起笔，展开稿子，大有笔落惊风雨的气势：

吃。吃。吃。人以吃为天。

刚开了这个头，邝放就觉得不大对劲。现在的地球人谁还在乎吃？他一把撕去办公用纸，揉成一团，手一扬，纸团准确地命中了垃圾筐。走进这间办公室后不久，他扬扬得意地发明了纸篓游戏——把不喜欢的废纸揉搓成团，瞄准垃圾筐，炮弹一样呼啸发射。近年来，他的技术一日千里，几乎百发百中。

停下笔，邝放望着被铝合金窗框切割出来的一方天空，苦思冥想。写作之前，应该先谋个规划。没有规划，就没有现在的广都。他比照巴尔扎克的《人间喜剧》，雄心勃勃地给未来的作品取了个总名：《这是真的》。"这是真的"既是中心思想、目的意义，又是奋斗目标和未来蓝图。有了总名，宏图伟业差不多成功了一半。

接下来的具体问题就是主人公的名字。没有响亮的名字，何以行走江湖？如果做了好事、恶事、杰出之事而没有留下名号，会让患考据癖的逻各斯丧失难得的线索和机会。虽然写的都是小人物，干的都是些鸡毛蒜皮的事，可自己毕竟号称他们的监护人和法定代表人。即使叫阿猫阿狗，喊起来也不至于弄混秩序。一旦有人使唤，总不能像大人物那样叽咕："连我姓甚名谁都不知道？"更不能像面对牧羊人摩西的上帝，理直气壮地说："我就是我。"

邝放在纸上写了画掉，画掉又写，全然不顾洁白无瑕的办公用纸被污染蹂躏。他写了差不多一万个名字，始终确定不了，就像面对地球忽暖忽冷、雾霾不离不弃这类问题一样束手无策。最后，他胡乱画了个颇像圆圈的符号"○"来代替，翻译过来，就叫圈圈。

圈圈是个美食家。古今中外，食、色都是永恒的主题、最大的卖点。只是时代不同、表述不一罢了。比如，把食换成色，把性换成饥饿，把性爱换成爱情。孔子把食、色并列。弗洛伊德把性当作基因。综观地球人的一生，食永远是第一，色永远是其次。即使在梦幻时代，也概莫能外。出生之后死亡之前，我们都离不开吃，而色只是那么一段时间的事。

现代读者的口味越来越重。一个五星级宾馆的大厨，应该能够满足他们挑剔的嘴。

印在菜单上的圈圈是家院国际大酒店"开得出菜单也摆得成酒席"的大厨，主要负责安排协调地球出产的油盐米醋酱。这是真的。猛一看，圈圈像一辆悍马，但他说话、做事及心肠，却像他端出来的粉蒸肉，柔软精细。

相了无数次对象，圈圈都没有被相中，唯一的原因是他庞大的身材。他让所有的房间都感到自卑，即使总统套房、别墅豪宅也狭小得毫无脸面。他也不想抛头露面，成为他人的障碍。他在地秤上把自己狠狠掂量一番，无怨无悔地选择了大厨这个职业。

所有的人都担心他倒下。他一旦倒下，只得动用吊车才扶得起来。这是真的。有一次，他感到浑身无力，连续不断地打喷嚏、流鼻涕。他跑遍了所有医院都没拿到一个统一的结论。根本原因在于：所有医院，任何机器，只能对他进行局部检查。

他想尽了各种办法（他几乎要怀疑自己的智商），花了不少的金钱（他认为自己必须为金融危机、股市暴跌负主要责任），流了无数的汗和泪（他为此担心有人因为冰山的融化、海平面的上升来找他的麻烦），可他的身材仍然像广袤的高原雪山，把无数美女靓妹挡在了山外。根据自由派人士的看法，这不能怪那些年轻貌美的小女子，谁也无法对如此庞大的障碍进行全方位的考察了解。

圈圈目前最苦恼的是：自己正处于剩男边缘。一旦被鉴定为剩男，极有可能像冰柜里变质的猪牛肉，只能撒满香料端给尊贵的客人大快朵颐。

在圈圈第 N 次绝望时，隔壁的罗大妈兴冲冲地通知他：明天上午 10 点，她"娘家的外公的表妹的外侄儿的女婿的干亲家的大女儿"答应见他。他立即激动起来，想……可罗大妈没给他一秒钟时间想下去，也没像贪官污吏索要他的感谢，就转身而去。这是真的。

望着罗大妈波澜起伏的背影，圈圈立即拥有了一个崭新绝望：自己的速度根本无法追上风驰电掣的罗大妈。让他略感欣慰的是：罗大妈制造的狂风暴雨未能把他掀翻在地。

圈圈也拥有自己的优势。从某些方面来说，他完全有资格跟这个社会一较高低。他早就打算好了，如果干厨师失了业，就去日本当相扑运动员，去不了日本，就在广都创办一家相扑馆。这肯定会成为广都的一项创新成果，说不定会捞到不少财政补贴和招商引资奖励。这是真的。

圈圈仔细研究过逻各斯撰写的广都历史。几千年来，广都从来没有一家相扑馆。即使暂时开不了相扑馆，也可以先办一个相扑培训班。他认真考察过，生源绝对不成问题，因为广都人的肥胖增长率远远超过广都的经济增长率，而且，五花八门的培训班早已把学生家长搞得昏头昏脑。这是真的。广都中学的英语老师谭大力，就把"英才补习学校"大张旗鼓地办在学校教学楼里，四处打广告招生。

经过一夜的无眠，圈圈决定鄙视他的食客，在家任性一天。他绝不能让年过花甲的罗大妈像那些美女一样感到绝望。

圈圈一大早就爬起来在客厅等。他懒得理会刚被他清洗过无数遍的电视荧屏。他特意摆放在茶几上的"独唱团"即将开唱。今天见面的诸多结果躲在他心里咚咚咚狂奔，还没机会在读者面前现身。这是真的。

约好10点钟敲门。可10点01分他还没听到敲门声。他站起来，走到窗前，却不敢往外张望。他又坐回沙发，沙发"吱"的一声，委屈地塌陷了半截身子。他打开电视机，新闻节目正在播报三聚氰胺奶粉事件。他像被灵感打了一棒槌的诗人，忽然记起伟人先贤经常唠叨的"民以食为天"这句名言。

这是真的。除了还没有进化为人的动物，要食就离不开厨师。当人类自我感觉不错时，厨师就势不可挡地诞生了。当人类感觉越来越好时，美食家就抹嘴腆肚地出现了。厨师是社会生活的标准，是"民以食为天"的最佳代言人。厨师是美食家的前身。美食家是厨师的理想。一般的美食家，只会津津有味地用嘴尝，用鼻子嗅，用左手举牌，不会亲自下厨。大多数厨师，只有一个空间——厨房，至多拓展到菜市场和畜生家里。

而他大厨圈圈，不仅会做"夫妻肺片""蚂蚁上树""爆炒腰花"，还拥有厨房以外的天地。从他嘴里进出的，哪怕是死猫烂耗子，都会成为美味佳肴。他说的话，字字句句都像油爆爆的红烧肉，让人垂涎欲滴。叫他美食家，都小瞧了他。在盐酸克伦特罗之流繁荣昌盛的现在，在连吃饭都需要敢死队勇气的情况下，谁离得开厨师？而且，根本用不着那些精密仪器，只要他用舌头舔一舔，就知道食物的化学成分、结构元素、有毒无毒；只要他抽吸一下鼻孔，就知道香甜苦辣麻；只要麻烦一下他的半个左眼睛，就知道什么能吃，什么有问题，什么营养丰富。这是真的。他读中学时最骄傲的就是对元素周期表倒背如流。现在终于派上了大用场。

圈圈向来深谙食之真谛，一直在积极准备参加吃货才艺表演节目和周星星食神大赛。这是真的。

圈圈闭上眼睛，呼哧呼哧地把五星级家院国际大酒店的厨房搬回家，还顺手抓了一个萝卜、三根芹菜、三十二颗花生米和一捆大葱。他麻利地换上制服，戴上大白圆帽，系好围裙，操起大刀，噼里啪啦，啪啦噼里。他要做一顿美妙的午餐。一想到可能还要做晚餐、夜宵、早餐，他就把声音弄得震天响。整个世界也开始积极配合他，喧嚣起来。他要向罗大妈和罗大妈"娘家的外公的表妹的外侄儿的女婿的干亲家的大女儿"郑重保证：顿顿吃大餐，拒绝生化武器般的药蔬菜，绝不会生出双头婴儿、钙化孩子，让生化人在科幻电影里永远出不来。罗大妈"娘家的外公的表妹的外侄儿的女婿的干亲家的大女儿"应该喜欢他，爱上他，舌尖上的民族根本就离不开他。

这是真的。现在的爱情越来越粗糙乏味，他大厨一定会把爱情像煲鸡汤，做三鲜、艺术菜、佛跳墙一样，做得精细可口、色香味俱全……

圈圈的全身肌肉开始搅动。

圈圈好像听到了敲门声……

10

　　按照季节标准，现在还不算夏天。但根据某些人迫不及待地露胳膊露腿的情况来看，夏天已提前光临这个世界。特别是一场突如其来的狂风暴雨毫无征兆地袭击广都后，广都人确信冬天已经过去。

　　纳音大地震发生前的一天早晨，天上的银河突然决堤，持续了二十三个小时的暴雨倾泻而下，肆无忌惮地清洗广都。流经广都的白河、安河、柳河因为没有熔断机制的约束，突然暴涨。整个广都城区瞬间漂浮起来。这是真的。汽车成了渔船。广都大酒店成了豪华游艇。一群鱼虾在厨房里游来游去，亢奋地表演暖场舞。三头猪趴在床上气喘吁吁，一副怀才不遇的样子。五只漂亮的山羊兴高采烈地在神游夜总会里学会了淋浴。广都人终于实现了免费旅游的梦想：抱一块木头畅游广都。

　　广都人相信，老天爷在为贾金强的广都湖蓄水。周边的区市县认为，洪水不是来自天上也不是来自河流，广都才是洪水源头。

　　望着地面不断上涨的污泥浊水，奋协会长突然想起子夜时分看到的奇特天象：天穹浩瀚，繁星密布。一个光点烟花般出现在北斗七星勺里，眨眼工夫，就以差不多每秒三十万千米的速度疯了似的冲向地球，还爆炸般地形成一条巨大的光带和神奇图案。他没来得及打开手机，光带就消失了，神奇图案也不见了。他感到一股怪异能量陡然刺进体内。他神志不清地昏厥在地。

　　第二天刚醒来，他就看到紫气漫漫、雾霭重重，四周怪怪的，身体里新生了什么东西似的不大对头。广都好像发生了大爆炸，所有的楼房、道路、桥梁、汽车、人都被炸上了天，在空中飘浮。他怀疑子夜时分看到的是一种不祥之兆。他相信地球人并非全都麻木不仁、有眼无珠，一定有人看到那个异象。可一打听，他大失所望。大多数人以为是流星，纷纷闭上眼睛低头许愿。几位杰出的精神病专家、宇宙学家、星象家，以及一位特异功能患者虽然感到了异常，却认为是引力波，寻常的星系光谱红移，根本没当回事。

"天出异象了。天出异象了。"

只有中学教员吴鹏在大呼小叫。可他很快就被当成蛊惑人心的变异者，关进了人类精神异常研究所。这是真的。

奋协会长眼睁睁地看着一只白蚂蚁瞬间拱翻环球大厦。一辆悍马突然发了羊痫风。一条蚯蚓从土里钻出来，梦想爬上一株四叶草。昨天的股市再次飘红。一位军事专家在电视台滔滔不绝地给伊拉克人民出主意：大量种植海藻阻止美国潜艇入侵……奋协会长相信这是要出大人物、发生大地震之类天灾人祸的征兆。他有责任及时告诉地球人，请他们高度警惕，做好准备。他立即在互联网上发了一条信息：天现杀机。可一上网就被删了，一上网就被删了，一上网就被删了……

与此同时，关于广都市政府隆重举办首届全球新能源论坛的信息开始爆屏。今年初，广都市正式被国家确定为"资源枯竭城市"，广都市政府策划主办了首届全球新能源论坛，在春暖花开之际掀起了一股新能源飓风。这不仅吸引了全球各地的精英达人，而且，之后很长一段时间，前来广都参观、考察、学习的人像自来水一样源源不断。今天下午2点，来自世界各地的十八批考察团同时莅临广都。邝放被通知参加接待西皖市党政考察团。他本不想去，但没有找到代替自己的合适人选。

广都地方办原来只是政府办的一个内设科室，常年只有两个人。随着广都社会经济的快速发展，广都地方办不仅越来越人丁兴旺，而且成了有独立的人员编制、独立的财政预算、独立的办公场所的"三独"部门。现在虽然只有十一个公务员编制、十个事业编制，却有二百七十八个员工，其中包括一百二十六个退休人员，十个临聘人员。十一个公务员在编人员和十个事业编制人员，在地方办领工资拿补贴奖金，其他一百三十二个人在地方办上班，编制分别在九个不同部门，只有工资在各自单位领，奖金补贴都在地方办拿。他们都是待退休人员，跟邝放同一个行政级别，不坐班、不考勤，全靠自觉自愿发挥余热，因此，他的真正下属只有二十个人。临聘人员只拿固定工资，年终拿在编人员 10% 的奖金。每天坚持按时上下班的只有那十位临聘人员，其他人像邝放一样忙着开会、下基层，负责联络协调、接待应酬、外出考察学习等大事。

广都市地方办是个综合协调部门。领导一有批示，邝放就召集相关单位和人员传达领导的指示精神；一有问题，就按照领导指示，召集当事人，收集各方意见，整理汇总后向领导汇报。邝放最大的权力是正确理解，合理使用"狐假虎威""传达圣旨"这些词语。某些不明真相的人以为地方办设在市政府大院里，经常想从他身上嗅到些特别气息，因此，刚到地方办时，他偶尔也在寻找机会给自己身上弄些味道，供那些人嗅。只要不是高度近视的家伙，都能绕过他看见威猛的领导和鲜红的文件。一旦遇到个别混账东西，他就瞪大眼睛提高音量，让他们纷纷抬起脑袋支起耳朵睁开眼睛，惊讶而困惑地望着他。

邝放这个常务副主任，有许多重要事情必须做，比如，为开会、接待、应酬、搓麻将、干瞪眼之类的大事凑够人数。偶尔也有偷着乐的时候。今天一大早，他就无视市委书记贾金强的存在，也没经过群众推荐、民主测评、组织审核、党委决定，就胆大包天地破格提拔了一个"办公室副主任"。今天的接待确实派不出人手，他灵机一动，临时给司机张翼鹏戴了一顶办公室副主任的帽子，叫他去接待。他清楚张翼鹏不会因此要他给自己涨工资，拿岗位补贴。对方也不是来督促检查学历档案的，更不会核实身份后才接受接待，而且，他们几乎一辈子就来这么一回。

广都地方办是个边缘部门，其权力比小米手机大不了多少，但不少人却能经常弄出不小的响动，让人刮目相看。到地方办工作的第三天，他才发现自己之前对地方办确有两个误会：一是清闲，二是平静。那天上午，谢副市长通过秘书叫他认真调查一下最近在网上闹得沸沸扬扬的"不管局"事件。他立即把办公室刘主任叫到办公室，很快就搞清了事情的来龙去脉。

纳音大地震发生前的 12 月 31 号下午 2 时 1 分，来自史志办的杨平和在聚友茶坊把茶杯重重地砸在玻璃茶几上，又一次感慨道："我这辈子只想当局长。即使当一天，也死而无憾。"在市委组织部当了二十年科员的元老宋登高，慢条斯理地点燃第五十七支香烟，斜他一眼，轻描淡写地说："只要今天的茶水你买单，就能当局长，而且，当一辈子。"杨平和立即来了精神，恭恭敬敬地给宋登高点上第五十八支香烟："那好，多少钱我都付。服务员，给宋部长换一杯茶，茉莉花的。"宋登高去年在农民街开了一家专门批发遮阳帽的淘宝网店，被誉为"广都市地下组织部长"。宋部长拿出手机，打了几个电话。聚友茶坊瞬间热闹起来。他请出茶坊服务员，点了一下人数，共有一百二十五位。

宋登高咳嗽三声，清除喉咙里的浓痰后，正儿八经地道："同志们，今天的会议应到一百三十六位，因事因病请假十一位，符合会议要求。今天会议的议程有三个，主要议题有三个：一是正式成立广都市不管局；二是任命不管局局长；三是建立不管局微信群。现在，我们进行第一项议程，同意成立不管局的请举手……不同意的请举手……弃权的请举手……好，一致同意，请大家鼓掌通过。下面进行会议第二项议程。我提议由杨平和同志担任不管局局长。同意的请举手……不同意的请举手……弃权的请举手……好，一致同意，请大家鼓掌通过。下面，由杨局长主持会议。"

新任局长杨平和干脆利落地把半截香烟掐灭在烟灰缸里，慢慢立起身，掸了掸衣服，昂首挺胸地道："感谢同志们的信任，感谢组织的关心，我一定勤奋工作，不辱使命，不负众望。我要做的第一件事就是：建立不管局微信群。同意的请举手……不同意的请举手……弃权的请举手。好，一致同意，请大家鼓掌通过。下面，我提议由我担任不管局微信群群主，同意的请举手……不同意的请举手……弃权的请举手。好，一致同意，请大家鼓掌通过。同志们，再次感谢大家对我的充分信任。我保证从今以后，不管局微信群就是你们温暖而热闹的家。"

不管局成立之后，大有与地方办分庭抗礼的趋势，在广都上下掀起了不大不小的波澜，还惊动了谢副市长。这是真的。

弄清了情况，怎么处理却成了邝放的心病。

刚出门，邝放被太阳狠狠地瞪了一眼，立马感到春天已经夭折。阳光像灰尘，浑浊地粘满全身，怎么也抖不掉。他感到头晕眼花，巴不得找条板凳来坐。早晨的暴雨过后，艳阳高照，气温像只突然发现母狗的公狗，猛地蹿上去，再也不想下来。太阳可不管催生了多少生物，晒死了多少庄稼，一如既往地光芒四射。树影拼命地躲避太阳的毒辣。紧闭的车窗隔离不了外面世界的狂躁。

邝放不得不站在阳光里热情接待。

西皖市党政考察团的联络人王泊凯，仗着跟邝放同是地方办常务副主任，一有机会，就逮住邝放问这问那，亲热得像向日葵遇到太阳。他有一个令人叹为观止的便便大腹和酒糟鼻，像一座移动酒厂，在太阳底下酿造肚子里的五谷杂粮和鲍鱼海参，散发着越来越浓郁的酒气，其中夹杂的异味，让邝放不敢靠得太近。他要邝放详细介绍广都的风土人情——洗脚房用的药水，按摩的指法，广都人洗澡喜欢淋浴还是黄桶浴，桑拿的价格受不受节假日的影响，等等。这是真的。率领他们出来考察学习的领导特别勤政务实，既高度重视经济发展，又十分关注文化繁荣，还不顾劳累奔波，不惜牺牲休息时间，硬要加班加点地考察广都夜晚的民风民俗。

严格按《接待手册》准备的邝放，想不到他们还要考察学习广都文化。这一突发事件，让他一时回不过神来，愣头闷脑地说不清楚。王主任立即给他扣了一顶地方保护主义帽子。大热天的，撑把伞还可以，戴顶帽子不热死也会被汗水淹死。邝放认真想了半天，还是说不清楚。王主任挥汗如雨地着急起来。如果没有完成领导交办的任务，往小了说，他没有能力；往大了说，影响这次考察学习必须取得的实质性效果；再往高大点说，严重破坏了上午才缔结的友好城市的关系。

王主任黑影般地扑向邝放，像要揍他，又像要跟他拥抱。他把雄壮的酒糟鼻在邝放眼里安放稳妥之后严肃地道："贾书记昨天郑重承诺过，凡是你们知道的，都会毫不保留地向我们介绍。"

王主任抬出贾书记，邝放不得不高度重视。他想起了酒吧一条街。可王主任轻蔑地打断他的话，我昨天才去考察过，那里没啥啊。邝主任，你再想想。你是土生土长的广都人，肯定没有你没去过的地方。邝主任，你放心，我们不要你三陪五陪，也不要你买单，你只需给我们指条路。

王主任随后对邝放认真展开灌输教育、启发教育、个性教育、素质教育、特殊教育和双语教育，但都没起到应有效果。应试教育的后果再一次通过邝放得以验证。

　　王主任断定邝放不是不知道，而是藏着掖着不愿说，或者太阳把他的记性像蜡烛一样晒化了。要逼邝放说出来，在太阳底下用蛮力既不礼貌，也必将带出一身臭汗，不划算，于是他耐着性子说，邝主任，你到我们那里传经送宝，我会毫不隐瞒地向你介绍。我现在就可以给你说，我们那里……

　　邝放好像经受不住王主任的威逼利诱，终于想起了神游夜总会、魔指堂。一听说魔指堂，王主任立即给自己的肚子响亮的一巴掌，怪罪肚子没帮他记住早已名声在外的魔指堂。这是真的。不少广都人都为这个神奇的地方感到骄傲。就因为魔指堂，至今没有外星人敢来侵犯广都。魔指堂里的每栋建筑，都是按卫星、宇宙飞船、航天飞机、潜艇和航空母舰，以及长江、黄河和珠穆朗玛峰的模型放大了来建造的。如果再给广都人跳起来冲高的一年时间，这里的卫星就可以飞上天，潜艇就可以下海。在前不久费成文带他参观魔指堂时，他恍惚觉得，人类很快就能够随心所欲地在对流层之外生活了。

第三章

　　墓碑上的无名英雄太多了。没有名字的时代早该结束了。哪怕只是小说里的普通人物，也要想方设法取个英雄般的名字。他决不能像某些作家那样马虎，随便逮只小猫小狗来糊弄读者。

11

邝放回到办公室，小杨立即送来三大本关于广都市的经济报告、未来规划和娱乐指南请他学习。堆在桌上的一大摞文件、报刊、信件还没来得及阅读，强制输入的无数信息还没有消化，如果再不屏蔽大脑系统，脑袋多半会像股市一样崩盘。

天气依然燥热。空调不起作用。地球确实变暖了。邝放恨不得把这身皮肉像衣服一样剥掉。他坐在沙发上，昏昏欲睡。

圈圈盼望的敲门声还没有响起，邝放已动了让他下岗待业的念头。一个大男人，整天待在厨房里，让人一闻，一点隐私都没有，还有侮辱大款的嫌疑。如果战争大得让女人走开，厨房就该小得让男人进不去。

在朦胧的灯光里，邝放跟跟跄跄地辨认回家的路。刚到一棵叶杨树下，突然看到一团疙瘩般的影子。他猛地咳嗽起来，用力清空堵在喉咙里的异物。当他眼泪鼻涕一大把地抬起头时，发现一个人站在面前。

"你，你是谁？"

"我是郝……呸。"

"喔……"

邝放自顾自地走了。他边走边想他的小说主人公。他老觉得把小说主人公定为男人不大妥，即使是能够满足重口味读者的大厨，也很可能失去一半读者。把主人公定为让所有男人流鼻血的美女，也可能失去另一半读者。读者是上帝。没有读者，就没有小说。这是真的。

如果把亲戚朋友作为主人公，他害怕被大众指责为贪官，徇私舞弊。

如果把主人公定为青春期的少男少女，虽然不怕天地君亲师骂他欺蒙未成年人，却怕隔壁的猫咪说他只有半截子不成熟的文学水平。如果把主人公定为猪狗之类的动物，花啊草啊的植物，鬼啊神啊的外星人，感到不好把握，他还没来得及把自己的特异功能开发出来。他无法了解动物的思想，无法知道植物的感受，无法揣测神仙鬼怪要干什么。即使文学中有通感通灵、拟人拟物、比喻、象征、隐喻、玄幻、超现实主义等方法，有唯我独尊、是非不分、颠倒黑白的专利，有指鹿为马、张冠李戴、偷梁换柱的手段，但他从来用不顺手。就像白送他一把菜刀，也整不出一朵牡丹花。

如果把自己作为主人公，他担心别人说他还没有资格写自传。他毫无底气像托尔斯泰那样二十多岁就敢写自传。如果按照自己的写作风格，更担心写成讣文，没好好享受自传带来的好处就一命呜呼。不惑之年写自传，不比年轻人写自传、行将就木的家伙写自传。前者青春勃发，可以毫不羞涩地把光鲜的未来塞进去；后者虽然老气横秋，却有许多老到的经验教训垫底，也能使自传肥硕厚实。他终于明白那些死前自传：他们把想象、虚幻、记忆当真了。这是真的。与其现在就写，还不如死后让人代写。

"把地球人当作小说的主角，是件可耻的事。把主角定为厨师，是一桩千刀万剐的罪。地球人，就是一种无聊动物。真不明白地球养那么多人干吗？居然还有那么多畜生把地球人当主人……"

"谁，谁在说话？"邝放被这个突然的声音吓了一跳。

"我是郝呸，不是你的读者。"

只要不是读者，管他是谁。邝放再也不理会那个突然的声音，继续想他的主人公。可思来想去，还是担心厨房里那些抹不掉的油腥味倒读者胃口，给读者以口实，怀疑他的文学水准，批评他的欣赏品味。他不是只有口、舌、胃、盲肠、肛门、生殖器的家伙。自己的公文包只有那么大，能不能装下大厨的沉重，他毫无把握。主人公很关键，是小说的第一步。第一步都没跨出去，就谈不上后来要发生的故事。

邝放正在为难之际，红光一闪，一位粉妆玉琢的少女，巧笑倩兮，飘逸而来。脸若银盘，眼似水杏，唇不点而红，眉不画而翠，腰似水蛇，行若扶柳，蜿蜒曲折，隐隐然成林成峰……正是他寻找多年的美女。

写作在于发现。没有发现，就不算作家。这是真的。他马上做了个独裁决定：把小说主角定为美女，令所有的男人一想到她就欲火中烧的绝色美女。这肯定能搞定所有的男读者。如果写得还像那么回事，凭自己是个功能健全的男作家，也会捞到一两个女读者，说不定还是没有装饰过的原生态美女。

邝放的唾液腺畅通无阻，在嘴角绽开两朵映山红。他的得意笑声，引来了潮水般的喧嚣……苍蝇蚊子嗡嗡飞来，像要帮他驱赶孤独烦躁。它们左旋右转，越飞越快，突然掀起一阵狂风，邝放跟奋协会长一起被卷进了8849世界。一只保养得体的绿头苍蝇正在演讲：

万年规划终于尘埃落定，8849世界只剩下一个部门：最高当局。最高当局直管三个分局——人类管理分局、动物管理分局和植物管理分局，三个分局下设若干分支机构。这是真的。人类管理分局主要负责人类言语行为和思维动态。植物管理分局主要负责花草树木，延伸管理娱乐和文化事业。动物管理分局主要负责甄别筛选动植物。他们对所有地球生物进行精挑细选，把令人厌恶、对地球人有威胁和无用的所有生物进行了集中处置，使地球几乎只剩下了人这种生物。谋杀任何动物（包括人，如果人确属动物科），不会有任何人追究你的法律刑事责任。一部分动物被隔离圈养，供地球人食用；一部分动物被关进动物园，作为活的动物标本供地球人观赏；一部分动物被制成标本，在地球生物博物馆陈列展览，供地球人记忆研究。像苍蝇之类的生物早已灭绝，连进地球生物博物馆的资格都没有。这是真的。8849世界里的年轻人，根本不知道地球上曾经生活着无数生机勃勃的苍蝇、蚊子和臭虫。

地球博物馆的墙壁上，镌刻着那些聪明绝顶的家伙皓首穷经创作的神话传说、编制的族谱和宇宙规划图。这是真的。一只绿头苍蝇正在玻璃窗上嘤嘤嗡嗡地撞来撞去，激情澎湃地发表演讲：

"曾几何时，在广袤的大地上，无数的地球人汗流浃背地为神仙鬼怪修祠建庙，硬要让地球人认祖归宗。不知道伊喜用了什么办法把无为的老子变成有为的，为地球人留下了不知所云的《道德经》。上天干吗要让孔子长出一副让人津津乐道的圩顶掀天鼻，而让地球后人总是看不清老子的真相。耶稣撞见如来佛，会出现什么天象？天下只有一个世界？谁能够指证另一个世界？同样神通广大的上帝与女娲有没有联系过？他们谁的年龄大？他们一旦吵嘴干架，谁会赢？

"按照奋协会长的错误观点，上帝的生育能力肯定有问题，他先造了飞鸟鱼虫、野兽牲畜，然后，只造了一个人：亚当。当女娲第 N 次跟上帝吵架时，上帝粗暴地用亚当的肋骨造了夏娃。因此，亚当夏娃的后代都是近亲繁殖的结果。而女娲一下子就造了一大拨人，千姿百态，生生不息。这是真的。

"根据奋协会长的考察研究，上帝和女娲本来是一对夫妻，恩恩爱爱，和睦相处，还一起草拟过造人计划方案。可因为他们的饮食习惯长期合不来，合伙造人的计划不得不一次又一次流产。这是真的。有一天，他们又为一只苹果吵嘴。女娲说，苹果洗了才能吃。上帝认为，苹果从树上摘下来在左膀子上擦一下就可以吃。双方因此争执不下。那时还没有法院，没有律师，也没地方打官司。暴跳如雷的上帝顺手从亚当身上抽出一根肋骨，想揍女娲。可肋骨在空中起了化学反应，变成了一个女人。上帝望着漂亮的肋骨女人，兴奋起来，不屑地对女娲说：'你以为世界上只有你一个女人吗？'女娲气得摔掉苹果，永远地出走东方。之后，他们才气鼓鼓地各自在东西方造人。世界之所以至今乌烟瘴气，斗争不断，其根源在于上帝和女娲。就因为一只苹果，他们观念相悖，价值取向不一，弄得满世界生灵涂炭，四分五裂。这是真的。

"我曾经畅想过拥有三千嫔妃的皇帝，拥有全人类知识和各种互不相让思想观念的脑袋。他们怎么能做到那些匪夷所思的事情？他们是如何处理问题矛盾的？我也向往过未来的地球人，一种干掉了上帝的新物种，把基因、计算机、纳米、思想、碳基融为一体的芯片人、机器人、人工生命、智能超人，那是地球人美好的未来，足以让地球人提前骄傲一把的子孙后代……这是真的。

"我最讨厌两件事：抒情、说教。天空就是天空，大地就是大地，石头就是石头，地球人就是地球人，根本不需要把自己的滥情俗感强加给它们。凡是真实存在的，根本不需要赞美或憎恨。地球人经常用天上的星星做比喻，差点笑破我的肚皮。在我看来，说教最不可思议。把鹅卵石变成钻石，把鸡变成凤凰，把世界变得美好，这些只有我们才能做到的事，却有不少的地球人相信一说教就能马到成功。这是真的。在第3333世纪的一天晚上，地球人才明白为什么一个皇帝要配一万八千个妃子。因为他们像蜂王一样，想生一大窝公主来征服宇宙。

"这是真的。神仙鬼怪是地球人的终极目标和伟大理想。可地球人至今不明白神仙鬼怪还活着。动物只不过是地球人的试验品。曾经的地球人真可怜，不要说未来，也不要说茫茫宇宙，就是对过去的几十年、几百年、几千年，对他们脚下的这片土地，地球人都只能用古老、遥远、神秘、不解来表述。即使面对每天发生的事情，也稀里糊涂，一知半解，不明真相。

"狮子只想做一辈子狮子。猪从来不想当屠夫。只有人这种动物，从来不想好好做一辈子人。人人都是伪装成猫的老虎。这是真的。地球人之间只有灵魂的区别，而许多人却以自己与他人那点可怜的肉体区别而沾沾自喜，或者垂头丧气。他们唯一值得可歌可泣的作为，就是在动物身上进行不断的试验开发……"

绿头苍蝇好像演讲累了，从前途光明毫无出路的玻璃窗上滑下来，暂停在垃圾桶盖上休息。奋协会长本想给绿头苍蝇端杯热气腾腾的茶水，突然发现这只绿头苍蝇是多年前旱灾的幸存者，难得的活物标本，逮住它，肯定会成为轰动地球的大发现、大新闻。他一直觉得灭绝苍蝇蚊子的家伙都愚蠢和无知。干掉苍蝇蚊子，谁来替代它们？这是真的。他决定对这只绿头苍蝇采取最严密的保护措施，精心培育，让苍蝇在地球上全面复活。那他就名正言顺地成了苍蝇的上帝。崭新历史将从绿头苍蝇开始。奋协会长向绿头苍蝇猛扑过去，绿头苍蝇若无其事地飞走了……

邝放颇感惊奇。刚打一小会儿盹，就到了另一个世界，还免费听了绿头苍蝇的一场精彩演讲。他是在做白日梦，还是在编造故事？他觉得自己对人生太不严肃，就懒洋洋地拨通费成文的手机。费成文说，他正在广都机场，准备去北京参加全国文学主编高峰论坛。

邝放搁下电话，直奔广都文学杂志社。

12

邝放把车停在广都文学杂志社楼下，犹豫不定地坐在车内。不知道要不要打开车门出去。出去干什么？为什么要来这里？请依倩吃饭、喝茶，她会答应吗？被别人看见，会怎么想？他像只惹主人生气被关在门外的拉布拉多狗，既想到草坪上溜达，又舍不得离开主人。

兴冲冲地来，却要悄无声息地离开，邝放心有不甘。他继续呆坐车内，期待风云变幻。这是真的。一辆奔驰车呼地停在不远处的花坛边，从车里钻出来的钱江惊出了邝放一身臭汗，彻底终止了他的甜蜜计划。

邝放只想找个地方藏起来。

他发动汽车，嗖地冲到大街上。

惊魂未定，手机突然叫起来。

"老邝，快来老树咖啡馆。"钱江一副十万火急的口气。

"我……"邝放正想推脱，钱江抢过话头，"我知道你在哪里。"

一个多月了，钱江没有离开广都的迹象，好像确实要回广都定居，或者像他保证的那样在广都投资。他几乎每天都跟邝放联系，请他吃饭喝酒，打牌聊天，泡吧洗桑拿，去神游夜总会，到娱乐山庄，并且保证不打死他，邝放都以各种借口推辞了。他既没有那些爱好，也没有改变对钱江多年来的固执印象。只是碍于同学关系，他不得不偶尔应付一下。

瘫在沙发里的钱江，一点儿不像脊椎动物。他向邝放伸了伸手，继续瘫着，像只沙发垫子。这一伸手，几乎用尽他所有的力气，只剩一点给他的嘴巴。

"依美女怎么没来？"

"依美女是谁？"邝放明知故问。

"别给老子装傻。"钱江瞥了邝放一眼，猛地坐起来，"除了依倩，姓依的人你还认识几个？"

"你到底是想见我，还是想见依倩？"

"哈哈哈！"钱江一阵大笑，"老邝啊，现在啥都要抢抓机遇，超速跨越，何况是美女？你就不怕别人捷足先登？不是吹牛，什么样的美女我没见过？原装的，整过容的，剩下来的，资深的……嘿，那天我还撞到个淑女猎手。这是真的。那个女人长得真……啊哟。我差点就成了她的猎物……不瞒老兄，我是第一次发现依倩这样的美女。我侦察过，她确实是个蕙质兰心的女人。她要是爱你，绝不会一边跟你调笑一边觊觎你口袋里的钱、脑袋上的官帽子。你要相信我对女人的眼光。这是真的。要找女人，就该找她那样的。难道你对这样的美女都已无动于衷？"

钱江是个三句话离不开女人的家伙。即使是赞美之辞，从他嘴里嘎蹦出来，也无一例外地成了怪味胡豆。

"你这么喜欢谈论女人，是不是女人多长了什么东西？"

"女人不是多长了个什么东西，而是缺了个什么东西。这是真的。我见过无数漂亮女人，但从来没有想过爱她们，连跟她们睡觉的欲望都没有。她们啥都不缺，只缺一样……"

"你把我叫来，到底有什么事？"邝放好像要证明自己耿直、够哥们儿，用拳头捶了一下钱江。

"老同学，别紧张，我没有亲戚老表要你帮忙，也没有什么事情要你协调。我发现你们这类人，都是一个模子铸出来的家伙，满脸肃穆，刚死了爹妈似的。你以为见你们就有什么要求，人人都有求于你？你太把自己当回事了。我只想陪你喝咖啡聊天。"

钱江一边说一边把目光不断地瞟向窗外。邝放这才发现，他们的位置正好临街，可将广都文学杂志社进出的人瞧个一清二楚。

"恐怕你不是要陪我喝咖啡吧？"邝放故意把头转向窗外。

"哈哈哈……老同学还不算太糊涂。"钱江压低声音，像个电视连续剧里的地下工作者。

"我正在参加学习教育活动……"邝放极不情愿地挤出一句话。他慢条斯理地撕开奶昔袋，边倒奶边搅拌咖啡。

"我就知道你娃是个有脑子没胆子的家伙。咱们先人早就说过，人无癖不可交，人无疵不可交。博尔赫斯也说过，如果我能够重新活一次，在下一生——我将试着——犯更多的错误。这是真的。我平生最怕的，就是从来没有犯过错误的人。我交往的都是犯过错误、正在犯错误、想犯错误的人。人与人之间最大的区别在于有没有能力犯错误，犯什么样的错误。一个成功者的标志就是犯得起错误。犯的错误越大越成功。犯不起错误的家伙，肯定是个失败者。只有死人不会犯错误。你不会想成为死人和神仙吧？"

"人都没做好，还做什么神仙？"邝放又点燃一支烟，觉得钱江的错误看法跟叔本华的"小人常为伟人的缺点或过失而得意"有异曲同工之妙，但是，他没敢把钱江擅自提拔到叔本华的高度。

"我问你，你到底叫钱江还是叫郝豪玩？"

"我叫什么并不重要。只要我还是我就行。随便你怎么叫。叫我钱江，叫我郝豪玩都行。这是真的。你高兴叫我地痞流氓，我也不反对。"

"你那天为什么不准我叫你钱江？"

"你活了几十年，怎么啥都不懂啊。我不想让那几个女人知道我的真名。在夜总会里，我敢叫你邝放吗？喂，你到底觉得依情怎么样？"

钱江好像在怂恿邝放追求依情，更像在试探他。邝放可不想进他的圈套。钱江的引诱不会让他堕落，虽然他不是不想堕落在美女怀里。

"这跟你有什么关系？"

"当然有关系了。如果你喜欢，我就不夺人所爱。如果你不喜欢……嘿嘿……帮哥们一把。我就是这样一个人。思在未来，行在当下。一万年太久，只争朝夕。这是真的。你可别吃着碗里的，惦着锅里的。你们不是经常说要为人民服务吗？我就是人民……还是个单身人民……"

"你郝董还需要人帮忙？"

"说实话，我就喜欢依情。多年来，我没有结婚，就是在寻找她那样的美女。可那天吃饭时，看你们俩眉来眼去的样子，好有味道……"

"钱江，你娃别乱说。"

镜子背后的女人

"我清楚得很，依倩端给你的不是酒，是水……要不是老兄你，我早就下手了。够哥们吧，老同学。你要是迟疑不决，可别怪我……"

对依倩，钱江不是没有下手，而是没有得手。认识依倩以来，他想尽千方百计都没能把依倩追到手。直到在那天的饭局上，看到依倩看邝放的眼神才恍然大悟。他自作主张地给他们的关系丰富了新内容：情敌。

"随你便。"邝放把半截香烟摁灭在烟灰缸里。

"那好，到时候你可别后悔。我可不怕犯错误。这是真的。犯错误就是故事，没犯错误，就没有故事。没有故事，谁会理你。没有故事，地球人都活不下去。这是真的。人生就是由故事编制的，历史就是由故事组成的，社会就是由故事演绎的。无法想象没有故事的世界会是啥模样，没有故事的人会是啥东西。地球人，就是一种只会讲故事造故事的动物。书上的、报刊上的、网络上的、嘴上的、电影电视里的，都是真真假假的故事。啥叫故事？举个简单的例子你就明白了。结婚不是故事，离婚才是故事。故事的本质就是错误。精彩的故事就是精彩的错误，精彩的错误就是精彩的故事。我知道你们经常谈论我，因为我就是个经常犯错误的故事……当然，我从来就不在乎别人说三道四……"

钱江双手抱在胸前，歪着头，厚厚的嘴唇一张一合，像要努力吐出莲花。莲花没有绽放，他倒笑花满面。他的自吹自擂令人生疑，好像他能做到又吃又喝又不排泄大便。他总觉得自己的人生智慧多得不知道用在什么地方，就肆无忌惮地挥霍。这是真的。天下兴亡，都系在他的嘴上了。他已把邝放当作"粪坑"，拼命把自以为是的东西往里灌。

"站着说话不腰疼。喜欢说教的家伙都是讲贞洁的阉人。"邝放非常清楚钱江不是阉人，没把这话说出口。

钱江滔滔不绝的演讲戛然而止，全身紧绷起来。

邝放知道钱江肯定又发现了美女。读大学时，钱江只要一看到美女，就会绷紧全身，像上了膛的子弹，迫不及待地要射出去。这是真的。钱江腾地站起来，叫邝放不要动，一溜烟跑了出去。

邝放朝窗外一看，一袭碎花连衣裙的依倩正从大楼里出来。邝放的心不由自主地怦怦直跳，就像市委副书记吴开城讲话之前习惯性地要用手把话筒拍得花枝乱颤。

钱江冲过马路，截住刚到大门口的依倩。依倩朝咖啡馆方向看了看，便与钱江一起向咖啡馆走来。

邝放站起来给依倩拉开椅子，依倩说了声"邝主任好"，迟疑地坐了下来。钱江忙不迭地叫道："服务员！服务员！"一边转问依倩："依美女，你喜欢喝什么？"

"菊花茶！"依倩说。

"来杯菊花茶！"钱江大声武气地叫道，又凑近依倩说，"依美女，我没骗你吧。你的大恩人邝主任就在这里。你要多出来跟咱们交流，保证给你免费提供精彩的写作素材。依美女，你就当体验生活。这是真的。青春有限，享乐无限。你天天跟那些缩水减肥的文字打交道，白白浪费美丽的光阴，太可惜了！我刚才跟邝主任在谈论故事和犯错误的话题。我觉得，单一的价值判断是对错误的误解。这是真的。人嘛，千万不要害怕犯错误……我们要敢于做容错服务器……趁还有犯错的机会和能力，赶快犯错吧……"

钱江像被注射了一针兴奋剂，不住口地东拉西扯。邝放几次打断他，他都假装没听见，凑在依倩面前说个不休，弄得依倩坐也不是走也不是。钱江说着说着，耳朵也动了起来。钱江的过人之处在于随时随地都有丰富的表情动作，好像一片树叶都能砸出他猛烈的呐喊。

幸亏服务员端茶上来，才让钱江不得不暂停一秒钟。

"老钱，别光顾着说话，咖啡凉了。"

"对对对！难得依美女赏脸，来，咱们干一杯！"钱江端起咖啡杯自顾自地跟依倩的杯子碰了一下，把嘴凑上去，咕噜咕噜，想要全世界的人都知道他正亲密地跟咖啡在一起。钱江不像在喝咖啡，倒像在往咖啡杯里倾吐什么。吐完之后，他及时告别了咖啡。

"依美女，你去过庞贝古城没有？"

"没去过。"

"我去过无数次。但只记住了庞贝人给咱们后人叮嘱的两句话：尽情享受吧，明天是捉摸不定的，没有任何东西可以永恒。这是真的。依美女，来点抹茶蛋糕还是比萨，再加点红酒？"

"谢谢。你们用吧。钱董、邝主任，我还有事。"依倩推辞道。

"急什么？哪有刚来就走的理？我的面子你可以不给，难道邝大主任的面子你也不给？"

"我真的有事。"

"那我开车送你。"

"不用麻烦。谢谢。"

"哪能说麻烦？能送你，是我的荣幸。"

依倩央求似的看了邝放一眼。仅一秒钟的对视，邝放就陷入了既欣喜又无地自容的尴尬境地。他觉得依倩信任他，而他却成了钱江的帮凶，把她挟持到了这里。

"我等会儿也有事。小依，你先走吧。"

"老邝，你也有事？你们是不是同一件事？邝大主任，嫌我碍眼就吱一声，我立马就走，绝不耽误你们的好事。"钱江嘴里说着，屁股却牢牢地粘在沙发上，没有半点挪动迹象。

邝放真想狠狠地给钱江一记耳光，把他那两片厚嘴唇打得粘成一块。

"小依，你先走吧。我跟钱董还有事要谈。"他怕钱江再说什么出格的话，对依倩说。

"邝主任，钱董，我走了。"依倩站起来，离开了咖啡馆。

"老邝啊，我费尽心机把依美女给你弄来，你居然饭都不请。现在追出去还来得及。这是真的。如果是我，对一个女人真动了心，就没有什么能够阻止我，没有人能够逃出我的手掌心。这是真的。男人只为女人而活，女人只为男人而活。其他的，都是扯淡。"

钱江的放浪形骸已麻木不仁，任何人、任何事到他那里都会拐九十九道弯。这类昵而不敬的风流老手，不是在探寻女人的美，只是在追求形式上的肉体占有，以此获得瞬间的快感。

"老钱，你对其他女人怎么样，我管不着，但你要是再对小依胡说八道、动手动脚，别怪我不客气。"

"哈。我就说了几句真心话，你就心疼了。我知道你娃口是心非。不过，就凭你这句话，我就忍痛割爱。女人嘛，多的是。我也怕这样的女人，她要是真动了情，我可消受不了。这是真的。花开堪折直须折，莫待无花空折枝……"

13

邝放向来对钱江的高谈阔论持审慎态度。但他不得不承认，离开咖啡馆后，钱江的"错误理论"固执地盘桓在他脑海中。从上大学起，钱江就是个异端邪说的发明者，他的惊人言论和口若悬河总能把刚入学的师妹诓得一愣一愣。无论读书的、工作的，有钱的、无钱的，他身边总不缺女人，大多还是让正常男人眼馋的美女。

邝放端坐在会议室里，手肘枕着蓝色桌布，支棱着耳朵，一副认真听会的模样，心里却惦念着美女主人公的名字。一想到小说，他就会瞬间变成另外一个人，连自己都认不得自己。就像大名鼎鼎的先锋诗人绝对零度，为了追求诗情画意，啥都敢干。邝放唯一担心的是，因为美女，有人指责他的道德存在问题，认为他在小说里耍流氓。

美女能搞定一切。小而言之，美女能决定晚餐吃火锅，周末逛商城，淘宝买纸巾。大而言之，美女能左右一个人的命运，改变重大事件的走向，成为战争的导火索，影响历史的脚步。美女作为特殊商品，自古以来就被特殊消费着。即使是几千岁的美女，也能让人津津乐道。嫦娥、妲己、西施、杨贵妃、王昭君、貂蝉、花蕊夫人、维纳斯、海伦、克娄巴特拉……一想到这些熠熠生辉的名字，邝放在取名这个问题上又纠结起来。

给事物命名，意味着占有这个事物。每个名字，都是一首意味深长的诗，一部丰富多彩的小说。一个人的名字，不仅能影响本人的一生，也会对他的家族、社会和后世产生无法预测的影响。即使是一个虚构的名字，慢慢地也会让人信以为真，就像那些神仙鬼怪和圣人英雄。

镜子背后的女人

父母要给我们取名字。我们自己要给自己取名字。别人也要给我们取名字。生前死后，我们有真名、假名、小名、大名、艺名、笔名、职务名、祭祀名、网名、绰号……这么多名字，目的就是让自己也搞不清楚自己是谁。人生有太多的事，必须把它们分门别类地让不同的名字来分担负责。墓碑上的无名英雄太多了。没有名字的时代早该结束了。哪怕只是小说里的普通人物，也要想方设法取个英雄般的名字。他决不能像某些作家那样马虎，随便逮只小猫小狗来糊弄读者。

既然是美女，她的名字就应该很美。既然是天下无双的美女，就应该有个独一无二的名字。可甘副市长把重要的话讲了三遍，他也没想出一个具有爆点的名字。他现在才发现，给小说人物取名，比写小说还难。曹雪芹单凭给小说人物取的名字，就不愧为伟大作家。可他连给美女取名字都感到江郎才尽，真不明白自己怎么敢写小说。在写作这件事情上，他的胆子特别大。有时候，他也怀疑自己把写作冲动误以为写作才能了。

走出邝家坝后，他发现这个世界比邝家坝还危机四伏。他尝试过各种各样走出危机的办法都不管用。最后才决定写作。只要不停地写作，即使没有走出危机，至少也在走出危机的路上。

写小说不能像会议主持人那样，介绍主要领导之后，就用某某某来补充说明还有其他人参加。他可是在进行严肃的文学创作。这是一种立言的工作，稍不留意，还可能成为立德的事业。就像那句悲天悯人的台词："这玩意儿整不好，坑害的是几代人啊！"他必须对自己负责，对读者负责，对历史负责，对后人负责。抛开这些不说，也应该对自己创造的人物负责，对自己的文学才华负责。

他开始动用满腹经纶，要为主人公取个亮堂堂的名字，仅凭名字就能赚三五百万点击量。他反复翻弄桌上的一大堆红头文件、领导的重要讲话、兄弟单位的经验交流发言、模范人物的先进事迹，渴望他们给自己灵感启示。可他翻来覆去地看了无数遍，都一无所获。坐在旁边的规划局长马安俊突然戳了他一下，提醒他组织部长即将开始讲话。

邝放失望地埋下头，在会议笔记本上"唰唰唰"地龙飞凤舞，像挥毫作画的刷子画家范飙。当他为突然忘了"姬"字怎么写而抬头望天花板时，瞥见台上的组织部长正盯着他欣慰地微笑。组织部长肯定认为自己在认真做会议记录。仿佛受到极大的鼓励和鞭策，他蓦然想起了"姬"字的横撇竖捺，再次信心满怀地继续埋首撰写。

写满一大页纸后，他停下笔，直了直酸痛的腰，开始认真视察那些眼花缭乱的名字。它们个个艳丽、雅致、朗朗上口、意义重大、寓意深邃，有一股与时俱进、高瞻远瞩、继往开来、走进新时代的味道。他端详着，越瞧越觉得它们像块状汉诗、橱柜散文，又像行为小说。如果认真凝视，几乎可以把它们界定为第 N 代导演的代表作。如果把它们一起发表出来，不失为一篇可供无数人研读的超现实主义经典文献。如果把这些活色生香的人物推上舞台，即使全世界突然停电，光彩工程也能如期完成。一想到只能用一个，他就垂下头，不知道该如何取舍，就像那些还没有长出胡须的选美评委，面对一溜佳丽，不好立即下手，理所当然地战栗不已。

邝放决定借鉴国际小姐的评选办法，制订美女标准：双乳之间的距离不小于 20 厘米；瞳孔之间的距离是两耳距离的 48%；身高是头部的 8.1 倍；体重不能低于一缕风；骨感可比削铁如泥的越女剑；血压在 71—110（mmHg）之间；心率在 60—100 次 / 分之间；大街上的回头率至少达到51%；哦呀声必须此起彼伏；乌发蝉鬓；朱唇皓齿；肢体透香；双眸剪秋水；露来玉指纤纤软；肩若削成，腰若约素……

评分方式按百分制，网络投票占 1%，转载占 2%，跟帖占 3%，现场打分占 4%，评委意见占 90%。

为了不授人以柄，严格做到公开、公正、公平，他先踢翻暗箱，删除潜规则。首轮淘汰有干爹的，有中间人的，有掮客掺和的，有背景的……二轮淘汰自己掏钱买奖的，出卖肉体的。三轮淘汰烧饼脸、刀子嘴、罗圈腿、有狮吼功的……

最后，他狠下心肠，圈定根红苗正、风华绝代的"丽娜姬丝"。

好像刚结束一场太阳级选美大赛，邝放禁不住为最终脱颖而出的"丽娜姬丝"举起双手，鼓起了掌。刚拍一巴掌，他忽然意识到自己正在会议室里开会，双手就定格在空中。随即一阵滚雷般的掌声响起。一秒钟之差，谢市长像在配合邝放，结束了他的长篇重要讲话。谢市长与大家一起兴奋地鼓着掌，还微笑地望着邝放。带头鼓掌，肯定会得到谢市长在饭桌上颁发的三杯酒的表彰奖励。可邝放不想这样被冤枉，他红着脸低下头，暴露出不胜被表扬的娇羞。

当他再次埋头看到那些被他打上"×"的名字时，忽然联想到使人起鸡皮疙瘩的午门、秋后处斩、午时三刻、菜市口、诛九族、五马分尸、敲砂罐儿、点天灯、活埋、檀香刑、枭首示众等之类的名词、动词、形容词和方言俗语。他瞬间陷入沮丧的泥沼。自己是一个残酷无情的刽子手，干掉了那么多美女，只给读者剩了丽娜姬丝，情何以堪！

邝放忏悔般地望着台上一溜正襟危坐的领导，忽然发现他们是一群法官，正在高台上审判他。他像刚孵出来的鸡仔，哆嗦着不知道如何辩驳公诉人的指控。轮到他为自己辩护四秒钟的机会时，忍不住叫嚷：她是选举产生的……

又一阵掌声，暴风骤雨般地淹没了他的辩护词。他这才发现自己仍然在听会。他定了定神，严厉地告诫自己：别为了小说，更不能为了小说主人公的名字，影响这么重要的会议。取什么名字，不是罪过，但小说很可能成为呈堂证供。这是真的。想到今后随时随地都可以把丽娜姬丝带在身边，他便忍住窃笑。他的嘴巴忍住了，可膀胱却忍不住，腹股沟上下左右地起伏痉挛，好像前列腺出了问题。他的屁股在凳子上不停地磨蹭，像跃跃欲试的牧羊犬。第九位领导的讲话刚刚进入主题，现在去洗手间，简直表现得就像是个不喜欢国学的家伙，没有文化，毫无教养。任何时候，都不能以生理原因为借口为所欲为，更不能不听领导的重要指示……邝放断然把上洗手间的冲动消灭在萌芽状态，及时避免了一起"重大安全事故"，会议在掌声之中继续进行。

今天的会议是意义非凡的选举兼培训会，会期一周，前六天是为最后一天的选举做准备的培训。选举能否成功，关键是培训效果。邝放决定把全部心思收回来，像鲜花一样摆放在会议桌上。

市委副书记吴开城早已准备好讲话稿。无论会上会下，他一说话就抽脊断骨似的摇头晃脑，好像双肩已负担不起他的脑袋。但他摇晃出来的能量足以扛起十口袋钞票。如果脑袋有节奏地配合他说话，多少能体现主旋律。关键是他要表达的意思和他脑袋的摇晃根本风马牛不相及，使人要么闭上眼睛听，要么忘掉耳朵看。

邝放像邝家山养了二十年的那头喜欢磨皮擦痒的水牛，开始新一轮的焦灼不安。他已把美女主人公的名字取好，丽娜姬丝已经竞争上岗，广都旧城已拆迁完毕，失业率已经下降三点一四一五九二六个百分点，广都农民人均可支配收入已逼近一万美元大关……这些老大难的问题都已圆满解决，会议怎么还不结束？

邝放怀疑钱江只是个会讲故事、编故事的普通地球人。凡是成年人，特别是到了"知天命、知是非"的年龄阶段，不可能犯错误，也不应该犯错误。如果犯了错误，只有一种解释：明知故犯。如果一个社会犯了错误，只能说明这是一个还不成熟的社会。人类所犯的错误，尤其是大错误，不是因为无知，而是知道了还要去犯。有史以来，人类犯了多少昂贵的错误、奢侈的错误、虚荣的错误、自私自利的错误……智慧超群的现代人所犯的那些错误，根本没有任何理由要求原谅和理解，没有任何借口要求忏悔和宽恕。一个理性的人，不可能为了一个区区故事，就去犯错。

邝放曾谦虚地跟费成文说，他只想写小说，让电影、电视剧和游戏去讲故事、编故事。

可一想到依倩，邝放觉得钱江的看法不是全无道理。检点过去的生活，他所犯的错误都属鸡毛蒜皮，连一个稍微像样点的故事都没有。他确实像钱江说的那样，天生不具备犯错能力。他向来对自己处理男女关系的水平毫无自信。他对过去所认识的女人，几乎只有心动而没有行动。在这个多元化时代，他的思想行为确实太过单一，没能与时俱进。错误，可以分为小错误、大错误、无关紧要的错误、个体错误、集体错误、卑鄙的错误、美丽的错误。任何人都不可能一竿子打死所有的错误。谁都没有能力抹去已犯的错误。人类所犯的大小错误，都已被记忆和现实可怕地予以原谅。谁不想犯美丽的错误？谁不想理解美丽的错误？爱情错误，无疑是最美丽的错误。一位大明星接受媒体采访时说过："我做了天下所有男人都会做的事。"邝放还想起了一句著名的爱情宣言："我情愿做一个犯错的人，也不愿错过你。"

邝放是男人，也是不想学《葵花宝典》的男人。面对美女，特别是见到心仪的美女，邝放不想控制蠢蠢欲动，也无法控制。即使在如此庄严的会议室里，他也没能抑制住自己的男女思想。只是觉得男女之事是世界上最大的事，处理不好，就会乾坤颠倒、天翻地覆。纵观历史和现实，再也没有比男女之事更大的事。上帝犯的最大错误，就是取下男人的一根肋骨，把它变成了女人。

经过一番痛定思痛，邝放基本上认同了钱江的苦口良言：不想犯错的男人，是一个自私的男人；不敢犯错的男人，是一个怯懦的男人。直立，是人类犯的第一个重大错误。不断的错误成就了现在的人类，也将成就未来的人类。在遭受狂风暴雨般的谣言击打时，他真希望自己就是网民所说的伪君子、贪官、嫖客、毒犯、赌棍，是能够带一大帮龙星人来把地球人统统干掉的超人。在为背叛朱玉找借口和安慰时，他认为，自己只是为了美丽而犯错，为了爱情而背叛。

邝放觉得今天开会已有巨大收获，便目中无人地走出了会议室。

14

阴沉了一周的天空还没有显出晴朗迹象。从好又好商场出来的两个年轻男女，在街边的榕树下拉扯纠缠。好像预知到了不久将至的纳音大地震，他们正在商量如何在互联网上公开宣布私奔。

一股呛鼻的火锅味沙尘暴般地袭来。

麻将声震破了所有窗户。

永陵墓从去年开始取消门票，改名叫永陵公园。前来公园享受人口红利的人越来越多。广都人仿佛本周股市，突然暴涨，使地球比以往任何时期都充满了人的味道。

躲在地下几千年的人再也无法清净。

邝放又忐忑不安地来到广都文学杂志社，小心翼翼地把车窗摇下一条缝隙，四下里瞅了瞅，好像在寻找什么。车前方一根直插云霄的电杆，惊出了他一身冷汗。如果再向前两厘米，就跟电杆零距离接触了。他立即发动汽车，后退两个半轮胎。刚停稳车，他忽然发现那不是电杆，而是高大威猛的独眼巨人，裹着斑斓的衣服，瞪着精光四射的大眼睛，要把他吞下去的样子。

他马上拿出手机，求救似的给依倩打电话。

"我是邝放，在楼下。你能下来吗？"

"嗯。"

好几天来，依倩毫无心思看稿子。她把手机随时放在旁边，警惕任何响动，可除了费成文安排工作的电话、她母亲三天一次的询问电话、她哥哥偶尔的问候电话，没有其他电话。她手机里除了几个老同学的电话号码，只存了费成文、邝放、钱江三个人的姓名和手机号。她过去一接到推销房产、银行贷款、保险、中大奖、教子成龙之类的陌生电话，就迅速把它们打入黑名单。而饭局之后，无论什么电话，她总是飞快地接通。

自从存入邝放的手机号后，她总觉得邝放会给她打电话。她有时也想主动给邝放打个电话，却发现没有什么事需要联系。在接到邝放的电话前，她正盯着电脑屏上的蓝天白云，想把它们放大，置换窗外阴沉沉的天空。她不停地点鼠标，可电脑死机似的不听使唤。电脑上的蓝天白云始终是电脑上的蓝天白云，窗外阴沉沉的天空始终是阴沉沉的天空。

依情连电脑都没关，就起身离开办公室。刚走几步，才想起没拿手提包。她返身抓过手提包。手提包在写字桌上摩擦出来的声响惊动了她的同事。他们不知道一向安静的依情遇到了啥事，纷纷抬起头，目送慌乱离去的依情。

依情一上车，邝放就像变了个人。向来开慢车的他手忙脚乱地扳方向盘、踩刹车、轰油门，像在练习弯道超越，表演速度与激情。车窗外的房屋、招牌和汽车，疾驰而过，只是跟他前进的方向恰恰相反。经过棠湖路时，依情差点怀疑邝放要给她示范飙车撞人特技。

望不到头的广都大道，被鳞次栉比的楼房逼成了一条缝，峡谷里的一线天。一栋栋住宅小区，像钢筋混凝土夯砌的巨型蜂窝。窗户、阳台、空调外机，像多米诺骨牌，倾斜着向他压来。他突然觉得自己力大无穷，即使楼房真的向他倒过来，他也能挺住。它们无非是些捣碎的石头，困在钢筋水泥里太久了，早就打算重新成为石头。他应该成全它们，恢复它们的本来面目。

邝放加大油门，急于躲避所有人视线似的驶上了广都绕城高速公路。

甩脱广都城区后，邝放紧绷的神经才松弛下来。

车窗外的大片植被、稻田、果园和旖旎山丘，绒毯一样铺向远方。邝放第一次见到依情时的那种奇妙的感觉不可抑制地发散开来，那是水乡流淌出的圆润、清澈和娴静。

"邝主任，干吗开得那么快，有人追你？"

依情紧攥着手提包调皮地望着邝放。邝放转过脸看了她一眼。目光交汇的瞬间，他明白了自己刚才为什么有那些不可思议的举动。

"对不起。"

两人同时笑了起来。他们心照不宣的笑声仿佛琤琮溪流，荡涤着发动机的噪音、捉摸不定的气流和尴尬拘谨。车内变得通透而明净。

邝放很久之后才明白，爱情就是从这个时刻降临的。那时的他只想赶快离开广都，与依倩单独相处。他急于想说些话来打破寂静，哪怕是一些毫无意义的废话。

"小依，喜欢吃什么？我知道有家田园野味馆不错。"

"我不喜欢吃野味……现在吃饭还早呢。"

"那我们去爬山，呼吸新鲜空气。你去过三娥山吗？"

"没去过。我是杂志社、宿舍、学校三点一线，很少出去玩。我在广都大学读函授法语，每周上两天课。"

"啊，我也是广都大学毕业的，汉语言文学系。"

"我本科读的是广都大学文新学院。"

现在的文新学院，就是原来的汉语言文学系。

邝放额外得了个惊喜。他与依倩有了一层关系：校友。

"那我就叫你师妹啰。"

"好啊，师兄。"依倩清脆地应道。

自从看了费成文送他的图画本《西游记》后，邝放就迷上了文学。高考填报志愿时，他冲着文学填了汉语言文学系。过去，他与费成文经常通宵达旦地谈论诗歌、小说、哲学。那时的他认为文学是女神。后来，女神下了凡，在地球上变成了人。此时此刻，他相信文学飘进了车里，又成了女神。

依倩说，文学有一种神奇的魅力，任何东西，一旦沾了文学的光，就有了某种光彩。人，总会死去，但文学可能让我们不死，它是人类生命的延伸。她喜欢费成文早期的小说，充满激情，思想新锐，想象丰富，很有艺术质感。他这几年的作品思辨元素较多，直指人性的东西较少，给人感动和想象的空间不大。她认为，最好的作品，是作者与读者共同完成的。作品是人与生命、人与宇宙时空的一种媒介。科学技术消灭了我们周围的黑暗，文学艺术驱逐了我们灵魂的黑暗……

当依倩说到"小说应该是一片旷野"时，邝放受惊般地踩了一下刹车。一辆保时捷从他侧边呼啸而去，吓得依倩缄口不言。好像一谈文学，就有危险似的。

"对不起，我不知道有人要超车。师妹，你没事吧？"

"师兄，你知道旷野是谁吗？"依倩突然问道。

"旷野？我不认识。"邝放心里又是一惊。

"读大学时我就读过旷野的作品。最近，我读了他的一些诗歌、小说。他有三百多元的稿费还在我这里呢。"

"旷野的作品真有那么好？"

"我最喜欢他的《密码时代》，我想有机会与旷野当面交流，如果你……"

"我真不知道。"

"师兄，你就是旷野吧？"

"谁说的？"

"你的同学钱江。"当钱江向依倩保证旷野就是邝放的笔名时，她还将信将疑。此时，她却以确信的口吻说道。

"那是我过去写的。"邝放笑了笑，终于缴械投降，"我的这个秘密，在你面前早已不是秘密。"

他一直觉得说"我是旷野"，就像说"我爱你"一样艰难。

"我以为师兄不会笑的呢。你总是那么严肃，而旷野写的小说却那么幽默风趣。钱江说你就是旷野时，我还怀疑呢。"

邝放承认自己就是旷野后，他们离广都市区越来越远，而邝放的心却离依倩越来越近。依倩那双会笑的眼睛，就这么一股劲儿地钻进他心里。仿佛多看一眼，阳光就会前进一寸，紧裹在他身上的盔甲就会剥落一层。曾经刻意保守的秘密虽然暴露了，他却感到从未有过的轻松。

他曾认为，人有三样东西不能丢失：身体、灵魂、秘密。后来发现，秘密多了，就会成为肿瘤，在体内悄悄病变，搅得人寝食难安。现在，依倩像医生，帮他切除了。

他们俨然成了秘密的共有者、管理者和分享者。车子也像拥有了秘密，备受鼓舞，飞快地拐入一条盘山公路。

邝放将车窗摇下来，鲜香的空气涌入车内。道路两旁，闪过一片片果园。一个个水蜜桃，在翠绿的枝叶间躲躲闪闪。

"我们来早了。桃子再过半个月才会成熟。"

"不，现在才是最好的时候。你看，这些桃子多诱人，想吃又吃不得，只能耐着性子等，等它们慢慢地褪去青涩，一点点变得红润饱满。等待的过程，最让人心驰神往。"

"啊，我想起小时候偷毛桃子……要不，我们现在就去偷一个？"这念头一出，把邝放也吓了一跳。

"好啊，我去。"

依情向桃园跑去。邝放突然担心起来，要是被人抓住怎么办。

小时候，偷桃摘李，几乎没人管。即使被桃李的主人撞见，只会叫你小心点儿，不要弄断枝丫。只有可恶的黑狗，才会咋咋呼呼乱叫一通，吓得人腿都软了爬不上树。

现在的果园都被承包了，一草一木都标了价，有了主人。这是真的。"上帝目光所及，皆可交易。"世界就是市场，社会就是卖场。只要有人需要，啥东西都可以说价值连城。阳光、空气、树荫、彩虹都会被折算成钱来买卖。他们也许算不出自然风景的价值，却能飞快地算出价格。在清风明月都敢买卖的时代，即便有闲，也享受不到风景。

在贾金强全面承包广都市后，不管什么东西他都敢卖。只要能卖的，他都卖了，包括人、职位、土地、广都美好的未来。广都地区所有的东西一下子金贵起来，消费水平月月创新高，GDP 年年创纪录，广都银行的钱多得用不完。

奋协会长认为，广都市之所以雾霾肆虐，就是因为贾金强卖掉了对流层的清新空气；纳音大地震的发生，也是贾金强卖掉了一点五万米厚的广都土地的缘故。

邝放坐在车里东瞅西望，像个微电影里望风的同谋犯。

枝叶间的桃子，一半被阳光舔得绯红，另一半还是毛茸茸的青皮。露在树顶的桃子，仿佛早起的太阳，太高了，够不着。站在桃树下的依情，迟迟没有动手。她看了好一会儿才拿出手机。依情说，这些"未成年桃子"精灵般可爱，她下不了手，只好用手机把它们摘下来。

邝放差点说，等到树上的桃子熟得可以吃了，却又吃不了几个，只能眼睁睁地看着它们萎蔫下去。即使不采摘，也会掉下来。成熟的命运只有两种：被吃掉，烂掉。它们拒绝成熟。它们渴望自己永远都是青涩的。那是希望啊。丽都花园小区有两棵石榴树，每年只看到石榴树开花挂果，从来没有看到过石榴成熟。不知是哪些性急的家伙把它们早早摘掉了。

依倩给邝放看她用手机拍的桃子，饱满、结实、鲜亮。风撩起依倩的长发，向邝放的脸颊拂过来，那不可阻挡的气息令他心旌摇荡。下了车，邝放狠狠地吸了一口气，又狠狠地把它吐出来，好像从来没有在光天化日之下生活过一样。他感到神清气爽，嗅到了花香果香，听到了树枝发出的簌簌声。他还惊喜地发现，他与依倩有了某种默契。仿佛一个眼神，就能读懂对方心思。他有种要把依倩揽入怀里的冲动。但是，他不敢。至少，今天不敢。

他过去觉得自己年龄大了，不可能像年轻人那样热情奔放。现在觉得年龄并不能说明一个人是年轻还是年老，一个人对世界万物的感受力才是关键。人的感受力一旦钝化，世界就变得单调、僵冷、怪异、死气沉沉。感受力强，说明年轻；感受力弱，说明老了；没有了任何感受力，就死了。许多现代人，不是在进化，而是在钝化。他们几乎成了按钮、遥控器、手柄、键盘，晃一晃，摇一摇。

在三天的爱情里，他跟依倩开玩笑说："我们第一次见面那天，我才出生。我的生日是1月28日。"他觉得，一个人有两个生日，母亲生下我们的那天，自己生下自己的那天。

旷野从后备厢里拿出相机，边走边按下快门。他要抓住那些色彩、美景，把它们装进相机带回去。过去，他的爱好很多，现在，只剩下了一个：摄影。原因很简单：自己不会进入镜头。目的也很明确：只照他人，只照他看到的事物。有时候，某些人要给他戴上摄影艺术家的帽子，他也没有推辞。照相机，几乎成了他与这个世界最表象的联系。

正当两人小心翼翼地互相探寻彼此时，费成文的电话不识时务地把邝放从三娥山上拽了回去。在北京喝酒时，费成文听说魏主任酷爱字画，特别喜欢徐悲鸿。为了邝放的锦绣前程，费成文决定把自己的珍藏送给他，叫他去通融关系。

邝放不敢告诉费成文，自己此时正在三娥山上，与依倩在一起。察觉到邝放的犹疑，费成文生气了："你应该比我清楚魏主任对你的重要性。别婆婆妈妈的，马上去办。雪莉在家等你。"

依倩捧着一束紫茉莉花，向他跑过来。

邝放挂断了费成文的电话。

回城的车速，缓慢而凝重。依倩也感觉到了沉重的牵引。她默默地抱着紫茉莉花，想说什么，但直到告别，什么也没说。他们之间，矗立着一座灯火璀璨的城市。它给他们的，不是亲切和温暖，而是坐标、方格、栏杆、摄像头、红绿灯、禁行标牌，无所不在地提醒着各自的位置。

人类兴高采烈地在大自然中隔离出一个空间——城市，以为住在城里才安全、幸福、快乐、应有尽有，背靠城市就能与大自然抗衡。因此，许多人想方设法地扩大城市，用城市不断攻击大自然，恨不得把整个地球变成城市。越来越多的人在城市里出生、生活、死亡，一辈子都没出过城。

刚进城，邝放就在要不要请依倩吃晚餐这个问题里挣扎。直到开到南湖小区，他都没能做出决定。现在的广都确实成了一座大城市，大得他走遍市区的角角落落，也不会碰到一个熟人。可一旦走进宾馆、饭店、茶楼，总觉得广都市太小，哪里都会撞见熟人。

邝放把车停在小区大门对面，没有熄火。依倩打开车门。一朵紫茉莉花触了一下他的脸颊，他恍惚觉得那是依倩飞过来的吻。可依倩瞬间不见了，好像她从来没有上过他的车。

当独自驱车穿过喧嚣的广都大道时，邝放又被孤独逮住了。

第四章

　　他知道吸烟有害健康，但从来没有想过戒烟。戒烟是一种妥协，是懦弱的表现。一支烟都对付不了，还能怎样？点燃一支烟，吸一口，世界就会平静下来，再吸一口，天大的事情都已解决。

15

　　费成文主业搞收藏，业余当主编。在经济差不多已经崛起了百分之六十的现在，收藏家越来越多，收藏热居高不下，就差龙星人来收藏地球。在这个收藏时代，人类喜欢存储的天性几至巅峰。只要能认识三个以上汉字的地球人都心知肚明，身份这东西，不是西装革履穿金戴银涂脂抹粉侃侃而谈就轻易蒙骗得了的。只有物质和文化联手，才有可能震慑住身份。要有文化，非得有相当的知识垫底。要获得相当的知识，不能光指望谷歌、百度。有些人就走捷径——干起了收藏的营生。古董字画在家里，就像知识在肚子里一样。

　　费成文搞收藏纯属家族渊源。费通晓除了画画，还酷爱收藏，恨不得把呼吸过的空气收藏起来。遗憾的是，他忘了把自己的收藏基因收藏好，一不小心传给了费成文。自从费成文进入收藏界后，敏锐、犀利、狂放不羁就从他的诗歌小说里逃跑了，把他的藏品当成了避难所。

　　有一次，邝放指着徐渭的《菊竹图》问值多少钱。费成文生气地说，辗转几百年才到这儿，你说该给多少路费？他在电子时代生下的宝贝女儿却对他的宝贝藏品嗤之以鼻，说它们只是些破烂玩意儿：锈迹斑斑的青铜大鼎还不如她小时候的玩具，乾隆皇帝用过的金碗玉勺还不如她每天吃饭喝汤的银勺瓷碗，齐白石的画还不如她用手机拍的照片……他的女儿经常说，她有遗忘的自由、放弃的权利。他们这代人，恐怕只有龙星人镇得住。费成文有时也不得不感慨自己没有与时俱进，慨叹时代变化太快。

　　费成文的家是个货真价实的民间博物馆。无数古里古怪的东西像模像样地挂在墙上，放在地上，摆在储物架上，还贴有文字说明标签：女娲补天时落下的五彩碎石，姜太公挥舞过的神鞭，董仲舒嗅过的鼻烟壶，唐明皇送给杨贵妃的定情物——一副小丑面具，慈禧尿过的夜壶，恺撒送给埃及艳后的还没有用完的半打香水，拿破仑在腰带上挂过的火枪，韩信钻过的裤裆，唐伯虎用擦屁股的宣纸作的画，贾宝玉的通灵宝玉，以色列民族的约柜，霍比特人的金戒指……这是真的。

费成文收藏这些东西，只想佐证一种艺术观：凡夫俗子啥都不懂。

邝放像刘姥姥第一次进大观园，算是开了眼界。这个玩世不恭的费成文，真是厉害，搞到这么多玩意儿，居然把维纳斯失落的断臂都给找到了。

邝放想笑，但忍住了。而靳雪莉却嘻嘻笑了："邝大哥，这些都是老费的恶作剧，你别当真哈。他故意布置这些东西逗他们玩。别看了，我们上楼去。"

穿梭在收藏品中，邝放好像走过了一万年，才恍惚来到另一个世界。

雪莉指着墙壁上的字画："这些才是老费的宝贝。他说，你看上啥，都可以拿走。"

"雪莉，还是算了，等老费回来再说。"

"这可不行。你不拿走，老费回来得怪我。再说，这些东西，放着也就放着。"

雪莉从保险柜里拿出一个檀香木匣子，从中取出一幅画，轻手轻脚地放在桌上。

"这是徐悲鸿先生在重庆筹建美院期间画的。徐先生为了感谢老费他爷爷，画了这幅画送他。"

蓦然面对徐悲鸿的真迹，邝放仿佛受到了某种刺激，浑身一震。这是真的。他嗅到了久远的翰墨味，听到了奔腾的马蹄声，感觉到了席卷而来的排山倒海的气势。画上只有几匹马，又像有无数匹马。每一匹马，从骨骼到形神，扬起的鬃毛，草原的雾气，都栩栩如生。

邝放画的画还不如他两三岁时在床上画的地图，他的艺术知识完全能够分辨出国画和油画，但是，要他像《艺术人生》的主持人那样说个一二三，瞬间就会成为色盲。虽然贾金强去年兴冲冲地抱回来一块"全国文化先进市"的镀金招牌，也没能提高邝放一厘米的艺术水平。

因为贾金强喜欢收藏字画，广都市的著名画家便雨后春笋般地冒出来。夏不凡断定已没有地球人看得懂他的画，盘算着把精心创作的《嫦娥与玉兔》送给嫦娥姐姐，以求进一步发挥卫星飞天的作用。可嫦娥姐姐没看懂，不敢收藏，就拜托神州卫星给退了回来。夏不凡毫不气馁，不相信整个宇宙没有一个知音，又把大作《美猴王》塞进长征火箭，捎给玉皇大帝。长征火箭知道自己肩负的伟大使命，一上天就铆着一股劲儿向无垠的太空飞去，至今没有飞回来。为此，夏不凡逢人便说，玉皇大帝喜欢他的画，王母娘娘已把他的大作收藏在寝宫里。

"拿去吧。"雪莉把《万马奔腾》卷起来，装进匣子，递给邝放。

邝放没想到费成文居然舍得把传家宝给他。他虽然搞不懂艺术的价值在哪里，但心里明白这幅画价格不菲。他摇了摇头说："我不能要。"

"不是要你要啊。"

"谁都不能要。"

"邝大哥……"

"这幅画只能在这里。我走了。"邝放转身而去。

等靳雪莉追出来，邝放早就没影儿了。

正在藤椅上打盹的费通晓突然睁开眼睛问："走了？谁走了？唵！"

"爸，邝放走了。"靳雪莉说。

费通晓在靳雪莉的搀扶下，颤巍巍地要站起来："谁是狂妄？唵！"

"是邝放。"

"邝放啊，他怎么了？"

"他走了。"

费通晓对死字越来越敏感。自从他的几个好友相继去世后，每当不得不说死字时，就把它翻译成走。他每天晚上有意无意地跟老伴方妮嘟囔："我要走了。"可第二天还没天亮，他又窸窸窣窣地爬下床，准时去新城公园跟空气玩——甩手跌脚地开展走步锻炼。方妮开始听他说那句不吉利的话时很生气，后来习惯了，就故意一本正经地问："你要走？去哪里？"他便狡黠地回道："你晓得的。"方妮撂下一句"一路走好"，就忙她的事去了。

有一次，他们又为安不安装地暖的事拌嘴。

方妮多年前就想安地暖，认为不可能通过散步来战胜衰老，必须借助地暖的温暖力量。她在北方出生长大，受不了广都阴冷潮湿的天气，还不得不长期忍受丈夫喜欢开窗户的习惯。平时，她回家的第一件事是关窗户，费通晓回家的第一件事却是开窗户。

费通晓受不了干燥的空气，就像方妮始终不喜欢广都的潮湿。在北方住不了三天他就全身发痒，抓得满身伤痕累累。

费通晓好像第一次见方妮，惊讶地说，我们有空调啊，广都比北方暖和多了，你不怕北方的冷，还怕这里的冷？你在广都生活了几十年，还没适应？

方妮生气地说，我可以适应你几十年，可一直受不了这里的气候。进而又提起"粉条面条"事件来。他们从认识开始，就一直对米粉做的丝叫"粉条"还是"面条"各执己见。几十年来，费通晓只叫它"粉条"，方妮从不改口地喊它"面条"。他们在饭店点菜，经常因为是吃面条还是粉条发生争执。

费通晓发现方妮这次对安地暖的事要动真格了，就让步道，你说它是面条就是面条，我从今以后也叫它面条，还不行吗？可方妮并没给面条面子，执意要安地暖。这使费通晓几乎感到了绝望。他不仅因为地暖生气，更因为方妮敢在几十年后开始跟他有不同意见而恼怒。方妮赌气要跟他分屋睡。他坚决不同意，惊慌失措地说："我们几十年睡一张床。分屋睡，我走了你咋晓得？"

直到突然发生纳音大地震，安不安地暖的事才不了了之。

费通晓嘟囔着重新坐回藤椅："邝放走了……走了……他年纪轻轻的……怎么说走就走了呢……"

16

　　当苦丁茶叶在杯中舒展开来时，邝放又点上一支香烟。温暖的茶香，袅袅的烟味，不停地在客厅缭绕。他不停地吐着烟圈，茶杯不停地冒着热气。他与茶杯活像一对难兄难弟。

　　他抚摸着自己的脸颊，努力回味着紫茉莉花的吻，想挽留住那瞬间的甜蜜，却感到无能为力。他抓过遥控板，使劲掐了一下，家里瞬间热闹起来。可他始终无法与那些欢乐的地球人"共度今宵"。

　　他把自己丢在沙发上，指着电视屏幕，不停地换频道，认真检查广都市的娱乐工作。最近在电视机里频频露脸的杨洋喜，脖子怀孕般地越来越粗壮。拥有鹭鸶腿甩饼脸的迅女明星，在红地毯上摇摇欲坠。喜欢霸屏的李不清还在用土语和变性普通话给大爷大妈讲鸡毛蒜皮的民间故事。日本与中国又开战了，一把擦掉鼻涕的小英雄一下子又干掉了九百一十八个日本鬼子。容嬷嬷又把小燕子毒打了一顿。大灰狼又跟喜羊羊结婚了。康熙大帝刚安慰了香妃又马不停蹄地去安抚甄嬛。子弹又飞了起来。蛋蛋狗又开始发飙。乔少爷又跟八姨太睡在了一起。王宝器又在泰国被一颗仙人球打了个大嘴巴……逗得电视机背后一群吃西瓜的群众兴高采烈地学鸡飞装狗叫。检查完娱乐工作，邝放拿起一本书，发现那些呆板的文字仿佛混沌不清的人脸，读不出任何意义。自从看了小时候费成文送给他的图画书后，他第一次对书失去兴趣，恨不得像高考结束的学生，把书撕扯得满天飞。

　　突然，手机"嗡嗡嗡"震动起来。他瞅了一眼，两个电话是李董的，三个电话是钱江的，还有几个是同事的，以及一条又一条不知疲倦的短信。这些电话短信不是请他喝酒打牌泡妞这些小事，而是找他帮忙拿土地进军房地产，询问美国最新动向、联合国决议之类的大事。

邝放突然有种冲动，把手机砸碎。这么多年来，自己被手机绑架了。那些人不是要找他，而是要找他的手机。他成了手机的替代品。因为手机，所有的人随时随地都能找到他，让他无处藏身。

贾金强早就明确规定，开会时必须把手机调成静音或者关机，有他在场绝不能随便接打电话。有一次，他跟一帮下属吃火锅，吴德接了个电话，他立即铁青着脸，给吴德的手机判了个"斩立决"：抓过吴德的手机丢进沸腾的火锅里。在其他下属看来，贾书记受到了牛顿煮手表故事的启发，禁不住齐声喝彩。

邝放看了看四周，没有火锅。可手机还在不断闹腾，跳跃着一个又一个电话号码。邝放皱了皱眉，在下一个电话闯进来之前，迅速卸去手机电池。手机好像突然失去生命，终于安静下来。

掐灭烟蒂，邝放走进盥洗室，让热气腾腾的清水洗涤他的孤独、疲惫和昏聩，让外来的热量除掉身体的寒意和污垢。热水从莲蓬头里分成若干股，冲破水龙头似的直击花岗石地面，发出长久被压抑的扑哧声、噼啪声。他迅速脱光衣服裤子冲进去，像要阻止水的坠落，保护花岗石地面不被淹没。他要让所有的水都冲他而来，即使大海翻过来也不怕。

从莲蓬头出来的水，温柔细腻，力度不大，砸在身上没啥感觉。不冷不烫的水珠，密集地喷洒着他赤裸的身体。他用双手使劲地揉搓不再光滑的肌肤。自己的肮脏像粗糙的皮肤一样搓洗不掉了。他的下体突然渴了似的有了感觉，抬起头来向他证明他的肉体还没有完全松弛，提醒他不应该对自己感到完全绝望。

他闭上眼睛，任由温暖的水在他身上流淌、横溢。

淋浴出来，邝放突然瞥见镜子里有个人影。那是邝勇，被他弄丢了的弟弟，正面无表情地站在断头崖上。自从邝勇莫名其妙地不见后，他一直感到内疚，经常在镜子里看到弟弟。有时候，他觉得弟弟没有失踪，一直在他身边，跟他如影随形。弟弟从小体弱，安静，胆怯，母亲经常要他照顾好弟弟。在弟弟失踪前，他们从来都一起出门，一起回家，几乎形影不离。可弟弟没少受他的欺负，最后还被他弄丢了。多年来，他一直在悄悄寻找弟弟，但至今音讯全无。

他戴上眼镜仔细一瞧，发现那不是邝勇，而是被压扁了硬塞进镜子里的自己。他在镜子里看了自己近四十年，可每次都匆匆而过，从来不曾这样细致入微。自从听到体内骨骼发出嘎吱声后，他第一次下定决心坦然面对自己。可他经常感到困惑：镜子里的人和镜子外面的人，哪个更真实？难道自己是自己的赝品？他虽然说不清楚自己应该是个什么模样，可仍然无法确定镜中的那个人就是自己。

他像个侦探，开始认真研究，试图从中追查出一些线索。可脑袋根本不配合他，刚逮住一个疑点，瞬间就忘了；刚理出一个情节，马上就模糊了。他与镜子对视着。

镜子里的男人已显衰老迹象，额头、眼角、脸颊被深深浅浅的皱纹霸占了。人是衣服，一经岁月的搓洗，便旧了，皱了，熨斗都熨不平整。难道他在别人眼里就是这副模样？是谁为他挑选的这张脸？是镜子，是生活，还是无情的岁月？毛延寿活该倒霉，他干吗自作主张为王昭君挑选面孔，使她"独留青冢向黄昏"。可皇帝可以杀毛延寿泄愤，为王昭君平冤报仇，他能怪谁呢？他能把镜子、生活和岁月判处极刑吗？

他只能带着这副尊容苟活于世。

邝放所在的办公楼里有无数镜子，像墙壁的眼睛。楼梯间的大镜子，能装下所有经过它面前的人。每当他从中瞥见自己时，就感到自己变形了，正在经历一个完全丑陋的阶段，像个还没有被逮住的意识犯。

认识依倩以来，邝放最怕跟镜中的邝放对视。每次经过镜子，他总是以最快的速度走过。他担心镜子能映照出他藏在心里的秘密：依倩。他觉得依倩就躲在镜子里，他在看到自己的同时，也会看到依倩。

盥洗室内，水雾还没有完全消散。刚享受过的温暖，急急忙忙地离开了他。他忽然认为，那不是他的皱纹，不是他的眼泪，那是镜子的皱纹，是镜子的眼泪。他拿起毛巾，要为镜子擦去眼泪，抹去皱纹。可擦抹的痕迹逐渐蔓延成巨大的蛛网，从镜子里扑出来，将他整个儿地包裹、吞噬……他突然害怕起来。镜子是一间牢房，他已被囚禁。

他仓皇地逃出了盥洗室。

无论白天晚上，邝放一直控制不住自己做梦。在天空里自由飞翔。卡在潮湿的岩洞里进退不得。躲在一只大木鼓里漂泊。被巨蟒追赶。像龙卷风一样不停旋转的满天星星。一群围着他叽叽喳喳上蹿下跳的猴子。一股滚烫的岩浆热血般在大地上流淌，所到之处呈现出另一番新面貌。他四处收集时间，发誓要破解宇宙秘密……

邝放不是被这些梦吓醒，就是大汗淋漓地从梦里爬起来。梦把他暂时抛出了现实。梦是他无可奈何的躲藏地。他过去喜欢把自己做的梦告诉朱玉。有一次，他跟朱玉说，他昨晚做了一个"乘坐到美国的飞机，却在瑞典降落"的梦时，朱玉讥讽道："跟我睡在一起的男人，原来并不在我身边。"从此以后，他不再跟朱玉分享他的梦。

他经常跟费成文抱怨说，做梦也累啊。

躺在沙发上，他又开始做梦，梦见一个叫他赶往某地修理大机器的命令。命令的后面有个附件，是大机器的简要说明：地球人花了无数思想智慧、心血肉体和资源，建造了这部大机器。他们一直在给它抹油涂粉，防止它生锈腐烂，使之金光灿烂。两千多年来，没有任何阻挡的大机器一刻不停地高速运转，一往无前，随心所欲。

如此严密、完美的大机器怎么会出毛病？它到底出了什么故障需要他去修理？命令写得非常明确，措辞也异常严厉。就在他犹豫不决的时候，又收到了手机短信。他不懂机器，从来没有修过机器之类的东西，连手电筒坏了都无可奈何，电脑死机了也束手无策。这可能是一个弄错了对象的误会或恶作剧。他想告诉发布命令的人，但不知道是谁在发布命令。他想拒绝，又怕承担后果。他反复把玩命令，越看越迷糊。那不是命令，而是鲜血染过的令箭。他必须执行。他没有任何选择余地。他非如此不可。

一声诡异的呼哨后，一栋直插云霄的大楼洞开了一扇门。他忐忑不安地走进去。里面静如铁桶、密如蛛网，活像一座无限迷宫。这是真的。感觉什么都有，又空荡荡的一无所有。充满了嘈杂喧嚣，又死亡一般无声无息。变化万端，又一成不变。没有任何标识，又处处都是标识。刚才还暗无天日，转瞬之间又光辉灿烂。怪异的声音从四面八方传来，轰隆隆的搅拌声、脖子折断的咔嚓声、双脚拖出来的镣铐声、饥寒交迫的哆嗦声、橡胶击打出来的沉闷声、耗尽力气的喘气声、捏住喉咙发出的吃吃笑语……

越往里走，声音越大。

这就是命令要他修的大机器？

邝放感到了危险，仿佛一不小心，就会触动某个机关，使自己粉身碎骨。他想让机器停一停，或者声音小点，可大机器根本不听他使唤，毫无停下来的迹象。大机器停不下来，就是它的毛病。可怎么修理，他束手无策。他着急起来，只想尽快修好机器，完成任务，离开这里。

他心惊肉跳地四处寻找，可始终找不到人，找不到门，找不到路径，找不到任何指示牌。他迷失了方向。他被困在大楼里了。他被活埋了。他浑身长满了青苔、真菌和虫子。

他不停地问自己，为什么要来这里？来这里干什么？修理坏掉的机器？向门里的人汇报思想、寻求帮助？恐惧和希冀在他的意识里游荡。颤颤巍巍的他，一会儿觉得自己与这部机器融为一体，成了机器的一个按钮，一会儿又觉得自己正驾驭着这部机器。慢慢地，他丧失了意识，只是机械地寻找。寻找，就是他这辈子唯一的目的。

在几次短暂清醒的间隙，他决定离开，可已找不到出口。没有完成任务，他就不能离开，不敢离开，也无法离开。自己再也出不去了，只能待在这里。即使完成了任务，也离不开了。他绝望地想要炸碎大机器。可他清楚自己既没有能力毁掉它，也没有办法修好它，就像他明知自己在梦里却无力打破梦。这是真的。

一部饥渴的电梯大张着口，像在等他。他不由自主地飘了进去。刚进去，电梯门就像一把铡刀合拢过来。他被斩首了。脑袋在外面，身子在电梯里。他痉挛着想冲出去找回另一半的自己。电梯合拢的一丝缝隙像黑黝黝的利剑正等着他撞上去。他立即向侧边挪去，紧靠冰冷的电梯。

"呜呜呜"的电梯摇晃着直线下坠，像一头怪兽在寻找传说中的地狱。他不是在上升，而是在下降。电梯要把他带进阴冷窒息的地底。他的脑袋昏昏沉沉，胸口越来越闷，几乎喘不过气来。这不是电梯，这是一个失重的空间。空气越来越稀薄。周围的力量愈来愈强大。全身血肉寻求保护似的拼命内缩。他越来越小、越来越小、越来越小……

电梯一股劲儿地要把他变成肉丸。他想呕吐，可吐不出来。呕吐的力量太小，无法抵御强大的外力。电梯里只有他孤零零的一个人。没有开门键，没有急救电话，没有通风口，连合拢的一丝缝隙也不见了……他闯进了孤独。这是真的。

他只希望电梯赶快停下来，无论停在地上三百层还是停在地下三百层。可电梯失控了，像匹无法驾驭的疯马，没有任何节制。在风驰电掣的速度里，他与电梯越贴越紧。他嵌进了电梯。电梯嵌进了他的灵魂……铁皮做的面孔。僵尸。血染的印章。漆黑的文字。停滞的画面。吱吱尖叫的老鼠，要从他的鼻孔里钻进去……这是真的。

一个人影从他身边闪过，眨眼工夫消失在蓦然出现的门里。他终于找到了一扇门。即使是地狱之门，也要进去。他趋步来到门边，抬起手，轻轻敲了一下。门里没有丝毫动静。他稍微用了点力，可还是没有动静。他知道他要找的人就在里面。可门一直紧闭着，仿佛一个死人再也撬不开的嘴。这是真的。现在只剩下一件事：等。

他等来了白发、皱纹、佝偻、衰老，门依然悄无声息。他不敢破门而入，又不敢擅自离去。疲惫不堪的他想倚着门睡一会儿，可害怕在他睡着时门突然打开。他渴望这扇门马上打开，又希望这扇门永远关着。他一直在门外守候着，憋了一肚子的污秽也不敢离开。这是真的。时间停滞了。命令喝醉了。这不是一扇门，而是一堵墙，一个洞。他的双腿可耻地颤抖着。他的眼睛不争气地想要闭上。那个人出不出现已无关紧要，那扇门打不打开已毫无意义。可他必须见到那个人，看见这扇门打开，不为自己，不为命令，什么都不为。他不相信门会永远地关闭着，那个人永远不出来。造门的唯一目的就是把门打开或者关上。

他坚忍不拔地站立着。

一只蚊子从门缝爬了出来，肥硕的身躯被门缝挤压得将要爆裂，但它仍然努力地往外爬。蚊子的特点是细小，锥人之后，持续痒痛，让你忘不了。它留下的证据是红肿，堪比唇吻之痕；声细而密集，久而久之，就成了糊嘴之蜜。他恍然大悟，自己进不去，是因为自己还不细小。如果是一只蚊子，就可以从门缝里爬进爬出。他开始思考怎么才能变成蚊子。想着想着，他的双腿要放弃他身体似的越来越无力，脸色越来越黯淡，手臂正在细化成翅膀……这是真的。

他重重地跌坐在地，惊动了一只肥蚊，肥蚊展开翅膀，没跟他打招呼就兴冲冲地飞走了。一只瘦弱的蚊子伏在门缝边，正准备爬进去。又一只蚊子飞来，又一只蚊子飞来。门缝边已经爬满了嗡嗡的蚊子。还有许多苍蝇飞舞着，着急地寻找门缝。他知道自己再不变成蚊子，就没有任何机会了。可他的手总是伸不开，腰始终细不下来……

他忽然高兴起来，与其在这里无望地等待，何不与蚊子们嬉玩一番。他伸出双手，想邀请一只蚊子跳舞。可随着一阵疼痛，他干瘦的手背就露出了殷殷血迹。他没变成蚊子，却变成了一颗钉子。他被锤打着刺进了千层板。他把千层板紧紧地连在一起，自己也深陷其中不能自拔。

就在他苦苦挣扎时，突然听到了一阵阵脚步声由远而近。他发现过道里满是黑衣人。黑衣人是来驱赶他的、抓捕他的？可他已无法逃窜，无处躲藏。只有一片黑暗。他纵身一跃，把黑暗冲出了一个黑黢黢的窟窿。这就是大机器的故障？这就是命令要他来修的地方？不。这是他的出口，唯一的出路。

他拼命向洞口奔去，"哐啷"一声，堵住了洞口。卡在洞口处的他拼命挣扎。汗出来了，泪出来了，血出来了。他成了肉丸子、黏合剂、砖头、预制板……他堵住了洞口，填补了窟窿。

一阵热烈的掌声骤然响起，大机器再次轰轰烈烈地运转起来。

他终于修好了大机器。

17

　　每当想到自己的仕途，邝放就充满了花飞叶落的情绪。为了浇灭那种情绪，他就拼命喝酒。费成文为他的酒量激增感到惊奇，只有他自己明白是怎么回事。当上地方办常务副主任后，他对自己的锦绣前程已经心灰意冷，可费成文热情澎湃的鼓动，又动摇了他的凡心。他继续挣扎在尘世的追逐里，做一种毫无结果的努力。他不得不把那天饭局上的惊喜藏在心里，偶尔一个人时才敢拿出来回味。

　　按照现行的法律法规，身为有妇之夫的邝放已没有谈情说爱的资格。虽然没有任何法律法规强制规定爱情发生的时段、环境、对象，但没能彻底根除的胆怯，仿佛草原上的栅栏，有效阻止了他再往前跨一步。他觉得，爱情是个严肃的事情，不能贸然出手。昆德拉说："爱情一旦公之于众，会变得沉重，成为负担。"因此，他与依情的师兄妹关系至今没有增加可圈可点的新内容。他只想与她保持一定的距离，望得见她的距离。依情只是个意外，是他生活中突如其来的惊诧。就像离开枝头的一朵花，被他偶然看见了。在忙碌的间隙，他认真阅读依情的作品，关注她的博客、微信，仔细倾听钱江他们谈论她，暗暗寻找跟她偶遇的机会。

　　一周过去了，爱情仍然没有着落。费成文许诺的副市长候选人也没有动静。生活里没有新鲜事。工作中缺乏激情。看不清网友的真面目。邝放只好摸进唯一免签的地方——8849世界。他要用写小说来和谐自己的心态，忘记仕途和爱情的纠结。可往往写不了几句就写不下去。

　　他禁不住反思：躲在办公室里写小说，这算哪门子事？撇开朱玉的金玉良言不说，就目前的大好形势来看，写小说确实不务正业，有"为赋新词强说愁"的嫌疑，既对不起妻儿家庭，也有愧于工作和领导。他非常清楚，他还没有把小说稿变成钞票、把诗歌当作请示报告的本事。现在的诗歌小说还不如段子微信来得实惠。现在的诗人作家不敢叫太监脱靴、贵妃研墨，不敢"天子呼来不上船"，也没有免费睡青楼的待遇，他们最大的胆量就是拿科长开涮。他曾经想用一首诗把现实撕开一道口子，用一声叹息赶走雾霾。结果是自己受了伤，雾霾越来越严重。可他就是管不住自己的手脚脑袋，每天不写上几句，就像跟猪狗鸡鸭没有了区别似的。

邝放也不否认这样的事实：虽然没有因为写小说收过红包，但也捞到过不少好处。丽娜姬丝相中魏特后，悄悄送给他九十九个"谢谢"。邝放还趁机嗅了丽娜姬丝散发的五十一缕幽香。当天晚上，魏特低头弓腰，紧紧抓住他的手，激动地说："我想跟丽娜姬丝约会，请你多关照。"他问魏特为什么要爱丽娜姬丝，魏特满脸真诚地说："周围都是压抑我的力量。只有丽娜姬丝在释放我，给我充分自由。人的一生，只是在寻找释放自己的通道。有些人找到艺术，有些人找到爱情，有些人找到金钱、权力、赌博、战争、商场、同性恋、杀人放火等。费成文找到了收藏，你找到了小说，地球找到了地震，而我找到了丽娜姬丝。这是真的。"

邝放看了看自己写的小说，只是个开头。小说不能开个头就万事大吉的，即使马尔克斯也没胆量这样做。小说家不能像绝对零度，一个标点符号，一个字，甚至一个喷嚏，也敢说是一首诗。不能像逻各斯写了几篇读后感议论文，翻译了一些唐诗宋词和古语圣言就自诩作家。不能像巷子里的行为艺术家，涂满金粉，摆个动作，胡乱放些破铜烂铁，就是装置艺术。也不能像贾刚谋导演，弄些修饰过的影子和恶搞桥段就妄想观众掏钱买票。更不能像相扑大师，以体量来吓唬人。

可他写得越多越心虚，就像年轻时的理想和激情在岁月的销蚀下越来越恍惚。理想的特性是永远在前面，只能接近而无法靠岸。他还痛苦地发现，他写的都是陈词滥调、二手货，都在重复前人，循环利用，都有一种模仿、抄袭、借用、剽窃、篡改的嫌疑。小说跟人类一样，早已停止进化。他几乎要放弃写小说。可不写小说，又能干什么？想做的事没机会做，不想做的事天天缠上门来。当看到丽娜姬丝等着他去丰满、魏特盼着跟丽娜姬丝约会时，他摁灭了五十一支香烟，跑了十三趟厕所，决定写一篇随心所欲的小说。

三天爱情引起的骚动。

丽娜姬丝的脸不是抹了黎西斯那样白，也不是晒了沙滩太阳那样黑。她的身材不是秋天逼出来的干豇豆，也不是肯德基的功劳。她的头发不是刚生下来的那么长，也不是模仿秀里的那样卷曲。她不是她父母生下来的模样，也不是古典小说家特意描绘的典型形象。

逻各斯说，她是米芾的书法，稳不俗、险不怪、老不枯、润不肥。

钱江说，她是影视作品按大众审美标准虚构的女一号。

魏特说，她是直接从一幅名画里走出来的，连妆都不用化。

奋协会长说，即使她不是上帝创造的，也是上帝指使一位大神创造的。

而我认为，她只是某种遭遇留下的证据。

这是真的。

在一个风和日丽的下午，丽娜姬丝又来到红书吧。

红书吧坐落在宅巷子尽头，一座两层木结构的四合院。一楼主营喝茶用餐；二楼的书架上摆满了五颜六色的书籍杂志，猛然看过去，以为是些装饰品。

十来平方米的天井中间，有一口古井。原主人栽的三棵桂花树，把整个院子撑了起来。四合院周围的墙壁，除了几扇窗户，全都爬满了茂盛的藤蔓植物，远远望去，仿佛一个巨大的绿球。

这段时间，除了照镜子，丽娜姬丝就到红书吧看书。

当一缕阳光折身从窗口探进、吻在丽娜姬丝的左脸颊时，魏特出现了。那天下午的魏特只剩下一件事要做：从红书吧的窗下走过。

刚写到这里，邝放就听到了敲门声。他还没来得及说"请进"，就看到李董昂首挺胸地走了进来:"邝主任,还在忙啊!"

"啊,没事,没事。"邝放迅速把稿子塞进抽屉。

邝放不喜欢敲门声。特别是后来在依倩家里,他最怕听到那种声音。他认为敲门声惊散了他们的爱情。他多次在梦里走进依倩房间。依倩的房间里装满了爱情,能养活他们一生。他本以为可以在那里住一辈子的,却只住了三天。他发誓,即使上帝来敲门,也坚决不开。

"邝主任真是个大忙人啊,昨晚请你喝茶,你的手机一直没人接。"

小说刚开了个头,就被李董掐断了,邝放真想一挥手,把这个不速之客挥出去。但觉得刚才为了小说已用尽手臂之力,根本无法挥动这个大活人。而且,面对李董一个人挥手,效果不大。

邝放把笑容堆在脸上,希望笑容能把自己的恼怒遮掩起来。

"对不起。昨晚喝多了。没听到手机响。"

邝放站起来,给李董泡茶。李董连声说:"谢谢,谢谢。"好像外面的茶馆都已客满,他是专门来邝主任的办公室品茶谈心的。

"这都怪我,没早一点预约!"李董说着,屁股重重地落在邝放对面的沙发上。

李董原名李大富,广都市政协常委、高万房地产开发公司董事长。纳音大地震发生一个月后,他发现地球基本稳定下来,就及时赶到地震灾区准备大干一场,用崭新的道路、桥梁、房屋向纳音大地震示威、报复。这是真的。他的肤色、鼻子、嘴巴和身材特别引人注目,好像跟大猩猩做了笔交易。慢工出细活,是他的生活信条。为了经营好爱情婚姻,他充分利用爱情的魔力,跟几百个姑娘恋爱了几十年都不想走进结婚礼堂。只有两件事对他来说不仅不慢,反而快得像飞人刘易斯。一是他的钱包。幸亏有那么多银行、基金会和磁卡,否则,他的钱包早已被撑烂。二是他的肉体,特别是他的肚子,肥得像一栋别墅。

邝放最初在协调一起重大建筑施工事故时认识了他。十多个抹墙灰的农民工,集体从脚手架上倒栽葱砸在地上,这是真的。他们用汗水、鲜血粘牢了砖头,用生命夯实了松软的地基。

那时的李董是个名不见经传的私营建筑公司的小工头。在他的表兄贾金强全面承包广都市的第二天早晨,他就到工商局注册成了董事长,所有的广都人瞬间忘了他的原名，好像他从来就叫李董。小时候大家都叫他"闷墩儿"。现在除了贾金强，他父母都不敢这样叫他。打烂账的那几年，黢麻黑的李闷墩儿说话细声细气，仿佛在练习《霸王别姬》，准备参加南方电视台举办的模仿秀。随着他的腰包越来越鼓，他的声音也越来越高亢，好像他兜里揣着扩音器。邝放始终认为，那是董事长的声音。李大富绝不会用这种发声方式，也发不出如此洪亮的声音。这是真的。现在的李大富，完全可以正确使用"咄咄逼人"这个成语。

每次看到李董，邝放就会联想到江吹吹。他们的共同点是都当董事长，区别在于脸面和经营业务。江吹吹本来是个天生的大麻脸，好像他父亲错把豆子种在他脸上。李董本来不是麻脸，但他的笑总让人觉得他三岁出天花时没有治断根。向天公司至今秉承当天结账原则，从不拖欠民工工资，而高万集团每年都要参加拖欠民工工资协调会。李董主要跟活人打交道，江吹吹主要为死人服务。江吹吹是邝放认识的第一个董事长，李董是邝放想认识的最后一个董事长……

邝放正在进一步挖掘他们的异同，李董突然欠身凑过去："邝主任，我的请示报告签字没有？"

"啊，知道，你知道……"

"哎呀，邝主任，这事容易得很。你在上面签个字就行。"

邝放反复看过连李董自己都搞不明白的"发展广都"的请示报告，可每次都要把"发展"看成"颠覆"，把"改造"看成"破坏"，把"崛起"看成"毁灭"，把"创意"看成"胡来"，不知是他头昏眼花的缘故，还是有意跟仓颉对着干。就像任何褒义词、贬义词、网络热词都可以从钱江身上找到佐证。真正意义上的贬义词早已不存在，或者只有反过来理解的词、极具个性化的词、中性词、虚化词。因为现在的词语就像片片枯叶，没有水分，没有观点，即使天才的语言专家充满激情地朗诵，也读不出任何感情。邝放在写作，讲话，做报告，读书，看报纸、杂志、电视、电影、博客、短信时，发现虚词越来越多。钱江已用他的言行颠覆了语言本意，使许多词语就像一些人，雌雄难分。《辞海》已对地球人不起作用。

奋协会长认为，只有狗才会一辈子说同一种语言。

在李董的庞大项目里，邝放本来只是个可有可无的角色，但随着规范化、法制化和网络化社会的快速推进，程序正义正火爆流行。他这个无足轻重的程序还没有被明文取消，李董也不敢再像过去那样随便践踏过去。邝放反复跟李董说他不能签字，可李董仍然不屈不挠地找他，还动用了他的几位顶头上司，好像他犯了原则性错误，非要帮他改正不可。

李董坐直身子，声音突然洪亮起来："邝哥，你说，要我做什么？"

邝放盯着李董，惊奇地发现李董的大平头，肉头肉脑的。如果拿来做烧烤，绝对饱满油亮。可邝放从来不喜欢吃烧烤。

"不，不，不。我会尽力而为……"

"邝哥……"

邝放第二次听到李董叫他邝哥，仍然感到惊讶，好像他与贾金强忽然成了亲戚。

"在办公室，我只谈工作，不交朋友。"

"邝哥，你我内伙子，还客气啥！需要我的，尽管说。邝哥啊，我知道你有难处。这是真的。你只要睁只眼闭只眼就行，剩下的事我来办。"

李董仿佛巨人，有的是力气来摆平人世间所有的人事。如果邝放看中天上的一颗星星，李董都能为他戳下来。李董今天可没打算送颗恒星给邝放，而是突然转过身，迅速关上门，鬼迷鬼眼地从腰上解下一捆钞票，重重地丢在邝放面前，好像只是为了减轻自己的负担。李董在金星商学院进修时客串过电影《闯世界》里的董事长背影，之后为了继续表演，随时随地揣着这东西，这东西是他正面表演的道具。

有一分钱时，邝放感到甜蜜，他可以买一颗水果糖。有十元钱时，他觉得自己是富翁。超过一百元钱，他就没啥感觉了。他经常跟费成文自嘲地说，他虽然不是有钱人，却是有钱的人。他向来认为，金钱仅是维系肉体的带子，太细了，系不住，太粗了，就会成为捆绑的锁链。外力维系的东西最容易腐朽崩溃。他的父母从来没跟他叫过穷。他们从来不缺钱。只有富人才会差钱。许多老板说的最多的就是，别人差他多少钱，他差别人多少钱。

"这是啥？"邝放好像把那包东西当成了骨头，坚决推回给了李董。

"这是规矩。"

"我说的规矩不是这个……"

李董显得有些尴尬，露出皮笑肉不笑的样子："规矩都是人定的。"

他认为，对普通大众而言，规矩、原则、道德是用来遵守的；对特殊人物而言，只是用来颠覆、打破的。

"我们要讲原则，要有底线。"

"邝主任，那就在你的原则范围内，在你的底线之上，帮我一把。"

"我会尽力的。"

"那就先谢了。"

两人突然沉默不语了。

邝放侧过头，无意识地拨拉了一下文件。

"邝主任，你忙吧，我就不打扰了。"

李董站起来。邝放也站了起来。

李董把那东西重新拴在腰上。李董的腰立即粗壮起来，活像刚喂饱的畜生。难怪有人说李董的腰杆硬得很。

"邝主任，你最近跟高局吃过饭没有？"

"上周在家院国际碰到过他。他的酒量大增啊。"

"也不见得。当然，碰见你老领导，他肯定要喝。邝主任，你才是海量啊。那天，我给你敬酒……"

"那天你也在？"

"真是贵人多忘事啊。"

那天邝放确实喝醉了，居然不记得李董出现过，还给他敬了酒。

"改天我请客，你一定要参加啊。"

"到时再说吧。"邝放回道。

李董站起来，走出两步半，突然回头说："嫂夫人和孩子在巴黎玩得开心吧？啥时回来，我给他们接风。"

李董怎么知道朱玉去了巴黎？

邝放本想否认，出口的却是"谢谢"。

临出门，李董转过身，对他龇牙咧嘴地笑了一下。邝放立即想到那天的饭局，差点呕吐。邝放最怕看见李董笑，他笑的每个细微动作都意味深长，足以提高零点二个容积率。他真想把李董的那副笑容扒拉下来，弹无虚发地丢进饥饿的废纸篓。

李董刚从邝放的办公室里出去，邝放就接到贾金强的电话。邝放问李董的事怎么办，正喝得脸红筋涨的贾书记掷地有声地说："按你的职责办。"有了贾书记的最新指示，邝放更不知道该怎么办了。

18

回到空荡荡的家里，邝放看了看丽娜姬丝和魏特，立马觉得李董，贾金强，自己的仕途和爱情都已无足轻重。他又一头栽进 8849 世界。

魏特完全被丽娜姬丝迷住了。他发誓只爱丽娜姬丝，至少爱九千九百九十九年。这是真的。美中不足的是，丽娜姬丝这个名字使他如鲠在喉。他觉得这个名字根本配不上她，而且有不祥之兆。他决心纠正这个王八蛋错误。

"丽娜姬丝是你的真名还是网名？"

"我的原名。"

"唉！"魏特发了一张大头贴。

"你干吗叹息？"丽娜姬丝发了一张清凉照。

"你可以把名字改了吗？"魏特小心翼翼地问。

"为什么？"丽娜姬丝感到奇怪，从来没有人质疑过她的名字。

"它配不上你。"

"名字就那么重要？"

"当然啦。一个人的命运就藏在名字里。出生的年月日、时辰和名字，暗中左右着我们的命运。这是真的。我们改不了年月日，但可以改名字。"

"难怪那么多人喜欢改名字。"

"我们经常说名堂、名堂，名字里真的有名堂。你看过《麻衣相法》，上过取名网吗？"

"没有。"

"俗话说得好，名不正言不顺。改名换姓，衣锦还乡。不怕生错命，就怕起错名。俗话又说，遗子千金，不如教子一艺，教子一艺，不如赐子佳名。连现在还在给某些人深刻启示的曾国藩也说过，不信书，只信名。这是真的。名字里有大命运、大乾坤、大数理。好名字有画地出泉、掘土生金的本事。"

"真的啊？"

"当然是真的。不要说过去的皇帝、达官贵人，即便庶民百姓，有几个人一辈子只有一个名字的？因为名字不好，革职的、杀头的、株连九族的，数不胜数。你知道孙膑吧，他原来的名字里是文武双全的斌，结果遭到了脚刑。后来，九天玄女指点他将斌改成膑，第二天就出狱了。他后半生的命运也从此改变，最后成了闻名古今中外的军事家。这是真的。章太炎好不容易生了几个如花似玉的小姐，就因为名字，嫁都嫁不出去。你知道陈港生、齐纯芝、周翔宇、张正权、郭开贞……他们的原名是啥吗？只有把原名改掉，才能成功、行大运。这是真的。"

"那我改成什么呢？"

"我给你准备了一个名字：镜子姑娘。镜，十六画，属土；子，三画，属水；姑，八画，属金；娘，十画，属水。总笔画三十七，最大幸运数。这意味着旭日升天、鸾凤相会、纯阴独秀、名闻天下、隆昌至极。这是真的。"

"可我是处女座……"

"你是中国人吧？"

"是。"

"中国人是按阴阳八卦、五行属相来测算的。什么狗屁星座，骗人的。我们是女娲后人，不是上帝的肋巴骨。这是真的。我是货真价实的爱国主义者，我爱我的祖国，我爱我的民族，我爱我们伟大的传统文化……"

镜子背后的女人

丽娜姬丝迟疑了半天才说:"我要征求我父亲的意见。"

魏特紧张地问:"你父亲是谁?"

丽娜姬丝骄傲地说:"旷野。"

"离开他。我偷车养你。"魏特呆了好一会儿。

对将丽娜姬丝改名为镜子姑娘,邝放没有与魏特发生任何争执。就像把雾霾叫作PM2.5,把增长的姓改成负,把怪癖改为个性,把破坏改叫创新,既体现了知识水平,又去了凶性,有一种稀里糊涂的安全感。

在一部小说中,主人公的更名,实属正常。或是因为身份的要求,或是因为情节情景的需要,或是因为故事发展的必然,或是因为灵感的不期而至,或是像魏特说的那样要把命运掌握在自己的名字里。他担心的是,自己殚精竭虑命名的丽娜姬丝将从此消失,像父亲失去心爱的女儿。

认识镜子姑娘前的星期一早上,魏特上班迟到了五十九秒,温上司当众宣布:罚款十元人民币,以儆效尤。魏特深感冤屈。这是真的。他平时上楼梯,向来一步两级,可那天早上,他好像有了心事,一步一级地向办公室跨去,9点01分才出现在办公室里。而他的温上司好像也有心事,正在他的办公室里东张西望。

温上司刚离开,魏特就发现自己的尊严在身边不离不弃,劝也劝不动,赶都赶不走。他被感动得热泪盈眶,当即决定保护它、捍卫它。可怎么捍卫?他反复思考,再三斟酌,始终拿不定主意。

他本想当个大V、贴吧吧主、微信群主、乡野达人,高诗人的电话使他灵光一闪,决定成立一个协会:奋协。

奋协不隶属地球上的任何机构,不需要向地球上的任何部门申请批准。魏特自封为会长。既当了官,又出了口大气。温上司的级别,根本没法跟他相提并论。这是真的。让他没有想到的是,短短几天,就有无数网民申请加入他的协会。当然也有网民质疑:奋协?粪吧!对此,魏特不置可否。更想不到的是,温上司也填报了申请书。温上司不知道会长就是魏特，因为他们用的都是网名。魏特佯装不知，毫不客气地要温上司先交十元人民币的会费，以抵销上班迟到的罚款。这是真的。他认真办理了所有人的入会申请。一周之内，成立了三十三个分会，精心挑选了九十二位副会长，任命了一位秘书长、三十二位秘书长助理、一百三十八位副秘书长。他的温上司成了唯一的非领导会员。

奋协会长亲自为协会撰写了指导思想、目的宗旨，制定了第一个百年规划，挖出了协会的现实意义、历史意义和深远的未来意义：

粪土当年万户侯。钱多了，千万别揣在兜里。一点金钱，足以使一个人成为十恶不赦的混蛋。一大堆金钱，很可能让一个人成为慈善家。当金钱穿上华丽外衣，就能够冠冕堂皇地要人歌功颂德。当金钱美妙地一转身，成为名气、荣誉、尊严时，就可以抬头挺胸、为所欲为。还有啥比金钱更具威慑力？金钱不是粪土，而是核武器。杀死一个人，那是罪犯。干掉一万个人，是将军。消灭一个种族，是征服者。处死所有的人，就是上帝。西装革履地偷鸡摸狗，最容易得手。大奔，可以直接开到九千九百九十九层办公室里。金钱只需拔高地位，无须拔高人格。即使拉烂一百辆三轮车都找不到钱。只有穷光蛋才拼命找钱。一个真正的有钱人，不是他去找钱，而是钱来找他。我们是穷人的后代，但我们一定会成为富人的祖先……

这是真的。他还殚精竭虑地为协会规定了统一的宣传口号：给我粪土，让我把它变成黄金。

他的近期目标：派遣一百位副秘书长到一百颗最明亮的星球上去，干掉那里的光彩工程，因为它们在太空中闪烁得让他心烦。

他的中期目标：引诱地球人做一千年的梦，阴险控制地球人一万年。

就在奋协会长苦思冥想，为协会的进一步发展壮大着手万年规划、制定行动纲领、描绘梦想蓝图时，想起了镜子姑娘。

一想到镜子姑娘，他立即歪在电脑旁，发起了高烧……

　　写到这里，邝放突然觉得好没意思。写书还不如抄书。他放下笔，无情无义地让魏特继续歪在电脑旁，拉开书柜门，随手抽出一本书看起来。那是一部《古希腊神话故事集》。

　　　美杜莎是一个一百二十分美丽的少女，长着一头披肩秀发。所有男人看见她都不禁为之着迷，久而久之，人们都说美杜莎是世间最漂亮的女人，连天上的女神在她面前都黯然神伤，花容失色。这是真的。天后赫拉又嫉妒又好奇，马上命令雅典娜到凡间去看看这个所谓的绝代佳人。美杜莎正在海岸边洗头，突然金光闪现，从中赫然走出雅典娜。第一眼看见美杜莎，雅典娜不禁目瞪口呆。美杜莎长得确实美丽，尤其是那一头秀丽的长发，随着海风徐徐飘荡，引人遐思。雅典娜深吸一口气问道："我是雅典娜，你就是别人口中最美丽的女子美杜莎吗？"雅典娜本以为美杜莎看到自己令人敬畏的气势会谦虚两句，谁知美杜莎一点都不买她的账，她高傲地回道："是啊！我就是美杜莎，男人看到我都说我是世间最美丽的女子，连天上的女神都不及我。"雅典娜顿时火冒三丈。这是真的。

　　这是个美妙的故事。邝放决定一字不漏地把它抄进自己的小说，为自己的小说撑腰壮胆。抄了一大段后，他突然放下笔，担心被质疑抄袭。转而又想，如果从招商引资的角度来看，这应该算借脑借智的举措，符合共享双赢政策。就文学创作而言，也算一种创新：广告植入法。他是在为原作者做宣传，没收广告费已冒了违背市场经济原则的巨大风险。因为瞧得起才抄袭。抄袭，是向原作者最好的致敬。无数大名鼎鼎的专家、学者、教授都在借鉴、引用、抄袭，他怎么就不能？哪个书法家画家不是在名正言顺地抄袭，抄袭得越像越好。作家、诗人干吗就不能抄袭？萨特都承认自己"醉心于抄袭"，马丁·路德·金都不回避剽窃。何况他胸怀歉疚，随时准备承认错误、改正错误。自己不疯不傻，有现成的干吗不用？

雅典娜想了个颇接地气的办法来打击美杜莎的嚣张气焰。这是真的。既然凡人抵挡不住她的诱惑，那天神肯定不会把她放在眼里。雅典娜伸展四肢，挺着大胸脯召唤道："无所不能的海神波塞冬，现出你的真身吧！雅典娜需要你的帮助！"话音刚落，大海就一分为二。海神波塞冬从中骑着金色的马车一跃而出。这是真的。

波塞冬亲了亲雅典娜的手背："美丽的女神，我有什么可以为你效劳的吗？"雅典娜指了指海边的美杜莎："你看我和这位少女比，谁更漂亮？"波塞冬转过身，刚看了美杜莎一眼就呆住了：世间竟会有如此魅力非凡的少女？雅典娜看到波塞冬魂不守舍的样子，立即知道自己败给了美杜莎。嫉妒心极强的雅典娜不甘就此认输，愤愤地说："别以为自己的美能够击败所有人，自负只会带给你痛苦！"美杜莎甩掉头发上珍珠般的海水，嘲笑道："我不怕你的诅咒，即使朱庇特也抵挡不住我的美丽，你敢说你的法力比他高强？"

雅典娜顿时气疯了。这是真的。

邝放坚信读者都是善良之辈，绝不忍心让他为一些虚无缥缈的思想把脑袋想破。如果还被质疑，那就给字体化个装，重新安排秩序，申明自己的书是让所有作家发表作品的民刊，他们都是自由来稿，再保证给原作者寄去三个贝壳的稿费。虽然知道原作者姓甚名谁，自己也不缺那三个贝壳，更不想违背知识产权保护法，可始终查不到原作者的住址。他想用时空穿越法，可还没有炼成这种绝技，也害怕在空中被电击雷劈。

奋协会长提醒他，抄袭、化用、改句、借用、摘抄、山寨、引经据典都是一种优秀的文学手法。

邝放摇了摇头，自己多虑了。在全民写作时代，谁会吃饱了饭没事干，质疑他这个默默无闻的小作者。只要不公开发表、出版，谁能奈他何？就当练字好了。他决定继续抄写。

怒极反笑的雅典娜对美杜莎说道："好，既然你不怕我的诅咒，那我就要看看，失去美丽你还拥有什么！"话音刚落，美杜莎的头发就变成了无数毒蛇，眼睛不再美丽闪烁，任何人只要看她一眼都会瞬间变成石头。宙斯之子珀尔修斯知道这个秘密。他背过脸去，用光亮的盾牌做镜子，找出美杜莎，在雅典娜和赫尔墨斯的帮助下割下她的头。他把美杜莎的头像刻画在埃葵斯盾上，这张盾也因此变得法力无边，令所有的敌人为之胆寒……这是真的。

刚抄到这里，邝放又被灵感打了一巴掌：在书页的空白处来些横批脚注，写点感想随笔，也就是说，在书上做记号。说不定从此以后，自己就成了货真价实的文学评论家。有了这些手迹，不仅充分证明这本书是自己掏钱买的，这本书的所有权和使用权都归自己，也充分说明自己有知识有文化，喜欢博览群书，酷爱历史，连古希腊的东西都看过抄过，何况国学乎？万一出了名，有人给自己建生祠、纪念馆、文学院，就把这本书无偿捐出来，既证明了自己的无私奉献，又丰富了纪念馆的内容……想到这些，他便认认真真地用钢笔小楷在书边写下以下文字：

所有的镜子都是一种要命的武器。

贞德受火刑时，刽子手专门在她面前放了一面镜子，以及像镜子一样围观的人群。

美杜莎的眼睛能瞬间把人变成石头。因为它是一面魔幻镜，美杜莎的绝命暗器。珀尔修斯早就觊觎美杜莎的美貌，更想得到这种索命的武器。他处心积虑，设计了一个帅气的圈套，砍下了美杜莎的头颅。

日本有一种癞蛤蟆，极其丑陋。当地人把它们抓来放在镜子前，癞蛤蟆看见镜子里的自己，立即被吓出一身油。人们把油收集起来，做成一种蛤蟆油药。这种药，治疗伤痛，效果奇佳。

如果把医院里的镜子干掉，死亡率肯定会大大降低。如果把世界上所有的镜子和疑似镜子的东西碎尸万段，骄傲和自卑都会烟消云散。

第五章

　　每个人对自己的想象力都充满了自信。第一个造谣者，或许别有用心，第二个传谣者就会信以为真，第三个散布者就会言之凿凿。即使谣言被时间和真相戳穿，他们也会信誓旦旦地保证，谣言像钻石一样不会过期。

19

邝放本想去新城公园溜达。刚到房门边，突然打消了这个念头。

现在出门，比穿越时空还难。推开卧室门，打开防盗门，再刷门禁卡。必须经受住陌生邻居奇怪眼神的考验，必须小心翼翼地躲避汽车、神情忧伤的男人、幽灵般的女人、埋头看手机的男女老少。必须绕开树干、水管、电线、水泥桩、配电箱，以及精心打磨过的球状花岗石，从来没人坐过的石凳木椅，锈迹斑斑的秋千、单双杠、太极推揉器、太空漫步机、扭腰摆臀健身器、眉来眼去电子眼这些设施设备。好不容易通过探头验明正身，来到小区门口，又要刷出门卡，又要经受门卫的盘问，又要前后左右地望风侦察⋯⋯

整个小区住户，包括门卫，几乎每天照面，却互不认识。邝放唯一认识的人是住在他家楼上的女主人，也只知道她姓杨。他们能认识，多亏了杨女士家的厨房漏水。这是真的。我们的居所已与外面的世界隔着重重机关。即使来到大街上，也不敢随意溜达，除了小偷（据梦想公司的最新预测：未来十年，小偷将被支付宝、云闪付、微信和手机彻底干掉，届时，将出现一批大偷）。他怀念曾经推开门、跨过门槛就是绿色的田野、蓝天白云、树林、鸟雀、金丝猴，哪怕是悬崖绝壁的生活。好长一段时间以来，他回家后就不想出去，哪怕家里只有他一个人。朱玉虽然没有为此表彰奖励他，但心里还是肯定了他这个不值得批评的习惯。

邝放点上烟，准备去自家花园——与小区大花园连在一起，看起来有十来平方米的空地。在邝放离开清水县那年，环球房地产开发公司四处吆喝：丽都花园小区是地球上最大的楼盘，采用的是龙星人的理念，澳大利亚人的方案，美国人的布局，日本人的园艺，法国人的装饰，由德国人监制。他们建造的是"洋房"，连起来就叫"花园洋房"。他们还重金邀请著名影星嗲声嗲气地在电视机里天天保证：首期专门优惠广都本地人，买一送一。也就是说，赠送一个花园，一个花团锦簇温馨雅致的花园。朱玉认为，在中国的土地上建造洋房卖给中国人居住，已给足中国人的面子，再不赶快下手，不仅不识趣，也丢了一个伟大民族的脸面。

多年来，朱玉经常跟他闹腾买新房的事。六十四平方米的房改房，住了这么多年，她早已无法忍受。邝放说钱不够，朱玉就埋怨他窝囊。眼看房价噌噌飙升，一天一个价，要是等凑够了钱才买，他们这一辈子甭想住上新房。去年，邝放狠下心，搜出身上所有的现金，跟岳母借了一笔钱付了首付，用住房公积金按揭了这套房子。邝放至今不清楚朱玉是从哪里弄来的装修费。

邝放对这种只有四十年、七十年使用权的房子从来不感兴趣。他一直想买一栋完全属于自己的，谁也不敢随便来打扰的房子。最好是自建一处古色古香的四合院。他要把房子装满宁静孤独，一个人慢慢享受。

花园虽然不大，但毕竟有一个属于自己的户外空间。他把花园当成吸烟室，他的想象力也从室内拓展到室外。为了这个空间，他与朱玉颇费了一番脑筋。装修时，他们亲自操刀反复修改设计。为几厘米的尺寸吵了一架。为把铁树栽在花园里还是花园外争得面红耳赤，差点为栽一棵桂花还是石榴树而反目成仇。在是否全面硬化花园的问题上，他们至今耿耿于怀。要不是亚洲金融危机及时爆发，朱玉肯定要推翻过去的方案，重新规划设计。那段时间，一想到石佳的新房还没有装修好就跟老婆劳燕分飞，冷苦漠刚搬进新家就着手准备二婚，邝放就极力克制自己。在他们近十年的夫妻斗争中，装修新房之争最为激烈持久。闹离婚时，邝放认为他们的爱情不愿意跟他们一起搬进新家。

最后，朱玉请人在花园里挖了一个鱼池、一条小河，还造了一座石拱桥。如果放大到一定程度，想象里也像那么回事。在花园建成后不久的一天，他在花园里突然发现了青苔、生机勃勃的杂草、水池里的浮游生物。当天晚上，他做了一个梦，梦见花园变大了，大得像原始森林。他惊恐万状地在里面寻找朱玉和邝藏。

在家时，邝放最喜欢坐在花园里吸烟、喝茶、看书、望天空、想心事。有时还在花园里踱来踱去，好像在寻找清水县的邝副县长。

邝放嗜好抽烟，手里总是夹着一支香烟，因为他不知道该把手放在什么地方。男人抽烟，就像女人抹口红。女人喜欢挎着包，他的手指必须夹着香烟。他经常把胡思乱想裹在纸烟里，烧成灰烬。高中一年级的一天晚上，他跟费成文下晚自习后偷偷摸摸地来到厕所旁的桉树下。费成文神秘地从裤兜里摸出一支过滤嘴纸烟递给他。这是他抽的第一支烟。第一支烟都是免费的，抽烟几乎都是从不要钱开始的。从此以后，他抽烟就一发不可收拾。他知道吸烟有害健康，但从来没有想过戒烟。戒烟是一种妥协，是懦弱的表现。一支烟都对付不了，还能怎样？点燃一支烟，吸一口，世界就会平静下来，再吸一口，天大的事情都已解决。可朱玉一直把家里视为吸烟禁地，至今没向他开放。他的家，成了唯一没有改革开放的地方。

邝放端着茶盅，叼着香烟，从书架上拿起《人都是要死的》。

刚进花园，天空就下起了雨，好像雨水发现了火情。初夏的雨，说来就来，连招呼都懒得打。夏雨欢快短促、斩钉截铁，充满激情和勇敢。不像春雨，绵软、轻飘、小心翼翼，害怕得罪它滋润浇灌的苍生大地。

突然一声霹雳，差点震落邝放的半截香烟。稀稀落落的雨点瞬间变成雨线，空洞的世界立即饱满起来。

窗外的雨水，一个劲地坠落，蚯蚓似的，要深入这片土地的每一个角落，重新建起它的城堡。一把石椅子，孤零零地坐在雨中。它在等待什么？一个温暖它的身体，一份掂得出重量的爱？只有几片落叶，被风挟持着，飘到它的身上，枯黄、憔悴，连雨水都不能加重它的分量。石椅，裸露着全部的期待和无奈。也许，它渴望站起来，逃到某个房间去，它并不想展示自己落魄的模样……邝放与石椅子，只隔着一扇窗。石椅上，雨水横溢。石椅在流泪，绵绵不绝。它让他想起了那些曾经晴朗的日子，清澈的眼睛，灵魂的呐喊与挣扎。他希望那些雨水都变成石油，让天地烽烟四起，把过去四十年层层叠叠包裹在身上的累赘统统烧掉……

雨停后，邝放惊讶地发现"石拱桥"的左护栏倒在了"小河"里。他立即放下书，手忙脚乱地把石护栏捞起来。几尾受惊的锦鲤在水凼里乱窜。刚灌满不久的清水已变成了暗绿色。过早枯萎的树叶零落满地。他庆幸这不是一座大桥，否则，又是一起重大安全事故。他埋怨修桥人不负责任，建筑质量太差，甚至怀疑有人故意在搞破坏。他仔细勘察事故现场，最终也没确定是建设质量问题、恐怖分子所为，还是风雨的恶作剧。幸好护栏没有粉碎性骨折。他想把它安回原位，可弄来弄去，就是生不了根。

他盯着湿漉漉的"石拱桥"，想了整整五支烟的工夫。毕竟只是一段连装饰品都说不上的护栏，无须通过汽车、火车、轮船，那条小水沟也不是什么长江、黄河，他一挪步就能跨过去。早一天晚一天修复，不碍事。

坐在树荫下，已经看不见太阳，但它的光芒被乌云绊着，不让黑夜到来。就像一集接一集的电视剧，总是看不到结尾。太阳永远光彩夺目。太阳能看到所有的东西。太阳只是暂时躲进了乌云和黑夜。

放下书，邝放突然有些伤感。虽然石拱桥既护不了什么，也拦不住什么，但它花去了他们不少心思，体现着他与朱玉为之争吵的价值。

一种不祥的预感，像黑夜降临在一片恍惚的树丫上。应该马上找人来把石拱桥修好。如果朱玉回来发现护栏断了一半，一定会大发雷霆。

他还没来得及打电话请人来修桥，就接到了费成文的电话。

费成文郑重其事地要找他单独"谈一次话"。

20

广都俱乐部的正门很小，除了门牌号，没有任何标志。对讲究门面的国人而言，这扇门意味深长。门外朴素清静，门里应有尽有：小桥流水，亭台楼角，美酒佳肴，琴棋书画，桑拿按摩，棋牌娱乐，美女帅哥……一般人进不去，普通大众也不知道有这么个地方。每次来这里，他就觉得，不是只有自己一个人喜欢躲藏。

"你瞧不起《万马奔腾》？"费成文质问邝放。

"那是一幅稀世珍品。"邝放活像鉴宝栏目专家，理直气壮地道。

"为什么不拿走？"

"我不能糟蹋它。"

"不就是白纸上涂抹了些墨汁、颜料、图章吗？你要明白，人人都像天平，谁多给一点就倾向谁。今年是换届年，上面正在考察人选，你怎么还无动于衷？魏主任的一句话，就能决定你的命运。"

"坚韧的羊角也改变不了羊的命运。"

"你要吸取上次的教训……"

"啥教训？"

"你过去当市政府办公室副主任，当清水县副县长，你以为你真有本事不是？没有郑刚书记，你啥都不是。郑书记一退下来，你不仅没能升上去，连副县长都没保住。你这个常务副主任，是明升暗降……昨天的太阳晒不干今天的衣服，梦里的美酒佳肴填不饱饥饿的肚子……世上根本就没有赫拉克利特所说的那条河……"

"我知道。"

"你啥不知道？"

"我不想那样做。"

"你想做什么？"费成文紧张起来。他把半截香烟掐灭在烟灰缸里。

"我什么都不想做。"

调离清水县到被任命为地方办常务副主任那段时间，邝放确实有点儿郁闷，自己成了"悬棺（官）"。事前没有谁征求过他的意见，事后也没有人找他谈过心，像棋盘上的棋子，被主人随便丢来挪去。有次去锦水饭店吃饭，他像过去一样吃完就走，被服务员拦住要他买单。第一次在地方办食堂吃完饭，也被服务员要求把自己的碗筷收拾好放在指定地方。他开始以为是服务员不认识他才被这样"温馨提示"。后来发现在这里吃饭的人，都是自己收拾碗筷。

费成文不仅没有安慰他，反而骂他活该。当他发现自己是该办有史以来最年轻的常务副主任时，突然高兴起来。提前十多年当常务副主任，还有什么可抱怨的？除非把地方办拆了，他创造的这个纪录没人能破。

主任由副市长兼任，在某些方脑壳看来，他不仅升了一个级别，偶尔还跟副市长兼容，挪用一下副市长的口吻。费成文无数次地要他去找魏主任、贾书记，还经常为他介绍一些通天彻地的人物，他都一笑置之。他不想在头上插根草标，点头哈腰地贩卖自己。有时还暗自嘀咕：大多数人的智慧要么给别人用了，要么用错了对象和地方。为他人所用之才，皆是小才。为自己所用之才，方是大才。自己的大才，别人不用，那就自己用。自己才是自己的孩子。自己才是自己的主人。

"你在那条道上，就得千方百计地走下去。朱玉和儿子出去旅游，你更有时间……"

"我现在的时间多得很。诚如先人所说，时间是胸罩里的奶子，只要挤，总会有的。"

"我不是要你把时间当奶子。我是要你把时间用来行动。生命在于运动。你不动，别人可不会闲着。就像我们当编辑的，有些熟悉的作者，多少会用一些。这是真的。一杯酒能决定一个人的人生，一支烟能改变一个人的生活。现在，可没有三顾茅庐的事发生。现在的口袋越来越结实，是锥子也不一定能刺破口袋……"

"你把我叫来，是为了那把锥子？"

"你应该再上一台阶，这样才有更多机会施展才华。"

"你又不是我的领导。"

"我是你的朋友，是这个社会的成员。我有权利也有责任做我想做的事。你以为我在自私地帮你？我只想在官场上看到像你这样的人。你难道不明白官场三要素？首先你自己要行，其次要有人说你行，最关键的是说你行的人要行。官场秘诀在于下推、上拉、自己跑。这些我都替你做了，可你要给我争气呀。你看那些没毛本事的家伙都上蹿下跳地不断高升……"

这么多年来，邝放只想把自己的本职工作干好，对得起他的薪水，对得起他的良心，对得起他的人生。人生不是算术问题。他没有多余的钱请客送礼，更没有那么多时间与各路人马周旋。

他向来认为，不劳而获是一种可耻行为，抢掠就是犯罪。要拥有那些东西，必须用自己的东西去平等交换。他人并不欠你什么，你也没有资格向他人索取不属于你的东西。走出邝家坝后，虽然看到的东西越来越多、越来越精美，但他从来没想过无偿地据为己有。小时候，他接受了费成文的图画书，就把自己心爱的白石送给他。

他从来不接受不属于他的金钱，更不主动争官抢位。当清水县副县长的第二年，在研究引进一个有"异味"企业的协调会上，刚当上文旅局局长不久的赖君突然问他："你干吗还不走？"他支支吾吾地不知道该怎么回答，此后，他就学会了闪烁其词的技巧。在最后的会议表态时，他才惊觉自己是选派挂职的，已经霸占了别人的位子近两年，而且说了不少不该说的话。第二天他就要求调走。这是他在官场上唯一的一次主动作为。

纳音大地震发生前一天，清水县县委书记蒲伟因为严重违纪违法被双规，同时，赖君因盗窃文物罪被正式逮捕。两年前，清水县博物馆馆长赖君向公安局报案称，清水县博物馆收藏的程子庄代表作《钟馗》被盗。公安机关历时两年缜密侦查，都没发现丝毫线索，以为碰到了一个手段了得的江洋大盗。直到在蒲伟的家里搜出《钟馗》时，那件重大文物盗窃案才被侦破。原来，赖君为了当文旅局局长，监守自盗，把《钟馗》取下来送

122

给了蒲伟。

刚到清水县时，当地人以为邝放背景深厚。有人说他是郑刚书记的干儿子，有人说他是魏主任的亲戚，有人说他是来接替县长的。后来，经过当地干部和老板的彻底调查研究，发现他只是个没有任何背景的草根。关心他的那些人忽然变了。这是他做副县长期间清水县的最大变化。

费成文虽然愿意无私地帮他，可他不想欠谁的。该他的，终究会属于他。不该他的，绝不强求。他从来没想过要征服这个世界，只希望这个世界别来暴虐地征服自己。许多人以为自己征服了世界，至少征服了部分世界，到头来却发现世界仍在手掌之外，最后离开五彩缤纷的世界时连一粒尘土都带不走。

"面对那幅画，我觉得那么做，是对艺术的污辱。即使成了，我怎么回报你的大恩大德……石爱兰清、兰爱石洁，君子之交不在颜色……"

"谁要你回报？我只是想争一口气。"

"谁把你得罪了？"邝放故作轻松地问道。

邝放又踩中了费成文的痛脚，逼出了费成文骨子里的如虹气势。

费成文突然站起来，猛拍桌子："老子就是看不惯那些无才无德，只晓得溜须拍马、行贿受贿的家伙。权力一旦在那帮家伙手里，就会被滥用，成为罪恶的帮凶。而你呢，自以为清高，一身傲骨，顶个屁用……"他恶狠狠地盯着邝放，恨不得扇他两耳光。

这些年来，费成文在收藏界的名气越来越大，找他买字画的人越来越多。费成文出售藏品，只看对方人品。他喜欢的人就白送，讨厌的人，再高的价钱也不卖。高要求要买他收藏的一幅画，他没卖。高要求就到处说他的藏品是赝品。去年，他想在新城公园里建个私人博物馆，恰好高要求是其中的一个程序。高要求找出各种理由刁难他，给他设置障碍。费成文就像玩电脑游戏，左冲右突，一到高要求那里就死掉了。

费成文当编辑时，梁主编有次严肃地跟他说："我看了你的短篇小说《加油站》，文笔不错，但思想意识有问题，影射隐喻不合规矩。希望你今后不要这样写。"此后，费成文就开始画画，不再写诗作文。他只画花鸟山水，就像他父亲只画猪。费通晓以画猪出名，他画的母猪、公猪、仔猪、被骗的猪和猪八戒都形神兼备，寓意非凡，凡是属猪的人都想拥有他的猪画。费通晓因病封笔后，他的猪画更是高价难求。高要求属猪，多年来梦寐以求有幅费通晓的猪画。有一次，他请费成文给他画幅猪，本意是借口要他父亲的画。费成文冷冷地说："我只会画人，不会画猪。"

费成文向来认为货予爱家，好马配好鞍，美女配英雄。像高要求之流，根本没资格拥有那些高深莫测的画。他们用书画装饰厅堂，相当于用涂料粉刷墙壁，根本不懂"画竹多于买竹钱"。就他们那点道听途说的艺术知识、对艺术的态度和欣赏水平，费成文也不愿跟他们打交道。高要求总是把《八骏图》里的马看成美女，恨不得纵身骑上去。李董站在《万骏骧腾》前，不是说哪匹马的肉最好吃，就是说哪匹马最值钱。贾金强曾指着《铁马敲风》说，第二匹马的眼睛最漂亮，其实那是匹瞎马。

望着怒火万丈的费成文，邝放突然笑了。他又看到了费成文昔日跃马扬鞭，要踏平天下、再活五千年的风采。费成文被选派到越西县当县委副书记时，就是这种祖胸露腿、要大干一番事业的架势。可是，不到半年，他却走上了另一条路。

青梅竹马的费成文和冯菱在大学时爱得死去活来，大四就领了结婚证，成为轰动校园的大新闻。大学毕业后，冯菱留在广都大学教英语，费成文分到广都文学杂志社当编辑。冯菱为了评职称，到美国加州大学进修。他们东挪西借勉强凑够一年的费用。因为冯菱签证时晚了一天，没赶上开学，耽误了一年。第二年，冯菱不得不边读书边打工挣学费、生活费。第一年，他们还有小别胜新婚的心态和希望，经常在电话里唠叨美好的未来。第二年，他们通话越来越少，费成文除了在电话里问"你吃饭了吗""学习怎么样""打工辛苦吗""要注意身体""何时能回国"之外就没话可说。每次听到这些像领导慰问群众的套话，冯菱就主动挂了电话。虽然他们都心照不宣地感到了距离对爱情的威胁，但始终没有找到解决的办法。

冯菱留学的第十一个月，费成文被选派到越西县挂职县委副书记。他整天忙得团团转，连冯菱的电话都没空接。等他有空打过去，冯菱不是在上课就是在睡觉。因为时差，他们成了半个盲人。冯菱睁开眼睛，费成文闭上眼睛。费成文刚躺在床上，冯菱已起床。费成文的白天是冯菱的黑夜，冯菱的白天是费成文的黑夜。他们已处在两个完全不同的时空里。

费成文打算去美国探亲，可没被准假。他后来才知道是县委书记钟剑仁怕费成文出国后不回来，影响其仕途，没有同意。拖了大半年，费成文一气之下决定辞职，发誓宁愿做一辈子小编辑也不再回官场，他要"忍把浮名，换了浅斟低唱"。那段时间，费成文恨死了钟剑仁，认为钟剑仁破坏了他们的爱情婚姻，也因此迁怒于官场和不少无辜大众。

冯菱迟迟等不来费成文，以为他已移情别恋。在费成文准备好去美国时，心灰意冷的冯菱却让他别去了，她要在加州大学读博士。费成文再三解释都无济于事。他们的爱情最终被太平洋淹没了。

费成文狠狠地揍了邝放一拳，骂他是个扶不起来的阿斗、拉不转来的犟牛，好像那是他自己的事，与邝放无关。自从他们相识以来，费成文都在无私地关心他、帮助他。虽然邝放也想更上一层楼，但怎样才能当上副市长，他说服不了自己。

"良时恐作他年恨。老邝，你今年四十岁。这次换届，是你的最后一次机会。往上一步，你的空间才会更大。错过了，你想待在原地都难……"

"别说机会，好像人人都有机会。机会只是一种无用的自我安慰，一些人居高临下的说辞……"

"老邝，在这节骨眼上，你这样任性，只会坏事，不会有任何好处。"

"你是一个明白人。那是一堵墙，铜墙铁壁，就是把脑袋撞破，也不一定闯得进去……"

"谁叫你去撞墙了？不是有门吗？无数的门，大门、旁门、正门、后门、侧门、偏门、歪门、斜门……"

自从离开校园，邝放一直觉得自己只是站在门槛上的人，一个不搭界的边缘人。即使偶尔窥视到门里的朦胧风景，总是看不真切。他想进去，又想离开。他希望跟他们一起欢歌笑语，又渴望拥有一个不受打扰的清净世界。费成文推他一下，他就往前跨一步。费成文走了，他跟着就不见了。

"我只想光明正大地从大门走进去。你不是说，走路要走大路吗？"

"所有的门，本质上都是洞，洞的变体。走进去与爬进去有什么区别？从大门进去与从后门进去又有什么不同？"

"龙有龙门，鼠有属洞。我可不想羹调未羡青莲宠，苑召难忘立本羞……行到水穷处，坐看云起时……"

"你别给我整那些诗词歌赋。你真是个牛黄丸。弯一下腰算什么，可以直起来。开始了就无法回头……"

"回头？"邝放满不在乎地笑起来，"真有回头路就好了。自我价值不需要别人帮我们实现。我也不想向他们证明自己。难道我们只有仕路一条？难道我们的生活就剩这么一个追求？竹密无妨溪水过，天高不碍白云飞……"

邝放没敢说自己正在创造伟大的 8849 世界。

"追求？你想追求啥？"费成文见邝放如此不可理喻，倏地站起来，焦躁不安地踱来踱去。突然，他转过身："我不跟你说那么多。这段时间，你必须给我夹着尾巴做人。"

"哈哈。我有尾巴吗？我早就把尾巴斩断了。"

"我知道你是块豆腐，关键时候需要有人点化。你的竞争对手就像敌人，时刻盯着你，只要你露出一个破绽就死定了。莫须有也能要一个人的命。奥威尔说过，人，只有死去之后才是善良的。"费成文逼视着邝放的眼睛，"你跟依情，应该没有什么吧？"

说到依情，邝放怔了一下。他希望费成文说她时，他不说。这个时候，他干吗要谈依情？这是费成文心急火燎地找他的原因？难道他听到了什么风言风语？

"你转弯抹角地说了那么多废话……"

"废话？我的每一句话都是正儿八经的话。没有人比我更了解你。如果有人设圈套，你一定会毫无防备地一头撞进去。我倒不怕那帮人明着来。对任何人，你都要像窝窝头那样留个心眼。钱江像泥鳅一样滑，谁都摸不透他的水有多深。他对依情明里暗里的事，我都清楚。依情对你……"

邝放转过头，望着窗外的一株白玉兰，淡淡地说："依情是你的下属，跟我谈她干吗？"他转过头，拍了拍费成文的肩膀："你我都是毛动猫不动的家伙了。别想那么多啦！一个小姑娘，能跟我有啥事！"

"没事就好。酒桌上的玩笑，可别当真。我后悔那天为你说了那么多好话。都怪我，经不住钱江撺掇，弄得我在北京都为你担心。"

"你放心，我既没有被无知地崇拜，也没有被聪明地虐待。别指望蚂蚁看到大象，也别担心大象踩死蚂蚁。我只是在抽烟，有时喝喝酒，直到忘了自己。"

"跟你说正经事，你就没个正经。睁着眼睛跳崖，那是你自己的事。"

"我这把年纪，也许做不成什么大事，但不可能做错事。"

"谁叫你去做错事？"

"古人都说，凡事莫当前，看戏不如听戏乐；为人须顾后，上台终有下台时……"

"我听说，李董又去找过你？"

"你想帮他？"

"我怎么会帮他？老邝啊，你可以跟他敷衍周旋，但不能断然拒绝。你知道他跟贾金强的关系。我说过你多次，做事不要太直太硬。我是担心你啊。有人说过，这个世界的问题就在于每个人都少喝了两杯酒，以至于太过清醒。我们的老祖先也认为，难得糊涂。"

"我就是个糊涂蛋。我觉得自己糊涂得还不够。"

"别说气话了，老邝。你放心，只要不节外生枝，你很快就是副市长候选人……"

21

认识依倩前，邝放是煮不开的凉水，依倩的出现，烧开了他这壶水。他像受到了土星的关照，再次看到了爱情的倩影，拥有了八百瓦灯泡都看不见的单相思。

在饭局上，邝放明显地感觉到依倩对他的好感。这让他高兴，又使他胆战心惊。依倩在短信来往中有意无意透露的爱慕之情，邝放不敢有丝毫回应，可那一字一句却让他回味无穷。有时候，他觉得自己在自作多情。有时候，他又渴望这种胡猜乱想。朱玉回来后，他与依倩没再见面，而且突然中断了联系。

城市很大，可一旦记住某种东西，它就变小了。一些事情可以从我们身边消失，却很难从我们的记忆里被抹掉。夜深人静时，他渴望依倩给他打个电话，发条短信，在网上聊聊，让他知道她还在广都。他想给她打电话，却始终没找到借口，更怕重蹈覆辙。

邝放曾用眼睛爱过三十六个女人，在梦里占有过四十九个女人，对七十二个女人想入非非，还为八十一个女人动过心。有的只是心跳几下，转眼就过去了。有的只是动了几下眼睛，没来得及形成记忆。大多都是生理反应，眼睛、鼻子、嘴唇等感官喜好，根本说不上爱情。对他而言，爱情的诱惑比肉体的诱惑更强烈。跟朱玉结婚后，他遇到过三个几乎与之产生爱情的女人，跟其中一个发生过两次性行为，他平生最惊心动魄的性冒险。

那是他们结婚后的第七年，朱玉到外地脱产进修学习三个月期间。他们是在费成文召集的一次饭局上相识的。年轻漂亮的风卷云舒，热情奔放，像一团火燃烧着她周围的空气。他们就雾霾产生的原因谈得非常投机。当邝放说到第二十一个原因时，被费成文的一杯酒给打断了。在他们相识的第十八天晚上8点半，喝得二麻二麻的邝放突然接到她的电话，请他到艺品天下茶楼继续谈论雾霾产生的其他原因。正愁找不到借口脱身的邝放拿起手机快步走出房间。在过道尽头，邝放答应马上开车过去。风卷云舒好像闻到了他的酒味，说她开车来接他。邝放本来在广都大酒店吃饭，却跟她说在簧门酒楼。他害怕她来接他时被人看见。

回到房间，邝放严肃中夹带着慌张地向酒友们说，县委钟书记找他有事，叫他马上赶过去。这个严重的借口使所有的人信以为真，不敢阻拦。

一出广都大酒店，邝放就兴冲冲地向簧门酒楼跑去。

八月的夜晚闷热难挡。空调只能照顾小小的房间，对室外的世界根本无能为力。邝放在簧门酒楼侧门的树影里等了不到五分钟，就看到向他驶来的宝马车。风卷云舒几乎没来得及把车停稳，邝放已跨进宝马。车里本来凉爽，充满淡淡的麝香味，可邝放一头钻进去后，他们都感到了燥热，好像邝放把整个夏季的热量、胃里的酒精热量和血管里的热量都带进宝马。风卷云舒继续往前开车，邝放继续调整心率。当他终于缓过气来没话找话地说雾霾产生的第二十七个原因是汽车尾气时，宝马车突然羞愧地停了下来。邝放像要配合宝马车，突然刹住话头。

他们同时发现宝马车停在一条断头路上。

树影婆娑。散光眼似的路灯，茫然地在远处闪烁。四周安静得只有他们急促的呼吸。邝放正在想下一步该发生什么事，咔嚓一声，风卷云舒解开安全带，一下子从驾驶座上飘起来。邝放手忙脚乱地把她迎到并不宽敞的后座上。透过薄纱，邝放触到了她结实的小蛮腰。邝放在两分钟之内干完了事，几乎没弄乱衣服。

第二次，也就是他们在车里做爱后的第四天午后2点，邝放中午喝的二两白酒还赖在胃里和脸上，他就主动打电话问她是否有空去浣花咖啡馆喝咖啡。她说她今天不想出门。邝放失望地刚要挂断电话，她忽然说如果他不介意就来她家喝茶，她父母外出旅游去了。他欣喜若狂，一路狂奔进她位于六楼的家里。刚关上门，两人有了默契似的，一句话没说就迫不及待地贴在一起。可他的热情已散落在路上，成了强弩之末，完事后几乎没触到对方肌肤。

想见风卷云舒之前的渴望、幻想和热血沸腾顿时烟消云散。他原本以为跟她做爱会平息他的狂躁，结果是事后的狂躁比事前的狂躁有过之而无不及。只是前后的狂躁迥然不同。之后的狂躁持续时间更久，充满恐惧。他不敢想象被朱玉发现的后果。虽然在朱玉回来之前，他已殚精竭虑抹去了他们在一起的蛛丝马迹，但这两次性冒险仍然像耻辱柱一样插在他忐忑不安的记忆里，使他伤害了整个世界似的感到可耻。

他与风卷云舒做爱之前、之中的全部心思，都是如何尽早结束，赶快逃离，不敢停留片刻。安全第一。这是他工作中的口头禅，也是他从小就知道的生活常识。两次屈辱的做爱失败后，他不敢再主动找风卷云舒，他为自己没有第三次的勇气而羞愧，为自己的软弱而自责，为自己的背叛而恶心，更为害怕风卷云舒的纠缠而提心吊胆。他后来发现她没有再联系他，又换了手机号，才放下心来。

实际上，邝放的担心纯属多余。他根本不是风卷云舒喜欢的那种男人。他做爱不是享受，而是恐惧和软弱。他的激动不是激情而是惊恐。他急促的喘息不是爱而是躲避。与他同龄的那个家伙一钻进她体内，就像刚被宣布双规的贪官，瞬间瘫软，抬不起头，仿佛一条让人恶心的软体昆虫。望着他一闪而逝的身影，风卷云舒不敢相信刚才发生过的事。她可以原谅他第一次的恐惧，却不原谅他第二次的软弱。

邝放两次偷情的结果，一是他觉得自己享受想象的快乐远比实际行动带给他的快乐多。二是每次遇到心仪的女人，就强制把她们藏起来，沉入心渊。三是患了洁癖。他回家的第一件事就是洗澡。无论在哪里，一旦出点汗，就浑身不自在，只想洗澡。出差住宾馆，他待在洗手间的时间比躺在床上睡觉的时间还长：洗澡、漱口、洗脸、方便、洗衣服……如果有消毒柜并且足够大，他会不惜牺牲睡觉时间把自己塞进去。他恨不得把所有的人拿来清洗一遍。他觉得水不仅用来喝，更是用来洗涤，洗去俗尘、污垢、丑陋。他喜欢风雨，只要还有风雨，这个世界就不会一直肮脏。他认为，这个世界应该像倪瓒的庭院、香厕、梧桐树。

他那时很欣赏自己的自制力，能把爱情妥善保护起来，不被人发现。

而依倩，总是出其不意地出现在他的脸上、眼睛里、言谈举止上，连钱江都看出来了，费成文也开始怀疑。他无可奈何地感到自己已没有能力把对依倩的爱情藏起来，多年培养的忍耐心、自制力和爱情免疫力即将崩溃。他无可救药地患了相思病，眼前总是晃荡着依倩明亮的眼睛、清澈的声音和微笑的虎牙。他曾想方设法进行自我治疗，甚至把相思病病毒瘟疫般植入他的小说，让小说人物为他分担，不惜替他去死。直到朱玉旅游回来，他的相思病才不治而愈。

22

朱玉去旅行前，邝放就保证他们回来那天亲自到机场迎接他们。

邝放唯恐错过接机时间，从朱玉走进旅行车开始，就在计算日子。但直到接到朱玉的短信时，他才发现今天朱玉回家。他瞥了一眼堆在写字桌上的小说稿，觉得第一件大事，就是把它们藏起来。他不敢让朱玉发现他还在写小说。

邝放把大二那天晚上写的几首诗送给朱玉后，他们在校园文学沙龙里开始相知相爱，经常跟费成文和冯菱一起出双人对。他们结婚不到一年，朱玉就明令禁止他吟诗作赋。她有个功在家庭、利在邝放的思想：在大部分人还没有富起来的时候，那样做，只能算无病呻吟、不识时务。文学艺术永远没有生活和物质对人的触动更直接。她引证一位作家的话："文学是一个弃儿，富贵了才能去认领。"还说，只有乞丐才会尊重诗人。

邝放觉得，让丽娜姬丝与魏特见一面就在他们之间无情地开掘一条无边无际的银河，是不道德的行为。因此，他经常躲在办公室里想办法让他们相会。

邝放正要把小说稿放进提包，突然觉得此时的魏特应该做梦。他看了一下手表，朱玉是下午5点半的飞机，他还有时间让魏特做梦。

　　魏特认识丽娜姬丝的当天晚上，梦见丽娜姬丝忽然不见了，
　便拔脚狂追，可追了大半天都没追上。他气喘吁吁地觉得，自己
　不是在狂追而是在逃跑。他大汗淋漓地醒来时，才发现自己在跑

步机上。

邝放停下笔，在屋子里走来走去，觉得魏特多半不喜欢做这样的梦。他撕掉稿子，要让魏特重新做梦。

> 夜色朦胧。星光不现。丽娜姬丝孤独地伫立在一座圆柱形的白色城堡前。她的背影，寂寞无声。一股冷风突然撩起她的长发。《一个人的世界》从里面飘逸出来。她向城堡飘然而去。魏特跟着进去后，丽娜姬丝却不见了。光滑的大理石地面，雪白的墙壁，像条走廊。他开始慢步寻找，后来就一股劲儿地狂奔，可始终没有找到丽娜姬丝，也没看到门，没看到房间，没看到身边的一点变化。无论往前往后，往左往右，除了越来越多的白影，一无所有。他以为这是个迷宫。他怀疑这是广都新建的暴走场所。他误入了电脑游戏里。他像黑暗里的盲人，一刻不停地跑啊跑，找啊找，浑然不觉这是个死循环通道，从底楼微斜向上，直到顶楼，又从顶楼微斜向下，无限循环。因为斜度和弯度太小，他慢走快跑都没感觉到有斜度和弯度，但他始终认为丽娜姬丝就在前面，只要自己不停地向前跑、向前追，就能找到丽娜姬丝……

邝放对魏特愿不愿这样梦游毫无把握，但他不敢继续写下去，写下去的唯一结果就是：魏特从梦里醒来。不管什么梦，醒来都是可怕的，比身处噩梦还可怕。他要告诫所有的人：一旦做梦，千万别醒来。谁先醒来谁倒霉。

他本来想让丽娜姬丝也做个梦，但害怕耽误接机时间，就放弃了。

壁钟连续不断地发出嘀嗒嘀嗒的声音，仿佛一群饿狼正一步步地逼近目标。邝放坚决反对钱江的时间观："时间算个屁！你知道我干掉了多少个日日夜夜？哼，你等着瞧，我还要把神气活现的未来给干掉。"

邝放认为，时间是魔鬼，始终追着你。你不理它，它就一刻不停地唠叨：你昨天干了什么？你现在要干什么？你明天想干什么？你还不理它，它就在你的皮肤上捣蛋，在你的灵魂里折腾，直到把你折磨得精疲力竭，一口气把你干掉。

他呆呆地望着壁钟，发现自己被时间控制了。

时间是头喜欢搅乱自己踪迹的野兽。

他甩掉笔，把稿子塞进提包，去办公室把稿子锁进抽屉。

邝放在机场到达厅里焦躁不安地踱来踱去，发现自己确实来得太早了。电子屏显示朱玉和儿子乘坐的航班已准时起飞。他仍然每隔一会儿就轮番拨打朱玉和儿子的手机。手机总是传来同一个声音："您拨打的电话已关机。"他不相信关机能证明妻儿在飞机上。他怀疑屏幕上显示的航班通知已被黑客操控，飞机已被漫天的乌云藏起来，朱玉和儿子已被浩瀚的天空没收……他到迎客厅外吸了五支烟、上了三趟厕所、进了七次百顿书店、第 N 次站在屏幕前，引起了机场特警的关注和怀疑。

邝放第一次坐飞机最强烈的感觉是恐惧。那种恐惧不仅没有因为坐飞机次数的增多而减轻，反而在不断增强。每乘坐一次飞机，他就像在生死线上挣扎了一次。小时候看到天上的飞机，他巴不得能有坐飞机的那一天。现在看到天上的飞机，觉得那是会飞的棺材。打开邝家坝的棺材，是为了让死人复活。而会飞的棺材一旦打开，只会让活人灰飞烟灭。

能不乘坐飞机，他坚决不乘坐飞机。每次一上飞机，他就端坐在座位上，扣好安全带，紧闭双眼，直到飞机降落。他从来没在飞机里上过一次洗手间，喝过一口水，吃过一次饭，也从来不敢跟人说自己最怕坐飞机。

突然，邝放被撞了一下，一个小女孩绊倒在他脚边。他还没来得及牵起小女孩，小女孩已飞快地从地上爬起来跑开了。他觉得小姑娘不是在跑，而是在飞。这里的人都想飞，飞到他们想去的地方。机场为他们提供了飞的感觉。飞机终于实现了地球人飞翔的梦想。可他们并不知道要飞往哪里？也不知道飞走了，会不会飞回来？地球人永远不会真正飞起来，除非在梦里，在神话传说里，在科幻故事里。地球人的思想可以飞翔，肉体却没有长出翅膀的基因。地球人最奇特的地方，就是一门心思地要上天入地，从来不想安安稳稳地在大地上好好生活。他们坚信神话的真实存在，神话不仅出现在遥远的过去，神话依然在现实生活中不断发生，神话永远与世界同步向前。

地球人走在任何地方，都是凡人的影子。他们的思想智慧、悲伤快乐，以及他们的爱情，都平庸不堪。虽然人人都不想悔恨，但最终仍然庸碌无为。他们只是在用稀奇古怪的玩意儿挥霍自己有限的精力和智慧。他们常常自以为是地认为人类已登峰造极，无所不能。任何人只能开始，永远都是开始。即使到了峰顶，也只能下山，走下坡的道。因为峰顶之上再也没有路。他们只会走，永远飞不起来。他们至多能跑，像飞一样地跑。可是，"只有小孩和小偷才会跑"。他一直想知道某些人为什么要那么骄傲，那么快活，那么想飞……

飞机到达的通知打断了他的思索。

他不能再思索了。

只有一个人时，他才能思索。只有躲在抽屉里，他才敢思索。

邝放按了一下手机的重复键，终于听到朱玉疲惫沙哑的声音。朱玉和儿子还在飞机上。他在电话里唠唠叨叨，朱玉都不耐烦了，他还想说。

朱玉打断他的话："你怎么了，那么多的废话？有什么事，等会儿说不行吗？我们还要取行李。"他叫朱玉把手机给儿子，儿子"啊"了一声，就把手机挂了。

邝放捏着手机，远远地站在旁边，不忍挤进满怀期待和焦虑的人群。他像交响乐团的指挥，毫无节奏地踮脚、翘屁股、高昂着头，紧紧盯住旅客出口。他责怪自己不能直接到飞机舷梯下面接他们，更没有权力命令飞机直接滑翔到他面前。

终于，他又看到了妻子和儿子。儿子又长高了一截，胖乎乎的脸明显被晒黑了，唇边一溜胡须，像小时候玩泥巴后没洗脸的模样。他背着双肩包，拖着行李箱，大人似的向他走来。妻子双手提塑料袋，微微低头，跟在儿子矫健的身影后面。妻子美丽的脸庞消瘦了，身体明显长胖了，个儿好像变矮了。

他撒开人群，快步奔到妻儿面前，抢过朱玉的塑料袋，又从儿子的手里夺走行李箱，转身向停车场快步走去，像刚得手的抢劫犯。朱玉用怪怪的眼神瞟了邝放一眼，欲言又止。儿子甩着双手，跟他并肩走在一起。

机场的车辆太多，一辆接一辆地排在一起，终于占领了什么似的死活不肯离开。他的车停在停车场的最后一溜车位上。他和儿子快步走着。朱玉动作迟缓，没有跟上。他不得不数次停下来，等她。他们坐进车里，互相问候了几句，就都没言语了。从那么高那么远的地方回来，他们肯定累了。邝放不想打扰他们，就一心一意地开着车。

朱玉回家前一天，邝放请钟点工把家里彻底清洁了一遍，还喷了两瓶空气清新剂。家里的一切都按妻儿离开时的位置摆放。可当他打开家门时，却感到了一种陌生，仿佛走错了地方。

当天晚上，邝放又梦见了那位美女，丰满的身材散发着令人窒息的银辉。当美女又一次脱光衣服躺在床上时，他哆哆嗦嗦地向床边蹭去。刚到床边，美女一跃而起，紧紧地抱住他。他立即激动起来，疯狂地亲吻、抚摸。当又一次摸到美女身上硬邦邦的东西时，他遗精了。他又一次发现美女是个男人。他吓得转身就跑。还没到门口，就醒了。

这个经常做的梦，几乎把他弄成色鬼，连《周公解梦》都没给出令人满意的答案。起床时，他发现自己的确梦遗了。当他手忙脚乱地消灭证据时，朱玉站在一旁冷眼旁观。她当时的表情，像号称用了几十种名贵中药材熬制的保健品保健出来的，让邝放恨不得重新返回梦里。他默默地换床单，洗被套。分开半个多月，他们没有小别后的欢愉，连怎么做爱都忘了。邝放极力装出热情的样子都没能成功。

第二天早晨醒来，邝放惊奇地发现自己已经结婚，还有一个儿子。朱玉正在厨房里做早餐。儿子窸窸窣窣地开始起床。邝放想起床，却感到有什么牵扯似的毫无动静，仿佛床的四周都是悬崖绝壁。当儿子"砰"的一声关上门时，他终于找到了拖鞋。

"你自己弄饭吃。我想再睡一会儿。"

朱玉走进卧室，又开始跟时差较劲。

邝放在洗手间的镜子里发现鬓角有两根明显的白发，就狠狠地把它们扯下来，翻来覆去看了好一阵子，才心有不舍地将它们丢进垃圾桶。

第六章

朱玉最瞧不起邝放这种模棱两可、躲躲藏藏的样子，这比邝放的不忠更让她愤怒。邝放回来之前，她希望他理直气壮地否认，暴跳如雷地咒骂那些心术不正诽谤污蔑他的家伙，甚至不在乎把自己归入陷害者行列。

23

朱玉去欧洲旅游了一趟，没有带回法式浪漫，却学会了英国贵族的傲慢和刻板。现在的她看什么都不顺眼，总觉得丈夫在丢她的脸，儿子在丢她的脸，所有的中国人都在丢她的脸。她放弃了教育工作者应有的姿态，经常坐在飞机上打量邝放，让邝放感觉自己一定做错了什么。邝放好几次想问她怎么会去欧洲旅游，却始终磕磕巴巴地未能送出口。

朱玉出身教育世家。她爷爷是私塾先生，父亲是高中老师，母亲是小学老师，朱玉大学毕业后也成了高中老师。她的父母，在老广都人心目中都是赫赫有名的教育达人。退休后，他们还不想中断造就人才的事业，把家里的卧室、客厅、阳台和厕所全部改成教室，开补习班。邝藏成了他们教育事业重新开始的第一个学生。岳父最擅长直接灌注法。庆幸的是，他灌注的是书本知识和人生经验教训，而不是自来水。岳母最拿手的是诱导法。结果学生没有爱上她，反而使丈夫吃了不少醋。虽然他们的补习班完全免费，但不到三年，学生却越来越少，直到最后一个学生邝藏坚决回去跟父母住在一起。他们并没有气馁。当天晚上，岳父梦见一只鹦鹉飞奔而来，同时，岳母也梦见一只喜鹊飞奔而来，叽叽喳喳地报名参加他们的补习班。他们高兴得忘了收报名费。第二天一大早，他们兴致勃勃地买了十多只鹦鹉和喜鹊，每天用余热教它们学汉语，给它们上国学课。他们一直认为，鸟儿说话比人动听。岳父特别喜欢那只绿毛鹦鹉，相信它将来会成为大学教授。岳母尤其钟情黑白相间的那只喜鹊，认定它是当国学大师的料。他们打算教会这批鹦鹉和喜鹊后，再买些猪狗鸡羊来培养，在飞禽走

镜子背后的女人

兽的世界里施展教育才华。他们认为，教育的关键是一律平等，均衡发展。他们坚信，不久的将来，广都市所有会发声的东西都能受到良好的教育。

当朱玉的父母准确地预测到邝放会成为中学老师后，就大力支持他们恋爱，同意他们大学一毕业就结为连理。

邝藏出生后，朱玉用三代人的教育实战经验、几千年传承的教育理念和她独创的核心教育理论对儿子进行教育，她信心满怀地认为自己既可以做到十年树木，也可以做到百年树人。

那时的邝藏确实惹人喜爱，在朱玉的教育框架内茁壮成长，直到半夜三更邝藏玩游戏机的声音惊醒了朱玉，她可怕地预测到儿子将是这个教育世家的终结者。朱玉本来觉得这个世界可疑，所有的地球人都跟她有距离，现在看来，再也没有一个地球人合乎她的标准。不久之后的邝放谣言事件，使朱玉从怀疑一切走向否定一切。

她坚定地认为，所有地球上的东西都是理应受教育的学生，包括会发声的电视、电影、电脑，从不胡乱说的报刊、书籍，邝放当然更不能例外。如果按照她现在的教育要求和标准，没几个地球人合格。

邝放认为，如果教育真有那么大的威力，那地球上就再也没有坏人了。他觉得自己已经长大成人，而且受够了教育，没有机会教育他人已属遗憾，现在还在自己家里被教育，真是天大的委屈。面对朱玉的谆谆教诲，他虽然没有揭竿而起，但心里总是不大服气。

奋协会长认为，地球人向来是个酷爱教育和被教育的种族。教育活人和未成形的胎儿不够，还经常把死了几十年、几百年、几千年的死人拖出来接受教育，甚至像邝放的岳父岳母那样孜孜不倦地教育那些畜生。

在饭桌上，朱玉不是唠叨谁家的孩子出国留学，就是说某某家又买了别墅，换了豪车。邝放知道朱玉在责怪他无能，但他觉得，一家三口住117平方米的房子虽然不及他老家的茅草房宽敞，但也没有那么拥挤。他和朱玉的工资奖金加起来，已逼近电视、报刊、网络公布的广都市城镇居民人均可支配收入水平。邝放对现在的生活已经知足，而朱玉却暗藏着更伟大的理想。

朱玉回来后没有跟他谈论异域风情，而是经常唠叨当前的教育，好像她这次不是自费去欧洲旅游，而是公费去考察西方教育。朱玉斩钉截铁地下了第一个结论："儿子必须把英语学好。"像她母亲说的："鹦鹉必须学会汉语。"如果朱玉只说一次，邝放会以为自己听错了。朱玉几乎年年被评为优秀教师。邝放每次看到她的奖状、证书，就郑重其事地说："你是一个优秀的教育家，更是一位伟大的母亲。"好像那摞证书、奖状无法表达朱玉的教育功绩。只有朱玉斥责儿子早恋时，邝放没有吱声。他也认为儿子早恋了，因为他才开始恋爱。

"儿子的汉语也要学好……"

邝放的话还没有说完就引来了朱玉的雷霆大发。

"哼，你有本事，就把儿子送出国！"

有好几次，邝放在盥洗间漱口时以为朱玉说的不是要"把儿子送出国"，而是要"把儿子送出地球"。邝放知道儿子的成绩没上线，也知道地球已是一个村子，全球都"化"在了一起，但是，出国也不是走村串户那么简单的事，尤其对他这个无能的父亲而言。他虽然听说过"吃顿肯德基就不是中国人"的说法，但觉得那太便宜了，不敢带儿子去尝试。

邝放怕朱玉提儿子出国的事，更怕她提高考，一说就没完没了，好像高考制度跟她有仇似的。邝放上大学的那个年代，上不上大学多半是个人行为，而现在，社会、家长、学校、老师、用人单位，比学生还着急，好像考不上大学就该死，没有一纸大学文凭就不配活在地球上。

"儿子才高一，要出国也要等到高考后再说。"邝放试图用针尖稳住摇摇欲坠的巨石，却没有成功。

"高考，你以为你儿子能考上大学？我教了几十年的书，还不知道你儿子的情况？你成天忙这忙那，什么时候关心过你的儿子？今天早上，他跟我要钱买苹果。我说你自己去买。他说钱不够。我说早上才给了你两百块就用完了？他就说我白痴。他要买的是苹果手机，说其他同学都买了。还要我给他办一张信用卡，说其他同学都有。我骂了他几句，他就跟我吵了起来，骂我管得太多，什么都不懂，还扬言不给他办信用卡就退学。我说你是我的……他就顶了我一句：我在你肚子里时是你的，生下我后，就不是你的了。这就是你的儿子，你教育的儿子……"

说着说着，朱玉撇下儿子，开始数落邝放，好像邝放在暗中唆使儿子跟她作对。"你看看，这个家哪像一个家？你以为你居住在宇宙里？都在弹丸之地的广都，却两地分居，聚少离多，十天半月都见不到一面……"

"朱玉……"邝放本想插句话，但是，就像贾金强开口讲话后，银针都插不进去。

"现在只有一条路，尽快把儿子送去国外！你们再这样下去，我还有什么脸做人！"

朱玉左一个你的儿子，右一个你的儿子，好像邝藏只是他的儿子。

他们娘儿俩去了一趟欧洲，除了还在说汉语，其他全都变了。

24

跟朱玉闹离婚的那段时间，邝放经常梦见儿子蜷缩在沙发上，孤零零地睡觉。他想抱起儿子，像小时候一样轻轻放在床上，让他做一个完整而美好的梦。可无论他把手臂伸得多长，却始终够不着，只能泪眼婆娑地望着儿子稚气未脱的脸蛋。

他可以对任何人不负责任，除了儿子。儿子是因为他的一时激情才来到这个世上的。可儿子还未成年，就被他抛弃了。

儿子出生时，他正在外地学习，两个多月后才回家。儿子第一次叫他爸爸，他感到非常惊讶。他不清楚儿子是怎么长大的。每次想到儿子，他就觉得对不起儿子，有愧于朱玉。

这么多年来，他们三人难得团聚，一起吃顿饭的次数十个手指头都数得过来。久而久之，他们对彼此的面容越来越模糊，不开灯就互不认识。他们看对方，都是一种怪怪的眼神，涂抹着黑夜和人造灯光的颜色。

邝藏上初中，每天晚自习之后回家，不管他们在不在家，都要在楼下大声喊"爸爸，妈妈"，并用踢踢踏踏的脚步声为自己壮胆。偶尔在家时，他会立即跑去开门，站在门口，接过儿子沉重的书包。

在广都中学看来，邝藏的中考成绩离重点高中的录取线相距甚远。读哪所学校，邝放父子都认为无所谓。可朱玉非要儿子读广都高中这所全市唯一的重点高中。邝放虽然认识邹校长，但从来没有正面打过交道。为了朱玉，邝放硬着头皮给邹校长打电话，可把手机打得感冒发烧了也没打通。他去了学校好几次，也没见到邹校长。好不容易找到负责招生的朱副校长，朱副校长拿着邝藏的成绩单，甩了甩手，好像手上粘了鼻涕之类的污秽。

"我们原则上不收这类成绩的学生。即使上了我们的录取线，大部分学生也进不来。"

"要多少钱？我缴。"邝放像个财大气粗的亿万富翁，"请你算算，要缴多少钱？"

"这个分数嘛，大概要，三十万赞助。"

"什么？三十万？"邝放马上从亿万富翁变成了穷光蛋。他觉得现在的学校，他们不仅要人，而且要财，合起来就是他们招收的"人财"。

"不是钱的问题……也不是成绩的问题……"

"那是什么问题？"邝放恍惚觉得自己正在参加如何培养未来一千年杰出人才大会。

"我做不了主，只有邹校长说了算。"朱副校长真诚地说。

邝放谦卑地问，怎么才能找到邹校长。

朱副校长说，他也不知道。这段时间，他们都打不通校长的电话，见不到他本人。有什么事，都是邹校长用"未知号码"安排的。

见邹校长比见美国总统还难。邝放开始相信民间对这位大校长的种种传闻了。其实，邹校长并不是故意在躲他一个人，他是在躲所有能够躲的人。每年的这段时间，邹校长就会神秘"失踪"，手机号隐身。

朱玉每时每刻都在催促："办好没有？怎么还没有办好啊？亏你是个堂堂主任，这点事都办不好？这点事都办不好，还配当父亲？你儿子读个高中，还缴那么多钱？缴钱还读不了……"

邝放的压力越来越大，儿子读书的事已上升到配不配做父亲的高度。从来不求人的邝放，看来这次不求人不行了。

他虽然认识不少人，可仅是认识而已，几乎没有什么交情。掂来掂去，只有费成文有些重量。束手无策的邝放，对费成文能不能办成这件大事也毫无把握。

费成文听后哈哈大笑道："这点小事，就把邝大主任给难住了？"

"这是天大的事。"

"我经常跟你说，要多交往，遇到什么事才好办。蜘蛛能坐享其成，靠的就是那张网。平时不烧香，临时抱佛脚，能行吗？可你就是不开窍。什么事都是人做的，事在人为。你那副德行真的要改……"

"老费，我精挑细选，才给你打电话。你要帮就帮，不帮就拉倒。我现在没心情听你教导。"

"教导不敢。但我要衷心谢谢你。哈哈。你亲自找我帮忙，这是我莫大的荣幸。老邝，我中了你的福彩大奖啊，谢谢。"

"我现在没心情跟你开玩笑。你到底能不能办？"

"不就是读书吗？今晚六点，你到广都俱乐部，我把邹校长叫过来，一起吃顿饭。"

"真的？"

"屁大点事。你还不相信我？"

晚上六点整，邝放准时到达广都俱乐部。他报上费成文的大名，妖娆的服务小姐就将他引进了 2 号别墅的 3 号雅间。

邹校长正眉飞色舞地跟费成文交谈，一看见邝放，就站起身紧紧握住邝放的手："邝主任，好久不见。"

"邹校长，终于见到你了。"邝放一屁股坐在沙发上，好像刚跑遍了整个世界，终于找到了归宿。

"哪里啊？我这段时间确实有点忙。但是，再忙，也不敢跟邝主任比。你说是不是，费总？"

"邹校长，你忙是活该。谁叫你把学校办得那么好？全世界的人都想去你那里读书。"

"费总，别笑话我。有些事，我确实为难。当然，费总的事，再难也得办啊。"

"邹校长，不是我的事，是邝主任的事。你别跟我诉苦了。娃娃读书是大事，但不是难事。对你邹大校长来说，根本不算事。"

"费总，我说的不是娃娃读书的事。邝主任，你看你，儿子读书的事，你直接给我打电话就行了。这点小事，还用惊动费总？"

邝放想说电话打了，但不通。即使通了，也不一定成。但说出口的却是："谢谢邹校长，给你添麻烦了。"

"什么麻烦？你把儿子送来我们学校读书，是对我们学校的信任，应该我们感谢你才对。是不是，费总？"

望着热情洋溢的邹校长，邝放突然觉得那些对邹校长的种种传闻统统见鬼去了。费成文侧了侧身子，向邝放眨了一下眼睛。邝放立即抽出一支烟，递给邹校长，又拿出打火机，双手给邹校长点燃。

"邹校长，我儿子太不争气，成绩差，考得不好……"

"邝主任，成绩算什么？分数是动态的，可以调嘛。"

邝放很想问"成绩不算什么，那什么才算？"，但他没有问这个问题，而是问了其他问题："邹校长，学校收费……"

"按物价局的规定缴。邝主任，我们学校从来不乱收费。你公子的学费也按物价局规定的统一标准缴。唉，我也没办法，不收费不行啊。高中教育还没有完全义务啊。"邹校长好像误会邝放在调查他们学校的收费问题。随即，他转向费成文："费总，你看邝主任儿子是读英才班还是火箭班？"

"邹校长，听你安排就行了。"

"费总，那我就做一次主，读英才班。邝主任，你明天就到学校报名。"

"谢谢邹校长。我明天就去报名。"邝放突然觉得好像不是儿子要读书，而是自己要读书。

邝放忍不住感慨万千。现在的孩子真可怜，还在蹒跚学步牙牙学语时，就被关进了幼儿园。普通话都说得结结巴巴的，就不得不学说英语。词语的意思都没搞懂，就要实践运用。

邝藏上小学那年，朱玉在外地进修了一个月，邝放才发现儿子早已开始失眠。儿子比他还睡得迟、起得早。晚上十一点之后才上床，可一想到作业、第二天老师的提问、学校的考试测验，儿子就辗转难眠。每天六点必须起床，七点必须赶到教室。迟到了要罚站，还要扫厕所。儿子每天起床都是呵欠连连，弄得邝放上班也睡眼惺忪。星期六、星期天、节假日，还要上奥数、绘画、钢琴、音乐、舞蹈、跆拳道等培训班……星期六那天，邝放对儿子说，明天不用上培训班，老师病了，你想睡多久就睡多久。儿子高兴得差点跳上天花板。第二天，儿子睡到中午十一点都没醒。

小学五年级的一天，儿子突然说肩膀痛、脚痛、腿痛。他带儿子去医院检查，医生诊断说，那是儿子长期负重的结果。重量从稚嫩的肩膀传递到腿脚，肯定要痛。他回家把儿子的书包称了称，二十斤，吓得他差点心肌梗死。儿子每天背着二十斤重的书包来来回回，大人都受不了，何况是正在发育的孩子。儿子的肩骨突出，有些畸形。他叫儿子把一些书和作业本分别放在家里和教室，并反复跟儿子保证，他去跟老师说，儿子才勉强答应。他认为，负重的多少不是教育的衡量标准，教育不应该以摧残肉体和灵魂为代价。

读了英才班，邝藏并没有变成英才，分数成绩反而直线下降。儿子偏科严重，数理化一塌糊涂，只有作文经常出现让邝放惊讶不已的奇思妙想。每次考试，儿子总是排在班级最后几名。"老爸，这次我又没落后，还是季军。"邝放知道这个名次是倒着来的，可他并不想给茁壮成长的儿子任何心理压力。他笑着问儿子："你们班多少同学？"儿子干脆利落地回答道："六十五个。"他又笑着问："你不会考第六十七名吧？"儿子想了想说："不会。"他便轻松地说："好。咱们不求第一，身心健康就好。"

朱玉向来严谨理性，对自己也毫不手软，差不多接近苦行僧。她带儿子外出旅游，来回都不是同一个航班。她一直秉承一家人不能乘一架飞机的理念，以防万一坠机，全家覆没。有一次，儿子赶到机场时，飞机已起飞，只得重新买票。

儿子出生前，朱玉买了许多关于育儿的书和胎教音乐光盘。两口子经常兴致勃勃地仔细研究，认真规划儿子的美好未来。儿子出生后，他们总以为儿子缺这少那，特别担心母乳不足，天天严格按照《育儿大全》要求，像化学老师一样把试管摆满桌子，以数学老师的精准，为儿子按刻度兑奶粉，定时定量喂食，可儿子还是整夜啼哭，日渐消瘦。他们只好抱着儿子上医院。医生责备道："你们咋搞的？婴儿营养不良。"吓得朱玉两口子目瞪口呆。

儿子成了他们两口子的试验品。遗憾的是，他们在儿子身上积累的育儿经却再无用武之地。

很长一段时间，担心儿子长不好，成了邝放的心结。直到看到儿子健康长大，个子高矮跟同龄人差不多，才放下心来。

"老邹，你还是写张手谕给邝主任，你那些手下……"

镜子背后的女人

"对对对。我给你写张条子。"

邝放后来才知道，费成文跟邹校长本来就熟悉，加上送了一幅程子庄的画给邹校长，他们的情谊如果不天长地久，就是长眠地下的程大画家都不答应。

今年初，默默死去五十多年的程子庄突然"复活"，成了画坛大师。他的画成了珍贵的文物，毫无征兆地开始在市场上流通，价格疯了似的上涨，好像有意跟下跌的股市作对。费成文的父亲跟程子庄是忘年交，早年收藏了不少他的画。很多人来求画，费成文就是不出手。要不是为了邝放儿子读书这件大事，他才不会把程大师的画送给邹校长。邝放真没想到，邹校长还是收藏家。

邝放事后认为，儿子读书的事，并非费成文帮忙，而是程子庄。大活人做不了的事，死去五十多年的人却做到了。

25

朱玉正在办公室的电脑里查资料备课,《邝放,你这个伪君子》的博文突然跳入眼里。她瞪大眼睛,一副要把电脑囫囵吞下去的样子。

还没看完,朱玉就彻底放弃了对邝放的教育理想。碍于办公室的同事,她强忍住满腔怒火把博文拷进 U 盘,又打印了一份,与教案一起塞进包里。她在电脑前站了一会儿,不停地告诉自己:绝不能像弱不禁风的女人,脆弱得不堪一击。

经过收发室,门卫交给她一个沉甸甸的包裹。朱玉紧绷着冷若冰霜的脸,接过快递转身就走。门卫望着她的背影,兀自摇头。他发现这段时间朱老师好像变了个人。

朱玉本想回家后再看包裹。这包没写寄件地址的快递,让她满腹狐疑。半道上,她拐进新城公园。树荫下刚刚还闹喳喳的人群突然失声。小叶榕树上的几只麻雀,知书达理地飞走了。不说人话,是它们最明智的选择。

朱玉在树影里撕开结实的牛皮纸,一叠照片哗地撒了一地,三朵芙蓉花突然感到树根深处发生了地震。

刚看几张,朱玉的头再次轰的一声炸开。

又是伪君子邝放!

朱玉把照片塞进挎包,向邝放单位的方向奔去。刚到巨型雕像的基座边,她突然停下来,严厉地望着正在酝酿暴风骤雨的天空。当头顶的一团乌云散开后,她拿出手机,拨通邝放的电话。邝放"喂"了差不多三十

148

镜子背后的女人

次，朱玉才回过神来似的道："我今天有事，晚点回家。"她一说完就挂断电话，折进广都电信公司。

王玲是她的好友，广都电信公司的业务经理，一身正气凛然的藏青色制服，像是用朱玉刚才的面部表情裁制的。离婚前，她跟朱玉诉苦：头上不仅压着公公、婆婆和老公三座大山，还面临着两个孩子的深渊。离婚后，她感觉自己彻底解脱了，几乎每天转发一百多条不看就会后悔一辈子的微信。弄清朱玉找她的原委，她马上收敛职业笑容，露出一副脂粉都不敢亲近的愤怒表情。坐在电脑前，她把邝放这段时间的所有通信记录打印出来，用牛皮信封装好，郑重其事地交给朱玉，再三嘱咐她别害怕，有事就来找她。

王玲又问朱玉，要不要邝放的行踪信息。朱玉惊讶地问，你知道？王玲说，网上可以购买。朱玉坐在电脑前，在王玲的指导下，跟对方讲了一番价格后，用微信支付了七百元钱。不到半小时，她就收到对方发给她的关于邝放今年以来的详细信息：身份证信息，开房记录，名下资产，乘坐航班，家庭情况，上网聊天记录，银行存取款记录，手机定位记录，手机通话记录，短信、微信、QQ记录……朱玉这才相信，互联网啥都知道，像上帝一样明察秋毫。

邝放第一次看到朱玉，就被她的美丽迷住了心窍，后来又为朱玉傲视一切的言行和与众不同的品性所倾倒。好长一段时间，他不知不觉地模仿朱玉走路的姿势。这两年，朱玉的美貌像当初那样没有多大变化，反而有了过去不曾有过的韵致。他却突然发现了朱玉的多疑，瞬间的脆弱。不知道从什么时候开始，他跟朱玉在一起就特别紧张，好像自己做错了什么事，或者即将做错事。

这么多年来，朱玉的高傲既没有使她低至尘埃，也没有让她触到云霄。她对邝放的信任，仅限于不屑监视丈夫的行为。她能忍受两地分居和独自养育孩子，却无法忍受邝放的软弱和躲藏。从学校调到市政府办公室工作后，邝放的话越来越少，回家也越来越晚。好几次因为加班赶写材料，天亮了才回家，好像黑夜抹去了他回家的路。

自从开始装修新居，他们经常揪住对方争吵，好像要用争吵代替做爱。一句话，一件微不足道的事，都可能引爆争吵。争吵总是在寻找时机，猛然跃出，让他们措手不及。有时候，邝放请出尊严和人格都没法平息。他们的争吵，很多时候都有骄傲、倔强和面子在暗中帮忙。争吵固执地要证明他们婚姻关系的存在，打破家的寂静。可寂静不仅没有被争吵打破，反而更寂静了。在寂静中，他们对婚姻感到了束手无策。他们成了睡在同一张床上的熟悉的陌生人，没有激情，没有交流，连床第之事也从例行公事转变成选择性遗忘。

旅游回来后，邝放的一言一行都让她生疑。她经常想起邝放当年信誓旦旦的模样。她不相信邝放真的敢移情别恋。可博文、照片、通信记录、行踪记录，都是不容争辩的事实。过去所有的猜疑都得到了可怕的印证。被欺骗的委屈和愤怒，仿佛脱缰的野马，狂奔进她心里。她极力屏蔽那"嗒嗒嗒"的马蹄声，不断告诫自己，不能一哭二闹三上吊。那样太直白，既对不起自己美丽的面孔，也有愧于自己的尊严和骄傲。但她发誓绝不放过这个胆敢欺骗自己的伪君子。

朱玉的高跟鞋敲击着硬邦邦的水泥地，清脆而尖锐的声音，让她感到有种莫名的快感。

一到家里，朱玉就开始清理东西。她要把邝放彻底清理出去。

她取下结婚照，拣出邝放的衣服鞋子，邝放用过的牙刷，邝放没抽完的香烟，邝放睡过的枕头被子，邝放看过的书，邝放的笔记本，邝放过去的信件和照片……把它们胡乱捆成两个大包。

邝放被赶出家门后，朱玉去美容院待了一整天，回家后对家里进行了多次"大扫荡"，把家里的每个角落仔细清理了无数遍。凡是涉及邝放的"蛛丝马迹"都被她按"三光政策"认真擦掉了。她还准备请装饰公司拆掉地板、刷新墙壁。当她觉得自己、儿子和房屋也算是邝放的痕迹时，差点想一把火把整个小区烧成灰。她一直不见邝放，就是要把记忆里的邝放清空剔尽。

在纳音大地震灾区时，邝放觉得，朱玉是要用这种方式和"离婚清单"抹去他们曾经存在过的爱情婚姻和一起生活过的痕迹。如果有人能从他们儿子的基因里完全剔除邝放的基因，朱玉一定会不惜血本。

当邝放用钥匙打开家门时，蓦然看见朱玉铁青着脸，堵在门口。

室内灯光炮制的影子，乌云般集中在朱玉原本皎洁的脸上。朱玉好像刚从韩国整容归来。

"你回来啦?"邝放像平常一样问道。

朱玉没吭声。

邝放又问:"你不是说要晚点回家吗?"

朱玉仍然没有回答。

"你,你怎么了?"邝放像被皮鞋夹住了,只挣脱了半只脚。

"不是我怎么了,而是你怎么了。"朱玉突然说道。

"我怎么了?"

"装!继续给我装!"

"朱玉,出啥事了?"

"你比我清楚。"朱玉凤眼圆睁,好像面对一个不共戴天的仇人。她指着地上的两大包东西,厉声道:"你这个伪君子。给我拿起来,滚。"

"朱玉,你……"邝放不明白朱玉怎么会说这些莫名其妙的话。

"自己做的事,自己心里最清楚。你以为我啥都不知道?你藏得深,你手段了得……我懒得说你跟那些臭婊子的事……你给我滚。"

现在的朱玉如果手里有枪,会毫不犹豫地扣动扳机。

一副正派人模样的邝放可没有失去理智。他微微抬起头,镇定自若地说:"有啥事,进屋说不行吗?"

"你居然还有脸说进屋。你永远别想再进这个家。"

"这是我的家,我为什么不能进?"邝放生气地拉下脸。

如果朱玉是邝家坝的婆娘,估计他的这副板相能蒙混过关。恰巧朱玉有知识,有文化又教书育人,而且心明眼亮。只要发现一点蛛丝马迹,她很快就能编织一张打捞鲸鱼的网。

"你还知道有个家?这不是你的家。"

"朱玉,让我进去。"

"啪"的一声,朱玉把装着照片和网络博文的大信封摔在地上。

邝放赶忙捡起信封,好像刚接到的加急文件。

邝放稀里哗啦地翻看着——自己跟依倩同桌吃饭、喝交杯酒、在三娥山拉手,依倩拉开邝放车门的瞬间,苏盈盈敬他酒,在神游夜总会里跟小红姑娘相偎相依的相片……虽然有些模糊,但谁是谁却一目了然。

"文件"还没有看完，邝放就蒙了。

"我，我，我……"

邝放像第一次被套上笼头的牛犊，"哞哞哞"，不停叫唤。

当清水县副县长那两年，邝放每月都要到信访局坐班，接待来访群众。他曾经在露天坝头跟闹事的几百名拆迁户对话。清水煤矿特大瓦斯爆炸，他是主要新闻发言人。他用十分钟的沉默，镇住了一个飞扬跋扈拒不支付农民工工钱的老板。他独自一人妥善处置了校园毒鼠强事件。在会议室里，他正气凛然地平息了哭天喊地的几十个信访群众……那时的他，觉得任何哭声笑语、死人活人都跟他无关，无论面对什么事，都能做到不惊不诧，泰然自若，好像训练有素、绝不能有自己观点看法的新闻主播。这是他多年职业生涯锻炼的成果，完全可以写进年终工作总结的经验一节里。如果不小心被记者挖掘出来，经过整理、提炼、升华，说不定只好去做巡回演讲、英模报告。如果有一天，他果真成名成家，就不得不作为箴言圣行以激励世界、垂示后昆。

此时此刻，面对朱玉，邝放却乱了方寸。

"滚。"朱玉像一位横刀立马的女将军，开始下命令。

"你听我解释……"

"不需要。"

"那，那不是……我，我们没有……"

朱玉从鞋柜上抓过一叠纸，甩得哗哗响："这上面的手机号是谁的？每天这么多电话、短信，有那么多事需要联系吗？如果这些都不够，你还想做什么？你真行，有老婆儿子，还敢风花雪月地谈情说爱。你以为你还年轻，赶时髦，搞网恋？这里不是你谈情说爱的地方。你给老娘滚！滚出我的生活。你爱躲到哪里就躲到哪里。"

朱玉美丽的容貌再次遭到恶语粗话的残忍破坏，好像蹩脚医生在为她化妆整容。

邝放不得不感到惊奇，饱读诗书的朱玉居然说起了粗话。浩如烟海的书籍难免鱼龙混杂良莠不齐，吸收营养的同时，不免兼收毒素。朱玉把邝放当成了排毒剂。

突然，朱玉的神态变了，一副高傲冷漠的表情。她好像要证明自己从来就是无比坚强的女人。邝放的欺骗背叛，根本伤不了她。无论世界如何天翻地覆，都影响不了她。

"你有胆量背叛，为什么就没勇气承认？"朱玉双手抱胸，鄙夷地说。

"我……"邝放感到自己又站在了门槛上。

多年来，他之所以战战兢兢地生活，是因为他觉得，一扇门，两种人生。门槛两侧，不仅是屋内屋外，也是天堂地狱。他不可能永远站在门槛上，他必须做出选择，并为自己的选择负责。人，只有两只脚，不管是收回一只脚还是伸出一只脚，不是在屋内就是在屋外，不是在天堂就是在地狱。天堂和地狱的唯一价值在于激发人们无限的想象力。

如果朱玉是一副痛不欲生的样子，或者哀求他留下来，他也许会立即忏悔、道歉，保证不再与依倩来往，发誓仍然爱她，求她原谅自己，愿意接受任何处罚。但一看到朱玉满不在乎的模样，他当即决定矢口否认一切，哪怕鬼头刀架在脖子上当烈士也不认账。

"我没有……"

"你承不承认都已无关紧要。你所有东西都在那里。屋里已没有你的任何东西。你走吧。"朱玉好像在做学生的思想工作。

可邝放还是一副备受委屈的模样，赖在门边不动。

朱玉最瞧不起邝放这种模棱两可、躲躲藏藏的样子，这比邝放的不忠更让她愤怒。邝放回来之前，她希望他理直气壮地否认，暴跳如雷地咒骂那些心术不正诽谤污蔑他的家伙，甚至不在乎把自己归为陷害者行列。即使为了自证清白跟她争吵，她也会站在他一边与他同仇敌忾。可邝放这种低声下气为自己辩解的行为方式，在她看来，就是懦弱的表现。

邝放这样做的理由，是他与依倩没有被"抓奸在床"的事实，他不想牵连无辜的依倩。与其说他在为自己辩解，还不如说他不想伤害依倩。

朱玉终于放弃"脱口秀"，开始喜欢行为艺术。她一把推开房门，把两包东西摔了出去。沉闷的砰砰声，像法官的法槌不小心落在了地板上。墙壁上的声控灯被吓得突然睁开眼睛，照亮了昏暗的楼道。

邝放跨出门，去捡包裹。

"砰"的关门声，是朱玉下的最后一道命令。

与此同时，丽都花园小区又发生了一次只有邝放感觉到的地震。

　　邝放摸出钥匙，发现门已被反锁。他敲门，毫无反应。打朱玉的手机，始终无人接听。打家里的电话，响几声就断了，再打，已不通。第二天上午十点，他趁朱玉上班时回家，差点把钥匙扭断也没能打开门。朱玉已换了门锁。他望着从不离身却依然锃亮的钥匙，觉得他们的爱情婚姻都已生锈。他有钥匙，却没有要开的锁了。

　　邝放呆呆地盯着家门，好像在面壁思过。

　　他不敢惊动左邻右舍，害怕儿子回来又撞见他们吵架。邝藏不止一次亲历过他们的争吵。有一次，他用大哭吓得他们偃旗息鼓。有一次，他威胁要离家出走，及时制止了他们继续吵下去。还有一次，他冷冷地看了他们一眼，"砰"地拉上门，像在鼓励他们把争吵进行到底。

　　费成文见识过他们多次与众不同的争吵，要么是一点小事引起，结果却涉及国家、社会、未来、人性等大事；要么是历史、哲学、政治、民族、战争等大事引发，结果却是一些鸡毛蒜皮的生活琐事。当然，开局和结局都指向同一个人——邝放。

　　他们争吵时，从来不避讳费成文。费成文曾开玩笑说，看他们争吵，就像听精彩的大课，开阔了视野、拓展了思维、学到了知识。那时的费成文根据自己与冯菱的爱情婚姻案例，认为邝放和朱玉之间还没有产生太平洋。他相信朱玉和邝放无论争吵得多么激烈，只是使他们的爱情受到伤害，而不足以摧毁他们的婚姻。他人只关注你的婚姻，绝不会关心你的爱情。

26

十六日晚上，邝放梦见一只蟑螂引爆了一枚核弹。

第二天下午，贾书记在市委常委会上一锤定音：高要求和邝放作为市委提名的副市长候选人，温去西作为差额人选。

当天晚上九点，关于邝放的谣言就在互联网和广都人的口舌上开始传播。邝放这才明白自己不是副市长候选人，而是陪选人。可他这个陪选人却引发了强烈的网络地震，震中是广都官场，波及整个广都。默默无闻的邝放一夜之间成了家喻户晓的网络红人，登上了许多人朝思暮想的"今日头条"。他以一己之力为广都免费举办了一场"谣言嘉年华"。

那周的大数据显示：邝放谣言为一百万个广都人提供了谈资，消费了两百万小时的无聊时光，打破了十万个寂寞、二十万个孤独、三十万个尴尬，恢复了四十万人的自信心，广都地区餐饮消费量净增一万头牛、十万头猪、五十万只鸡、一百万只鸭、三百万公斤白酒、一千万瓶啤酒、十四亿颗葵花子，老树咖啡馆每天多卖了九十二杯咖啡，血战到底茶楼当天晚上惊现一千五百个杠上花、二千三百个杠上炮……

逻各斯激动万分地宣布，邝放完全有资格被收录在《广都儿女》第1212期专辑里。

在那些谣言和巧舌的免费包装宣传下，邝放成了地球人的痰盂、粪坑、群魔乱舞的舞台，勾引少女的无耻之徒，嫖娼狎妓的登徒子，乱搞婚外情的陈世美，正在干足以开发地球人想象力的事情。"邝世美""抛妻男""爱情哥""躲爷""亚诺野人"……这些网民对他的称呼在网上乱窜。社会各界对邝放的关注度直线飙升。在随后的一周里，环球网、《宇宙报》、《周刊时代》对邝放进行了连篇累牍的密切关注和追踪报道。关于邝放的艳照、故事、传说风起云涌，到处都是"口水班""表演系""帽子学校"的毕业生。地球人瞬间分成了谩骂派、支持派、泄愤派……他们乌烟瘴气地在网络世界吵嘴掐架，连100T硬盘都受不了。

有人后来考证认为，就因为这些关于邝放的谣言松动了广都地基，才引发了不久之后的纳音大地震。

那些谣言制造者和传播者就像史前巫师，具有神奇的预言能力，还没有实际行动，他们就都知道了。谣言和文艺作品都是见仁见智的东西。谣言制造者与文艺工作者有个共同特点：丰富的想象力。特别是在男女问题上，地球人天生具有超常的幻想力。除了特异功能者，普通人的感官都有局限，唯有想象力没有边界。因此，每个人对自己的想象力都充满了自信。第一个造谣者，或许别有用心，第二个传谣者就会信以为真，第三个散布者就会言之凿凿。即使谣言被时间和真相戳穿，他们也会信誓旦旦地保证，谣言像钻石一样不会过期。

对于谣言，邝放向来不屑一顾，也懒得解释。谣言是东风。"东风无一事，妆出万重花。"邝直从小就教育邝放："饿死不偷盗，打死不告状。""只有愁死的人，没有累死的人。"谣言就是公开告状。令人恼火的是，谣言把邝放赶出了家门。更可怕的是，即使动用全世界警力，也查不出啥名堂。邝放终于体验到了口舌鞭笞的痛苦，认识到"人言如刀"不仅是个书本上的比喻。

让邝放略感放心的是，那些谣言制造者和传播者并没有抓住他与依倩实实在在的把柄。他与依倩并没有做过什么见不得人的事：一起参加了费成文的饭局，有钱江做证喝过一次咖啡，单独与依倩在车里畅谈过文学，在三娥山上散步时欣赏过紫茉莉花，近距离地拉过一次手，通过短信、QQ、微信交流过文学。她说了她想说的话，他一字一句地记住了她说出来的话。他只想多看一眼她的眼睛，嗅她身体散发的气味。有了那双清澈的眼睛，他的世界才会亮堂。他的情感确已出轨，可最亲密的身体接触也就是那次喝交杯酒。

在与依倩交往的那段时间，邝放确实害怕这类事情的发生。那次饭局后，每次见依情，他都把自己想象成国际特工，要去竞争《碟中谍9》的男主角。哪怕在想依情时都小心翼翼，连奋协会长都没察觉到。除了依情和他自己，谁知道他心里的爱情？可谣言还是发生了，照片被上传到了互联网，邝放被赶出了家门。

随着谣言的持续发酵，邝放惊讶地发现自己居然有如此多的敌人和对手。为了这一刻，他们一窝蜂从蛰伏的角落里跳出来。他成了射击场上被人射击的靶子，人前人后被消遣和冷嘲热讽的对象，而他却没有任何防护、反击、申辩和证明自己的机会。在纳音大地震灾区寻找依情时，他虽然没吃过一顿像样的饭，仍然觉得地震还不如谣言可怕，再强烈的地震，只是几秒钟的事。

在网络时代，谁都可能成为你的对手，谁都是你潜在的敌人。虽然没人当面指责、侮辱、攻击，邝放却清醒地看到有人在凌迟他般地揭露他的隐私，肆无忌惮地编排歪曲他的生活，麻木不仁地冷眼旁观，暗自幸灾乐祸指桑骂槐。网络是个大舞台，满足了喜剧、闹剧的上演，满足了看客、包打听、批评家、键盘侠、喷子的嗜好。

现在的敌人对手无须面对面就能击倒你，即使在万里之外，敲几下键盘就能不露声色地杀死你。一想到那些隐形杀手，邝放就孤独地感到万箭穿心般的痛苦，像刚生下来，赤身裸体，无能为力。一周之后他又发现，邝放仅仅是网络狂欢的诱因，并不是自己一个人在受苦受难，他的父母、同胞、亲朋好友、他所处的环境都受到了极大的污染和伤害。

随后几天，有关邝放的谣言就像那些空穴来风的长篇小说、电视网络剧、电影桥段、网络段子，大有像 IP 那样演化出无数版本的趋势。

第二天下午 3 点 39 分，末日审判官"止戈爱天使"发了一条有图像文字的微博：去年 3 月 39 日，邝放在碧海蓝天高尔夫会所哗啦哗啦搓麻将，呼哧呼哧斗地主，输了不到五千万美元就开始赖账……

日常道德帝"点石成金"几乎同时发布了一条微信：邝放经常在办公室里淫乱，有马赛克为证……

第三天凌晨 2 点 29 分，"滴滴哒"在互联网上长篇大论地考证说，邝放的母亲是亚诺族人。

"烧了回忆取暖"补充说，年轻时的邝直上山打猎，猎获了一只狐狸，扛回家后变成了一个美人，那就是邝放的母亲。

"黑鹰部落"留言说，邝直在断头崖下拦路抢劫时，绑架了一位过路女人，后来成了邝放的母亲。

"青睐骨灰级"评论道，邝放一直都在隐瞒亚诺野人身份，用楚楚衣冠和文言文掩饰其野性。

"被搁浅的梦想"正为撰写毕业论文而焦头烂额。他在互联网上瞎逛时发现了邝放上大学前后的照片，立即晒出来进行了对比分析：进城后，邝放黝黑的脸快速变白，结实的肌肉逐渐松弛。在广都市区定居不到一年，他的亚诺族特征几乎消失，连他自己都忘了自己是亚诺人。

"鹿宝宝"断定邝放每月21日至27日像女人月经期一样情绪最低落，因为近十年来，那一周关于邝放的信息最少……

随后的无数跟评像板砖、口痰、鼻涕、顺口溜、诗歌、散文、手机段子、大规模说服性非常规武器……纷纷向邝放砸来……

逻各斯认为，一个高尚的人，如果没有鞭丑惩恶、伸张正义的机会，实在不道德。

铺天盖地的网上言论夺走了朱玉的理智。她虽然没有像邝放那样被过度关注和肆意攻击，但作为当事人的妻子，她感到自己受到了双重伤害，一是来自邝放，二是来自那些疾恶如仇的正义之士。

愤怒的朱玉更加坚定要抛弃邝放这个伪君子的决心，同时，她化身上百个网民给那些邝放谣言点赞、发评论，还极尽羞辱之能事，刻薄地为邝放罗列了诸如几个月不回家、家庭观念淡漠、人品低劣等十大罪名。毒话说完、闷气散尽，她感到了发泄后的痛快。她终于明白为什么那么多人不愿意用实名登记上网，那是一种偷着乐，可以不负责任地自由报复。上百个化名后的网民作为她的代言人在为她泄愤复仇。可第二天晚上她就发现，用这种方式平息的愤怒再次席卷而来，获得的快感也随之烟消云散，再多的网民都无法排解她的怨恨，浇灭她胸中的怒火。她为自己与时俱进的报复行为感到了一丝不安。多年以后，她才觉得她与邝放之间确实存在不少误会和无谓的争执。

邝放知道不少恶语毒言出自朱玉，但他不仅没有感到痛苦反而感到一些安慰，不仅没有恨朱玉也没有要争辩的想法，他觉得作为受害者的朱玉做啥事都不算过分，只有她有资格有理由侮辱他，送他上断头台。一方面，作为受害者，她应该如此；另一方面，他了解朱玉坚如磐石的固执和惊人的想象力，而且善于运用夸张、虚构等写作手法，她大学时撰写的修辞美学论文得过一等奖学金。

比照谣言，邝放在镜子里把自己仔细打量了三天三夜，发现离开邝家坝前后的自己确实判若两人。但这并不能证明自己就是亚诺族。父母从来没有跟他谈过他们的往事。他在填各种表格时，在民族一栏写的都是汉族。

一想到失踪的弟弟邝勇，邝放就更加魂不守舍，好像邝勇失踪了，他也不见了。邝勇失踪后，他满心恐惧和内疚地寻找了整整七天。第七天晚上，他疲惫不堪地在断头崖下迷路了。邝直发现唯一的儿子也失踪了，便疯了似的通宵寻找，直到第二天早上，才发现可怜巴巴地睡在断头崖下草丛里的儿子。他把儿子抱回家，厉声说："不准再找，明天就去学校读书。"母亲反复跟他说，弟弟不是他弄丢的，是她把弟弟送进城里亲戚家的。他对母亲的话一直半信半疑，多次问母亲，城里的亲戚是谁，母亲都没有正面回答。他后来才确定，城里根本就没有任何亲戚。他不想为难母亲，就没有再追问。他经常想，如果弟弟还在，也成家立业了，而且不会像他一样惹父亲母亲生气，更不会弄出这些谣言来。如果他们兄弟俩必须被弄丢一个，他宁愿是自己而不是弟弟。

第四天上午十点整，《邝放，你这个伪君子》像刚被勘探出来的天然气矿，在互联网上突然被顶起转发，点击率和各种评论呈指数增长。这立即成了新喷点，互联网上又开始新一轮狂欢，关于邝放的谣言再起波澜，高潮迭起。邝放觉得，他不得不与这个世界告别了。他正要采取行动，突然听到有人说"邝放要带领龙星人来歼灭地球人"，禁不住放声大笑，笑得奋协会长破纸而出。这是真的。

奋协会长向来认为，作为官员，连一根头发站错了位置都不能容忍，何况男女之事？官场里的男女关系，无论事实与否，都是致命的利剑。看到邝放被谣言赶出家门，被各种梦折磨得死去活来的样子，他就准备开家真相公司，向所有需要真相的地球人、企业、协会、机构提供事实真相。他相信一夜之间就会干掉比尔·盖茨，成为世界首富，财富多得可以买下整个地球。他还雄心勃勃地打算写本《真相录》，如实记录看到的、听到的、想到的，那将比所有的历史书、教科书都真实可信。如果不小心畅销起来，立即招兵买马编撰系列丛书《躲藏秘籍》《最佳躲藏地》《休想找到我》《躲过初一躲不过十五》《惹不起，躲得起》……并及时把它们改编成电影、电视剧、电子游戏。让所有喜欢躲藏的人藏得更隐秘、躲得更安全，谁也找不到；让所有寻找的人一下子就能找到东躲西藏的人；让谎言胎死腹中，让欺骗无计可施，让阳光刺透黑暗。只有深刻认识了躲藏，世上才会出现真相。他掐指一算，这多半会惹火烧身，自找苦头吃。没有四百公斤的身体和残酷无情的心灵，肯定受不了。在热血沸腾地拟好提纲后，他不得不打消这个善良而美好的念头。他觉得，及时行乐是命运的补偿，他要继续跟镜子姑娘风花雪月，谈情说爱。

奋协会长正拥着镜子姑娘酣然入梦，突然被邝放的狂笑惊醒了。他望着邝放扭曲的面孔，立即拿起手机，拨通邝放的电话。

这几天的邝放成了惊弓之鸟，一个电话，一声响动，一个眼神，都会让他听出弦外之音，看到别样的意义。他发现自己不是明星，才稍稍放心。他把手机丢在一边，由它唱闹，继续与这个世界告别。可那个电话断了又响，响了又断，好像他不接电话，手机就要一直闹腾下去。

有次参加维稳会，邝放忘了把手机调成静音。当贾书记严肃地要求所有的机关干部必须做到一天工作24个小时、一周工作7天时，一个不识时务的电话突然打进来，同时，张欢氏扯起喉咙吼起了"该出手时就出手啊"……高亢激越的歌声在会场回荡，会场好像遭到了飞毛腿导弹的突袭，骚动起来。贾书记立即住口，吓得目瞪口呆。所有开会的人东张西望地寻找歌声来源。邝放手忙脚乱地按手机键，可老是按不准。他要关掉手机，也关不了。手机键失灵了，像电脑死机。张欢氏可不管这些，继续"伊儿呀呀儿伊"，撕破喉咙似的唱啊唱，唱得会场上的人个个血脉偾张，准备逃跑。结果只有邝放跌跌撞撞地逃出了会议室。

"你是哪位？"邝放无可奈何地抓过手机，按下接听键。

"连我的声音都听不出来啦？我是会长。"

"啥会长？"

"邝放，你怎么连我都不认识了。你是不是没有当上副市长给气糊涂

160

了？我是奋协会长啊。"

"刚才是不是你给我发的短信？"

"我才不发短信嘞。短信的名声不大好，微信的信息不可靠。"

"你有啥事？我很忙。"

"别骗我了。有些人说忙，我还相信。你说你忙，自我安慰罢了。我敢打赌，好长一段时间，你闲得连小说都不写了。我知道你前段时间在跟你老婆闹别扭。我还知道你正在跟这个世界告别。邝大哥，别气馁，没有什么大不了的事。天塌下来，有的是高楼大厦先去欢呼迎接。邝大哥，我最近谋了个新职业，成了搞设计策划招商营销的立体网络大师。自从认识镜子姑娘后，我就决定把自己重新设计一下。邝大哥，要不要我把你免费重新规划设计一番……"

"你说话呀。"

"邝大哥，要不要我帮你做朱玉的思想工作？叫她给你赔礼道歉，接你回去。"

"如果你真想当副市长，我也可以帮你。"

"我有一个朋友，能上天入地，什么事都搞得定……"

"你放心，他不会让你出血，最多收点工钱，而且不贵。"

"邝大哥，你到底是不相信我，还是不相信我的这位朋友？他的本事可大了。这是真的。那天，我的厨房漏水，就是他帮我搞定的。上次，我的厕所堵上了，臭气熏天，也是他疏通的。他叫王通天……"

费成文也提到过王通天。王通天是个上揭明瓦下捅阴沟的泥水匠，结实得像块压缩饼干。上个月，费成文办公室的洗手间又坏了。在跟泥水匠交代时，泥水匠神气活现地说："老板，我叫王通天，你放心，马上弄好。"好像悉尼歌剧院就是他设计的，迪拜大厦也是他承包修建的。费成文开始还将信将疑。这个反复漏水的厕所困扰了他好几年，不少人多次在这里上演"滑铁卢"悲剧。修好没几天，又开始渗水，一点一滴，眼泪似的，好像墙壁遇到了解不开的伤心事。渗水还不如漏水，漏水也许能够洗澡、游泳，如果继续不管它，淹没了这栋楼，那就不用血泪拆迁了。这是真的。王通天举着黑黢黢的锤子，向费成文保证："绝对没问题。再漏水，就找我。我叫王通天。"再次听到王通天这个名字，费成文觉得霸道威风，就记牢了，还把这件事当作元祖蛋糕跟邝放分享了好多次。

"邝大哥，我知道你现在生活不爽，工作失意，爱情又没有着落，这确实值得痛苦一把，迷茫一回……人之所以痛苦迷茫，在于身份的变化与确认。如果你……"

邝放想，这个世界全乱套了，连奋协会长都敢找上门来蹭鼻子上脸。他算什么东西，我创造的一个小说人物罢了。他居然敢跑出来指手画脚地帮助我、调戏我、训导我。就是全世界的人都抛弃了我，我也不会去求他。早知如此，就只写他的头，他的手，他的大腿根部，让他是个发育不全的胎儿……

这是邝放第一次听到奋协会长的声音，第一次跟奋协会长直接通话。他几乎受到了三万点的伤害。这是真的。他掐断电话，要把手机丢进水里淹死。这玩意儿太没有尊严，是人是鬼都能接通。难怪现在少有兄弟亲人。我们过去视衣服为骨肉，现在视手机为手足。手机成了合法的迷幻药。他终于相信了一则手机广告：手机能接通上帝。

"你现在正在为难之际，我一定要帮你排忧解难。我跟镜子姑娘、罗大妈、大厨、王通天、阳富美他们商量好了，在这种情况下，我们决不能见死不救。这是真的。网上所有支持你的帖子，都是我们发的。因为你把我们带到了这个美妙的世界。我们只想报答你的大恩大德。我们都是知恩图报的人。我们不要你送金钱美女帅哥，不要你帮我们揽工程，不要你请我们抽烟喝酒桑拿按摩……现在，只有我们值得你信任……只有我们能帮助你……你等着，我会告诉你所有真相……"

邝放惊恐地望着颤动的手机。

第七章

因为灯光，黑暗成了广都可爱的背景和点缀，连白天的雾霾都经受不住灯光的照射而无影无踪。灰暗破旧的广都棚户区已被灯光改变，广都人的生活因此而发生了不可思议的变化。贫穷有了色彩，痛苦充满了浪漫。

27

依倩在广都几乎没有朋友，对广都人的了解仅限于费成文、邝放，大部分时间都在寝室、办公室，去过最多的地方就是广都大学、超市、汽车站和机场。父亲去世后，依倩成了宅女。大学时喜欢宅在寝室里，工作后喜欢宅在家里。买任何东西，基本上是网购。对她而言，广都是个陌生的地方。广都的存在，只因为旷野、邝放。

她工作后不久，就面临一件"迫切"大事：结婚。母亲、哥哥、同事、朋友不停地给她介绍男朋友，还有不少自告奋勇的男人要与她建立亲密关系。按照世俗标准，他们都是来自过去和未来的成功者和将要成功者。可她无法与他们交流，他们也无法走进她的内心。她讨厌直奔婚姻而去的交往。在她看来，婚姻是爱情诞生后水到渠成的归宿。她不想将大把时间花在选一个结婚对象上，更不想被其他男人挑来拣去。

想到那些跟她同龄的人争先恐后地挣钱、开公司、改变身份、结婚、生儿育女、钩心斗角、埋头刷屏……她就感到不安，害怕看到像他们那样的自己。他们经常为一句庸俗的话狂笑不止，为一条微信纠结半天。他们只看得见闪耀的钻戒，只需要豪华的婚礼。他们从来没想过去追求爱情。爱情已触动不了他们鲜艳的面孔和活跃的心。

依倩曾期望与女同学分享她的忧伤和快乐，而她们更喜欢与她讨论服饰、化妆品、影视明星和微信段子。她每次读到喜爱的书，都会兴冲冲地多买几本送给她们，希望一起分享阅读的快乐，但那些书几乎都被她们束之高阁，有些连封套都没拆。她变得越来越孤僻寡言。她在书里寻找知音时，发现了旷野。虽然她不知道"旷野"是谁，但固执地认为旷野才是那个真正懂自己的人。她渴望与旷野面对面地交流。她要把旷野当成自己追逐的目标和方向。

每到夜深人静，她就会看到自己将要经历的一生，清晰得像一部两个小时的电影。自己的人生不能就此定格。生活不能像白天黑夜一样交替出现，日复一日，年复一年。她不能提前把自己埋葬于千篇一律的生活里。她不能像动车一样一辈子都在人为的轨道上生活。没人能代替她去过自己的人生。她要成为她自己，独立、自由、主宰自己的人生和命运。

她觉得自己很早就爱上了旷野，五年、十年、一百年。她给旷野画了无数画像，赋予旷野个性、特点、爱好。她想象旷野的年龄、职业、日常生活。旷野成了她与其他男人之间的一道屏障，一道无法跨越的障碍。她总是把其他男人与旷野进行比较。一旦觉得他们与旷野没有共同点，她就毫不犹豫地回避、拒绝。

第一次见到邝放，她发现邝放与旷野，从形象到气质都惊人地吻合。喝"交杯酒"时，她看到了从邝放眼镜后面射出的一束光芒。那束光芒虽然突然而短促，却已将他们连在了一起。

旷野越来越清晰，清晰成了邝放。爱情也清晰起来，成了一个可触可及的对象——邝放。她确信，邝放就是旷野——她要寻找的那个人。

依倩回味着与邝放相处的短暂时光，目光交融时的瞬间战栗。除了父亲，没有一个男人像邝放那样，使她不顾一切。只要邝放说"跟我走吧"，她一定会毫不犹豫地跟他到天涯海角。让她感到无助的是，他们之间刚擦亮一点火光，便迅速熄灭了。留给她的，只是无尽的等待。她努力克制自己不主动给邝放打电话、发信息。他是一个有家室的人，她不能做勾引别人丈夫的女人。但她并不认为有妇之夫是一个无法跨越的障碍。她只是觉得，这个障碍不应该是一个人去跨越，而必须是两个人。爱情，是两个人的事。

即使爱上了一个永远无法跟他在一起的男人，她也要去爱。她执拗地将一腔热情蓄积着，只等邝放表白，哪怕一个暗示，她都会毫无保留地奉上自己的全部。最不讲理的爱情，明知离经叛道，依然固执地将人引向心甘情愿的远方。

朱玉回来后，邝放再也没给依倩打过电话、发过短信。她不得不怀疑，邝放只是她生活中的一个意外。她设置期限，假如邝放多少天不跟她联系，她就决绝地离开。可一次又一次，她违背了自己的誓言。

她依然在等待，等待爱情从天而降。她没有等来邝放的电话和短信，却等来了网上关于邝放的谣言。她浏览了一下，只觉得邝放要是真像网上说的那样就好了。因为手机、互联网，每个人都成了自媒体，真真假假的信息铺天盖地。她这代人几乎都是在海量信息中长大成熟的。他们比上代人更具谣言免疫力。她鄙视公众没有怀疑一切的精神，却又对此深信不疑。

以她对邝放的了解，掉进舆论旋涡的邝放只会躲起来。她希望邝放躲到她这里来，她会安慰他、保护他。爱情是最好的躲藏处。可邝放并没有到她那里去躲藏，还故意躲避她，不接她的电话，不回她的短信。好像一听到她的声音，整个世界就会崩溃。

除了网络谣言，依然没有邝放的信息。在依倩和邝放之间，维系的好像只是一串数字，离开电话、手机、电脑，他就从她的世界里消失了。一个星期，仿佛漫长的一生。

依倩去费成文的办公室请假，说要回趟老家。费成文发现依倩好像变了个人，眉眼中透着倔强，言辞干脆利落，那个妩媚、恬静、柔顺的女子不见了。

依倩并不准备得到费成文的同意，或向他做什么解释。请假条只不过是通知的另一种形式。

费成文虽然不了解依倩，也不清楚她与邝放的关系，但是，他觉得依倩外表柔弱，很有主见，认定的事会义无反顾。从她看邝放的眼神，她对邝放作品的兴趣，她多次问有关邝放的事，费成文觉得依倩肯定喜欢邝放。她突然请假，多半因为邝放的那些谣言。

回到办公室，依倩将手里的工作列了一个清单，用一个仙人球盆景压着，之后就匆匆离开了。

依倩又开始寻找。

自从父亲去世后，每年暑假寒假，她就背着简单的双肩包，几乎走遍了中国大地。别人以为她喜欢旅游，不知道她只是为了寻找。

为了找到邝放，依倩成了密探，在与邝放交往的蛛丝马迹中寻找最有可能的线索。可漫天雾霾几乎使她在寻找的路上感到了绝望。

28

钱江拉开棕色窗帘，伫立在全景式落地窗前，他第一次站在广都大酒店顶层豪华套房这么高的地方打量广都。白天的城市建筑毫无生气，也不光鲜，零零落落，就像意外散落的陨石。而夜晚的城区，却是令人炫目的广都夜景。耀眼的路灯、不停变幻的霓虹灯、移动的车灯、无数放电发光的眼睛，几乎使广都城光芒万丈。从天府立交桥顶射出的一束激光，像孙悟空的金箍棒，时不时地划破长空，挥过广都大酒店。

因为灯光，黑暗成了广都可爱的背景和点缀，连白天的雾霾都经受不住灯光的照射而无影无踪。灰暗破旧的广都棚户区已被灯光改变，广都人的生活因此而发生了不可思议的变化。贫穷有了色彩，痛苦充满了浪漫。不少人喜欢生活在夜里的广都市，而不愿生活在白天的广都市。多年的光彩工程建设，已使广都人不屑赏月，而积极筹划庆祝灭绝黑夜、地球即将成为第二颗太阳的伟大胜利。虽然灯光最大程度地驱逐了黑暗，但并没有带来多少光明和温暖。

钱江没想到，离开不到十年，广都变化如此之大。他觉得自己当初离开广都、这次选择回广都，都恰逢其时。去年，因为投资失败、银行追贷等，公司陷入资金链断裂的多角债泥潭，他萌生了再次择地发展的念头。但苦于没有选好地方、打通发展渠道，一直困在唐城设法化解公司危机。他虽然长期在外发展，但从来没有失去对家乡的热爱和念想。看到家乡的巨大变化，特别是认识依倩后，他更加坚定了要回家乡发展，为家乡做贡献的决心。

上个月，听说家乡的父母官莅临唐城招商引资，钱江激动地打电话问费成文有哪些领导，他要在唐城略表地主之谊。费成文出于同学关系，把他知道的都告诉了钱江。钱江认真研究了广都市经济学习考察团的组成人员，发现都是有用之人。因为离开家乡太久，只认识他在广都市城建局工作时的老领导何巡视员。他跟费成文要了何巡视员的手机号。

　　何巡视一接到钱江的电话就激动地向考察团的同志们宣布：今天晚上，他有个好朋友专门在"王府壹號"宴请他，他邀请大家跟他一起赴宴。

　　"王府壹號"号称天下第一贵府，那里的消费贵，消费的人贵。对外地人来说，能在那里吃顿饭就足以表明身份，成为炫耀的谈资。几个年轻团员知道，按照他们目前的经济收入和身份地位，只能用耳朵消费"王府壹號"。他们私下里讨论过，何巡视这次出来，一直很激动，好像他的巡视范围扩大了，居然巡视到了鸿蒙初开就出了名的唐城。

　　可他们一听说要去"王府壹號"，全都不以为然地望着他，以为他又要唠叨上个世纪亲力亲为的精彩故事。

　　何巡视是一位曾经手握城建实权、至今还在广都四处巡视的历史干部，像红过好一阵子还赖在舞台荧屏上的演员，常常摆弄半老徐娘的模样和做派。他还没长出胡子的尖下颌和突兀的鼻子总是形成强烈对比，使所有看到他的人都能免费感受一次悬壁体验。他的满头黑发从来都是黏腻腻的，活像一块结实的粘鼠板。几十年来，虽然经过了无数风云变幻，但他的头发几乎没站错过位置，没发生过一次动乱。

　　昨天晚餐时，他瞥了一眼冷冷清清的大厅，第一千零一次给几个年轻团员讲耳朵都已听得起老茧的故事。

　　多年前的一个晚上，有个朋友请他去刚建成的广都市第一家五星级酒店吃饭。还没上桌就接到请他去广都俱乐部参加饭局的电话，他无可奈何地叫那位朋友到广都大酒店。刚端起酒杯又接到请他去酒城会所共进晚餐的电话，一块红烧肉还待在嘴里又接到请他去广都后宫赴宴的电话……之后，宴请他的电话一直不断。分身无术的他只好一接到电话就叫他们到广都大酒店。那顿饭局从一桌变成两桌、四桌、八桌、十六桌、三十二桌、六十四桌……最后，广都大酒店几乎没有空座位了。后来有人说，他是广都大酒店的大股东。那天在广都大酒店吃晚餐的所有客人都是他的好朋友。可刚退居二线，那些朋友就全部失踪。

看到大家并没有因为受邀去"王府壹號"赴宴而激动，何巡视心里就开始发慌。他清楚钱江的目的是要请那些手握实权的人，因为对他们不熟悉才拜托他穿针引线，他只不过是沾了他们的光被请而已。如果今晚只有他一个人去，既无法向钱董交代，也丢了自己脸面。他向来喜欢用一张纸画一个鼻子。

何巡视不得不向大家吐露实情，是万方集团董事长钱江宴请大家。几个年轻人没听说过钱江大名，抱着不吃白不吃和开开眼界的心态，异口同声地说要给何巡视作陪。其他人听说过钱江，但没把他放在心上，推说有事不能参加。何巡视只得放下老脸，辅之以上个世纪的余威，开始个别游说。谭勇之等人终于答应赴宴。

钱江提前一个小时在"王府壹號"恭候家乡的父母官。

当何巡视昂首挺胸大步而来时，钱江发现记忆里的何巡视并没有多大变化。过去每次看到他这副桀骜的样子，就担心他的鼻子，因为鼻子最容易遭到趾高气扬的伤害。

何巡视跨进房间，就把外套当成累赘丢给衣帽架。

钱江紧紧握住何巡视的手连声道"老领导好"。何巡视热情洋溢地回应道"好久不见，小钱又出息了"。当何巡视终于松开钱江的手，才像突然发现其他人存在似的转过身，向大家隆重介绍钱董，又不辞辛劳地把诸位一一介绍给钱江。那天的钱江虽然精神抖擞，但非常低调，除了敬酒、散发名片、寒暄几句外，几乎没说多余的话，好像已改掉了爱吹牛的老毛病。

大家落座后，钱江站起身，端起第一杯酒，代表唐城发表了热情洋溢的祝酒词："感谢各位领导赏脸光临，感谢你们把家乡建设得那么美好。这是真的。作为远方游子，我为家乡的繁荣昌盛感到骄傲。这是真的。各位在唐城有什么需要，尽管吩咐。如果招待不周，敬请原谅。祝你们在唐城吃好喝好玩好！"

酒过三巡，豪包里骤然升温，碰杯声、说话声越来越大，气氛越来越融洽，大家都是家乡人的感觉越来越强烈。

"小孙，晚上打麻将哈。"

轮到小孙给何巡视敬酒时，何巡视大声说道。

何巡视眼里的小孙，大名孙浩，是这次经济学习考察团的工作人员。一旦脱离领导视线，他就异常活跃。他平时走路，像踩高跷。工作不到一年，他的身体和言行均发生了明显变化：体重快速增加，体积不断增大，白头发初露端倪，好像正奔赴在发迹途中。

"何老，对不起，我有事。"

虽然何巡视对被称作"何老"很是受用，但他还想得到一些实惠的尊敬，对小孙的拒绝一点儿也不满意。他不再用嘴唇尝酒，而是把敬了好几个人都没见少的一小杯酒一口灌进嘴里，像在重温当年的风采。他至死都没弄明白，过去说话干事从来没有遇到过对手，怎么一当巡视员，到处都是对手，连小孙也敢在他面前如此轻狂。这些重大变故，使他一直耿耿于怀。这几年，他拼死拼活像抵抗衰老一样抵抗那些对手，可每次都毫无寸功。他本已挨到受人尊敬的年龄，可他不服输、不服老的英勇行为并没有得到任何人的积极配合和赞赏。纳音大地震刚抖三秒钟，他就从午睡的床上一跃而起，勇敢地冲出房门，一鼓作气地摔下楼梯，还没送到医院就咽了气。后来，在统计纳音大地震的损失情况时，有关人员就何巡视算不算地震死亡人员争得面红耳赤。

"小孙，你不会打麻将？"活像饭桌上那盘热气腾腾的狮子头的谭勇之接口道。他刚生下来，心不在焉的上帝就把他的耳朵、鼻子、嘴巴、眼睛揪下来，重新在他脑袋上排列组合。因此，他总给人一种上帝在生气的印象。他现在是大金县的县长，一个光屁股上吊——死都不要脸的家伙。他的不要脸，肯定是仗了谁也要不起他这张阔脸的缘故。几年时间，他从科员一路跳到现在的位子上。有几万个天分极高的兄弟姐妹向他拜师求艺，成了他的门生。还有几百万个求知若渴、积极向上的年轻人暗地里向他学习请教。

"他精得很。"何巡视好像捞到了谭勇之这张选票，不相信似的盯着小孙。"小孙，这次出来，有啥比打麻将还大的事？"

"何老，我要去看同学……"

"女同学吧……"小孙正不知道该怎么应付何巡视，李董笑嘻嘻地接话道。好几天来，他都在仔细研究唐城，基本上掌握了这里的组织人事、天气变化、土壤成分、地质结构及文化娱乐等情况。

何巡视从李董那里得到了一级台阶，哈哈一笑："会女同学嘛，支持，支持……"

钱江发现何巡视的牙齿跟一块牦牛肉干较了半天劲都没啥结果，就亲自往他碗里夹了一块熊掌。这头熊肯定是被活活气死的。脚掌气鼓鼓的，油光透亮，郁积的闷气还没有散尽。何巡视把熊掌一口吞进肚子，隔空拍了拍小孙的肩膀："小孙，你去忙你的大事。"

"不行。小孙，你躲了我们好几天。今天晚上，必须跟我们搓两圈。"一表人才的市政府秘书科的雷军，随时都是一副马上准备接待外宾的模样，衬衣永远整洁如新，扣子像仪仗队一样扣得一丝不苟，还时不时地闪现出未来要当领导的迹象。

"雷主任，今天走了那么多路，太累了。我们去洗脚，我请客。"

越溪镇的党委书记黄强好像紧紧攥住了人生命运，向雷军的肩膀猛拍下去。他的形象，谁都狠不下心去描绘。雷军每次看到他，就有要到拆迁办举报的冲动。他好像故意跟"进化论"作对，所有五官长得不成比例，有的还严重错位。太平盛世，镶嵌他这副尊容，真该出台文件实施强拆。他是广都市出了名的"三拍干部"：做事，拍脑袋；对上级，拍胸口；事情搞砸了，拍屁股走人。最近，他辖区内又出了件不太光彩的事。他这次出来招商引资，目的就是准备再次挪窝，拍屁股走人。

只要领导不在现场，雷秘书就会突然长高长大，加之有人抬举，不把天戳出几个窟窿，不把地跺出几个脚印，那谁都不知道天有多高地有多厚。可现在的雷秘书对黄强擅自把自己提拔为雷主任没买账，毫不客气地说："黄书记，别把赢我们的钱拿来绷面子。我们今晚继续打。我就不相信你的手气一直都好。石主任，你说是不是？"

向来趾高气扬的农委主任石佳，始终铁青着脸，没有吱声。他的眼睛是标准的三角形，让人一看就觉得他当过数学老师。昨天晚上打麻将，他千方百计地做的八个清一色都被黄强废了，气青了的脸至今没能复原，而黄强脸上开的三十朵杠上花，在酒精的积极配合下更加鲜艳夺目。这是真的。黄强在他辖区内打麻将，只要一杠就是杠上花。给钱时，他只把最后一张牌翻开向大家展示,以证明他确实杠上生花了。等其他三位麻友血战到底,他把牌一合,就开始第二盘,没人敢查他的底牌。

雷军敞开衣领,挽起袖子,隐约散发出一股汗臭,红肿的眼睛昭示着他昨天晚上的确挨了九发杠上炮。难怪平常称兄道弟的雷军和黄强在酒桌上斗嘴,原来是酣战麻场的结果。

"洗脚回家去洗。我们去 KTV 唱歌。"

广都市经济开发区主任吴德,总是一副刚看完《经济日报》股市版的面孔。他满嘴黢黑,说话时总让人以为那不是一张嘴,而是一个等待发掘的原始黑洞。这次出来招商引资,他本想雄心勃勃地招回去几个生产宇宙飞船核武器航空母舰之类的大企业,可碰到的全是点豆种瓜的农业项目。吴主任生气,也不是因为引资不成功,而是打麻将被黄强铲了。

"唱歌没意思,我们去斗地主。"

恨不得每天抓一把风带回家的市统计局局长廖江,精瘦得有失体统,他发布的统计数据差不多像蚂蚁与大象在对峙。奋协会长估计,就是把他架在火上烤,也烤不出多少油来。自从学会斗地主后,他几乎不再打麻将。他相信术业要有专攻。除了郑勋刚,差不多有一百万个死猪不怕开水烫的家伙寻死觅活地跟他斗。廖江的父亲是外地人,斗完家乡的"地主",就被派到了广都。斗完广都地主后,他沮丧地发现,地球上再也没有"地主"供他斗,只好留在广都生下廖江。在斗纸牌地主上,廖江遗传了他父亲的优良基因。

"去去去。瓜娃子才跟你斗。"

从来不服输的郑勋刚愤怒地叫道。他半含着一块红烧肉,活像一头雄狮面对一群跃跃欲试的鬣狗。为了密切配合自己的掀天鼻,他总是扛着大脑袋,跟廖江斗了几千个回合之后,发誓金盆洗手,一辈子不再斗地主。谁在他面前说斗地主,他就跟谁冒火。他是正宗官三代,奶声奶气地干上了城建局副局长。在不少场合,总让人误会他是局长,甚至市长。据可靠资料显示,他爷爷干掉了诸多坏蛋,为革命立下了汗马功劳,许多地方还保留着他爷爷的不少遗迹。可他始终想不通的是,自己居然斗不过廖江这干虾。

钱江扫视了一圈,发现在座诸公与网络、电视、报刊上和会议室里的形象截然不同，个个相貌非凡、性格突出、特色明显、热情奔放、与时俱进。他暗自高兴起来，他相信家乡人一定会帮他渡过难关，让他东山再起。他端起酒杯再次站起来："我有个建议，不知可否？"

豪包里立即鸦雀无声。

"各位领导为了把家乡建设得更加美好，不远万里来这里招商引资，太辛苦了。隔壁是雪菲俱乐部，饭后请大家到那里休息一下。那里有酒有茶有消夜，有麻将间、纸牌屋、按摩房、KTV、百家乐……大家各取所需，千万别客气。那里不需要现金，只用筹码。进去后，美女服务员会给大家发筹码，出来后可以兑换成现金。如果筹码用完了，随时跟我说。各位还有其他什么要求，我随时听候吩咐。如果各位没有意见，干了这杯酒，没尽兴的，到那里继续喝。"

"好。"

每个人都站了起来，把杯中酒干了个黄河断流。

鬼头鬼脑的谭勇之拉着雷军、温去西、石佳在包间里打麻将。他们边打麻将边研讨钱江的暴富事迹。谭勇之自摸一把清一色之后陡地站起身，挤眉弄眼地跟还在血战的三位麻友唠叨：在一个风雨交加雷鸣电闪的夜晚，钱江纵身跳入护城河，刚巧撞到一个硬邦邦的东西。他的手一阵乱摸，那东西光溜溜的，好像乾隆皇帝特意为他藏在那里的宝贝玉马。他骑上玉马，"轰隆隆"飞奔上岸。钱江把玉马换成了一大堆钞票。

装疯卖傻的雷军点炮后反驳道，钱江在一个月黑风高的荒郊野外，不小心掉进一座深不可测的古墓，是一个金麒麟救了他的命。

温去西的眼睛不屑长在脸上，总是站在额头上斜望天空。只有在牌桌上他才会低头看牌，好像世界上只有牌值得他多看几眼。他趁石佳摸牌的间隙赌咒发誓说，钱江的表姥爷的兄弟失踪五十三年后，突然从太平洋的一艘游艇上回来寻找财产继承人。在确认钱江是唯一具有钱家十分之一血统的族人后，钱江的表姥爷的兄弟给了他一大笔创业基金。

石佳用他的漂亮老婆跟谭勇之打赌说，一位大钱江二十五岁的富婆迷上了从钱江嘴角横溢出来的才华，死缠烂打地要帮他发家致富。

关于钱江发迹的传说有无数个版本，特别是他如何挖到第一桶金的故事，堪比神怪小说。但没有一个版本得到过钱江本人、法官、新闻媒体和互联网的证实。唯一不容争论的事实是：他真的发财了。据说，他的钱多得可以举办一百届世界选美大赛。

钱江开始根本没把李董放在眼里，还跟费成文说："送本书给他，还要帮他买本新华字典。"但在半夜时分，钱董跟李董在茶室里单独聊了一个多小时后，却成了相见恨晚的好朋友。当李董发现钱江与邝放是大学同班同学时，心头一动，邀请钱江一定要常回家乡，回来一定要跟他联系。钱董请李董一定要代他向高要求局长问好，说很遗憾没能一睹尊颜。李董保证，只要钱董回家乡投资，一定全力以赴。钱江拍拍胸脯说，李董如果想在唐城发展，一定倾力相助。

早晨离开雪菲俱乐部时，所有的人都笑逐颜开，他们都赢了，包括钱江。在用筹码打麻将、斗地主、玩百家乐时，他们还对那些筹码将信将疑。当他们把筹码换成现金揣进腰包后，感动得睡意顿消，顾不得旭日东升，纷纷对钱董刮目相看。

29

李董一下飞机，立即邀请高要求和康健到天香甲鱼馆，品尝一只千年老龟。他开门见山地向高要求转达钱江对他的问候，并兴奋地报告了那件事的进展情况和他的最新创意策划。

两年前，高要求因为地方办常务副主任的位子被邝放抢了而怀恨在心。在贾金强全面承包广都市后，邝放居然还敢跟他竞选副市长，旧恨新怨使他把邝放视为非拔掉不可的眼中钉。

多年前的一天，康健踮起脚尖也没够着平时一伸手就能从书架上拿下来的《广都县志》时，才发现自己矮了不少，背也驼了，好像背负着一大箩筐人生经验和官场秘籍。在洗手间的镜子里，他垂头丧气地发现自己的发际线已无路可退。他原以为凭年龄、勤奋和善良，应该给自己的脑袋弄个副主任的帽子戴，以温暖越来越显眼的秃头，想不到年近半百才捞了个综合科科长职位。

康健读书向来勤奋刻苦，平时的成绩也算名列前茅，那时，谁都不怀疑他会成为天之骄子，可他一口气参加了七次高考都名落孙山。在他准备第八次冲刺高考那年，他父亲为了享受即将废止的"子女换班"政策，同时为了儿子有个铁饭碗，决定提前退休。心灰意冷的康健只得放弃骄子梦想，到广都地方办接替父亲上班。十多年来，他都是广都地方办年龄最老、工龄最长的职工。他本已打算在地方办熬到退休，没想到他的初中同学李大富突然成了李董。

在天鹅度假村吃饭时，李董望着贾金强的酒杯，不经意地说，康健是

176

他的同学，贾金强第二天就把地方办副主任这顶帽子赏给了康健。康副主任又一次对自己的人生和未来充满了激情和梦想。可不久之后他发现，正副就像磁石的两极，拥有天壤之别。因此，这几年，康副主任最痛恨"副"字，日思夜想要把"副"字干掉。

因为长期坚持点头哈腰，所以很难看清他的脸。无论正面看侧面瞧，康副主任都像一张弓。大多时候，这张弓是个没有任何危险的摆设，但偶尔也有蓄势待发的时候，比如现在。高要求端起酒杯问康副主任想不想把"副"字干掉，康副主任连干三杯后慷慨激昂地保证，只要干掉"副"字，他立即在李董的请示报告上签字盖章。

天香甲鱼馆里充满了角质环发出的声音。

李董、康健、高要求在三瓶酒鬼酒和六包中华烟的见证下，统一了思想认识，抱着各取所需的目的、俱荣俱损的心态，决定遵循各尽所能、分工负责和精诚团结的原则，大干一番。康副主任负责通报邝放的行踪信息，李董负责把邝放的行踪记录下来作为证据，高要求负责向贾金强再次隆重推出康副主任。听说高要求最喜欢吃红烧肉，康副主任第二天就把自己的老母亲亲自送到高要求家当保姆。康老太做的红烧肉，色香味俱佳，肥而不腻，入口即化。

高要求、李董和康副主任经过一番艰苦努力，但收效甚微。邝放仿佛觉察到了他们的阴谋，那段时间几乎足不出户，没有任何把柄让他们抓住。那时的邝放还没有出名，他的所作所为无法吸引大众眼球。李董想破脑袋编排的故事，高要求认为其像商智勇的小说，漏洞百出，达不到他想要的效果。但对李董巧妙赞助朱玉母子欧洲行，他做了充分肯定。

"照片也可以作为事实证据、文章的引子……"高要求深入生活似的望了望酒杯。

他的话还没有说完，李董就激动起来。

读初中时，李大富的美术老师有一次指着他的同桌说，你有艺术天赋。他以为美术老师在表扬他。从此以后，他就坚定地认为自己是个当艺术家的料。让他郁闷的是，他至今没得到任何人、任何组织机构的认可。当董事长后，他成了摄影发烧友，动不动就拿出自己拍的照片要人欣赏。他觉得只要跟高档相机积极合作，就能弄出伟大的艺术品。

"我来拍。"

李董一口干了杯中酒，好像已请到邝放做他的摄影模特。他相信邝放能使他成为真正的摄影艺术家。可邝放始终不跟他配合，也没给他任何机会。他本想采取 PS 技术，即使达不到目的，至少可以获得 ABC 国际摄影大奖。就在他犹豫不决时，获得了钱江是邝放同学的信息。

李董回广都后不久，钱江也衣锦还乡。费成文安排饭局为钱江接风，他不知道钱江早已回广都，跟李董、高要求、康健多次相聚，几乎成了志同道合的好朋友。钱江多次约邝放，邝放都以各种借口推辞。他不得已才联系不明真相的费成文，通过费成文把邝放带进了饭局和夜总会。

知道李董他们对付邝放的阴谋诡计，钱江勃然大怒，几乎要去邝放那里告发。他知道邝放向来瞧不起自己，但毕竟是同学，并没有深仇大恨。可一杯接一杯的酒鬼酒浇灭了他的火气，一支又一支的香烟熏黑了他的心肺。高要求、李董再三向他保证，他们并不想伤害邝放，只是想给邝放一些经验教训。高要求还许诺事成之后把广都大道和新规划的市委行政办公区交由他承建。

钱江觉得即使自己不做那些事也有人去做。他相信高要求是个啥事都敢干，啥事都干得了的人物。也许，自己做，对邝放要好些。但钱江好几天来仍然在犹豫，没有行动，直到在《广都文学》编辑部见到依情。

他最初只想跟依情玩玩，就像跟其他女人那样。可依情并不像其他女人那样半推半就，投怀送抱。依情的拒绝激起了他的征服欲，甚至唤醒了他远逝的爱情。他曾采取无数种姿态追求爱情，至今一无所获。在他穷困潦倒时，没有女人愿意嫁给他。在他发迹后，又没发现自己愿意娶的女人。他开始以为自己的真心追求会把撒哈拉沙漠感动得热泪盈眶，结果是依情对他毫无感觉。他认为这都是因为邝放。他始终没弄明白，他哪点比不上邝放，依情为什么不喜欢他，不愿意嫁给他。他觉得邝放是他与依情之间最大的障碍，必须清除。让依情放弃不大可能，让邝放主动退出却很容易。身败名裂会使身处官场、好面子而又胆怯的邝放觉得配不上依情，不敢追求，也不敢答应依情的追求。爱恨情仇终于使钱江死心塌地、毫无愧疚、积极主动地配合李董他们。后来听说邝放离婚、自杀、停职，依情失踪，他才感到后悔。纳音大地震后，钱江再次悄然离开了广都。

钱江转身离开窗户，给自己倒了一杯红酒。他摇了摇酒杯，轻啜一口，那香甜的液体顺着舌尖，滑进喉咙，凉幽幽地掠过背脊，找到了他温暖的肠胃。想到今晚九点将要发生的事，他放下酒杯，兴奋而略感不安地拨通了高要求的手机⋯⋯

当奋协会长把这些真相告诉邝放时，邝放眼里掠过一丝不易觉察的光亮，之后就像散会后的会议室，寂静、空空荡荡。他万万没想到，他这个地方办常务副主任的位子都有人来抢。让他痛苦的是，他们干吗要把依情牵扯进来？黄河还没有清澈，大海已被污染。他早已不在乎是谁干的那些事，为什么要那样干，也不在乎奋协会长的可信度，更不想去核实事情真相、追究某人的责任。他清楚这类事只会越抹越黑，越辩越糊涂。知道那些事已经发生就够了。

邝放从来没有与人争斗的激情。离开邝家坝后，他越了解人就越不想与他们周旋。父亲为追一只梅花鹿而不惜迷失在大山里，他相信自己像父亲一样不怕崇山峻岭。他与父亲都是天生的猎人，但从来不猎人。他一直记着父亲的话："当猎人，最重要的是懂得如何隐藏自己。"

他的权力欲本来就淡，副市长候选人只是费成文的自作主张。高要求原以为只要邝放选不上副市长，他就可以稳操胜券，最后却是温去西上了。"鹬蚌相争，渔翁得利"这个成语，还将继续流传下去启迪地球人。在谣言出现的第四天晚上，费成文及时把《万马奔腾》送给了魏主任。谣言止于智者。关于邝放的谣言虽然没在互联网上消失，但已被魏主任打给贾金强的电话堵在了广府官员嘴里。费成文觉得，虽然没能让邝放成功当选副市长，但没让谣言继续产生恶果也值了。那天，费成文从魏主任家出来时，碰巧看到温去西。他们擦肩而过时，像互不认识的陌生人。当时，费成文也没多想，过后才恍然大悟。

邝放非常理解高要求这类人。"权力是最强的春药。"不少男女喜欢得要命。权力欲超强的人，大多不自信。真正的自信不是面对困难有着必胜的勇气，而是在任何时候都从容得不惧失去什么。他一直奉行自我奋斗、相信"天生我材必有用"的理念。在大学读书时，他就跟费成文说，他要独自挑战命运，即使结局是地缝，也要站着笔直地掉进去。他从来没想过如何赚钱赚权，只想赚个少些遗憾的人生。他现在才明白，自我奋斗的含义是如何把自己变得更为优秀，真正的修养是超越和忘记自我。多年来，养尊处优的生活让他自欺欺人地认为自己能力非凡。在奋协会长看来，他至多算个盆景，好看不中用。

邝放告诫自己，不能跟高要求、温去西计较什么，而唯一要计较的是自己。大多数人做事为人，几乎不把灵魂计入成本。这种忽视之痛将长久地折磨他们。临终时的气若游丝、痛苦的呻吟、模糊的呓语不仅是肉体的挣扎，更是灵魂的痉挛。邝放父母给他的最大安慰是他们都死得平静安详，看不到与死神搏斗过的任何痕迹，好像他们心甘情愿要跟死神走。不像现在的人，从第一次看到死神身影开始，无论在家里、在医院里，还是在瞎想里，都在拼命跟死神搏斗，跟医生过不去。生前把自己搞得面目狰狞，死后又把自己弄得面目全非。他们的最后时光，都跟药物、机器、痛苦、绝望待在一起，死后怨气、怒气、戾气都散不尽。

邝放早就明白，与死神抗争徒劳无益。每一次抗争，只会减少自己的生气，离死神更近一步。死神是靠生机维持的。无论生命有多强大，死神总是更胜一筹，唯有坦然面对，才能得到死神的尊敬，减缓死神靠近的步伐。邝放希望自己离开这个世界时，"如秋叶之静美"，绝不打扰、惊动这个美丽的世界。在纳音大地震灾区感到绝望时，他要求自己如果还有力气，就自掘坟墓；如果自掘坟墓的力气都没有了，就平和地躺在大地上，把黑夜作为棺盖。

30

　　邝放认真分析了这段时间交往的人，想搞清楚谁把他当稻草给卖了。费成文不会。钱江长着一副可疑相，但邝放相信，他不会为一个女人干这种事。饭局、夜总会的美女应该不会第一次见面就送这么大的礼物给他。老板、服务员根本不认识他，也没有任何利益冲突。在饭局上，他也有失往常的稳重，频繁地敬酒、抢着买单，严重违反了"上下不敬酒，左右不买单"的传统礼仪，但他的言行并没有出格。那天的饭局已有人买单。在夜总会里，他只做了一个朦朦胧胧的梦。

　　难道是他写的小说、诗歌出卖了他？

　　六神无主的邝放思来想去，决定给费成文打电话。

　　邝放把博文、电话单、照片、跟朱玉的争吵和网上言论，一五一十地向费成文做了简明扼要的汇报。

　　"谣言，纯属谣言。在信息爆炸时代，可观的信息哪有那么多。不造些谣言，人还怎么活？信息爆炸的表现是虚实并存、真假难辨，后果是判断失误。根据技术循环曲线理论，你别去管那些谣言，最重要的是马上跟主任汇报说明。网上的事，我来处理。那篇文章，我去跟朱玉解释。我觉得，你可能被谁盯上了。"

　　"谁会盯上我？"

　　邝放冷静下来，在房间里踱来踱去，像个侦探。

　　"这是阴谋。"费成文斩钉截铁地又下了个结论。

　　费成文马上着手追查谣言源头，想搞清楚谁是幕后主使。他使出浑身解数为邝放辩护，向网管中心举报有人造谣诽谤，动用关系在网络后台删帖，还雇佣大批水军跟那些诽谤邝放的家伙对着干。可这支水军一上网，就像泥牛入海，不仅没掀起光明的波澜，反而使邝放的信息不断被刷新，邝放热度一路飙升。他这才发现网络世界之大，不可想象。

费成文糊涂了，搞不明白自己是在帮忙还是在帮倒忙，甚至觉得自己在火上浇油，推波助澜，扇阴风点鬼火。邝放也糊涂了，不敢肯定自己做没做过那些偷鸡摸狗的事。所有的地球人都糊涂了：谁说的是事实，谁说的是假话，谁在落井下石，谁在胡编乱造，谁在为谁说话……特别是广都人，越来越胆战心惊，疑神疑鬼，老觉得谣言所指的并不是邝放，而是自己，自己的老婆、老公，自己的未婚妻、未婚夫，自己的上司、下属，自己的朋友、客户……根据梦想公司的统计，邝放谣言的第二周，广都市离婚率环比陡升了一千个百分点，十万对男女突然取消婚约……环保专家首次承认广都的空气内涵丰富，质量属重度污染……精神文明指数测评结果显示，广都市吵架斗殴突然增加了四十八万八千九百七十七次……

费成文的法律顾问仔细研究了邝放谣言，对如何应对也束手无策。谣言所指的邝放，既可以说是广都市地方办常务副主任邝放，又可以说与他毫无关系，因为那些谣言没有任何关于邝放的住址、籍贯、户籍、年龄、性别、血型、基因、工作单位、职务、家庭情况、座机号码、手机号码、QQ 号码、银行卡号、信用密码、微信等真实信息。邝放，只是两个汉字，一个姓名符号，可以被随意解读的对象。谣言所指的事，所有的地球人都干过或正在干。他又访问了百度、谷歌，关于"邝放"的词条，名叫邝放的地球人、动物、植物、商品成千上万。谁是邝放？邝放是什么？谁都能说清楚，但谁都说不明白。

从法律层面来说，仅凭"邝放"两字起诉，几乎不成立。即使法院受理，少说也得一千年后才会开庭。即使侥幸胜诉，负面效应远远大于获赔的经济效益。那些谣言制造者的犯罪成本太低，连"请勿对号入座"的广告都没打过。一旦起诉，只能说是自讨苦头吃，自愿钻进他们设计的圈套陷阱。

有家不能回，邝放实实在在地有了"丧家之犬"的感觉。被赶出家门的那天晚上，他想向朱玉说声"对不起"，但是，像以往一样，没有任何机会插口。邝放主动找过她，她说除了离婚，一切免谈。大多时候，她根本不接电话，还把他打入黑名单。邝放用座机给朱玉打电话，她一听出邝放的声音，立即挂断。朱玉疾恶如仇，是个有洁癖的人。她无法原谅邝放的肮脏。如果她眼里有了渣滓，会毫不犹豫地挖掉眼睛。

邝放喜欢拐弯抹角，躲躲藏藏，朱玉向来直来直去，骄傲自信。邝放一直小心节制地成长，谨小慎微地工作，像拈花惹草之类的事情，根本没胆子干。他信任文学艺术，可从来不敢公开说自己喜欢写作。大学毕业后，他不得不把大多数时间奉献给工作、生活、交往应酬。文学与其说是他的爱好，还不如说是他的发泄通道，抵御滚滚红尘的武器。

他与朱玉的爱情婚姻，像大多数的爱情婚姻一样普通，平庸得让人懊丧。他们曾经的激情连他们身边的花花草草都没被惊动过。有一次他们在月光下热吻，以为会感动月亮，结果是，月亮瞥了他们一眼就无动于衷地躲进云层，气得朱玉非要邝放把月亮找出来。那段时间，邝放本来打算摘颗星星给朱玉玩，因为个儿不够高失败了。他很清楚，如果没有台阶、主席台和摄像机的协助，自己的个头就会偏矮。他每年要做二十多项健康体检，唯一担心的是身高。他觉得每天吃那么多东西，应该长高点。可每年的体检都让他失望，自己年年都在白吃饭。在广都大酒店开张营业的那天深夜，他与几个朋友醉醺醺地从酒店出来，突然发现酒店落满了星星。难怪看不到天空里有星星，原来它们住在酒店里。他东倒西歪地折回酒店，爬上楼顶，摘了几颗鲜艳的星星，兴冲冲地跑回家，把星星捧给朱玉后便酣然入梦。第二天醒来后才发现，自己摘的是几颗霓虹灯灯泡。

如果不出意外，邝放与朱玉很快就会加入离婚大军。离婚，绝不是邝放人生规划的一部分。他不想离婚，不想伤害朱玉和儿子，可也不想不爱依倩。当他离开家门时，才觉得自己既对不起朱玉，又有愧于依倩。虽然肉体没有背叛朱玉，但思想早已蠢蠢欲动。

邝放记得饭局的第二天晚上，他就着急地梦见自己跟依倩做爱。就像某些现代小说里的男女主人公，见面不到一句话工夫就爬上床。醒来后，看到黏糊糊皱巴巴的床单，他觉得自己从肉体到灵魂都像粘了精液的床单一样必须清洗。

被赶出家门后，邝放几乎与外界断绝了一切往来。除了必要的工作，总找借口不参加任何交往应酬。每天一下班，他就卸去电池，躲进手机卡里，使自己不在服务区。

谣言之后，他的朋友就像遭遇了海啸，无影无踪。无论在哪里，邝放总是疑神疑鬼，仿佛头顶冒着青烟身体放着光彩。他常常看到异样的眼神，感到后背冷飕飕的阴风。一旦靠近，他们马上缄默不语。他的朋友清楚他的处境，只是因为拥有礼貌素养，没有当面说破。即使个别朋友的同情和善意，也像一把火，让他不敢靠近。朋友是人的脸面，朋友越多，脸面越大，没有朋友，就没有脸面。

办公室的刘立建突然长出了一副苦瓜脸。他一大早就躲进康副主任的办公室，至今没有出来。昨天晚上，他们一口气喝了两瓶泸州老窖。开第三瓶时，康副主任信誓旦旦地保证："我当了主任，马上提你为副主任。"刘立建很想拯救已经"堕落"的邝放，只是碍于身份，下不了手。三个知书达理的副手，再也不向邝放请示汇报，许多事情都一声不吭地帮他做了。

他与他们必须保持一种若即若离、神神秘秘的关系。好像这才是人与人之间最正常的关系。人情世故并不复杂，人与人之间的关系也非常简单，即便坚如铁链，一粒灰尘也能将它砸断。

邝放从来不怕丢官卸职。那些东西既不是与生俱来，也不可能永远拥有。让他愤愤不平的是，他们居然公开诽谤爱情，毫无羞耻地把爱情当作工具和武器，不惜伤及无辜。

第七天，邝放谣言突然销声匿迹，互联网上关于邝放的负面信息连片言只语都不见了。原来，当天上午，一位名字叫邝放的人当选为高官。在纳音大地震中遍寻依倩无果后，他才觉得自己当时纠结那些谣言纯属多余，人生乃无痕之风，无迹之味。

费成文奔上忙下地为邝放排忧解难，却被他怀疑别有用心。邝放怀疑费成文在捉萤火虫时对他做了什么让他至今还被蒙在鼓里的亏心事；怀疑费成文对朱玉起了异心；怀疑费成文的收藏目标发生了转移，喜欢收藏别人的情感经历；怀疑费成文是那些谣言的始作俑者；怀疑费成文撺掇他当官是为了让自己有机会收藏钱财；怀疑费成文帮助他只是想把他变成木偶、傀儡，满足他的支配欲、控制欲……

费成文当年辞职回编辑部时，邝放也想回市政府办公室。他在清水县既没有融入清水县的官场，还经常胃痛头痛。费成文苦口婆心地要他坚持。他在市政府办公室还没有研究透国际国内形势和大政方针政策，就被费成文唆使去了清水县。还没有摸清清水县的县情民意，又被费成文撺掇回了广都市。还没有适应地方办常务副主任身份，又被费成文鼓捣成副市长候选人。在依倩家里享受了不足三天的爱情，又被费成文拽了出来。刚刚进入一片安眠药带给他的昏昏欲睡，又被费成文拖回了现实……费成文几乎成了邝放命运的操盘手。

费成文跟朱玉秘密召开了无数次交心谈心会、反思会、座谈会、研讨会，还召集了一大帮朋友召开了五次大型经验交流会。要不是邝放坚决反对，他一定会大张旗鼓地组织召开全球爱情高峰论坛。核心问题只有一个：邝放是个清白人。邝放与依倩都冰清玉洁。邝放与朱玉的爱情坚不可摧。网上的艳照，是移花接木和 PS 的结果。一切都是居心叵测的人制造的谣言、编造的故事。

可朱玉就是不相信。她的理由非常充分：无风不起浪。

邝放渴望朱玉的宽恕，像上帝宽恕愿意忏悔的杀人犯、刽子手。邝放是个把面子视为生命的人。离婚，这个突发事件让他无所适从。他怕离婚，更怕变化。

邝放给刚下晚自习的儿子打电话说想见他。

儿子直截了当地说：没时间，我要做作业，有事就在电话里说。

邝放说：如果我跟你妈离婚……

儿子打断他的话：这是你们自己的事。

即使在电话里，邝藏也不愿跟他多说一句话，他对自己的父亲感到失望。邝放一点儿也不责怪儿子，这些都是他一手造成的。他不了解儿子，就像儿子不了解他一样。如果硬要说儿子身上流淌着父亲的血液，那就试试看，除了伤口，什么都没有。有人把十八岁至四十五岁的人称为青年人，四十五岁至六十五岁的人称为中年人，六十五岁以上的人称为老年人。他认为这是不准确的，尤其不适用于现代人。他觉得应该把出生之前十个月的人称为少年儿童，把零岁至五岁的人称为青年人，把五至八岁的人称为中年人，把八到十岁的人称为老年人。因为他们在娘胎里就修完了小学课程。七八个月就有了叛逆精神，在母腹里拳打脚踢地要离开母亲。不到一岁就读初中、高中。三岁不到就大学毕业了。他老家有句俗话：三岁看到老。也就是说，三岁就已经老了。这是真的。他们仅仅享受了短暂的人的生活，甚至还不知道什么是人的生活就死了。在那短短的生活中，还时时与"非人"的人生活在一起。当他们还是毛茸茸的青果，就瓜熟蒂落了。他们早熟，所以早夭。他们知道得早，也就死得早。他们几乎还没有成人就死了。那些所谓成熟稳重的成年人，生下来就是如此。他们不是从孩子成长起来的。他们在娘胎里就是这般模样。他们好像都是从神话里走出来的，见风就长，眨眼之间，就成熟了，就成了现代人。奋协会长坚信，地球人是突然出现的。考古、科学至今无法证实地球人是缓慢进化的结果。

邝放同意离婚后，朱玉像个精算师，立即发给他一个邮件：以经济为中心的"离婚清单"。

在"净身出户"总原则下，她把离婚事宜进行了充分量化：家产（包括动产和不动产）全都归她。儿子完整地归她。赔偿她的青春损失费，按去年广都市城镇居民人均收入标准，用人民币折算，计六百万元人民币。儿子大学毕业工作前的抚养费，按去年广都市城镇居民人均收入标准，计四百万元人民币。过去的合影，邝放可以自费把他的影子剪下来拿走。邝放穿过的上衣、裤子、鞋袜，用过的牙刷、剃须刀等这些曾经的共同财产，不再分割，全部归他所有。

邝放愤怒地想，广都人真不是东西，为什么要有那么高的收入？广都为什么要发展得这么快？就算把他称斤论两卖了，也值不了那么多钱。即使他再活一千年，也没有那么多收入。

这么多年来，邝放切身感受到城市骚动从来没有停止过，从天上到地下，从暗地里到公开，从内在到表象，不停地变化，不停地长大，大得任何人都无法看清城市全貌、把握城市脉动。眼花缭乱的变化让他居无定所，像刘富真说的那样房子都会飞。试图描绘城市的人，不是可爱得像个孩子，就是自负得像个傻瓜。这都得归功于广都经济的快速发展。

按照现代物理学原理，速度一快，啥都会变。快到一定程度，光都会发生扭曲。有时候，邝放也会暗暗庆幸广都经济发展速度没有达到光速，否则，自己一夜之间就变成了恐龙或猴子。邝放至今没变成恐龙或猴子这个不争事实，可以反证广都经济发展速度并不是像有关部门宣布的那样快。而奋协会长却认为，只是邝放没有感受到广都经济的高速发展，因为有不少广都人和来广都的人确实已经变成鸡鸭鹅兔、虎豹豺狼、硕鼠饕餮。

邝放没有任何不动产。他唯一的动产就是他本人和工资卡。儿子可以算动产也可以算不动产，可以说是他们的共同财产也可以说不是他们的共同财产。如果儿子算财产，只能算他自己能动的财产。他已成年，他说自己归谁就归谁。

邝放没有任何存款，也没理过任何财。有一次，他接到找他存钱的电话，理由非常充分，令他不得不相信："兜里的钱，保不定会拿去赌博、炒股、谈情说爱、找小三，但存在我们这里，绝对安全。它永远不休息，不睡觉，包括星期天、节假日。放在我们这里的钱，每分每秒都在'生儿育女'。我们这里的钱从来不实行'计划生育'。"邝放也想理财，可他的钱始终没有达到必须理财的程度。

捧着"离婚清单"，邝放突然高兴起来，自己原来值那么多钱。何副市长被查出癌症晚期时躺在病床上说，如果谁能让他再活五年，他愿意每年拿出五千万元。邝放从来没想到自己早已是个千万富翁、亿万富翁。可眼前的问题是，他无法拿出一千万元现金。

经过费成文的多次斡旋，朱玉同意邝放打欠条，附加条件是用邝放的工资卡做抵押。邝放算了算，他得活够五百年才能用工资奖金付清"离婚清单"上的费用。不少人狂吼"再活五百年"，确实不无道理。

朱玉最后说，只要邝放说一句"对不起"，她曾支付给他的感情就算免费赠送。邝放突然被感动了，连连说了无数个"对不起"，还顺带无偿地给了她无数个"我错了"。

朱玉跟邝放睡在一张床上后不久，就觉得自己的青春年华已彻底结束。有一天，她腰酸背痛地起床为儿子做早餐，惊讶地发现爱情已不辞而别。为了填补爱情离去后的空白，她一头钻进教科书，继承她父母未竟的教育事业，满心欢喜地在教室里与学生黏在一起。她曾经为自己丰富的想象力感到无比骄傲，但在告别少女时代之后，她觉得想象力是爱情的坟墓，它们连油米酱醋茶都无法穿透。她开始鄙视爱情。爱情是个居无定所的流浪汉。电影小说里那些死去活来的爱情表白，无非是为了一顿饭一张床而许下的承诺。她备课、上课、教研、改作业、做学生的思想工作。虽然早就实行八小时工作制、双休日、法定节假日工作制，还有暑假、寒假这些行业待遇。可这么多年来，她几乎没有双休过，明里暗里地给学生补课。早上六点半就到学校，晚上十点钟还没有回家。暑假、寒假更是天赐良机，不紧紧抓住教书育人的机会，简直昧了天地良心。加上班级、校级、县级、市级、省级、国家级、世界级的排名，小考大考，升学率，评县重、市重、省重、国重……除非是神仙鬼怪，不变才怪。

邝放也变了，不停地说大话空话白话废话鬼话，毫无意义地写作，行尸走肉般地忙乎，不断重复先人们的思考，拾人牙慧的愤懑、批判和满腹牢骚，还妄想创造8849世界。

昨天下午，邝放差点没能认出商智勇。商智勇千方百计地想增肥都没成功。有人给了他一个免费秘方：写网络小说。不到一年，秘方就有了惊人效果：完成了一部四百五十万字的货真价实的巨著，净体重增长了一倍，体积膨胀了两倍，脑袋彰显出"聪明绝顶"的样子，还戴了副哈勃眼镜。如果坐在电脑旁，再也没人敢把他当成小孩。

奋协会长认为，谁都不能抵挡社会环境的影响，无法阻止时间的摧残。在压力的作用下，金刚也会变形。因为黑洞，光也不得不弯曲。

可邝放的岳父岳母却不这样认为。他们总是说，你看你妈，还是那么迷人。你看你爸，还是那么帅。只要我们没变，世界就没变。他们对世界的观念也始终如一：只要北斗星没挪位，世界就是原来的世界，人还是原来的人。所谓的变化，都是那些狡诈无耻的家伙故意弄出来骗人骗钱的噱头。从这个地方到那个地方，只是交通工具的不同。无论是纸质书还是电子书，无论是手机、电脑还是微信，只是获得方式和平台不一样而已，知识并没有变。

在岳父八十一岁那年，医生确诊他患了老年痴呆症，谁都认不得，啥事都记不住。可他却认得他的老伴，因为他老伴在他心中一直没有变。岳母也始终不承认她老伴病了，他只是需要她百般呵护的无知的小孩子。从医院回来那天开始，她决定把他当作自己的关门弟子，寸步不离地把平生所学倾囊相授。每天早上6点至8点，教他读书识字背古诗词。早餐后带他到街上认街名、路名、商店名和花草树木的名字，遇到熟人，就告诉他谁是谁。有时还牵着他的手到菜市场，指着菜摊说这是青菜，那是萝卜，这是猪肉，那是鲤鱼。看电视时，她悄悄告诉他，那个是坏人，这个是好人。他有时着急，没弄明白，她就神秘地说，待会儿就知道了。

邝放觉得，痴呆症是最好的一种病，活着却没有活着的烦恼。

邝放跟朱玉恋爱时，信誓旦旦地互换了爱情。在一个望月之夜，朱玉威胁说，如果哪天邝放收回爱情，她就杀了他，或者自杀。她炽烈的情感使邝放一阵战栗，战栗又变成了激动。他紧紧搂着她，用嘴堵住她的嘴，用不停的抚摸安慰彼此的激动。当激动渐渐平息后，恐惧就攫住了他。在准备去办理离婚手续的头天晚上，他梦见朱玉像被抽走了魂魄似的形销骨立。她幽怨的眼睛，仿佛旱裂的水塘。他跟她唠叨，她紧闭着嘴唇一言不发。他一步一步地向她走去，她却一步一步地后退。他不动了，她也不动了。她始终与他保持着距离，遥远的距离。当他转身离开时，却发现她伏在自己背上，沉重得让人无法迈步。

多年前，费成文就跟邝放说，爱情太珍贵了，千万不能轻易出手，哪怕保守一辈子也值得。爱情一旦出手，不仅收不回来，而且远比一夜情、宾馆嫖娼、车里做爱、高粱地里交欢麻烦。结婚后的夫妻，总以为对方欠了自己什么，必须采取各种各样的方式方法要求对方偿还。大多数夫妻一辈子都没能还清，最终以爱情的名义成为婚姻的陪葬品。

第八章

邝放之所以最后同意离婚，就是要把朱玉、儿子和曾经的家作为躲藏对象。他不见依倩，也是想把依倩作为躲藏对象，从而实现躲藏整个世界的梦想。他躲起来，只是不愿伤害别人，不想让自己受伤。

31

邝放之所以最后同意离婚，就是要把朱玉、儿子和曾经的家作为躲藏对象。他不见依倩，也是想把依倩作为躲藏对象，从而实现躲藏整个世界的梦想。他躲起来，只是不愿伤害别人，不想让自己受伤。

邝勇失踪后，他从不躲避父亲的拳头、巴掌和黄荆条子。他跟小朋友打架，被打出鼻血也不叫痛。他敢把一头成年水牛骑在胯下，敢跟龇牙咧嘴的金丝猴对视半天，敢用一根竹棍与毒蛇搏斗。大学期间，他经常跟费成文一帮人抽烟、喝酒、打牌、聊天，肆无忌惮地逛街、泡茶馆、在山林野地纵情高歌。教书时，他爱跟学生们一起打篮球、乒乓球，像哥们儿那样嬉闹对话……

刚到市政府办公室，他发现公文像缺少温暖似的干瘪枯燥，就动用满腹经纶，给它们注入满腔热情，赋予它们阳光般的色彩。结果却成了一则流传至今的笑话：他把公文写成了抒情诗。从此以后，"好""是""同意"成了他最常用的词语，鼓掌、举手、正襟危坐成了他最常见的动作。

谣言发生后，邝放又想去旅游，躲起来，却发现无处可藏。这么多年来，他以各种名目游遍地球，地球上的风景名胜已引不起他的任何兴致。太空里的风景名胜还没有开发出来，即使开发出来，按照他目前的经济状况，也只能望空兴叹。他不是苏东坡，可以"万人如海一身藏"，不是庄子，可以"陆沉"，也不是博尔赫斯，能够通过文学来逃避现实。图书馆是最好的避难所，但晚上十点钟就要关门。《黑衣人》里以人的外形躲藏在地球上的外星生物肯定不止一千五百个。人群是最安全最隐秘的地方，可他是名人，害怕鹤立鸡群。旅馆，肯定藏不住。躲在大墨镜后面，他只是名人而非明星。藏在衣柜里，躲进小说里、镜子里，这些地方已不安全。藏在梦里，他始终睡不踏实，大多时候，根本睡不着。躲进寺庙当居士、做和尚、礼佛念经，可他连一分钟都静不下来。如果他是钞票，不怕藏进股市，可他不是钞票。如果镜子姑娘没有跟奋协会长私奔，他不反对跟镜子姑娘一起躲在抽屉里。他终于理解了钱江的躲藏观："只有伟人和名人才想躲藏起来，可他们又躲藏不了。像我们这种卑微之人，不躲藏都不行。"他只是一个卑微的人，可卑微的人也找不到可以躲藏的地方。他只得模仿古人仰天长啸：茫茫宇宙，真的没有我躲藏之地？

一天夜里，邝放在办公室里突然嗅到一股不可饶恕的怪味。他像猎犬一样耸耸鼻翼，确实有一股神秘味道。在这办公室里，居然藏有异味？抽屉里突然传来"咄咄咄"的敲打声，镜子姑娘影子般地从抽屉里飘出来。镜子姑娘理了理皱巴巴的裙子，转身坐在沙发上，一言不发，像在渴望万岁的理解。

邝放嗅了嗅小说稿，一股霉变的气味扑面而来。难怪镜子姑娘要生气。长期居住在狭窄的抽屉里，生活在令人窒息的空气中，不生气才怪。他怀疑它们是缺少水分，便咂巴几下嘴，要向稿子喷些唾沫。可一想到自己还没在文坛上冲锋陷阵，攻城掠地，杀出一条血路，就把口水咽进了肚子。

邝放想用实际行动抚慰镜子姑娘，却被"男女授受不亲"钉在疲惫不堪的椅子上，更不知道怎么表情达意。他拿过遥控器，打开空调。他要让这间屋子保持恒温，用最大的扫风模式除去怪味。为了镜子姑娘，也为了自己。

镜子姑娘两个星期都没见到奋协会长，也许这就是她不想待在抽屉里且要生气的缘故。邝放早就有个谨慎打算：暂时不让镜子姑娘跟奋协会长举行第二次见面会。他要充分考验他们的爱情。在对奋协会长没有十成把握的情况下，他绝不能把如花似玉的镜子姑娘随便恩赐予他。他也想搞清楚镜子姑娘对奋协会长的爱有没有月亮那么温柔。如果镜子姑娘确实爱他，加之两周没见面，她应该流泪。邝放立即换了一支笔，他相信这支笔能够生花，会让镜子姑娘痛哭流涕。

镜子姑娘坐在寝室里，形影相吊，一抹与世隔绝的剪影。她反锁门，拉严窗帘，扯断电话线，关掉手机，掐灭所有发光的东西。她要在黑咕隆咚里与孤独签一份体面的协议，恢复享受寂寞的功能。

没有门，没有窗户，没有一丝缝隙。一丝风都进不来，出不去。她感到了安全。这是她的世界，她一个人的世界。她终于成了"自己屋子里的君主"。

她曾坚定地认为，千百年来的人类用勤劳、勇敢和智慧创造了越来越多的东西，多得足以赶走孤独寂寞。当她在纳音大地震的废墟里寻找生命时才发现，孤独寂寞从来就没有离开过我们，它始终跟我们如影随形。莺歌燕舞、美酒佳肴只是暂时蒙住我们看到孤寂的眼睛，让我们忘记它们的存在。

自从爱上奋协会长后，奋协会长要来找她的预感从来没有从她身上退却。当奋协会长刚跨出房门，她就看到了他。当奋协会长刚抬起手，她就听到了执着的敲门声。奋协会长终于把墙壁敲开了一条缝，把她的心撕开了一道足以通过一列火车的口子……

可旷野毫不犹豫地把门关上了。他要把所有的一切关在门外，把她永远关在房间里。她只好拿过《黑暗骑士》，翻了几页，也不知道书里说了什么就换了一本《魔法世界》，可《魔法世界》居然没有文字。她慢慢地合上书，拿起一面镜子，越看越迷糊。难道就这样孤独一生，与镜子相伴？她扭过头，呆呆地望着窗外，突然觉得这间房屋空荡荡的，异常巨大，比窗外的天空还要空旷，空旷得仿佛是个太初黑洞。她想走出去，填充那无望的空虚，可没有得到旷野的允许，不敢贸然行动。

她一直沉浸在自己的阅读世界里，安安静静地抚摸那些文字，享受那些文字闪烁的光辉。可魏特出现了。一想到魏特，她的眼里慢慢有了雾气，仿佛言情小说里常常出现的艳词丽句。

室内充满了潮湿的气息。咖啡杯冒着奶白色的泡沫。她的眼睫毛动了动，有了光泽，仿佛期盼太阳赶快出来，把雾气凝成露珠，变成泪水……可当镜子姑娘眨巴了五次半眼睛之后，世界忽

194

镜子背后的女人

然明朗起来……

　　写到这里，邝放觉得镜子姑娘再也不会流泪。她过去的眼泪已经为一缕风、一朵花、一只瓢虫、一块奶糖而流尽。在她这个年龄段，眼泪像洪水一样还没有储够。他后悔没有给镜子姑娘一个苦难的出身，没有能力为她设计感天动地的先进人物、英雄的事迹和酷炫场景，更后悔没有给镜子姑娘一官半职，使她没有机会成为贪官，否则，现在把她抓起来，就不怕她不痛哭流涕。他早就准备逮个机会把镜子姑娘送去广都电视台的演播室培训一下，既能学会鼓掌、狂笑、欢呼雀跃、泪流满面之类的大本事，又能赚点现金，可老是挤不出时间。他决定让镜子姑娘改姓刘，安排为刘皇叔的后代，可镜子姑娘铁了心一样死活不答应。他现在才明白，自己严格按照凹凸有致的标准塑造镜子姑娘，犯了严重的形式主义错误。

　　连请镜子姑娘流泪都做不到，自己还有啥脸说自己有理想有远方？心有不甘的邝放相信思路决定出路，办法总比困难多。他必须让镜子姑娘流泪。他要把让镜子姑娘流泪作为他统治8849世界的首要任务。

　　邝放抽出一支烟，刚吸一口，就不由自主地抽泣起来，泪如泉涌。莫名其妙，没有任何征兆。他闭上眼睛，仍然关不住泪水。泪水从他眼里涌出来，淌过面颊，在地上飞溅，就像暴雨击打着茫茫大海。他无助地望着眼泪在地板上苦苦挣扎。眼泪也要离他而去，无情地把他抛弃？他怕把自己的眼珠子哭出来，就用双手捂住脸，可眼泪还是忍不住从他指缝里飙出来。他抽出纸巾，想把眼泪擦去，可越擦越多。男儿有泪不扑簌。单位给他办公室，不是要他在这里哭天抹泪的。他站起身，哽咽着把办公室的门反锁了。

　　邝放向来瞧不起眼泪。成年后，他的泪水直到父亲被夯实在土里都没流出一滴。只有母亲去世时他才流过泪，可很快就被亲人拖走了。他们说，不能让泪水滴在死者身上，那样不吉利。最近的一次流泪是去年十月。他患了面瘫，医生针灸时，他使劲闭眼睛，眼泪就止不住地从眼角流出来，几乎把他的后脑与枕巾粘在一起。医生说，流泪对面瘫有好处。可面瘫早就好了，怎么还流泪？

　　镜子姑娘不流泪，邝放感到恼火。她不想做三季人、纸片美人，故意跟他闹别扭。该流泪的没有流，不该流的瞎掺和。如果镜子姑娘不配合自己，怎么能把小说继续写下去？他不能无端地给镜子姑娘眼里撒花椒面，也不能像拍电影电视剧那样为她找一个替身。现在的镜子姑娘不是明星，身价也不及现在的商铺。他想请人做特效，可口袋里总是捉襟见肘。他想另起炉灶，中途弃之而去，又觉得自己已经抛弃大厨，再撇下镜子姑娘，自己岂不成了一个喜新厌旧、捉摸不定的家伙？谁愿意做他小说的主人公？他要成为小说家，那就更难了。

"让你这样的女人流泪，是所有男人的罪过。"

这句电影台词，吓得邝放再不敢让镜子姑娘流泪。镜子姑娘不流泪，只好自己流。他的眼泪像江南的梅雨，连绵不尽。

当他泪尽抬头，惊奇地发现镜子姑娘不见了。她到哪里去了？她是怎么出去的？他早已把门反锁，也没开过窗户。可他找遍办公室的犄角旮旯，都没有找到镜子姑娘。

镜子姑娘肯定不喜欢一个飙泪的男人。

抹去泪痕，邝放翻了翻小说稿，忽然觉得这不是小说。没有人物、没有故事、没有情节、没有高潮、没有戏剧冲突。女人没有巨乳，男人没有雄根，男女在一起没有交媾，官场里没有腐败……他不是在写小说，只是一个人在自言自语，孤独地用文字跟自己对话较劲，用手术刀一样的笔解剖自己——虽然没有达到"滴泪为墨，研血成字"的程度，但是，那些文字、符号、词句、段落仿佛箭镞，让他感到了万箭穿心。这不是小说。这不是8849世界。这是一个荒凉的洞穴。这是一间孤寂的贫民窟。这是一处等待拆迁的棚户区。这是一个魑魅魍魉的世界。像镜子姑娘这样的现代新人，怎么忍受得了这种环境？镜子姑娘还年轻，对生活充满了企图。

"别泪作，人间晓雨。"

让她去吧！

邝放决定把小说当作历史问题搁置下来，作为遗产留给后人。他一直遵循这样的处事原则：凡是解决不了的问题，或者不想解决的问题，就留给后人解决，交给时间处理。他相信后人一定比他聪明，更有智慧和能力把棘手的问题干掉。他也担心，继续写下去，不知道会把镜子姑娘写成什么模样。

镜子背后的女人

他把稿子塞进抽屉，突然发现抽屉关不了了。他仔细检查了一下，居然有撬过的痕迹。谁会撬他的抽屉？抽屉里除了小说稿，一无所有。难道是迫不及待的读者想看他的小说，是相信"书中自有颜如玉，书中自有黄金屋"的好色之徒和小偷，是奋协会长受不了相思煎熬要逃跑，还是有人要搜查他的办公室？

邝放早就有个伟大抱负：通过小说纠正一些人的偏见和误解。可他的胆子不大，能量不足，方法不对头，他的伟大抱负至今还没实现。

过去，他一写完小说就把它放进精心改造过的抽屉里，上锁，输入口令，重置密码。有了这三重保险，除非使用核武器之类的家伙，否则谁都没法撬开它。即使抽屉被炸开，稿子也会随之灰飞烟灭，开抽屉的人和抽屉就会同归于尽。他要把口令、密码和抽屉当作遗产，通过遗嘱的方式留给后人。

抽屉被撬过的痕迹使邝放警觉起来，把小说稿放在抽屉里已不安全。他手忙脚乱地腾出提包里的文件、学习资料，小心翼翼地把小说稿塞进去。他告诫自己必须做到手不离包，包不离手。如果大厨、奋协会长也逃跑了，自己岂不成了孤家寡人？

32

　　为了表彰奖励邝放为广都外宣工作做出的特殊贡献，何副市长爽快同意了邝放的病假请求，还亲切地埋怨邝放早就应该主动向他请假休息。何副市长的两只眼睛，像红外线扫描仪，对他进行一番骨骼扫描后郑重其事地说："不要走远了。随时开着手机，有事好联系。"

　　何副市长本来打算把坏事办好，把好事办得更好，准假之后才发现自己的语气不大对头，就补充道："邝放啊，你可要注意身体，我空了就去看你。你的工作已安排好，你就放心养病吧。"

　　邝放早就感觉到，那些工作本来就不是他的，而是领导的。有没有他，工作照常开展，并不是像费成文说的那样天塌地陷。工作是领导给他安排的，生病也可以是领导安排的。只要领导准许，啥都可以干。当地方办常务副主任后不久，他主动跟何副市长汇报过一次工作。他之前做了精心准备，可不到两分钟，何副市长就心不在焉地打断了他的汇报。

　　他开始还感到委屈。过后一想，既然领导对他的工作都不在乎，自己干吗还那么在乎？

　　明白自己所做的只是些无须在乎的事，他高兴起来。

　　世界上本来就没有那么多非如此不可的事，而我们总是为那些不值得在乎的事而苦恼纠结。

　　现在，费成文再没理由要他干什么，其他人也没有借口说三道四。他为此感到了心安，心安理得地生病。

　　在亚诺旅店的房间里，邝放打开台灯，拿出笔记本，点燃香烟，边吸边写，边写边吸，一副要干一番宏图伟业的架势。对他而言，生病跟写作一样，是生活技巧，是了解自己的方式，是他与世界达成和解的途径。他之所以不计较不纠结不在乎，原因是他一直把自己视为作家，把所有的人当成小说人物。任何作家都不会憎恨自己创造的人物，即使是十恶不赦的流氓强盗。他还觉得，无论作家在小说里写了多少个人物，其实只有一个——作家自己。作家把自己肢解后贴上不同的人物标签，替他说话、做事、思考，这就是所谓的小说人物。

邝放不再为镜子姑娘的不辞而别感到忧伤，他正看到阳富美背向棠湖公园向海边走去。

如果有谁问阳富美一生中最快活的事是什么，他会干脆地说：背叛。

他曾坚定地认为自己对这个世界具有不可或缺性。世界缺了他，就会出现一个无法弥补的大窟窿。三十年前，他还在娘肚子里调皮捣蛋时，他爸就给他取了个颇具前瞻性的名字：阳富美。在父母、老师、手机、电脑、网络小说、游戏的培养下，特别是在那些圣人、伟人、英雄的教育启迪下，他不可或缺的感觉越来越强烈。他相信，他的出生已被这个世界赋予了特殊使命和神圣意义。

有一天，他在镜子里突然发现自己的大半个脸可耻地长在头顶上，嘴唇薄得像个刮胡刀片。不说话时，他的嘴就不知道跑到什么地方不务正业去了。让他痛苦不堪的是，自己像所有的地球人一样平凡。曾以为只有自己能做的事，其他人都会做，还比他做得更加有声有色。

翻检过去，他差不多只做过一件事：背叛。

世界上没有比背叛更容易的事。一个转身就会走到自己的反面。一句话，一个眼神，一抖心思，背叛就算成功。这是真的。在母腹里不到六个月，他就闹腾着跑出来，成功地背叛了母亲。他从小就不大喜欢待在家里，宁愿在医院，在学校，在田野山林，孤独地成长。每读一所学校，他就离家远一些。学校让他一步一步地背叛了家。在背叛第一份工作后，他又勇敢地背叛了妻子和生他养他的那片土地，来到天涯海角的滨海城市。他在那里安居了整整三年。倒不是他喜欢这座城市，而是这座城市的前方只有一片茫茫大海，再也没有供他背叛的路。他本想借海扬波，却担心一下水，就会干出叛国举动。

他知道自己生病了，且无药可救。奋协会长给了他一个良方，说任何疑难杂症都能一方见效：自杀。许多人经常扮成导师劝人自杀，还引经据典地鼓吹说，自杀是一个人的战争，是最刺激的游戏，是真正的哲学问题。自杀者都是自己命运的主人，勇敢无畏、可钦可佩。

阳富美虽然觉得自己的人生已经过完，之后的活着除了给他人增加负担外毫无意义，但他始终没有自杀的勇气，认为自杀时代还遥遥无期。

办完离婚手续后，阳富美径直来到海棠公园。鲜艳的海棠花早已不知去向，一根根赭色的树丫，孤零零地等待着什么。五颜六色的鱼儿全都变成了泥鳅、黄鳝、乌龟，沉入暗绿色的水底。看不见的风带着腐臭的味道不肯离开。一幅幅鲜艳的标语，仿佛是天空的鞭痕。所有的门窗都紧闭着。稀稀落落的行人，低着头，像在寻找什么。

在公园里来来回回转了三百六十五圈，阳富美都没有发现亮色和美丽。在斑驳的熏风塔前，他停下沉重的脚步，要与高耸入云的熏风塔比试高矮。他默默地望着塔尖上灰暗的天空，以及天空之外浩荡的理想。他忽然觉得，生活就是对生命的遗忘、扭曲和背叛。他的人生，将以希望和使命开始，以背叛告终。

一天深夜，他在玩偷菜游戏时遭遇到一位漂亮女人，她的一个眼神突然崩溃了他的世界。他爱上了她。这个女人是他的船，扬帆起航的船。可她在要不要成为他的船这个问题上一直游移不定。他耗费了差不多一万年时间，既没能把她打造成自己希望的船，也没有买到其他船票。他决定放弃，背叛他心爱的女人。

在一个充满阳光的下午，阳富美溜到一处狭长的海滨浴场。

松软的海滩上，堆满了太阳伞、沙滩椅、凉屋、一群群货真价实的地球人、实实在在的喧嚣嬉闹。在灰蓝色的浅海里，攒动着无数黑点。阳光纷纷离开城市，拥挤在这里。他望了一会儿沙滩，就撇下大路，沿着海边向前走去。在一块远远的礁石前方，他停了下来。

壮美的礁石孤零零地浸泡在海水里，几块突兀的小礁石把嶙峋的悬崖连在一起。浪涛仿佛受到惊吓，拼命地爬上礁石。可礁石太狡猾，浪涛一上去就下来了，一上去就下来了，一上去就下来了……把礁石弄得湿漉漉的，活像半老徐娘在反复化妆。

阳富美迟疑了大半天，才颤巍巍地踏上一块小礁石。又一波浪涛掀过来，弄湿了他的鞋子和裤脚。他摇摇晃晃地跳过小礁石，爬到一块更大的礁石上。礁石的前方，波涛汹涌。离礁石越远，越风平浪静。他望着模糊的海平线，发现海水太满了，像条巨大的河流，在不断地向四面八方漫溢，漫溢到无边无际的地方。他回望海岸，总担心堤坝一旦溃决，这些汹涌的海水将何去何从。堤坝是大海的家。海岛是艘不再漂泊的船。海岛是海上孤独的舞台，只有波涛、海啸、暴风骤雨敢在那里表演。他最怕夜里的大海，无数次梦见自己被怒吼的大海吞噬。但他却特别喜欢在海滩上散步，坐在礁石上望向大海的尽头。再也没有比大海更荒凉的地方。那里只有海鸟惊慌失措的影子，和急于上岸的船与鱼。大海纯净、质朴、永恒，没有那么多眼花缭乱的景象。大海永不停息的咆哮，不是为了制造风景，而是为了消灭风景；不是为了创造力量，而是为了毁灭力量。大海有惊心动魄的海市蜃楼。大海蕴含着深不可测的无穷力量。大海，是充满激情的象征，是永远不会诞生的胎儿。只有神仙敢在海上居住。

背叛是地球人的本性。活着时想成道，死后盼成仙，就是不想做本分的人。阳富美能活到现在，全是背叛的功劳。用今天背叛昨天，用未来背叛现在。用迷糊背叛清醒，用梦想背叛现实。从背叛母腹开始，他成功地背叛了父亲、母亲、兄弟姐妹、朋友、家、村庄、城市、工作、事业、人群、女人、爱情、道路、金钱、权力、名声、游戏、贫穷、痛苦、七情六欲、道德、文学艺术、互联网……在背叛路上，他取得了一个又一个胜利，也收获了孤独寂寞。在孤独寂寞中，他几乎坚持不下去，差点向背叛妥协。

人们之所以背叛，是因为还有可供背叛的东西。那是背叛的理由，是支撑背叛的力量。一旦没有了背叛的东西，背叛就变得毫无意义。他现在之所以感到悲哀，是因为他觉得再也没有可供自己背叛的东西。

突然，"嘎"的一声，一只海鸥从他头顶飞过。他忽然觉得，还有一样东西没有背叛，那是伫立在礁石上的自己……

邝放放下笔，惊奇地发现满纸只有两个字：背叛。他抓住笔，对准背叛，迎头痛击。背叛，成了一块乌黑的伤疤。

三十三

邝放感到睡意肆虐，睁不开眼睛。他把自己挪到床上，左侧躺一会儿，右侧躺一会儿，又仰躺一会儿，又趴躺一会儿，反反复复，像在平底锅里煎饼。无数影影绰绰的东西挤进房间，轮番攻击他。他觉得自己不是躺在床上，而是被打倒在床上。突然，手机丁零一声，收到一条短信。

"我们一致认为，你写的文章妙不可言，应该公开出版发行，以开启地球人的心扉。我们将派专机前来接你，洽谈出版事宜。"

邝放把短信看了又看，越看越兴奋。自己的大作终于得到他们的认可，很快就能横空出世了。

一个光点从远方冉冉而来。一道闪光，照亮了整个世界。那是一架飞机。邝放还没来得及想是怎么回事，就被一股无形的力量吸了进去。自动安全带就像体检时的布带、胶管、夹子，一股脑儿地奔向他。他从头到脚感到了结结实实的安全。

一阵微震，铁匣子着陆了。一栋辉煌的大楼出现在面前。他兴冲冲地走进去，才发现大楼里一片黑暗。

外面灯火辉煌，里面怎么会暗淡无光？他想退出来，却找不到门。他想喊人，喉咙却像被捏住一样发不出声音。他紧紧攥着稿子，这是他唯一能抓住的东西，他要把它当成自卫的武器。稿子突然挣脱他的手掌，"嗖"地飞走了。周围越来越阴森恐怖，好像停放木乃伊的坟墓。他后悔没看清楚就贸然闯进来，闯进连光都无法渗透的黑暗中。

黑暗里突然出现一扇门。一个诡异的声音叫他掏出手机、钱包、香烟、打火机。又一扇门出现，那个诡异的声音叫他解下皮带，脱掉皮鞋、上衣、裤子。他犹豫了半天，没有行动。他不明白他们要干啥，即使上飞机过安检也没有这样的要求。这不是害羞问题，而是人格尊严问题。他绝不能把自己的人格尊严与衣服一起脱掉。

"你自己不脱，我们就帮你脱。"那个诡异的声音命令道。

他还没来得及自己动手，就发现衣服已不翼而飞。与此同时，布带、胶管、夹子一起奔向他，他又一次感到了结结实实的安全。

"你叫什么名字？"

"邝放。"

"性别？"

"男。"

"籍贯？"

"广都。"

"年龄？"

"四十。"

"你的出生日期？"

"元月二十八日。"

"你的老婆是谁？"

"朱玉。"

"你有几个孩子？"

"一个儿子，叫邝藏。"

"你的父母？"

"都去世了。"

"你的兄弟姐妹，亲戚朋友？"

"没有。"

邝放不明白，出版书籍还要如此刨根问底。他写的自我介绍非常清楚。他无法看到跟他说话的人，像在跟黑暗对话。他本想请他们现身，又觉得贸然提出光明的要求不合适。他挪了挪身子，想跟他们轻松交流。可刚动一下，一股无形之力就把他紧紧捆绑住了。

"你来这里干什么？"

"我来送稿子。"

"这些稿子是你的?"

"是,是,是,是我写的。请多指教。"

"我们正在审读。"

"我才华有限,能力不逮……"

"你用的修辞,容易让人对号入座。写文章要像做人一样诚实,不能用暗语、隐喻、双关语,不能用如有雷同不胜荣幸之类的广告词。"

"是。"

"你是干啥的?"

"我,我不知道。"

"哈哈。居然有人不知道自己是干啥的。"

瞬间的黑暗过后,一束强光直射而来,刺得他睁不开眼睛。此时此刻,他才发现光明是对视觉的一种伤害,光明和黑暗并没有本质区别,他的文章确实需要删减改正。我们在黑暗里做光明之梦。我们觉得光明和黑暗是矛盾对立的,总是不断地诅咒黑暗,渴望光明。其实,黑暗是一种保护,光明是一种灼伤。那些想拥抱太阳的人,既可笑又无知。他突然对光明感到厌恶,对黑暗不再恐惧。黑暗是光明的替罪羊。

他感到头昏脑胀,心慌意乱。他努力睁开眼睛,满眼都是黑白相间的区块,扭曲、杂乱,像千万根银针在墙壁、地面快速晃动。他使劲闭上眼睛,眼里却穿梭着斑马、花蛇、狮子、老虎、独角兽、变色龙……

后来回忆此情此景,他只想闭上眼睛,坠入黑暗。光明医好了他的黑暗恐惧症,又给他新添了光明恐惧症。

"老实交代,你到底是干啥的?"

"我,我是广都市地方办常务副主任。"

"为什么写小说?"

"那是我的业余爱好。"

"你还有什么其他爱好?"

"没有了。"

"你平时都干些啥?"

"开会。"

"除了开会，还干什么？"

"不，不干什么。"

询问的声音从四面八方汹涌而来，时强时弱，时远时近。黑白的块状线条还在闪烁。他知道他们能清楚地看到他，而他连他们的影子都看不到。他知道出书很麻烦，但又不是非出版不可。如果他们说不能出版，他立马就走。可他们始终不表态，还要审查，还要询问，还要研究，好像他使用的是龙星语。他开始怀疑这里不是出版社编辑部。可他又搞不清楚这到底是哪里，他面对的是谁，他们要干什么……

"请问，我在哪里？"

"在梦里。"

"你们真幽默。"

"我们从来不开玩笑。"

"我真的在梦里？"

"你觉得你应该在什么地方？"

"我喜欢小说世界。"

"我看你更喜欢无法无天。"

"不。我从来就遵纪守法。"

"你认为房子会飞吗？"

"不会。"

"那你为什么要那样写？"

"那是我的胡编乱造。"

"你认为你的同事、你的同学、你的朋友都是乌龟王八蛋。"

"不，不，他们都是好人。"

"刘富真是谁？"

"我不知道。那是我编造出来的人物。"

"《躲藏秘笈》是谁写的？"

"不知道。"

"4 月 19 日 10 点 39 分，你为什么在大石西路停车 13 分钟？"

"不知道。"

"5 月 27 日下午 1 点 23 分，你在瀚林大道右拐之后去了哪里？"

"不知道。"

"6月4日12点9分，你在给谁打电话？"

"不知道。"

"你在《密码时代》的第96页第7段第4行连续写了7个混蛋，指的是谁？"

"不知道。"

"去年9月4日早晨7点40分，你站在海棠公园的湖边想什么？"

"不知道。"

"不知道？"一阵毛骨悚然的叫哼，"你不知道，我们却知道。你不可能一直待在瀚林大道右拐处，你那时有四条路四种选择：步行、打的、坐地铁、乘公交车。你还可以选择共享单车，但你不会。"

"老实告诉你，我们不是记者也不是你的粉丝，你也不是在开笔会、新书发布会。在这里，没有我们不知道的事情。就凭不知道三个字，我们就可以判你的罪、要你的命。"

"我有保持沉默的权利……"邝放昂起头，话没说完，就听到啪啪啪几声脆响。他的脸重重地挨了几记耳光。他浑身哆嗦起来。眼泪火辣辣的，直往外涌。满脑轰鸣，视力急剧下降，大小便失禁。

"有你闭嘴的时候。"刺骨的声音再次响起，"睁开你的眼睛，看清楚这是哪里。"

啪嗒一声，他脸上飞来一口浓痰，有股腐尸的味道。一瞬间，浓痰分解成亿万条虫子，爬满全身。他想赶走它们，可连手指头都动弹不了。如果他们不要他呼吸，他连鼻孔和嘴唇都动不了。那些虫子被控制了，直往他的身体里钻，要占领他的皮肤、他的脑髓、他的血液、他的五脏六腑，要赶出他的灵魂。他过去不相信人有灵魂，看不到灵魂，感觉不到灵魂，认为灵魂只是人们试图证明自己不是行尸走肉而生造的一个词。现在，他终于相信灵魂的存在，他的灵魂与他的肉体正在一起抽搐痉挛。他感到自己只有变成虫子，才能摆脱目前的痛苦。

他渴望电光燃起来，烧掉黑暗，烧掉光明，烧掉那些声音，烧掉身上的束缚，烧掉虫子，烧掉他所有的文稿，烧掉他的手、他的脑袋、他的笔、他的电脑，把整个世界烧成灰烬。可那团光并没有燃烧起来。稿子却一页一页地散开来，成了一块块黑漆漆的棺材板。他庆幸自己写的东西只是片段，否则，他的作品就成了埋葬自己的棺材。

他终于明白，这里不是出版社编辑部，他们不是在为出版他的小说跟他交流，而是在审问他。他为自己的迟钝感到可耻，为自己兴奋地把自己送上门来供他们审讯感到羞愧。他想看清楚那些人的嘴脸。可是，什么也看不到，除了那团强光和无边无际的黑暗。他只恨有条件时没把自己的嘴贴上封条，没有砍掉自己的双手，没把自己弄死。现在，如果有人用他一千年的生命来交换离开此时此地，他都会爽快地答应。

"你叫什么名字？"

"旷野。"

"《大厨》《三天爱情引起的骚动》《背叛》《密码时代》是谁写的？"

"旷野。"

"旷野是谁？"

"我的笔名。"

"你有情人吗？"

"没有。"

"你认识依倩吗？"

"认识。"

"她不是你的情人？"

"不是。"

"那你的情人是谁？"

"我没有情人。"

"抬起头，看看这些照片。告诉我，他们是谁？"

悬挂在墙壁上的邝藏睁着惊恐的眼睛，破衣烂衫的朱玉被绝望地绑在铁椅上，父亲在绳索里挣扎，母亲泪流满面，邝勇在断头崖的阴影里徘徊，费成文被定格在倒地的瞬间……

他移开眼睛，斜望着无垠的虚空，眼珠浸泡在血水里。

"低头，往下看。"又一个凛冽的命令。

他看到浑身鲜血的依倩，在房间里呼天抢地地用头撞墙。

"依倩……"

"你就承认吧，你爱我，我是你的情人。"依倩向他的方向哭喊道。

"我爱你。"他脱口而出。他一直想对依倩说"我爱你"，但总没说出口。他觉得"我爱你"三个字最重要，绝不能脱口而出。这不仅是一种爱情表白，更是一种誓言、承诺、责任、担当。他必须等时机成熟，找个庄严的场合。他清楚，迟迟不对依倩说"我爱你"，也因为胆怯、懦弱、瞻前顾后。他万万没想到，是在这种情况下对依倩说"我爱你"的，而且，没有犹豫，没感到艰难。他伸开双臂要拥抱依倩，可抱住的却是冰冷的墙壁。

他绝望地望着依倩慢慢地倒在地上，消失了。

难道自己真是在梦里？如果自己在梦里，那就无所谓了。他要积极配合他们。他们说啥就是啥，绝不抵赖反驳。这只是一个梦而已。他屈服的不是那些人，而是梦，他只想赶快从梦里醒来。

"上个月，你的妻子儿子去欧洲旅游过吗？"

"是的。"

"谁给的钱？"

"我不清楚。"

"你是不是给了你老婆二十万旅游费？"

"没有。"

"你认识李董吗？"

"认识。"

"你们是什么关系？"

"没有关系。"

"那他为什么要给你二十万块钱？"

"他没有给我。"

"但是，你老婆朱玉却收了他的银行卡。"

"你们应该去问她。"

"我们会去问她。但是，我们要先问你。"

他后悔至今都没有问朱玉为什么要去欧洲旅游，钱是从哪里来的。被赶出家门后，即使去问，也不会知道答案。

"你跟朱玉离婚了？"

"正在办手续。"

"你要赔偿她六百万元青春损失费,给你儿子四百万元抚养费?"

"我没给。我没有钱。"

"'离婚清单'上写的清清楚楚。说,这些钱是哪里来的?"

"我真的没钱给他们。"

啪的一声,一块惊堂木经过三千多年的漂流,掉在地上。他浑身一震。虫子又开始行动。四周的空气越来越冷冽。他成了被放在冰柜里五花大绑的大闸蟹。

他终于看见两个男人,一个直瞪瞪地看着他,一个在玩电脑游戏。直瞪他的男人,满脸横肉,像只秃鹫,随时都会扑过来,把他像小鸡一样拎起来。玩电脑游戏的男人,看不见他的面目,好像这一切都与他无关。

"你存折上的一百万元钱是哪里来的?"

"我跟费成文借的。"

"有没有借条?"

"有。"

"拿出来我看看。"

说着,瞪眼男一把抓过借条,塞进嘴里。

朱玉执意要把儿子送去美国留学,他不得不向费成文借一百万元做保证金。他写了借条,但费成文没有收。费成文说,办完签证还他就行,用不着借条。他只好把借条揣在身上。瞪眼男把借条吃了,这可怎么办?

"你上网吗?"

"上。"

"你在网上干什么?"

"聊天。"

"跟谁聊天?"

"绿茶婊、富家千金、深海小海豚、土拨鼠、大尾巴狼、天堂鸟、苍穹涅槃、梅朵格桑、倾倒温柔的泪、跌倒了就趴着睡、犀利哥哥、没有你的世界叫死寂、为你打天下的天使、完美的幻象、我就是你的理想、叮当猫爱糖糖、老东家、普世灯塔、啊啊啊吧吧吧……"

"你们聊了什么?"

"记不得了。"

"你用的是真名还是网名？"

"网名。"

"你的网名叫什么？"

"镜子背后的女人。"

"密码是？"

"DZJZBHDNR。"

话音刚落，藏有小说稿的抽屉砰的一声打开，邝放的8849世界完全暴露了。

"哈哈哈。我们终于抓住镜子背后的女人了。"

邝放这才发现自己泄露了抽屉的口令密码，咚的一声栽倒在地。邝直一把抓起他，咆哮道："你真给老子丢人现眼。我给你的名字不用，用啥镜子背后的女人……"

自从被费成文笑话网盲后，邝放叫张翼鹏帮他申请了一个QQ号，取了个"镜子背后的女人"的网名，并设置了口令密码——DZJZBHDNR。他又受到阴阳两界的代理人邓世如的启发，撰写了个性签名：镜子是阴间与阳世的交汇点。凡是有慧根和神性的人，就可以从中看到阳世的东西，也可以看到阴间的情景。

从那时起，他爱上了互联网，一个伟大的躲藏地。他要抓住镜子沉溺其中，不怕窒息而亡。可躲进梦幻般的互联网里，还是被他们找到了。

近年来，"镜子背后的女人"时不时在网络上发表一些不合时宜的言论，引起了不少网民和公安机关的密切关注。最初，两位警察像许多好奇的网民一样，一心要知道"镜子背后的女人"到底是谁。他们采取最先进的侦查手段和技术，追踪了好长一段时间，依然一无所获，而且始终搞不明白原因。他们觉得被"镜子背后的女人"戏弄了，非常生气，处心积虑地要抓捕她。一有风声，他们马上亮剑出动，眼看接近目标，以为立即就可手到擒来，可目标每次都莫名其妙地突然消失。昨天晚上，他们百无聊赖地看《盗梦空间》，刚看到一半，就两眼惺忪地一头闯进邝放的梦里，在彻底绝望之前抓住了"镜子背后的女人"。他们一开始就被"镜子背后的女人"误导了，以为那是个女人，便把目标锁定在女性范围内。而狡猾的邝放一直躲在镜子背后。即使发现他在哪里，去抓捕的人看到的永远是自己而不是他。邝放与女人、镜子和互联网积极配合，跟两位警察游戏了一年多时间。

邝放大汗淋漓地睁开眼睛，发现一瘦一胖的两个陌生人正站在床边，惊得他要翻身爬起来。

"不准动。我们是警察。"

"啊？"

躺在床上的邝放，没有任何遮掩的东西。第一次赤身裸体地被两个陌生男人如此注视，他感到惊恐、羞耻。他慢慢拉起被子，尽量捂住下身。他看不清他们的模样。眼镜就在床头柜上，却不敢伸手去拿。他后来才明白，在梦里之所以看不见那些人，看不清东西，原来是没戴眼镜的缘故。眼镜，是他给自己新植的器官和掩饰物。

"你是邝放？"瘦警察冷冰冰地问。

"是。"

"请出示你的身份证。"

邝放哆哆嗦嗦地从裤兜里拿出身份证。胖警察对照身份证不断地抬头低头，打量邝放，使邝放开始怀疑自己并不是邝放，自己一定干了无数自己都不知道的坏事。

"为什么不接电话？"

"我没听到。"

"你刚才在干啥？"

"我在做梦。啊，我在睡觉。"

矮胖警察说："马上打开手机，有人找你。"

"好，好，好。我马上打开。"

两个陌生警察"砰"的一声关上门，消失不见了。他们又躲进了梦里。

邝放手忙脚乱地在手提包里找到手机，哆哆嗦嗦地按住开关键，手机立即惊天动地地叫起来。是办公室的电话，要他马上回广都，市纪委曾书记有事找他。

34

不苟言笑的曾书记有一双能看穿墙壁的眼睛，能随意发出让人感到不安的气息。在纹丝不乱的办公室里，他开门见山地对邝放说："昨天晚上，市委研究决定，暂停你的职务，由康健主持地方办日常工作。请你今天务必跟康主任办好工作移交手续。这段时间，你不能离开广都，必须二十四小时开机，保证我们随时随地都能联系到你。"

邝放到纳音古镇的第三天下午，纪委办公室汪主任打电话找他，他的手机始终处于关机状态。汪主任给地方办打电话，地方办的同志说这几天都没看到邝放来上班，也不知道他在哪里。汪主任查询了市委、市政府的开会情况，以为会议室屏蔽了手机信号。可那天并没有需要邝放参加的会议。汪主任又问了其他人，都说不知道。汪主任立即向曾书记做了汇报。曾书记马上请示贾书记。贾书记迅速通知市公安局必须采取一切手段，尽快找到邝放，并要求宣传部叶部长马上召开统一口径会议。

广都市公安局立即启动紧急系统，邝放瞬间被大数据和云计算确定为特定对象，一秒钟就把他锁定在纳音镇亚诺旅店 312 号房间里。纳音镇派出所的两位警察不到两分钟就赶到亚诺旅店。他们先打房间电话，没人接，那时的邝放正被梦魇缠住。当警察叫服务员打开门时，邝放刚从梦里醒来。

邝放解释说，他向何副市长请过假……

"你不用解释。"曾书记打断他的话。

邝放起身离开时，曾书记又字斟句酌道："邝放同志，这是市委的内部决定。我们会认真调查，给你一个实事求是的交代。我们不会冤枉一个好人，也不会对一个干部所犯的错误视而不见。在调查结果出来前，你可以继续上班，也可以在家休息，但必须保证随叫随到。"

到纳音镇那天，邝放的手机没接到一个电话，连天气预报都没有。他以为这里没有信号，就把手机关了，关掉手机后却忘了开机……

"邝放又失踪了。"

广都人议论纷纷。

费成文摩挲着刚从三千年前的一位王公脖子上摘下来的一块羊脂玉说："中午 12 点 50 分，我跟邝放通过电话。"

钱江迷迷糊糊地说："昨天晚上，我跟邝放一起喝了三瓶凯斯特白酒，两瓶拉风红酒，十二瓶豪情啤酒……"

广都市地方办办公室主任刘立建说："上午 10 点 05 分，我在电话里跟邝主任请示'六一'儿童节的事。"

邝放的儿子邝藏不耐烦地说："你们去问我妈。"

邝放的妻子朱玉生气地说："我不知道！我不知道！我不知道！"

"没有律师在场，我就是不说。"镜子姑娘骄傲地说。

大厨挽起衣袖，毛焦火辣地挥了挥手："空了吹。别耽误我调制火锅底料，血染的风采。"

"邝先生还没有退房结账。"亚诺旅店的服务员郑小姐面无表情地在下午 2 点 06 分如实道。

电信公司反复强调："您呼叫的用户不在服务区。您呼叫的用户不在服务区。您呼叫的用户不在服务区……"

广都公安局、广都地方办、广都电视台、广都日报、广都网信办等部门负责人，在市委第三会议室召开紧急会议，认真聆听市委宣传部叶部长的重要指示：关于邝放的情况，相关部门正在调查。初步确定，邝放是暂时联系不上，而不是失踪。所有的传统媒体、新媒体、自媒体必须坚持讲原则、讲大局、讲稳定、讲和谐、讲新闻职业道德的原则，绝不能报道没有经过认定的事情。

其他大大小小的会议室跟着传达叶部长的重要指示，中心思想是：不能偏听偏信，不能以讹传讹。

又有许多人通过手势、嘴唇、眼睛、背影，以及手机、电话、博客、QQ、微博、微信，嘱咐他们的亲朋好友，千万别把谣言当味精，把道听途说等同于吊白块，谨防传说、猜测和胡说八道污染事实真相。

叶部长的指示太重要了，一从敞开的窗户飘出来就"咚"的一声跌至楼底，刚巧砸中当天办完退休手续的林雨清的左耳。昨天晚上还在床上充满青春活力的林雨清突然变老了。他还没发觉自己的左耳已经失聪，依然一步一个脚印地踱进丽都花园小区。他的右脚还在半空中悬动时，发现前面有一片黑压压的东西，挨近了才看清是叽叽喳喳的人群。

"你们在说谁呀？"林雨清老人用右手挡住左耳问。

"邝放！邝放！邝放！"重要的事情说三遍。一位中年妇女头发花白，她在林雨清老人问了差不多三千遍后才尖声叫道。

"就是跟你住在一个小区的那个人。"站在侧边的老妇，薅了一下满头银丝，圆睁着两只浑浊的眼睛，颇不耐烦地补充强调。

"邝放啊？他怎么了？"

"死了。"一位中年男人凑近他的耳根，神秘地叹息一声。他刚从市政协副主席的位置上退下来，正处在"软着陆"的适应期。

在叶部长的重要指示抵达天宇写字楼之前，里面已经热火朝天。天宇拆迁公司的经理、主管、秘书、业务员、清洁工正聚在一起热议邝放，非要把邝放议论成他们的亲人不可。

"你们说谁啊？"坐在电脑旁的王守园突然感到腰酸背痛。他摘下耳机，高声问道。

那群人一愣，整整两秒钟的寂静无声。想不到年纪轻轻的小王也有无知的时候。

王守园出生在纳音镇的王家湾，距邝家坝三十里。他读初中时经常听老师们说邝放，那时的邝放是当年全镇唯一考上广都大学的大学生，一夜之间成了纳音镇孩子、老师、家长的模范人物。王守园考上广都大学文新学院时，可没有那么轰动。那时的高校已经扩招多年，不少大学校园不惜跑到偏僻的乡下。考上大学很平常，考不上大学才让人惊奇。大学毕业后，王守园好不容易找了几份临时工作，可总是专业不对口，没干多久就被辞退或者主动辞职。两个月前，他也不知道怎么就应聘到了天宇拆迁公司。上班不到一个月，他终于明白为什么在高中时，与高考无关的课不上；在大学时，与就业无关的知识不问；在职场时，与生计无关的事不做。有一天，他去丽都花园小区的远房表亲家蹭饭，被正在读初三的表亲儿子喜欢上了，因为他们躲在房间里一鼓作气地联手冲过了《魔兽世界》第十三关。表亲的儿子硬要他辅导自己的作业。王守园因此名正言顺地经常出入丽都花园小区，也因此第一次见到了邝放真容。他们虽然时不时地擦肩而过，但从来没有打过招呼，因为邝放根本不认识他。

"你没听说过邝放？"同事终于暂停手机游戏，夸张地反问道。

"居然还有比我耳朵还背的年轻人。"天宇公司的元老周德荣突然来了精神，暗自嘀咕。

"我查过新浪、搜狐，搜过百度、谷歌，世界上有三十三万三千三百三十三个名叫邝放的地球人。不包括小名叫邝放的宠物，街坊邻居用唾沫创造出来的邝放，预言学家用占卜打卦预测出来的邝放，数学家用微积分演算出来的邝放，媒体炒作出来的邝放……半个人的邝放……"小王自顾自地道。

"还有半个人的人？"那群人好像逮住了一个新话题，再次亢奋起来。

"你们看过《分成两半的子爵》吗？你们相信《山海经》吗？你们喜欢玄幻小说、科幻电影吗？在遥远的过去，就有狮身人面、美人鱼、半兽人、神仙鬼怪……何况是现在，什么样的人没有？不要说有半个人，三分之一个人，十分之一个人都有。半个人，已经是比较完整的人了。谁见过真正完整的人？什么样的人才算完整的人？啊，什、什么是、是人？人、人、是、是什么、么……"

王守园像被西北风锥了一下，哆嗦起来。一说到人，他就会犯口吃。

"现在到处都是赝品、复制品、仿真人。你们能分辨什么？我说的那半个人，叫'旷放'。我刚才的手指突然麻木了，拼了个同音字……如果诸位把自己的姓名敲进电脑，同名同姓的人多多多多得使你们不得不怀疑自己……是不是人……"

听到小王一番绕口令似的高谈阔论，那群人齐声"哦"出一个巨大的惊叹号，活像窗外隐隐约约的尖顶大楼。

王守园闭上眼睛，伸了个懒腰："你们所说的邝放，指哪一个？"

那群人呆呆地望着王守园，好像他是一盘刚端出来的蒜苗回锅肉。王守园一点也不害怕被他们当回锅肉给吃了，继续道："不管你们说的是哪个邝放，不论你们说邝放怎么了，你们首先要确定谁是邝放，要证明邝放确实存在过。还要反思邝放值不值得你们为他如此勇敢。也许，那个邝放不是你们说的那个邝放。也许，你们要找的邝放不是你们要找的那个邝放。也许，你们说的那个邝放已经改名换姓、化装易容……也许，也许，已没有也许……"

王守园没参加过模仿秀培训班，对自己的唱歌技巧向来没有信心，否则，他会用歌声来配合自己表情达意。

"如果你们说的那个邝放根本不存在，那你们说的这一切毫无意义。如果你们说的那个邝放果真存在，就必须让他拿出货真价实的身份证、户口簿、DNA 鉴定书……确认他是邝放，证明他是你们说的那个人，还要追究他正在干你们说的那些事……既然你们没有找到他，也没有看见他，更没有确认他，那就说明他不存在。邝放不存在，你们还说他干吗？"

王守园用丹田深吸一口气，室内燥热的空气骤然紧张起来。

在那群人看来，王守园又在唉声叹气。可他们立即达成了一个共识：王守园确实是广都大学毕业的新新人类，不露声色地选修过政治学、经济学、天文学、艺术学、人类学、神学、考古学、计算机、新能源、地球变暖、人工智能等学科，目前还不想暴露自己的客座教授、专家评委、韩剧议论员、星际酷评家、意见领袖等身份。没想到在天宇写字楼里，居然埋藏着一个天才。

王守园像要附和那群人对他的综合评价："我认识邝放……"

"真的？"戴老花眼镜的公关主管唐丽华把眼镜扒拉在鼻尖上，翻出眼白对准小王。

"我认识他，但不知道他认不认识我……" 王守园谦逊地挺直身子，突然气呼呼地道，"我是邝放，你是邝放，他是邝放，我们都是邝放……你们谁敢保证，你们从来没有干过邝放干过的事情……"

小王说的是实话。他跟邝放确实住在同一个小区。邝放在鼓楼村见到他时，特意向他表示了衷心感谢，因为他把邝放引起的骚动平息了足有九十五分钟零一秒。

　　伴随着此起彼伏的嘘声，那群人扮作鸟兽，一哄而散。

第九章

把他变成漂亮的小妞，往死里泡……邝放灵光一闪，终于找到一种诗情画意的办法——继续写奋协会长。他信心十足地认为在两百字之内就能灭了他。可一想到自己跟他毕竟相处了这么久，心一软，决定在一千字内干掉他。

35

从曾书记的办公室里出来后，邝放突然面临一个新问题：住哪里？

这次，他不是要找地方躲起来，而是只想有个睡觉的地方，即使是一间木鼓大小的小屋。可他不能离开广都城区，也不好意思再住办公室，宾馆服务员又太多。他怀疑自己真实的身份证和他本人能不能通过对比鉴定。费成文有空房子，但他害怕费成文的热情和无私。此时此刻，他才发现自己没有第二套房、第三套房。兔子都有三个窟，可他连一个"窟"都没有。

邝放在安居网站上搜寻出租屋，始终没找到中意的。张翼鹏建议他去鼓楼村的夏家小院看看，那是他的叔伯舅母祖传的老房子。小张曾跟几个朋友合伙做生意，想租夏家小院开农家乐饭店，但夏大妈没答应。

谣言发生后，邝放主动联系的人只有张翼鹏。瘦高个儿的张翼鹏，为人踏实守信，做事干脆利落，高中毕业后当了三年兵。他从部队转业被招聘到清水县政府当专职司机时，邝放被选派到清水县当副县长。县政府办主任安排张翼鹏给邝放开车。他与小张平时交流不多，但很快熟悉了彼此。邝放回广都工作后，把小张调到地方办。这么多年来，小张像影子一样跟着他。谣言发生之后，小张一如既往地为他做这做那，毫无怨言。邝放有天问小张，他辞职了怎么办。小张毫不迟疑地说，他也辞职。当邝放跟小张一起走进夏家小院时，觉得小张真懂他，几乎视他为知己。

夏家小院是一栋四合院，坐北朝南呈长方形，依稀可见歇山式痕迹。一条小河沟，从院子后面流过。半人高的一圈夯土围墙，密植着整齐的木

220

镜子背后的女人

槿花。围墙内外，是一片茂盛的斑竹。直立在龙门口的两根柏木，杵着张嘴斜望的石兽。正堂屋顶四边有四个牛角样的翘角。青瓦上长着茂盛的青草。屋檐边吊着碧绿的绿萝。跨过门槛，约三百平方米的院坝摆满了错落有致的盆景：海棠、万年青、梅花、罗汉竹、米兰、满天星、水仙、绿萝、兰草……院坝两边各有一株高大的枣子树，树上绑着几个黄瓦罐，是夏大爷为鸟儿准备的家。

这座宁静幽雅的四合院，像在嘈杂的鼓楼村里隐居。

夏大爷本名马鸣中，跟夏秀敏结婚后，一直住在夏家小院。大家开始叫他马老师，后来叫他夏大爷。他没去纠正，久而久之，人们都以为他姓夏。他大学毕业后在《广都日报》当副刊编辑，因为几首小诗被划成右派，下放到鼓楼村，跟女友分手多年后，"被迫"与夏秀敏结了婚。夏秀敏是土生土长的鼓楼村人，祖上是大户人家，曾经的鼓楼村大半土地都属她家。后来因家庭变故，亲人离散，只剩她和父母三人，夏家大院逐年被蚕食，最后只留下这么一处小院落。

如花似玉的夏秀敏，心性高傲，在城里读过五年书，十五岁那年因家业败落随父母回到鼓楼村。长大后的她，对本村男人从来没正眼瞧过，更没想过要嫁给他们。几个胆大包天的小伙子追求她，她就紧紧握住冷漠和无情两种武器不松手，吓得他们屁滚尿流。那些年轻人对她爱恨交加，却始终束手无策。不少人肆无忌惮地编排她的是是非非，她毫不在意。她坚信她看的书比所有的鼓楼村人看的书加起来还要多，特别是言情小说。在爱情问题上，她从来不像她父母那样感到绝望。她父母眼看女儿成了当地稀有的大龄女青年，很是着急，而她却无所谓。她发誓要为爱情守身如玉。如果没有心仪的人出现，她宁愿单身一辈子，不惜把贞操带进坟墓。

当马鸣中戴着压弯了他脊椎的右派帽子被村干部安排暂住夏家小院时，她被马鸣中忧郁的眼神、木讷的样子、破旧而整洁的衣着、缓慢而胆怯的步态迷住了。从那天开始，她觉得自己拼命保护下来的花梨木美人靠终于派上了用场。她经常半躺在美人靠上看书，望着竹画般的窗户，聆听木槿花窃窃私语。有一天，她曼妙地从美人靠上起身，开始收拾打扮，并大胆扩大了收拾打扮范围，从自己的脸、唇、眉毛、头发扩展到屋里屋外。她本打算把院墙扩建为宏伟的城墙，因工程浩大，最终只在墙边种了密密麻麻的木槿花。即便如此，破败的夏家小院也焕然一新，恢复了生气。虽然无法跟昔日的辉煌相提并论，但已让她父母和邻居惊讶无比。

她不顾父母反对，执意要嫁给马鸣中。而马鸣中始终对她目不斜视，视而不见，假装不明白她故意做的小动作和明目张胆的暗示。早已灰心丧气的他，根本不敢奢望爱情。他既怕连累她和她父母，也怕连累自己。夏秀敏没因马鸣中的冷漠而退缩，也没被马鸣中顶着的右派帽子所吓倒。她认真研究过，鼓楼村里没有一个人够资格成为右派。

一天深夜，马鸣中正躺在木板床上悲叹上天不公时，突然闻到一股奇异的香味从门缝弥漫进来，温暖着冰冷的房间。他胆战心惊地盯着房门。"吱呀"一声轻响，门缝慢慢变大，一缕月光朦朦胧胧地照进来。他突然听到自己急促粗重的呼吸。他眼睁睁望着一团乳白色的影子袅袅飘来，直到把他完全笼罩。在那个不眠之夜，他与夏秀敏心醉神迷地拥抱在一起。他体会到了夏秀敏的温柔和激情，夏秀敏也感受到了他隐忍的勇敢和潜藏的力量。但是，当天亮鸡鸣时，她又看到了他的胆怯、木讷、拒人于千里之外的神情。当天晚上，她去推门，发现门被抵死。之后一个月，她始终没能推开那扇门。但她清楚，没有她的允许，他离不开鼓楼村，离不开她的家，因此，她也没有采取诸如取下门闩、在墙上凿洞之类的行动。一个月后的一天下午，当马鸣中疲惫不堪地从地里干活回来，夏秀敏温柔地把他堵在门口。"我怀孕了。"夏秀敏直视着马鸣中躲闪的眼睛，不容置疑地说。第二天，他们便去民政局登记结了婚。

马鸣中本已打定主意在鼓楼村当一辈子农民，在夏家小院默默无闻地死去。意想不到的是，二十三年后，他被平反，重回《广都日报》上班。退休后，他几乎足不出户，成天在家看书喝茶，在院子里侍弄盆景，偶尔在田间地头散步。几十年来，马鸣中觉得夏秀敏是上天对他多舛命运的补偿，夏秀敏认为马鸣中是她对爱情勇敢执着的奖励。他们的爱情就像掩映在竹林里的夏家小院，宁静、温馨，充满神奇的回忆。

张翼鹏没告诉邝放，他先在电话里跟夏大爷联系过，说有个朋友想到他家住几天。夏大爷没答应，他家不是出租屋，也不希望陌生人来打扰。但张翼鹏还是以看望舅公舅母的名义把邝放带进了夏家小院。

刚进夏家小院，邝放当即决定住下来。他悄悄跟张翼鹏说，要他介绍自己是作家旷野，想找个清静的地方写作。

夏大爷正坐在堂屋阶沿上的小竹椅上，埋首默读庄子的《逍遥游》，面前的四方小木桌上放着一杯盖碗茶。

"舅公好。"小张亲热地叫道。

"马老好，我是旷野，打扰了。"邝放恭恭敬敬地道。

多年前，还有人偶尔议论改变马鸣中人生命运的那几首小诗，因此，他在广都也算有点过气名声的文人。邝放早就听说过广都诗人马鸣中，但从来没有见过面。邝放大学毕业那年，马鸣中已从《广都日报》退休。

夏大爷瞥了旷野一眼，发现他就是网上闹得沸沸扬扬的邝放，心里咯噔一下，却没露声色。自从下放鼓楼村后，马鸣中不再写诗作文。他整天开荒修渠、刨地犁田，双手肿得握不住笔。他白天劳动，晚上加班挨批斗。他开始不适应，后来发现挨批斗是一种"休息"，至少在去挨批斗的路上可以不扛锄头钢钎。每次被批斗，他就闭上眼睛，默默背诵《老子》。别人叫他走时，他才惊讶地问："这么快就结束了？"他后来跟夏秀敏嘀咕，他宁愿握锄耙也不愿握笔杆，宁愿操控机床也不愿操控电脑。夏秀敏自从爱上马鸣中后，就开始写诗，后来又写散文，去年还出版了一部自传体长篇小说。马鸣中为自己没有坚持写作而内疚，为自己一事无成而感到对不起夏秀敏。在他八十大寿时，夏秀敏端起酒杯向他敬酒，深情地望着他说："你是我一生的追求。"感动得夏大爷老泪纵横。

回《广都日报》上班后，马鸣中一直坚持订阅《广都文学》杂志。他认真读过旷野发表在《广都文学》上的小说，暗自感到惊讶。他想认识旷野，但从来没有主动行为。可旷野突然出现了，还要住在他家里。

夏大爷平静地望了一眼旷野，对张翼鹏说："小张，你带邝老师去看房间，合适就住下。"

"谢谢马老。"邝放跟着张翼鹏离开夏大爷，以为夏大爷不知道自己就是邝放，心里暗自庆幸。

既然大家都已晓得他是旷野，就不怕恢复本来面目。他相信，再尖的眼睛也认不出他就是邝放，包括那些机器之类的玩意儿。他记得有次通宵写作后过机场安检，安检员对照身份证，几乎花费了鉴别白垩纪怪兽的时间，从头到脚对他审视了半天，又把他请进隔壁房间待了差不多五百年，才狐疑地放了行。贾金强有次过安检时被鉴定为易燃易爆物品，因为他体内的酒精含量太高。肖涛宝每次过安检都要反复多次，就差没做开膛破肚的检查，因为他全身都是铅镉汞，像是吃电池长大的。

奋协会长不得不感叹：现在的地球，已没有免检产品。

正对门的堂屋，面积较大，饭厅兼会客室。右边主卧室住着夏大爷、夏大妈。他们唯一的女儿夏月月一家每次回来，就住左边那间主卧室。院坝两边有四间厢房，靠龙门左边的是杂物间，右边的是厨房，靠主卧室的两间是客房。每个房间都没有空调，没有大理石地砖。每间卧室的陈设几乎一样，一张木椅，一张写字木桌、一张挂着蚊帐的雕花木床，除了墙上的字画，跟邝放小时候的卧室相差无几。

邝放选择靠近小河沟的西厢房。屋内唯一体现现代化的是写字桌上的一盏天蓝色台灯。

夏家小院的简陋对邝放没有丝毫影响。他从来没在意过物质的东西。对他而言，贫穷不是苦难，只有小说写不下去时才感到痛苦。

他叫张翼鹏先回去，有事再联系。

夏大爷的女儿女婿和外孙都住在城里。邝放跟两位老人很少碰面。他离开后，他们还在睡觉。他回来时，他们已经睡下。每次离开回来，他都轻手轻脚，仿佛自己压根儿就不存在。那些谣言还没发现他在这里，这使他感到前所未有的轻松自在。每天早晨，他到附近的小面馆吃一碗面条，顺便买些饼干、蛋糕和方便面当午餐或晚餐。开始几天，他没事就去河边、竹林和田坎上转悠。到鼓楼镇买东西时，偶尔还要逗留一会儿。自从碰上刘富真后，他几乎只在寝室里看书、写作、冥想，连院坝里的米兰花都难得见到他的身影。

36

鼓楼村是名副其实的城中村。除了夏家小院周边的绿地和房前屋后一小块蔬菜地外，没有任何庄稼。憔悴的田地长满了可怜巴巴的野草，远远望去，无数死气沉沉的小水坑，稀稀落落用石棉瓦和雨布撑起的土坯房、砖石房，活像废弃了三千多年的窑址。鼓楼村已成为城市的边界，村庄的城墙。在奋协会长看来，它是站在富豪家门口乞讨的叫花子，几乎接近宇宙边缘。

村民们多年来只剩下一件事情可做：等待被拆迁，住进高楼大厦。

村口巨幅广告牌上的鼓楼村，却是另一番模样：光鲜靓丽的鼓楼工业开发区。据广新网的报道，开拓进取的广都市政府差不多提前五百年就带领鼓楼村村民奔进了富裕生活。

邝放在买烟的路上边走边想，错过了几个小卖铺。他好像不是要买烟，而是在考察鼓楼村。一位老人坐在竹椅里，有节奏地挥动芭蕉扇。他要扇走热气，驱赶初出茅庐的蚊子和锻炼胆量的苍蝇。燥热的空气荡来荡去，更多的苍蝇蚊子蜂拥而来。离老人十多米远的地方是个小茶铺，里里外外，座无虚席，喝茶聊天的、打纸牌的、搓麻将的、斗地主的，人声鼎沸，热闹非凡，好像谢刚谋导演策划搭建的摄影棚。望着桌上的零钞碎票，邝放觉得他们不是在赌钱，而是在赌时间，豪掷生命。

在刘三姐杂货店门口，他正要掏钱买烟，突然听到一个只有他能听到的声音："那是假烟。"他扭头一看，一个陌生男人正站在自己面前：深色中山装搓洗得差不多露出棉花，特意打理过的短发，黧黑的脸颊，苍白的底色上涂抹着当地人少有的红润。他的穿着和模样，只是为了反击那些随时可能出现的嘲弄。

"你好！"

"你好。"

"你是刚到这里的吧。我一看你就不是本地人。"

"啊。"邝放像被陌生人给镇住了，不知道该怎么回答。

"跟我走。"

邝放不由自主地跟着陌生男人离开了小卖部。

刚到街上，陌生男人就提高音量说："我叫刘富真，鼓楼村二组的。这是真的。我见过你。我在电视里见过你。你是领导，比我们村书记吴名堂还要大的领导。哈。我知道了，你是局长。哈。不对，你是市长。你是来我们这里微服私访、体察民情的。哈，你放心，我不会告诉他们。这是真的。我知道你要去买烟。我带你去，他们才不敢卖给你假烟。"

陌生人一副看穿邝放的热心样子。

"谢谢。"

"不客气。我们走吧。"

刘富真折身走向多子巷。邝放快步跟上去，与陌生人并肩同行。只要有人经过，不论男女老幼，刘富真都要热情地招呼问好，熟悉得像打过架似的。有人回应了他，大多数人像没听见，匆匆而去。

胖大嫂小卖部皱巴巴的卷帘门半耷在空中，使邝放不敢过分靠近，但他一眼就看到了货架上的香烟。

"这里有烟。"邝放小声道。

"买啥子烟？"正在小店里四处打望的卷发女人居然听到了邝放蚊虫般的声音。

"她卖的是假烟。"刘富真斩钉截铁地说。

"刘疯子，哪个卖假烟？"卷发女人生气地叫道。

"就是你。你卖的都是假烟。你以为把头发卷起来就不得了。别理她。她是个肥猪儿。"刘富真好像有领导给他打气似的气壮如牛。

"刘疯子，你给老娘说清楚，我卖啥子假烟。刘疯子，不准跑。你给老娘站住，刘疯子……"卷发女人破口大骂，要冲出来揍刘富真。他搞砸了她的一笔生意。

"你来撒。你就是卖假烟的肥猪儿。"

刘富真估计领导也帮不了他，边说边拽着邝放跑开了。发现卷发女人没有冲出来，刘富真才放慢脚步。

"这是真的。要不是我，她肯定卖假烟给你。肥猪儿尽卖假货。这里的人没几个好东西。"

刘富真突然把邝放往左侧一拽，压低声音道："那是小偷。"邝放一惊，扭头望去。一个甩手甩脚的年轻人跟他擦肩而过。他摸了摸裤袋，钱包还在。刘富真看那人走远了才说："他叫蒲涛。去年，他高矮不签拆迁合同，好像他家地底下埋有宝藏。有人在他家周围修了一圈围墙。他只好每天翻墙进出。这是真的。有天晚上，烟瘾来了，他翻墙去买烟。正好被派出所的人发现，认为是小偷。这是真的。他说他叫蒲涛。民警要他拿出身份证，他拿不出来，就被扭送到了派出所。这是真的。他第二天回家时，发现房子没了。哈哈哈。想不到啊，平时人模狗样的蒲涛是个小偷。"

刘富真左看看、右看看，又小声道："我知道，蒲涛的房子是被推土机推平的，因为他家的房子不会飞。这是真的。我家的房子就会飞。"

看着刘富真得意扬扬的样子，邝放狐疑地"嗯"了一声。

刘富真用双手不停地比画着："我真的有座会飞的房子。前年，有人要拆我们家。我们全家人都不答应。我爸说那是我曾祖父修的。我曾祖父是个状元，还当过知府大人。这是真的。我不想拆迁，不是嫌赔偿低，也不是因为那是我曾祖父留下来的……"

刘富真突然噤口不言，神秘兮兮地前后左右看了看，压低声音说："是因为，因为……哈。我只告诉你，你不要跟别人说哈。我家有口井，我曾祖父挖的，能通到大海。这是真的。我是喝那口井水长大的，可香甜哪。这是真的。有天早上，我去打水，闻到一股臭味，我开始以为是死耗子烂在井里了。我压满水桶，惊讶地发现过去清花花的水变黑了。我尝了一口，恶心死了，像毒药。这是真的。我正要骂是哪个挨千刀的混蛋干的，却发现那不是水，而是石油，黑黢黢的，像车屁股冒出来的烟雾。井里有石油，我发财了。这是真的。我一直没告诉任何人，我爸死了都不晓得。这是真的。发现了石油，我更不想拆迁了。这是真的。社长三天两头跑来做我父母的工作，村委书记吴名堂半夜三更跑来跟我交心谈心，还有拆迁办的人、镇干部、县领导天天来我家看望我们，哈。我就是不拆。这是真的。我想办个石油公司，像洛克菲勒一样成为石油大亨。唉，想不到我家房子会飞。这是真的。有天晚上，环球房地产公司在我家周围挖壕沟。每天晚上，我都感到我家房子在摇晃，要飞起来的样子。这是真的。我刚给我爸妈买药回来，我家的房子就飞走了。这是真的。我爸妈病了好几个月，死活不去医院。我爸说，他已准备了两桶汽油。如果他们再来，就把这房子当棺材，免得送火葬场。这是真的。我爸病得不轻，开始说胡话了。我赶紧去医院给他们买药。这是真的。刚出村，碰到三个好心人，说要开车送我。他们要把我载到广都医院，说那里的药最见效。这是真的。天黑了，我们才赶到医院。那里的医生太好了，问了我爸妈的病情，给了我一大包药，保证我爸妈吃了就好。那里的医生真是好啊。哈，那个漂亮的女医生，哈。我从来没有见过那么漂亮的女人。这是真的。她比我老婆还温柔。她看我的脸色，摸我的手，问我哪里不舒服。颠簸了一整天，我确实感到腰酸背痛，浑身都不舒服。这是真的。她给我几颗红色药丸，还端来一杯白开水，叫我马上吃下去。这是真的。我感动得差点流泪。我一辈子都没有遇到过这么关心我的人。可惜我再也没有见到过他们，我难过啊，比我家房子飞走了还难过。这是真的。拿着药，我问多少钱，医生说不要钱，只要我签个字按个手印就行。他们说，我们村的人都买了医保，看啥病都不要花很多钱。这是真的。医生拿来几页纸，在我面前晃了一下，指着一个地方叫我签字按手印。我立即签了字按了手印。这是真的。三个好心人催我上车，马上送我回家。他们怕我爸妈来不及吃药就死了。上车后不久，我迷迷糊糊地睡着了。这是真的。我梦见我家的房子扇动翅膀，一下子飞不见。我醒来时，天已大亮。这是真的。都中午了，太阳还裹在死核桃乌云里死不出来。我站在村口，那三个好心人却不见了。这是真的。他们都是好人啊，连车费都不要。我提着一大包药，急忙赶回家。这是真的。我家的房子飞走了。我办不成石油公司了。这是真的。村委领导、镇上的领导、县上的领导都说我家的房子是自己飞走的。胖大嫂还说，我爸妈，我老婆儿子也跟着房子飞走了。这是真的。我天天在这里等。我相信飞走的房子一定会飞回来，带我爸妈、老婆、儿子一起飞回来。这是真的。我带你去看，我家的房子就是从那里飞走的。我家的房子真的会飞……"

邝放突然发现刘富真有一双可怕的眼神。他望着刘富真的手指方向，终于觉得他确实不大对头。

"谢谢。我要走了。"

刘富真紧跟着邝放，边走边着急地说："你去哪里？我带你去。这是真的。我们鼓楼村怪得很。没有我，危险得很。这是真的。袁节的房子莫名其妙地倒掉了。刘三哥的房子无缘无故地爆炸了。这是真的。有天晚上，天上掉下来一桶汽油，把郭大爷的房子点燃了。这是真的。虞为忠喝了一口白开水就呛死了。廖海捉迷藏死了。徐君做梦做死了。肖美丽买了把菜刀，在回家的路上，突然被几个陌生人撂倒在地。这是真的。朱真奇给他老婆买了条裙子，在商场门口兴奋地高举双手，跟他老婆打招呼，突然一声枪响，他倒在了自己的血泊里。这是真的。只有我家的房子会飞……"

邝放终于发现自己遇到了一个疯子。他只想赶快脱身。再不脱身，自己也会疯掉。

"我真的有事。"

"你不买烟了？"刘富真奇怪地问道。

"我不买了。"邝放急步而去。

"哈。邝局长，你不能走，我有事找你呢。这是真的。邝市长，我真的有会飞的房子。这是真的。他们说我是疯子。他们才是疯子。他们干的那些事，疯子都不会干……"

刘富真边说边从躲在日月巷墙角的邝放背后冲了过去。

望着刘富真远去的背影，邝放只想拼命地抽烟。

邝放在街边的杂货铺里买了两条烟，十瓶矿泉水，十袋饼干，就急匆匆地向夏家小院方向走去。

空气变了颜色。路边和房屋里的灯光朦朦胧胧。街头巷尾的馆子开始打烊。白天的喧嚣热闹渐渐开始萎缩。

快步回到夏家小院，邝放轻轻推开门，反手把门关上，蹑手蹑脚地走进房间，拉严窗帘，打开台灯。

　　坐在写字台前，邝放点燃香烟，又想起了刘富真。刘富真无非想拥有一套属于自己的房子。人们为上帝佛祖修建了那么多豪华的房子，从来没见他们住过一宿。他正准备把上帝佛祖的房子分一套给刘富真，却发现自己没有那个权力。想到现在的空房率居高不下，越来越多的房子卖不掉，他就把刘富真安排住进了一栋多年闲置的别墅，可第二天就被保安赶了出来。他对那些房子也做不了主。这是真的。

　　邝放打开电脑，忽然高兴起来。他要把刘富真免费引进 8849 世界，送他几栋不会飞的房子。他还打算让他移居 8849 世界，从此以后在电脑里过日子。

37

　　自从住进夏家小院后，邝放就一门心思地要找回镜子姑娘，不怕奋协会长的指责、阳富美的背叛、大厨的孤独、刘富真的胡言乱语。他发誓要好好待他们，满足他们的任何需求。

　　邝放决定拒绝一切诱惑，做一个文学界的隐士，待在夏家小院里孤军奋战，重新开始一个人的战争，把自己培养成真正的作家。他写作的目的，只是想把那些可怕的思想、不可告人的隐秘从脑袋里取出来，锁进抽屉里，它们盘踞在脑袋中使他不得安宁。一个作家，不在于他干了多少稀奇古怪的事，而在于他有多少惊世骇俗的思想。小说，首要的是启示性，至少要像网恋、电视相亲那样有点感觉。文艺作品要能净化地球人的心灵，提高地球人的素质，提升地球人的品味，要有拯救世界的伟大使命、现实关怀、理想主义、反抗精神、启蒙责任。文艺家要铁肩担道义，妙手著文章，要成为社会的良心、正义的基石、民族的脊梁，要复仇女神般逼近真相、追求美好、看护公平、捍卫真理、鞭挞丑恶，要使天空更蓝、地球更绿、人性更善、社会更美，现在和未来都不可疑。否则，小说家只有一条路：自杀以谢天下。

　　邝放一直在苦思冥想，如何让8849世界的故事给人类以借鉴、启示。他请纸笔电脑、报刊微信和经典名著来帮他思考，但始终不得要领。如果就此罢手，另写一部小说，算不算是一种背叛行为？如果把它们烧了，自己是不是一个纵火犯、刽子手？

　　邝放撤灭第十九支烟蒂，突然感到空虚，像分娩后产妇的肚子。他拿起小说稿，发现书稿已经灰不溜秋，仿佛魔法世界里散乱的羊皮书。罗大妈成了忙碌的社区红娘。大厨等罗大妈"娘家的外公的表妹的外侄儿的女婿的干亲家的大女儿"已经等得直不起腰。阳富美还站在礁石上。王通天还没从下水道里钻出来。郝呸还在不停地咳嗽……小说还没有写完，就已腐朽变色，它们腐朽的速度比他的写作速度还快。

邝放一拳砸在稿纸上，稿纸四分五裂地向空中飞去，好像他在向《龙星日报》投稿。他的拳头没把罗大妈、大厨打回来，反而吓跑了阳富美、王通天，引发了雷军的满腹牢骚。雷军寻死觅活地要离开邝放。他认为邝放根本不重视他，他连打酱油的角色都算不上。他认真数了下字数，直接写他的只有二十三个字，跟他有一定关系的文字没超过九十七个，还包括标点符号。"在家是老爷，出门是龟儿子"这句话，有破坏家庭和谐、诽谤侮辱的嫌疑。他发誓不放弃起诉邝放的权利。后来，他辗转腾挪，投奔另一部小说《县委书记》，立马成了主角，一个举足轻重的人物。

谭勇之觉得邝放也没把自己放在眼里，就质问道："我堂堂县长，还不如焦大？"不久之后，他就蛰进《警示录》，近百页的篇幅写的都是他，还被特邀在警示片里现身说法。温去西、郑勋刚、吴德、黄强等一干人也愤然离去，在纳音大地震中都没有出现过。

邝放好不容易找来这些精英达人，原本指望他们为小说增光添彩，现在这些人纷纷离去，使他感到无可奈何。他本想劝他们回来，仔细一盘算就放弃了。这些没有任何约束的优秀公职人员，虽然比那些胡编乱造的小说家厉害，特别擅长讲故事、制造问题、设计情节，但都是些"嚼倒泰山不谢土"的角色。他确实没有那么多公车豪宅、金银珠宝、海参鲍鱼和财政预算供他们吃喝玩乐、请客送礼、升官晋爵。他也不想追捕大厨他们，倒不是发了慈悲心，而是他没有那么多经济适用房和粮食供他们吃住行，没有闲钱给他们购买"三险一金"，更没有合法手续将他们就地正法。即使侥幸抓住他们，也没有法院会受理。

邝放发现，确实不宜写身边的人事。不是害怕他们对号入座，找他打官司，而是他们嗜好见利勇为，勤劳得羸弱不堪，快活得颓废堕落，幸福得虚假伪善，只有荷尔蒙的反应，连偶尔的声明都得字斟句酌，一点风吹草动都承受不了，更不用说抗打击能力和冲锋陷阵的勇气。他们只有勤劳而没有富裕，只有胆怯而没有胆量，只想躲藏而不敢出击。

面对熟人熟事，邝放的确下不了手，往深刻里写。他打算改行写儿童作品。这既是给费成文送他图画书的一个交待，也是因为儿童的可塑性强，未来空间大，便于充分发挥想象力。现在最有钱的是孩子，等他们长大之后明白过来，他已赚够本钱去欺诈哄吓下一拨孩子。著名儿童文学作家黄领经年轻时根本瞧不起儿童文学，后来发现糊弄不了越来越聪明的大人才痛定思痛，不久之后就成了广都市最有钱的作家。

邝放写了几百个字后惊诧地发现，那些三五岁的孩子全都成了老态龙钟的老爹老妈，没洋奶粉喝似的要死要活，而对金钱、权力、荣誉却特别敏感，充满欲望。他又打算写历史小说，写那些早已死翘翘的人物。历史是菜板上的肉，随便剁。即使千古一帝、一代枭雄、冠古绝今的文人雅士，都无法阻止被调侃戏弄。可写了差不多三百行，就有人找上门来质问："我还没有死，你干吗要把我往死里写？"

多年来，他一直想为失踪的弟弟写点什么以减轻内疚，可总是不知道如何着手。自从弟弟从他身边消失之后，生不见人，死不见尸。他对找到弟弟还抱着渺茫的希望，他害怕写出来，弟弟就真的失踪了，就永远见不到了。

最后他决定写科幻小说。他向来相信，宇宙如此之大，除了地球人，一定还有地外生物和地外文明存在。只是那些类人生物目前还无法来到我们面前，就像我们无法去他们那里。外星人肯定比地球人更强大和包容，无论怎么下黑手地写，它们都能承受和理解，说不定还会把至高无上的太阳奖颁发给他。

在银河系边缘，也就是在牵牛星与织女星之间，有一颗星叫龙星。这是真的。龙星上生活着一大拨龙星人。他们拥有不可思议的能量。即使地球上最杰出的天才想破脑袋也想象不出他们到底有多厉害。这是真的。在龙星人看来，地球只是跟高尔夫球差不多大小的绿毛球，那些所谓的高科技、特异功能、超人、卫星飞船、航空母舰、飞机大炮、核武器、互联网、文学艺术，只在手机、电脑、电视机和书本里折腾，他们的世界超不过电影院里的屏幕。这是真的。

刚写到这里，奋协会长咚一声响跪在地上，哀求道："邝大哥，求求你，别把我当跑龙套的演员，刚出场就被杀死在人堆里。让我见见镜子姑娘吧。现在的我真的一无所有了，就剩她这个希望。要不，你就把我杀了。这是真的。没有爱情，活得再久，只是一种惩罚。"

这段时间，自身难保的邝放也有苦衷。他暂时忘了镜子姑娘和奋协会长是情有可原的。他连自己的事都顾不过来，还有什么心情和精力去管他们？但镜子姑娘和奋协会长说得不错，他们的要求、抱怨和指责跟用上帝做形容词的顾客差不多。

镜子姑娘与奋协会长在什么地方、什么时候举行第二次见面会？见面时的表情、动作和见面之后该做什么……邝放在这些问题上一直无法决断，又苦于没有找到合适的借口到某个风景名胜区开个会来集体研究决定。如果随便找个地方让他们见面，见面之后就互诉衷肠、谈情说爱、拥抱接吻、上床做爱，之后就开始谈婚论嫁、结婚生子、争吵、第三者插足、生离死别、破镜重圆、梅开五度……都太平淡，容易落入俗套。如果在其中加点过去几十年、几百年、几千年的悲惨、黑暗、战争、灾难、疾病、撞几个鬼、遭遇几个外星人……虽然满足了离奇曲折、荡气回肠的大众艺术要求，又与高知、精英、贵族、意见领袖拉开了距离。还不如干脆放他们自由，让他们直接走进芸芸众生之中。如果按《幸福指南》来写，他觉得没法沉重地镇住轻薄的纸张，说不定一缕风就将它们吹没了。作家在小说里耍的那些自以为是的花招，只能蒙小说里的那帮家伙，对越来越精明的读者而言，一点儿用都没有。

邝放最怕镜子姑娘对他产生误会，更怕奋协会长的威胁。他相信这个不知从哪里跑出来的家伙是个砍了脑袋耳朵都不怕的"屌丝"。他要求自己强打精神，忘记一切，马上安排他们在农历七月初七见面，一见面就被笼罩在爱情的光辉里，干柴烈火般地拥抱，痛哭流涕地接吻，翻江倒海地做爱。这是他们应得的。那是爱情的奖励。

邝放打开电脑，突然看到奋协会长瞪着血红的眼睛，吃多了麻辣烫串串香，摇摇晃晃地去找他的新上司熊立伟。熊立伟出生在沱江边上。自从当了奋协会长的顶头上司后，经常自诩是沱江的骄傲。他精通麻将，跟麻将待在一起的时间远远多于跟他老婆待在一起的时间。无论到哪里，他都会带着麻将。奋协会长可不想为了讨好他，背着麻将满世界跑。

在办公室门口，邝放以为奋协会长会像平常一样小心翼翼地敲门。出乎意料的是，他抬起右脚，活像旧时土匪，砰的一声踢开防盗门。

邝放突然激动起来。在小说里，必须有意想不到的事情发生。就像烹饪调料，越稀奇古怪，越让地球人吃得津津有味。奇迹、意外、偶然不仅在小说里司空见惯，在生活中也不足为奇。

蓦然看到奋协会长，熊立伟倏地从座位上弹起来，活像被猛然一击的皮球。"魏特，我正要找你，你两个星期都没有……"

奋协会长勇敢地掐断熊立伟的话："我不是魏特，我是会长，奋协协会会长。"

"你，你要干吗……吗……的……"

"我要辞职。"

"为什么？"

"我要去恋爱。"

"别给我扯犊子。辞职、辞职报告……呢……"

"给你，混蛋。"奋协会长挥起拳头，活像刹车失灵的悍马。

邝放突然觉得苗头不对，想要阻止，可已经来不及。只听见"砰""轰"两声，熊立伟四仰八叉地倒在地上，还连累了无辜的椅子。

"这，是，我，的，辞，职，报，告。"

奋协会长咬牙切齿地说完这句话，昂首挺胸地步出熊立伟的办公室，活像拯救了地球的龙星遗孤。这是真的。为了爱情，奋协会长已不顾一切。

奋协会长生那么大的气，主要原因是邝放。他一直在抱怨邝放的小说里没有一个英雄人物，连偶尔雄起一次的家伙都没有，更不要说吞月吐日的大人物了。好像嫦娥奔月还没有一棵大白菜具有吸引力，天王天后的歌声还不如公鸡母鸡的叫声动听，爬满了蛆虫的长篇大作、血雨腥风的战争、改朝换代的壮举都打动不了邝放。邝放太自私自利。不写有权有钱的大人物，怎么能够欣赏无限的风光，享受人间极乐。即使他不想住别墅、吃美食、泡美女、开豪车，即使他不想让读者饱眼福、望梅止渴，也不应该让读者跟他一起受苦受难。哪怕写几个风韵犹存的贵妇，打情骂俏的白领，宁愿躲在宝马车里哭的小三，也多少能满足地球人的一点想象。特别是对邝放把大厨作为小说主人公尤其不满。不能因为读者喜欢重口味就随便损坏尊严。大厨整天就杀些小鱼虾米、鸡鸭鹅兔，这算哪门子事？连一头猪、一头牛都没有杀过，配当主角？把自己跟大厨一起关在抽屉里，简直就是对自己的羞辱。他多次给邝放提意见，还正儿八经地撰写了一万八千个建议，邝放都不理不睬。这是真的。很多时候，他都在鄙视邝放和他的小说。好多次，他打定主意，弃他而去。一想到镜子姑娘还被他锁在抽屉里，他们的爱情还没有结果，也不知道镜子姑娘赞不赞成他的行为，无法预测今后还会不会有求于邝放的事情发生，就不得不忍气吞声。这是真的。今天，他想借此机会，给邝放来个亲身示范。

邝放本想让奋协会长在熊立伟面前泪流满面，单膝下跪，举起拳头，干些赌咒发誓之类的事，再塞给熊立伟一个防风打火机，一包至圣烟，一个大红包，想不到奋协会长用拳头跟熊立伟说话。没能阻止奋协会长的暴力行为，邝放倍感自责。因为自己的疏忽，让熊立伟受了这么大的委屈和伤害。他要求自己一定记住在雾霾之夜带个美女，抱簇鲜花，买篮水果，准备一张无限透支的信用卡，再夹带一条香烟，一瓶香水，偷渡两罐洋奶粉……亲自去医院探望受伤的熊立伟。他现在在休假，有的是时间。

邝放呆呆地望着奋协会长昂然消失的背影，手忙脚乱地检查了他自从离开娘胎以来的所有记录，回溯了他一千八百四十八代祖宗的档案，查阅了他父母、祖父母的恋爱、结婚情况，询问了他的亲戚朋友、儿时的玩伴、教过他的老师，以及他的同事、邻居，开展了九次广泛的网络调查、第三方民意普查，还采访了三位误入地球的龙星生物……

综合这些信息，他得出了一个自己根本没法反驳的结论：奋协会长是一个行为诡异、不按规矩出牌、自我意识强烈、富有幻想、极具爆发力、嗜好挑战伦理道德、喜欢突破规矩原则，勇敢而胆怯、善良而残忍、自尊而自卑、坚强而脆弱、耿直而黏糊、激情而颓废，有理想无抱负、追求美而不拒绝丑、进化得还不够彻底、只配杀了祭旗的家伙。

像奋协会长这类人，判处火刑，算是最轻的惩罚。

根据奋协会长这段时间的言谈举止，邝放差不多已经证实，窥探他的是奋协会长，散布谣言的是奋协会长，泄露抽屉密码的是奋协会长，唆使镜子姑娘私奔的是奋协会长。奋协会长已看出邝放设置的圈套，离开邝放指明的歧途，冲破邝放的小说囚笼，花样百出地骚扰他，打电话、发短信、送邮件、传播微信、半夜三更敲门、实名举报、恐吓、散布谣言、弄断他的笔、偷走他的稿子、扰乱他的思维、闯进他的梦里……

奋协会长已不受他控制，正式成为社会隐患。美丽、善良、不谙世事的镜子姑娘正处于危险之中。整个社会也处于危险之中。更可怕的是，镜子姑娘不知道这些，整个社会也不清楚有这么回事。撇开镜子姑娘的安全问题不说，万一自己被奋协会长控制，后果不堪设想。而唯一能对付奋协会长的，只有他。

邝放顾不得自己的危险，下定决心，要代表镜子姑娘，代表整个社会，正式向奋协会长宣战，挑起拯救世界的重担。

冷落奋协会长，让他知难而退。给他一些鲜艳的色彩，让他知道邝放也是不好惹的主。为他找个新工作，估计他现在对任何工作都不感兴趣。把他送去服兵役，可超龄了。把他抓进监狱，可他是一个小错不断、大错不犯的家伙，即使判刑，也只能缓期执行。废了他，让他残废，成为一个不完整的混蛋，可是，这样就得养他一辈子，负担太重。要命的是，邝放还没有给他买保险。安排他当政治家、董事长、导演、演员、慈善家、教授、妇科医生、宇航员、江洋大盗、丐帮帮主、坚持异议者、诗人艺术家、智能机器人……做一个有理想有抱负有诗意有远方的人……都不奏效。见不到镜子姑娘，他就没完没了。不成为爱情英雄，他就不成仁也不成鬼。

在烟雾缭绕的房间里，邝放踱来踱去，打算先礼后兵，给奋协会长写封信：我不写英雄，并不等于我不是英雄；我不写杀人犯，并不说明我不敢杀人。

当收到原封不动退回来的信时，邝放目露凶光，决定干掉奋协会长。

邝放盘算着让奋协会长害相思病，弄个自然死亡。可一想到他正年轻力壮，一时半会儿不大可能呜呼哀哉，就打消了这个浪漫的念头。诱他吸毒，毒发而亡。可一旦成瘾，又没能及时死掉，他哪有那么多的钱来为他买毒品。况且，他既非名人又不是富人，吸毒简直就是一种奢侈浪费，就是在暴殄天物。把他送去当矿工，把他拽上高铁，把他招进合资公司，把他诱入崇山峻岭……让镜子姑娘给他写封绝情信，使他手握情书、站在楼顶或大桥或悬崖峭壁上，心甘情愿地跳下去。可镜子姑娘好像发现了奋协会长的阴谋，而他多半不会干殉情这种已经绝迹的事情。他又想制造一场天衣无缝的车祸，无奈他窝在红书吧里死活不出来。邝放又想要他吃苏丹红鸡腿、抛光大米、瘦肉精、膨大素猕猴桃，喝三聚氰胺奶粉，呼吸烟雾粉尘，让他不知不觉地慢性中毒而亡，可他好像识破了他的诡计，就是不吃不喝，大多时候还故意屏住呼吸。邝放又想让他遭遇沙尘暴、龙卷风、海啸，制造一起空难，发动一场战争，引发地震，引爆火山……可邝放发现自己还不具备那种能力。而且，即使能这样，殉葬品太多，他还没有资格享受这种待遇。在酒里下毒，给他安排三千个美女，把农药标签换成果汁标签，把安眠药兑成牛奶，用刀、用锤子、用手枪、用板砖……砍死他……引他上绞架……在他脚下掏个洞……这些措施办法虽然立竿见影、效果明显，但缺乏想象力，而且下贱、阴损，也太简单、直接，根本体现不了他的智慧和才能。

把他变成漂亮的小妞，往死里泡……邝放灵光一闪，终于找到一种诗情画意的办法——继续写奋协会长。邝放信心十足地认为在两百字之内就能灭了他。可一想到自己跟奋协会长毕竟相处了这么久，心一软，决定在一千字内干掉他。可写了一万多字，奋协会长居然还活着，而且充满了两千年的梦想。

邝放抓起稿子，用力摔在地上，撤燃打火机。当火苗蹿上稿子时，他发出了一阵"桀桀桀"的怪笑，几乎闻到了奋协会长被烧焦的味道。

笼罩在火焰里的稿子，在空中婀娜舞蹈。文字、标点符号变成了木柴、煤炭、石油、电光。它们噼噼啪啪地烧出了一个个黑洞、囚笼、坟墓。奋协会长左冲右突，始终逃不出鲜血一样的大火。

就在他为自己编织的天罗地网兴奋不已时，奋协会长突然从熊熊火光中跳出来，一溜烟跑到了锣鼓喧天的乡下。

镜子背后的女人

38

作家是冒险家，被读者杀死千百回的冒险家。

邝放嘟囔着"我不入地狱，谁入地狱"的名言，决定铤而走险，追杀奋协会长。他认为，作家的所有罪恶皆可宽恕和赦免。而且，追杀奋协会长，罪不至死。因为奋协会长在发给他的邮件里明确要求他"你就把我杀了吧"。这相当于自愿安乐死，是量刑定罪时从轻发落或免予惩处的有力证据。即使被判处极刑，慷慨赴死前的游街示众，将给成千上万的人带来欢喜热闹，突击增加广告投放量，提高社会消费水平，也不枉死一回，说不定头上还会冒出英雄的光辉。

行动前，邝放觉得有必要跟旷野和镜子背后的女人研讨一下。

旷野对邝放的勇敢无畏和自我牺牲精神进行了高度褒扬，承诺事成之后，为他写一部传记。镜子背后的女人考虑到自己几亿个奇思妙想一旦烂在肚子里，将是地球人最大的损失。她精挑细选了八百三十八条建议意见，无私奉献给了邝放。在他动摇不定时，旷野和镜子背后的女人及时发动宣传机器，给他打气鼓劲，苦口婆心地做洗脑工作：人人都是潜在的杀手。历史就是一部杀手日记。即使你不杀他，他也会死。短暂的生命、必然的死亡，这是颠扑不破的真理。只有强大的力量才能结束生命。你从小就喜欢掐断蚯蚓、射杀鸟儿，你还用启示杀死过无数人。你是在从事上帝和阎罗王从事的事业啊……

他们终于统一思想，达成共识。

他准备让奋协会长的相思病继续得下去，让他继续没有一点食欲，以此来摧毁他的智商和肉体，在没被杀死之前已经半死不活，任由他摆布，毫无反抗力。万一遇到心不在焉的法医，弄个暴病身亡，岂不皆大欢喜。

出发前，他又深入思考如何才能不被发现、不会被现场抓住这些高新科技问题。化装易容，是最古老最简单最实用的办法，几乎所有的杀手都实践过。躲在脂粉里杀人，万一被抓，也津津乐道。杀头的就不是他，而是一个无名杀手。如果做到坚贞不屈，视死如归，那杀人事件将成为永远解不开的秘密。

为了做到万无一失，他又在网上下载了一千部关于杀手的恐怖电影、电视剧来认真钻研。最好的化装易容是把自己变性。一旦变了性，不仅可以练成"葵花宝典"之类的绝世武功，而且能够使最先进的仪器变成蠢驴。

到医院做变性手术，没有钱。自宫，又下不了手，而且，变性结果不可能立竿见影。在他踱到第七步时，忽然想起多年前闹的一个笑话：会务组安排嘉宾住宿，把一个名字非常女性化的嘉宾与一个女人安排在一个房间，结果发现那个有女性化名字的嘉宾是个货真价实的男人。

男人的一半是女人，给自己取个女性化名字不就得了，不仅可以瞬间变性，而且可以使侦探办案时想入非非。可他又踱了七步，仍然没能给自己取好具有诱惑力的名字。他这才发现好名字几乎用尽了。名副其实的人根本没有。他突然想到网名。网络时代，最霸道、最具魅力的不是真名，而是网名。他拟了数千个网名，上网一查，都有人用了。现在只有一个办法：借用。借那些人的，他们多半不同意。即使他们同意借用，不仅要付知识产权费，而且很可能给自己带来不可预测的麻烦。他想借用旷野、镜子背后的女人的名字，又觉得旷野已被发现，镜子背后的女人的危险系数越来越大，只好作罢。他旁敲侧击地问镜子姑娘，可不可以借她的原名丽娜姬丝用一用。镜子姑娘大方地说，行。还赌气说，她永远都不会再用那个名字，太土气，更无先进性、理想性、纯洁性、科学性和未来性。他又巧妙地借来丽娜姬丝的衣服、镜子、皮包、化妆品、脸蛋、大腿、蜂腰、乳房、红唇……凡是能借的，他都借了。好在镜子姑娘不知道他借来干什么，否则，不会那么爽快地答应。

当天晚上，他独自灌了一瓶花月酒，啃了一只鸡脚，一对鹅翅，三个鸭脖子，摆出"美女一去兮不复还"的气势，驱车直奔乡下。他故意把自己灌得脸红脖子粗，就是为了在痛下杀手时显得气派和体面。他要求自己必须成为一个彬彬有礼、内涵丰富的美女杀手。

把案发现场确定在乡下，是他与旷野、镜子背后的女人深思熟虑的结果。一是为了不惊扰夏大爷、夏大妈。二是乡下地广人稀，便于施展拳脚，万一情况不妙，方便逃跑。三是广都城区已是不夜城，绝对没有月黑风高的夜晚。四是城里人多眼杂，精英荟萃，被发现、被逮住的危险系数高。五是乡下没有能听到磨牙的顺风耳、能看到耗子偷情的尖眼睛、诡异的探头、不停眨巴的电子眼等等。在乡下，即使没有买保险也保险得多。为了防止"万一"这鬼东西出现，他还动用了手中的一点权力，托关系把奋协会长安排为进驻农村工作组成员，免费住进一户农民家里。事先又在村口张贴了一张告示：停电一个月。

按时到达目的地。他惊讶地发现这里不是月黑风高，而是月朗星稀。村民没有在床上做梦，而是在院坝里热热闹闹地乘凉，东拉西扯地谈神说鬼。这里已经停电，关系确实起到了效果。他进一步核实的结果是：这里根本就没有通过电。一路奔波，他已穿越时代，回到了小时候的邝家坝。他不禁感慨万千：人算不如天算。转而一想，这是每个杀手都可能遭遇的意外，也是每个杀手不得不经历的严峻考验。

他躬下身子，神不知鬼不觉地躲在一棵桂花树下，静静等待下手的最佳时机。等待，是意志力的体现。没有足够的耐性，别说做杀手，连人都做不下去。历史上的许多杀手，为了完成任务，等了十年、二十年、一百年、一万年，甚至等来了时间这个最伟大的杀手。没有耐心等待，只能是街头巷尾的临时杀人犯，最多算业余选手。只有那最后致命的一击，方能彰显杀手的辉煌人生。

时机还没有出现，蚊子、臭虫、蜘蛛、飞蛾却先来了。他再三告诫自己，那些杀手铜只是为奋协会长准备的。对付它们，根本用不着刀枪剑戟，自己随便哈出一口酒气，就是致它们于死地的雾霾、瘴气、生化武器，让这些倒霉的小家伙吃不了兜着走。

他蛰伏树下巍然不动，任由蚊子们疯狂进攻。他相信自己的二两血，足以撑死它们一百个纵队。在暗影摇曳里，他开始担心时间拖久了，自己稳不住，惊动蝎子毒蛇这些天然杀手。他想挪个地方，又怕暴露目标。时间就这样一分一秒地溜走。

圆圆的月亮赖在天空，明晃晃地瞅着大地。清凉的风，窸窸窣窣地掠过树枝，吹拂着鸟儿们的呓语。萤火虫在枝丫间飞来飞去。星星在太空里眨巴着眼睛。桂花的香味一缕缕地扑下来，为天女下凡铺路。夜不能寐的蝈蝈青蛙，此起彼伏地叫成一片，举行一场不需要门票的晚会。

透过摇曳的枝叶，他望着鱼塘里闪烁的粼粼波光暗思：如果不是杀手，身处这样的夜晚，该是多么惬意。即使今晚不能成功，也不枉来这里。他几乎想走出去，向村民坦白，放弃这次行动。可一想到那个可恶的奋协会长正躲在二楼西侧的阁楼里，他就打消了这个温柔的念头。

他早就准备了两套方案，一套预案。

方案之一：直接上九阴白骨爪，让他稀里糊涂地到另一个世界。

方案之二：用三成一阳指，点他哑穴。给他上一堂思想政治课，狠狠地把他教训一顿，历数他的罪恶，相当于临刑时一顿丰盛的酒肉饭菜，使他无法狡辩，令他死而无憾，最好像王朗，喷血而亡。

预案：如果在干掉他之前被发现，就请暴风骤雨、泥石流来把整个村子一网打尽。

他开始集中精力，在脑子里预演行动步骤：一招降龙十八掌，扫除周围的人、房屋、树林；一记葵花点穴手，让他明白亢龙有悔；掐住他的脖子，让他发不出任何求救信号；左一记北拳，让他听不到任何声音；迎面一记南拳，让他的鼻子血流成河；奋起东方鹰爪，让他看不见任何东西；当胸一脚西方腿，掏出他的心；一套冲拳，让他分不清东西南北；吹一口气，让他悄然倒下。然后，优雅地拔出宝剑，砍下他的头。脱下外套，擦去宝剑血迹，归剑入鞘。再用毛笔蘸些鲜血在残壁上一挥：杀人者，丽娜姬丝也。最后，提着他的右耳朵，飘然而去……

他特别欣赏大笔一挥这个情节设置，不仅体现了自己的书法水平和英雄豪气，还能起到障眼法的作用。百年之后，他要狠狠地把一肚子怨气像瓦斯一样撒在他墓前：我不写英雄，因为我就是英雄。

他还没有演示完毕，就听到一阵热烈的喊声：出来，快出来，出来了，出来了。他的酒立即醒了一大半。他不知道什么出来了，出来了什么。他立即停止思维演习，极力克制着，没有轻举妄动。

就在他的脸出现在月光里的刹那，他快速把手伸到腰间拔剑，可只抓住一把空气，腰间的宝剑居然不在。他至少惊出了三斤冷汗。"安得倚天抽宝剑。"没有剑，怎么杀人？无剑可拔，怎么能成为刺客？出发前，他只顾喝酒壮胆，忘了把宝剑悬在腰上。现在回去拿，已经来不及。

他微微抬起头，看到奋协会长在一个年轻人的搀扶下，一步一步地向院坝里挪动。他暗自得意起来，他的策划是成功的，准备工作是充分的，措施办法是有效的。这时候干掉他，根本用不着麻烦宝剑，只要自己轻轻动一下手指头、哈一口酒气，他就会灰飞烟灭。

他禁不住微微直起腰，把头伸出树枝，瞅准目标，准备行动。

令他惊讶不已的是，奋协会长完全变了：惨白的脸、摇摇欲坠的身体，活像鬼故事里的幽灵。可就在几天前，奋协会长还是一副活蹦乱跳的样子，在他面前做了一回英雄豪杰。难道奋协会长在向他学习化装易容术？仔细一瞧，发现会长确已痴呆，像一块泡在水里也发不了芽的木头。再优美的语言、动人的思想、感人的故事都进不去了。干掉奋协会长，已是手到擒来之事。他伸出左手刚要掐奋协会长的脖子，突然又缩了回来。担心会长在装疯卖傻。贸然出手，结果可能是没干掉奋协会长反而被他干掉。他又仔细观察了半天，发现奋协会长确实还不算尸体。

可会长身子一歪，倒在了一个村民怀里。

他立即感到沮丧，干吗要杀这个行将就木的混蛋？也许，明天早晨，不用自己动手，这家伙已经僵硬地挺在木板床上。

在村民七嘴八舌、又唱又跳的欢乐声中，他悄悄离开藏身的桂花树。边卸装边骂自己：真窝囊，连一个杀手都干不了。

可远天远地地跑到这里，绝不能空手而归。他一把揪下一朵野菊花，揣在裤兜里。回到夏家小院，天刚刚蒙蒙亮。

他立即耷拉着脑袋，摆出即将圆寂的架势。

39

　　依倩给张翼鹏打电话，请他到广都文学杂志社对面的老树咖啡馆。张翼鹏的电话，是她登录移动手机账号，从通话记录中翻找出来的。一个月前，邝放因为手机没电，曾用张翼鹏的手机给她打过一次电话。张翼鹏原来对依倩的印象不错，关于邝放的谣言发生后，却在心里责怪依倩，认为邝放的谣言跟她有关。

　　张翼鹏搞不清依倩要干啥，不肯告诉她邝放的行踪。依倩严肃的神情和不容置疑的追问，最终让张翼鹏妥协了。依倩立刻起身、结账，头也不回地出了咖啡馆。张翼鹏说夏家小院偏僻不好找，要送她过去。依倩边说"谢谢"边招手叫了辆出租车。

　　今天一大早，雾霾就钻进手机、电视机和人心里，覆盖了各种报刊，登上了今日头条。市民惊呼：市政府不见了，广都大酒店、广都夜总会、巨幅画像、三环路、高架桥、慈恩寺、伊藤洋华堂……都不见了，连昨天正式投产的广都化工厂也不知所终。太空卫星携带的射电望远镜，都没侦察到广都的五座卫星城。广都已被喷烟吐雾的巨龙吞噬。

　　单身男女纷纷表示要逃离广都，因为在广都找不到对象。

　　司机们互相转告：红绿灯患了白内障，电子眼瞎了，可以横冲直撞啦。可一辆接一辆的汽车却电脑死机似的一动不动。高速公路被迫封闭。飞机被沉重的雾霾压得无法起飞。高楼大厦像蒲公英，轻浮在天空。满大街行人，古里古怪地穿着连帽服，戴着 N95 口罩、防毒面具，扛着常春藤，背着空气净化器……鬼魂般在雾霾里游荡……到处都是披着艳服的木乃伊、朦朦胧胧的扁嘴鹦鹉、巨型恐龙、绿萝人、外星怪物、不明飞行物……

雾霾催生了越来越多贪生怕死之徒。

广都市政府规划实施的无数个"城乡全覆盖",只有雾霾真正做到了。

依情虽然不怕雾霾,但她更喜欢直面阳光。她开启手机地图,却始终没能搜索到夏家小院。她把夏家小院的所在地鼓楼村村委会定为目的地,打算到了那里再寻找。

手机地图显示,到鼓楼村村委会需四十五分钟,依情却感到走不到头似的漫长。手机导航提示她往前走,可没走几十米,就无路可走。往右往左,不是被警察拦住要求回头,就是被禁左禁右的牌子挡住去路。司机穿街过巷,开了近两个小时,都没找到鼓楼村村委会。他从后视镜里频繁地看依情,一会儿觉得她好像在雾霾里寻找人生的真谛,一会儿认为她不是要去鼓楼村,而是在逃跑。

下午一点半,太阳终于刺透雾霾,露出依稀天光。

出租车司机在日新路上开了几分钟,发现又是一条断头路。他正要掉头,依情突然说到了。出租车司机停下车。依情付了车费,茫然地站在黄泥泥泞的水泥路上。

还没成型的路的尽头是一人多高的红砖围墙,趔趔趄趄地向两边伸进雾霾。围墙被戳出几个供人穿越的龇牙般的洞口。围墙内寂静而荒凉,看不到一个人。庄稼地不像庄稼地,建筑工地不像建筑工地。

依情低头钻过洞口,突然闻到一股奇异的清香。

午后的阳光,将玉米苞、红辣椒、紫茄子、葱苗、豆角,照耀得闪闪发亮。水塘里,漂浮着碧绿的荷叶、含苞的荷花。堰塘周边的田边地角,间种着蔬菜和花木。茂盛的竹林,隐现着片片青瓦。

她后来听邝放说,多年前,土地承包户纷纷进城打工,这片三十亩的土地没人种。退休后的夏大爷眼看肥沃的土地荒芜得只长杂草,倒满了垃圾的水塘臭不可闻,就跟四家承包户商量,打算帮他们打理这片田地。他们异口同声地说:"全都交给你,你想怎么弄就怎么弄。"夏大爷就自己掏钱,清理水塘里的垃圾,用砖头水泥浆砌塘坎。他只在水塘里种荷花,养野生鱼，闲暇时独自在塘坎边用自做的竹竿钓鱼。他又成了地地道道的农民，整天在田地里用双手、锄头、镰刀除草、挖地、种蔬菜。蔬菜一成熟，就叫左邻右舍来免费采摘。有时候，他还亲自采些时鲜蔬菜送给那些偶尔回来的承包户。后来，因体力不够，土地面积太大，他缩小种菜规模，把其余的土地用来栽海棠、桂花、银杏、芙蓉、玫瑰等花木。不到三年，这片被撂荒多年的土地又重新郁郁葱葱起来。

依倩正不知找谁问路，突然看见一位白发苍苍的老人在池塘边的杨柳树下垂钓。她停下脚步，静静地望着老人。

"大爷好，请问夏家小院在哪里？"依倩慢慢走到老人身边。

夏大爷放下鱼竿，打量了一下依倩，指着那片竹林："那里就是。"

"谢谢。"依倩向夏家小院走去。

一笼笼竹林，仿佛孔雀开屏。燕子在房前屋后飞来飞去。枣树上的麻雀叽叽喳喳地欢闹。护墙环绕。淙淙流水声传来。

如果不是为了找邝放，她真想在这里漫步。

"有人吗？"

依倩推开半掩的双扇门，跨过木制门槛，站在雅致的院子里问了好几声，都没得到回应。她提高音量，仍然没人回答。她慢慢地向院子里走去。刚踏上阶沿，突然闻到一缕烟味。她顺着烟味来到西厢房。门没上锁。她敲了敲门，毫无反应。她迟疑地推了一下，吱呀一声，门开了。刺鼻的烟味扑面而来。一缕阳光随着吱呀声漫进屋子，幽暗的房间立即充满了温暖和光亮。

可眼前却是一副可怕的景象：邝放一动不动地躺在地上。满屋子都是凌乱的纸片、烟蒂、烟盒、饼干袋、矿泉水瓶、衣服、袜子、不停闪烁的手提电脑。窗户紧闭，空气里充满了难闻的怪味。整个屋子像个垃圾场。

"邝放，你怎么啦……"依倩边惊慌地喊叫，边抓住邝放冰冷的手，要把他拉起来，可怎么拉也拉不动他沉重的身体。邝放双眼紧闭、鼻息微弱、呼吸缓慢，死了似的无声无息。

邝放躲开刘富真后，成功地颠倒了白天和黑夜。他讨厌明晃晃的阳光。阳光会把一切涂抹得惨白。只有被无边无际的黑夜包围，他才感到安全、兴奋和满足，他的一举一动有了打入黑暗内部的成就感：做梦。

自从曾书记找他谈话后，他就失去了时间概念，分不清现实和梦境，不知道自己是邝放、旷野，还是镜子背后的女人，不知道自己住在旅馆、夏家小院，还是住在办公室、8849世界。

过去，他讨厌梦，拼命要从梦里跑出来。这段时间，他却想在梦里永远不要醒来。

为了给刘富真在8849世界里建栋别墅，邝放足不出户，两天两夜没合眼。饿了就吃饼干，渴了就喝矿泉水。他用打火机点燃第一支烟后，再也没有用过打火机。他用烟蒂点燃一支又一支烟，直到把两条烟燃完，别墅还是没建好。当他疲惫不堪地想请王通天帮忙时，才惊讶地发现8849世界完全变了样：死气沉沉，愁云惨雾，漫天的荒草，冰雪覆盖的山峰，干涸的河流，灰暗的天空，所有的人都不见了……

邝放曾以为自己虽然不能对这个世界颐指气使，但完全可以掌控自己的小说人物。他要打要骂，他们敢吭一声？他要把一个人写得美丽或者丑陋，全凭自己的意愿，谁敢说三道四？他要谁爱上谁，谁敢不答应？他要他们子夜死，他们就活不过半夜。把他们关在小说里，就休想逃跑。现在才发现，完全不是那么回事。

小说规律就是任何人都不能乱来，硬要小说人物怎么样。作者可以随心所欲地编造他们，读者心里可以有一千个哈姆雷特，但谁也不能横行霸道地决定他们的命运。这样做的唯一结果就是会出现畸形怪胎。任何小说人物都像作者生下的儿女，各自成长前行，寻找自己的生活和命运。

有时候，邝放也感到内疚。自己看多了武侠小说、宫廷戏、谍战剧、乡村爱情戏和联欢晚会，不知不觉学会了花拳绣腿。明明可以马上安排主人公见面的，就喜欢拖延；明明可以立即处理的问题，故意不解决；明明可以从大门进去的，偏偏要劳民伤财地挖一条地道；明明可以一枪干掉的，偏偏要动用飞机大炮，还振振有词地宣布：这是文学艺术手腕。

他也曾想把自己转变为一个尘世主义作家。虽然滚滚红尘里有不少值得大写特写的人物，也不乏桥垮楼塌、自焚、瓦斯爆炸、动车出轨、飞机相撞、投毒、火灾等事件，但它们都不足以惊动天、撼动地。他所处的尘世，真的没有战争，没有大灾难，甚至没有伟大的阴谋家，更不要说真正的英雄豪杰了。他耸了耸肩，自己真可悲得有些怀才不遇、生不逢时。他痛恨自己对作家的要求太苛刻。

邝放原本指望镜子姑娘、奋协会长能为他守住 8849 世界，还打算适当时候把他们召集到广都广场，向他们宣布人类的思考和梦想。现在，他不得不由着镜子姑娘追求属于她的新生活——跟奋协会长私奔。

他不得不哀叹：连跟自己塑造的小说人物都不能心灵相通、互相理解、统一思想、惺惺相惜，也未免太失败了。他长叹一声，对小说突然感到了绝望。他抓起稿子向空中用力扔去，随之轰然倒在地上，不省人事……

"旷野，旷野……"依倩想出去叫人，刚走到门口，邝放从地上一跃而起，惊喜地叫道："镜子姑娘！"

依倩怔在门口，确信自己没有听错，也不是自己的幻觉。她转过身，看到邝放正目光炯炯地盯着自己。

"不要走。"

突然变成旷野的邝放奋不顾身地扑了过去，把依倩揽在怀里。

依倩觉得地震了，刚要惊呼，就被旷野温热的嘴堵住了。他们紧紧地拥抱在一起，好像从小扭在一起的双生树。依倩泪流满面，旷野泪眼婆娑，仿佛地球上只剩下了他们两个相依为命的人，即使三百年的时间也已无法把他们分开。旷野狠狠地吻着依倩，好像充满了满腔仇恨。拥吻激活了他的脑细胞，他感到自己的所有功能突然恢复，就像当天报纸电视网络上的特大新闻：世界经济已全面复苏。

"你没事吧？"依倩摸着旷野胡子拉碴的脸。

"你来了，我就没事了。"旷野两眼放光地望着依倩。

"我们走吧。"依倩柔声说。

"嗯。"旷野顺从地答应道。

依倩把旷野的衣服、笔记本电脑和几本书塞进袋子，拉着旷野的手出了门。自始至终，旷野没再说一句话，只望着依倩微笑。

第十章

　　从商场回来，依倩多次站在卧室门口，呆呆地望着熟睡的旷野。她不想打扰他，她要让他好好睡一觉，直到他自己醒来。可她又想躺上床，跟旷野一起进入梦乡。她觉得，两个人一起在梦里，就是爱情。

40

离开夏家小院到南湖小区，坐出租车，进大门，过花园，上电梯，打开房门，依倩和旷野好像有意跟编剧导演对着干，始终表现得不像一对甜蜜情人，而像在一起生活了多年的平常夫妇。

"我要洗澡。"旷野一进门就嘀咕道。

旷野将衣服裤子一股脑儿地脱下来，迫不及待地躲进卫生间。

依倩站在客厅里，不知所措。她一直想的都是如何跟旷野走，从来没想过自己会把旷野带回家。她觉得有好多事情要做，却不知道该做什么。她把茶几上的《霍乱时期的爱情》收起来放进书柜。顺了顺沙发上的靠垫抱枕。从卧室里拿出一条新浴巾。打开饮水机的电源。从橱柜里拿出咖啡杯，煮了一杯热气腾腾的咖啡放在茶几上。在镜子前看了看自己。打开客厅空调，把燥热逐出房间。她坐在沙发上，立即站起来，又坐下，又站起来。

她觉得这个世界太乱了，需要马上收拾整理。

她捡起旷野脱在卫生间门口的一堆衣服，按颜色和里外分开，放进洗衣机。她想从袋子里给旷野找件干净的换洗衣服，可里面全是皱巴巴的上衣裤子，还有一股霉味。

她走进卧室，翻遍衣柜，也没有找到适合旷野穿的睡衣睡裤。

依倩拿起钱包，走出家门。她要去超市给旷野买睡衣睡裤、剃须刀，还要买烟买肉买菜，为旷野做顿可口的饭菜。她付账时才发现居然买了那么多东西，好像准备吃用一辈子。

当看到货架上的红酒时，她脸上突然飞来两朵红云，想起自己的两次醉酒经历，忍不住笑了。一次是吃樱桃吃醉的。她家房前有一棵樱桃树，每年三月都会结满星星般的樱桃。她五岁那年，当兵的父亲回家探亲，正好樱桃成熟。父亲摘了一竹篮樱桃，叫她守着。她就坐在树下边看父亲摘樱桃边吃樱桃。父亲摘完树上的樱桃后，发现她靠在樱桃树下睡着了，殷红细嫩的圆脸，仿佛一颗吹弹可破的樱桃。父亲轻轻地把她抱回家，放在床上。第二天早上，她才悠悠醒来。另一次是偷喝父亲的米酒喝醉的。父亲喜欢喝酒，年年都要亲自做几大缸米酒。每次劳作回家，父亲就从缸里舀一碗米酒喝，还不忘叫她尝一口。她觉得米酒香甜，在父亲去收稻谷时，她学父亲的样子，从缸里舀米酒喝。父亲回来时，看到她满脸红扑扑地歪在缸边，怎么也叫不醒。父亲喝酒时，总是鼓励她喝酒，因为有两次醉酒"前科"，她只是陪父亲喝一点，从来不敢多喝。父亲去世后，她再也没有喝过酒。今天，她突然想喝酒，渴望第三次醉酒。

依情在超市挑买东西时，旷野已洗完澡。他擦干头发，裹上浴巾，在盥洗室的镜子里注视了好一会儿。黝黑而瘦削的脸颊，满脸的络腮胡子，在头顶挣扎的凌乱头发，好像台风经过留下的痕迹。那是谁？邝放、旷野、镜子背后的女人、乡巴佬、还没来得及出名的艺术家？他环顾四周，只有自己。自己怎么会成了自己的陌生人？

这里也不是他的家，不是夏家小院，不是宾馆房间。这是个完全陌生的地方，陌生的光线，陌生的墙壁，陌生的沙发，陌生的衣橱，陌生的床，陌生的床单被子，陌生的味道。他被朱玉赶出家门后，无论去哪里，总觉得走错了地方。

走出盥洗室，他一头跌进了米兰的幽香里。卧室、过道、客厅里摆放着不同品种的米兰花。他对米兰的香味特别敏感，从小就能嗅出哪株米兰是在离牛圈多远的地方生长的。邝家坝的野生米兰一年四季葱绿光亮，只要闭上眼睛，静下心，就能闻到淡淡的香味源源不断地沁入心脾。他喜欢捧着图画书，坐在断头崖下的米兰花旁，静静翻看。搬进丽都花园小区，他买了六盆米兰，一盆放在客厅，两盆放在书房，三盆放在小花园。如果没人反对，他会把家、花园、小区、整个世界的花草树木换成米兰。

沐浴之后的邝放还没有清醒，好像更迷糊了。他恍惚记得自己像是跟着镜子姑娘，又觉得和依倩在一起。他恍恍惚惚地躺在床上，迫不及待地坠入了梦乡。

阳光下，一匹棕色骏马，在广袤的草原上静静地吃草。一只小白兔奔过去，纵身一跃，跳到骏马背上。驮着小白兔的骏马，撒开四蹄奔向远方。油菜花开满大地，浓郁的芳香弥漫空中。白云像一条纱巾，在湛蓝的天空飘移。他向油菜花丛跑去，黄色的花粉扑满了他的脸、他的头、他的衣服。被油菜花淹没的小路，隐隐约约地蜿蜒而去……

他感到奇怪，奋协会长和镜子姑娘居然没有在他梦里。

这不是梦。梦里没有依倩。

他突然看到书架上整齐地摆放着《广都文学》杂志。他随意抽出一本，每本里都有署名旷野的小说。他抬起头，看到书架上摆满了《旷野文集》。他翻了翻，都是打印稿。可他不知道旷野是谁……

从商场回来，依倩多次站在卧室门口，呆呆地望着熟睡的旷野。她不想打扰他，她要让他好好睡一觉，直到他自己醒来。可她又想躺上床，跟旷野一起进入梦乡。她觉得，两个人一起在梦里，就是爱情。

旷野从梦里醒来时，黄昏已经降临。城市之光透过窗帘，把卧室映得朦朦胧胧。床边的台灯散发出柔和的光线。丝质床被闪烁着粼粼波光。旷野半睁半闭着眼睛，一动不动地躺在床上。他的魂一半在这个梦里，一半进入了另一个梦中。

突然，他嗅到一缕温暖的女人味。

多年来，他闻到的都是浓烈的脂粉味和香水味。

邝放与朱玉办完结婚手续的当天晚上，一看见朱玉的胴体就惊呆了。他的世界突然出现了一个不明物。浓郁的女人味弥漫了整个世界。昏暗的房间骤然明亮起来。他觉得今生今世再也不需要电灯和太阳。躺在床上的朱玉洁白无瑕，光芒四射，奇香满室，仿佛温暖的云朵，没有任何修饰、牵扯和虚幻。那是一个女人，活色生香的女人，真实的女人，与男人完全不同的物种。他呼吸急促，身体快要爆炸似的哆嗦。

他与朱玉第一次做爱，既是他们婚姻开始的最后一个仪式，也是婚姻开始的第一个仪式。他们要用第一次做爱证明结婚证的正式生效，用第一次做爱向爱情宣誓。之前，朱玉只同意拉手、拥抱，最后才勉强让步，同意接吻。当他们看到洁白的床单上一块殷红的血迹时，都坚信他们的爱情将天长地久，像盖了鲜红的图章一样永不失效。

　　跟朱玉因逛商场第一次争吵后，他觉得自己的太阳黯淡了，不开灯就觉得屋里挤满了乌云浓雾。最让他痛苦的是，他再也闻不到从朱玉身体里散发出来的让他心醉神迷的女人味。没有那种味道后，他们几乎不再接吻拥抱，也很少做爱。他开始以为朱玉青春不再，发不出那种味道了。有一天，他吃完火锅后躺在床上，朱玉推开他说："你好臭啊。"他才觉得，不是朱玉没有女人味而是他变臭了。他整天喝酒抽烟，吃各种腐尸臭肉，呼吸腌臜的雾霾，不臭才怪。就在那天晚上，他感到自己的身体已经衰朽，不用把鼻子贴在皮肤上也能闻到自己身上越来越浓的死亡气息。第一次跟朱玉约会，他一个人在寝室里把自己嗅了个遍，直到嗅出男子汉味道才开门出去。朱玉明确说他没有怪味前，他一直忐忑不安，害怕自己的气味熏跑朱玉。

　　每次回到家，他迫不及待干的第一件事是洗澡。只有洗了澡，他的身心才能放松下来，坦然面对朱玉。现在他半睁着眼睛，看依情穿着乳白色的连衣裙，趿拉着拖鞋，悄无声息地在房间里飘逸。她把空调温度调升了一摄氏度。她拢了拢窗帘。她蹑手蹑脚地掖了掖被子。她正准备离开，旷野一下子把她揽到床上……

　　席梦思床好像突然遭遇地震，嘎吱作响。

　　两人一往无前地寻找着彼此身体里的那个自己，直到合二为一。

　　米兰花噗的一声爆开了。花瓣散发出的香味，温暖着空气，向四周弥漫，弥漫了整个世界。小时候的邝放，赤裸裸地在清澈的池塘里游泳。水草在摇曳，鱼儿在悠游，白云在水里缠绵。他咚地跳下去，溅起无数快活的水花。鱼儿不见了，白云飞走了，水草慌乱地躲避。一条硕大的泥鳅伏在水草根部。他慢慢游过去，张开手指，向泥鳅猛然抓去。泥鳅不见了。他紧紧攥住的是一把水草和稀泥。一股黄色的泥流擦过他的身体，四散开去。他猛地蹿出水面，浪花四起……

　　所有的陌生彷徨完全消失，语言已属多余。两个暖烘烘的身体贪婪地抚摸着彼此，不停地拥吻，直到一起坠入梦乡。

　　这是一段沉实甜蜜的睡眠。他们的手紧紧地攥在一起，不约而同地要用睡眠隔开乱七八糟的过去，隔出只有两个人的时空。

依倩的家成了他们的爱巢，让爱恣肆泛滥的地方。

在地震灾区寻找依倩时，旷放回味着此时此刻。他觉得，这不是依倩的家，而是一只大木鼓。他们应该在里面一起生活，永远不出去。

依倩被旷野滚烫的身体烫醒了。躺在身边的旷野呼吸平缓，睡得很熟悉，没有要醒的任何迹象。依倩静静地看着熟睡的旷野，悄悄地倾听着他的呼吸。他的手柔软、温暖、安静。他一定累坏了。他现在最需要的是睡眠。睡眠是到达另一个世界的通道。她想让旷野多睡一会儿，又想叫醒他。她有好多话要跟他说。恍惚中，她觉得他们一起生活了几十年，一直都这样躺在一张床上，从来没有分开过。

第二天早晨，旷放硬邦邦地醒来了。他的那个东西确已不受他控制，把被子当成旗帜，颤巍巍地顶在空中。更令他惊讶的是，他赤身裸体。跟朱玉结婚后，除了干完那种事，无论冬夏，他都穿着睡衣。

他感到饥肠辘辘，想吃东西。吃饭，是一种责任和义务。他必须吃，为了现在，为了二十年后的自己。肚子，是一个永远填不满的器皿。

他掀开被子，穿上睡衣，光着脚走出卧室时差点碰倒一盆米兰花。他贪婪地嗅着米兰的幽香。他肯定依倩就在这里，在他身边。他终于确定米兰的幽香已侵入依倩灵魂，混合着她的体香。

"这是哪里？"

"我们的家。"依倩在厨房做早餐。

"真的？"

依倩露出虎牙冲他微笑。她温柔的声音清亮地在空中荡漾。旷野的心脏咚的一声，心底里有个东西瞬间融化了。

依倩从冰箱里拿出一束韭菜，两个鸡蛋，又进了厨房。

旷放紧跟了过去。

旷放很少进厨房，不是因为懒惰，也不是他不愿做饭，而是没有时间。他过去干的事远比进厨房重要得多。

旷放静静地倚着厨房门框，看依倩洗菜，切肉。她的手又干净又白，像刚清洗过的葱。依倩把黝黑的头发拢起来，用粉红色的丝带束在脑后，一绺黑黝黝的发丝在她的脸庞飘逸。她脸色红润，眼睛、鼻子、嘴唇闪烁

254

着温暖的光泽，那是鲜血透过皮肤晕染出来的。她整个身体像明式檀香家具，简洁、结实、润滑。"素面翻嫌粉浼，洗妆不褪唇红。"依倩穿着的碎花围裙，看不到一点污渍。旷野很想告诉她，你这样就可以出门上班，甚至赴约，参加舞会。

依倩在厨房里忙碌，淘米做饭；择菜，洗菜，切菜，还时不时地停下来，用抹布擦去橱柜、灶台、菜板上的水滴、油渍、肉菜留下的污迹，用拖把清扫地上的垃圾。从始至终，厨房干净整齐。

大厨认为，厨房是个充满肉欲和激情的地方。当地球人不再茹毛饮血后，厨房就诞生了。如果地球人不想回到刀耕火种的时代，厨房就会永远伴随他们的生活。任何人都无法回到过去，也不可能跨越现代去未来。我们只能生活在现在。现在就是生活，生活就是厨房。只要是人，谁都无法远庖厨。

邝放突然觉得，爱情也取决于厨房。他决定重新启用大厨，免费带他来这里培训，把他提拔到小说主人公的位置上。

第一次跟依倩吃饭时，他就感到纳闷，她吃得太少。她像某些女孩一样喜欢减肥？现在，他终于明白依倩为什么不喜欢在饭店里吃饭。她一想到那些筷子曾在不同的嘴里进进出出，那些酒杯重叠着无数唇印，她就吃不下去。如果不是因为邝放，她早就离开了那天的饭局。

他暗暗发誓：今后绝不带她到外面吃饭，即使是高档宾馆。那些光鲜的碗筷根本不配碰她的手，触她的唇。他想造一个家，置些从来没有人使用过的东西。让家里所有的东西只属于他们俩。

他要去帮忙，依倩坚决不同意。她说，这不是男人干的事，还几次要把他赶到客厅里，可他就是赖着不走。

当依倩点燃燃气灶时，他突然抱住她，满脸胡子在她红润的脸上蹭来蹭去，寻找花瓣一样香甜的唇。另一个炉灶煮的番茄鸡蛋汤沸腾起来。依倩挣脱一只手关了火。两个人身体里的火焰势不可挡地燃烧起来。从厨房到客厅到卧室，对两个胶在一起的身体来说，距离太长了。

依倩拉上窗帘，卧室立即呈现出粉红的色彩，喧嚣被挡在了窗外，温暖和安静突然降生了。依倩用薄薄的窗帘，把世界一分为二。男人是墙壁，女人是窗帘。

41

贾金强在主持召开全市反腐倡廉大会时，丝毫没察觉到地底下有一股巨大的能量即将冲出来。向来只念讲话稿的贾金强突然撤下稿子，面向台下正襟危坐、穿着纤尘不染、黑白分明的黑西服白衬衣的一群人，字正腔圆地说："我再次强调，在广都市，我没有任何亲戚朋友。凡是以我的名义找你们办事的，公事凭公文，私事凭印章。"

话音刚落，主席台前突然出现了两个陌生人，整个会场瞬间静如铁石。

"你是贾金强吗？"陌生人礼貌地问道。

居然有人敢在这里直呼其名，贾书记差点勃然大怒。可在两只正气凛然的眼睛的直视下，贾书记小声道："是。"那声音细得足以穿过针眼。

"我们是省纪委的。请你跟我们走一趟，配合调查一些事。"陌生人说话的声音虽然不大，但整个会场的人都听到了，连正蹲在厕所里拉肚子的雷军都听得一清二楚。

向来慷慨激昂的贾书记，瞬间变成了浑身打战脸色煞白的贾金强。如果不是被两个陌生人扶着，他早就成了一摊烂泥。

贾金强涉嫌严重违纪违法的消息瞬间传遍广都。广都官场发生了一场可怕的地震。广都人后来推测，其强度不亚于纳音大地震，波及的范围和造成的影响远远大于有关邝放的谣言。这是真的。贾书记终于还原成了贾金强，在逻各斯即兴创作的《广都赋》里成了"真贪娄"。广都人这时才如梦初醒，平时高举反腐倡廉大旗的贾书记是个贪得无厌的家伙。他和他家人的所有开支，包括理发、洗脚、洗澡费，牙膏牙刷费，老婆的卫生巾花销，以及他们的理想和未来，要么有财政预算，要么是朋友的赞助。

被逮住后，贾金强一夜白了头。

在审判席上，看到这个完全变形的老头和他的苍苍白发、浑浊的眼泪、哽咽的声音，某些人私底下表示了悲天悯人的同情。

贾金强有一张扑克牌般刻板的面孔和一双特别精明的眼睛，如果不是那副遮遮掩掩的黑边眼镜，谁都认为他生下来就没长眼睛。两年前，他上缴了一大笔承包费，兴高采烈地率领妻儿老小、岳父岳母、兄弟姐妹和亲戚朋友，全面承包了广都市，成了广都市委书记。

根据算命先生的说法，他的八字是"伤官格"，五行缺金，他爹就在他名字里嵌了个金字。有人就这个"金"字大做文章，认为喜欢金钱是他的天性，疯狂敛财是后天培养的结果。贾金强的贪婪，主要责任在于他的父亲和算命先生。

他的专职司机小彭喝醉酒后曾谦虚地说，他只是个哑巴、搬运工、拐杖、气囊、垃圾桶，他是开运钞车，接送藏品和美女的司机。两年多来，他换了好几部车。无论是轿车、商务车，还是越野车，都承受不了压力，经常龇牙咧嘴，趴在地上呜呜哭叫。

在审讯室里，贾金强坚贞不屈了三天三夜，直到办案人员给他看了他亲笔写的材料，才傻了眼，随即冷汗直流、大小便失禁。

办案人员和蔼地说："我相信你没有其他问题，但是，请你说明一下你自己写的这些材料是怎么回事？"

原来，贾金强对今天的结局早有预感，也早做了充分准备。

今年初，关于温去西的举报信越来越多。贾金强多次警告，他依然我行我素，旧习不改。贾金强想利用洗脚房事件给他个教训，指示纪委同志找温去西诫勉谈话。温去西不明真相，以为纪委已掌握他的情况。纪委同志还没开始问讯，汗流浃背的温去西就爆米花似的把他行贿贾金强、跟情人非婚生了个儿子之类违法乱纪的事全都交代了。纪委本来打算给他个纪律处分了事，想不到发现了这么个大案子。温去西被移送司法机关后，贾金强的发根都白了，连理发师都没能找到半根黑发。这是真的。他把自己关在办公室里，破口大骂温去西是脓包。

以防万一，贾金强要老婆跟他统一口径。可问题太多太复杂，他老婆总是记不住。他不得不就主要问题亲手写了一份材料，就像老师教学生死记硬背一样命令老婆全部背下来。那段时间，每天抽问问题，成了他和老婆的必修课。不知是他老婆智商余额不足，还是问题太严重，记住了第二件事就忘了第一件事，有时候，还颠三倒四张冠李戴地把事情搅混，暴跳如雷的贾金强差点把这个瓜婆娘给休了。

　　这是真的。他老婆像初恋情人一样越来越开心，每天在家里眼巴巴地等着贾金强回家向她提问，即使挨骂也满不在乎。他老婆现在才感觉到自己在老公面前的重要性，不像过去经常独守空房，只能在电视机里见到丈夫的身影。她早就发现自己啥都不缺，只缺爱情。爱情好不容易回光返照般地回到她面前，她要尽情享受。这是真的。拥有爱情的女人会变傻，没有爱情的女人会变笨。

　　刚开始，她确实记不住一些事，后来就故意不记住一些事，有意答错老公的提问。她认为只有这样，她老公才会天天回家，才会像恋人似的关心她。她在暗中跟老公玩初恋游戏。她希望永远这样玩下去。而贾金强不知道老婆的心思，以为自己真娶了个笨婆娘。他打算等非常时期一过，就把她给休了，休不了，就想法干掉她。他觉得地球上再也没有比他老婆还令他讨厌的女人。他早就瞅准了广都电视台年轻漂亮的当家花旦苏盈盈。这是真的。他做了差不多一万个把苏盈盈娶回家的梦。

　　去年，他老婆想身体力行夫唱妇随的传统美德，到韩国美容院比照兔子的眼睛整了容，好长一段时间都让人觉得某个老板硬把两颗红宝石嵌进了她的眼眶里。当天晚上，贾金强惊觉他老婆的脸上多了件装饰品，就认真检查了他的金银珠宝，发现没少一件才放下心来。

　　第二天，贾金强一看到老婆所答非所问的样子，又气得转身跑到魔指堂，在那里睡了三天三夜。几天不见，他的三十七个情妇以为贾金强出事了，全部销声匿迹。他老婆绝望地在家苦苦等了三天，再没心思背材料，也忘了贾金强再三嘱咐她记住后销毁材料的话。这是真的。检察官在他家里搜出该材料时如获至宝。看到自己提前准备好的交代材料，贾金强才真正觉得自己倒霉透顶，娶了个毁了自己仕途人生的瓜婆娘。在办案人员面前，他痛哭流涕地忏悔没有管好家人，他悲悲切切地说："我是个农民的儿子……丧失了信仰……辜负了党和人民的培养……忘记了对自己世界观的改造……没经受住权力利益观和道德荣辱观的考验……迷失了方向……把自己混同于普通老百姓……没管住自己的老婆……"贾金强确实没有辜负党和人民的培养。因为他一直在不断地成长，直到能翻过监狱的高墙。当广都市委书记后，他无论是吃饭做事还是想问题，从来就没把自己与普通老百姓搞混过，更没有忘记世界观的改造。他早就彻底改造了自己的世界观、人生观、价值观，成了货真价实的无神论者。

在贾金强被带走后，黄强一帮人也接二连三地进了监狱。黄强相信在美国买保险最安全，就动用了一大笔来路不明的钱为自己和家人在美国买了保险。银行发现资金异动，一查就发现了问题。他被抓后，仍然没弄明白，为什么在美国买了保险还会出事。这是真的。石佳因为在电话里口无遮拦，检察院找到了他行贿受贿的证据。雷军因为喜欢发微信，喜欢在QQ上聊天，为网管办提供了不少线索，纪委顺藤摸瓜，发现了他有十七个情妇的事实。吴德背着老婆生了三个私生子……

奋协会长认为，这些平时慷慨激昂为老百姓说话，千方百计为自己做事的人，过去一边殚精竭虑地用数据、文字、影像、图画、雕塑和歌功颂德来保存他们的痕迹，一边又不择手段地要抹去他们干那些不可告人的勾当时所留下的印记。结果是想竭力抹去的印记还清晰可见，而处心积虑保存的痕迹早已消失。在这个速生速灭的时代，无论如何树碑立传，春夏秋冬都在不断地抹去痕迹。凡是存在过的事情，无论怎样涂抹、矫饰和故弄玄虚，都会留下蛛丝马迹。

在纳音大地震周年祭的上午，雷军在监狱里被正式任命为小组长，率领贾金强他们生产"钱"，也就是冥币，广都俗话说的打钱纸，糊弄鬼神的玩意儿。他们已重新就业，成了"地府银行"职员。虽然他们没有享受最低工资待遇，但毕竟提高了就业率。

在一个桃花盛开的午后，奋协会长不无得意地跟镜子姑娘说，邝放应该感谢我们，没有我们，他很可能也拥挤在那拨人里。

42

"咚、咚、咚"，一阵急促的敲门声突然响起。

邝放惊恐地从依倩怀里一跃而起，以为警察来了。

自从谣言发生后，邝放一直紧张不安，惊梦不断，对突然而至的声响特别敏感，总觉得有人要来把他带走，哪里都不安全，到处都是注视着他的眼睛，所有人对他的一举一动、一言一行了如指掌。他从来没有过如此强烈的躲藏欲。他要躲避所有的人，甚至不惜躲进坟墓里。

只有在依倩家里，他才感到安全自由，没有疑虑恐惧。

这几天，他与依倩乐此不疲地说话，几乎把过去想说而没有说的话全说了，把未来要说的话也提前说了。抢着说话，成了他们的游戏。每猜中一次对方要说的下一句话，他们便相视而笑。

依倩认为，婚姻是大家共同促成的，为了大家的快乐；爱情是两人一起创造的，为了两个人的幸福。婚姻是活给别人看的，爱情是活给两个人享受的。她要尽情享受爱情，不受任何人打扰。

在敲门声响起之前，邝放望着袅袅青烟，突然觉得爱情是一种孤独，两个人的孤独，容不得任何第三者介入。他不知道这种孤独能持续多久。在这个越来越喧嚣的世界里，已没有孤独的立足之地。

邝放的生活空间向来逼仄。上大学前，他走得最远的地方就是县城，因为高考。后来的生活几乎都是在家里、教室、校园、办公室、会议室，一出门，就是汽车、飞机、火车、宾馆饭店，只比他将来永远居住的空间大点。可就在这狭小的空间里，他必须用西装把自己紧紧包裹，用扣子把自己扣住，用帽子把自己罩住，用皮带领带鞋带把自己勒紧，用语言行为把自己隐藏，用笔名、网名代替自己……他只能以大众认可的形象示人。他喜欢依倩，却不敢表露，害怕他的话被偷听、被放大、被无限复制。朱玉会把这些当作背叛的证据。同事朋友会嘲弄他。他不在乎他们说他不道德，生活作风有问题。他怕他们歪曲他的爱，讥讽他的爱情。

邝放突然有些伤感。这么多年来，没人懂他。母亲一味顺着他，父亲处处跟他过不去。下属揣摩他的心思，只是为了找到向上的台阶。同事揣摩他的心思，为了找机会拉拢他或者攻击他。妻子揣摩他的心思，为了寻找吵架的理由。儿子还没有想过要懂他。

认识依倩前，他早已不指望有人懂他。他曾跟费成文说，干吗要那么多人懂我？在这个世界上，有一个懂我的人已足矣。

现在，他终于找到了那个懂他的人。

第三天下午，邝放一支接一支地吸烟，不再滔滔不绝地谈天说地。偶尔说话，也是一惊一乍的。他看电视，刚打开又关上。依倩洗衣做饭时，他就在厨房、客厅、卧室里晃来晃去。依倩问他，他总说"没什么"，直到说头痛。

到清水县当副县长后不久，他就开始头痛，一次比一次厉害。这两年，每次都痛得他心慌意乱，汗流浃背，眼冒金星，恨不得把脑袋一刀砍掉。他看过几次医生，做了各种检查，既查不出原因，又根治不了。他只能忍。实在忍不了，就吃几颗止痛片来缓解。有一次，他在疼痛难耐时大骂医生的医术水平还不如他们收红包的水平。没骂几句，头忽然不疼了，好像咒骂比止痛片还管用。

依倩进卧室拿止痛片。床单被子凌乱地堆在床上。她顺手整理了一下被子，一股让人心醉的气息扑面而来，那是他们在床上缠绵时滞留在床单上的气味。自从邝放进来后，整个屋子的味道都变了。她撑着床，打算再嗅嗅，却听到客厅里"咚"的一声，慌忙跑出来。

邝放倒在地板上。她用尽全身力气才把他扶起来，给他吃了一片止痛片，又让他平躺在沙发上，用腿垫着他的头，轻轻给他按摩。她温暖的手，像一贴药膏。在依倩的抚摸中，邝放睡着了。

听到敲门声，依倩以为是送包裹的快递员，起身开门。

是费成文。

刚知道贾金强出事的消息，费成文就到处找邝放。他清楚邝放跟贾金强没啥瓜葛，但因为那些谣言，也怕邝放受到牵连。他打邝放的手机，始终不通。第三天下午，他问张翼鹏，才知道邝放住在夏家小院。夏大爷说，邝放几天前就跟一位女子走了。听夏大爷的描述，费成文估计那是依倩。在去依倩家的路上，费成文憋了一肚子火。如果邝放与依倩在一起的事被发现，肯定又是谣言的发酵剂。

自从把图画书送给邝放后，费成文对邝放的担忧从未消停。他能看到邝放的勇敢、胆怯和孤独，理解他的言行和内心想法。在生活中，邝放几乎只做单一的入世、出世、遁世之类的选择题。他喜欢把自己塞入书里，跟看不见的人对话，与想象的东西交流。这几年，他总是一副心不在焉的样子，还顶着个不怕刀砍斧削的榆木脑袋。费成文经常举起榔头敲打，他都没有丝毫感觉。可他有时却像多长了几根神经，随便摘一片树叶就能吹出美妙的音乐，看到异样的眼神，遭遇扭曲的面孔，把手指头变成香烟，用打火机点燃梦。费成文指责他的小说充斥着太多怀疑、颓废、绝望，说他不是在逃避他人而是在逃避自己，邝放总是不置可否，仅用一丝微笑来回答。

依倩惊讶地望着费成文，不知道他来干什么。

费成文如释重负地想，他们果然在一起。

邝放惊疑地看了费成文一会儿，便感动地握住他的手。在这个世界，还有费成文在牵挂他。他请费成文进屋喝茶，费成文却要他马上跟他走。他立即气愤起来。费成文为什么要惊扰他们，惊扰他与依倩的世界？他昨晚做了个梦。梦见他与依倩决定离开广都。可刚打开门，就被费成文堵在了门口……费成文在梦里都不放过他。邝放这时才发现，在依倩家里，不只是他和依倩，还有旷野、费成文、钱江、贾金强、曾书记、警察、奋协会长、镜子姑娘……旷野是个可恶的家伙，他把他们引到依倩家里来了。他与那些人仍然藕断丝连，纠缠不清……邝放要把所有的人赶出他与依倩的世界。

"邝放，你出来，我有事跟你说。"费成文严肃地说。

依倩明亮的眼睛瞬间黯淡下来，蒙上了一层忧郁。

邝放跨出门，不敢正视依情被泪水打湿的眼睛，那是碧蓝的大海，会挡住他的去路。但依情泪湿的目光却再也没有离开过他，即使在纳音大地震中依然清晰地出现在他眼前。

在费成文的车里，邝放极不情愿地从裤兜里掏出手机。

无论怎么看，手机都像身披铠甲的将军，随时随地发出不得不执行的命令。他打开寂寞了整整三天的手机，里面爆满了信息：节日问候，找他办事，询问行踪，国际国内的时事新闻，黄色段子、中奖、房产、演出、信息优惠、旅游、天气预报……他看一个删一个。删除一个又来一个，仿佛倾盆大雨，永远删不完。

这个世界真有那么多事必须告诉他，有无数的人在等他？可他觉得只有山还在那里等他，太阳月亮星星还在天空等他。

"现代社会，一个人三天杳无音信，你知道意味着什么？谣言刚平息，你又干出这种事来。朗朗乾坤，岂容你东躲西藏？天眼时代，你能躲到哪里去？你能藏到什么时候？现在的地球，已没有盲点和死角。你以为躲起来，就能独善其身，不伤人害己？"经过市政府大门时，费成文嘟囔道，"贾金强今天上午被抓了。"

"这跟我有啥关系？"邝放无动于衷。

"老邝，你要现实一点。你说过，我们都已到了不应该犯错误、不可以犯错误的年龄。"

"现实？现实根本就不存在。我真不明白，你为什么至今还有说教的热情……"邝放粗暴地打断了费成文的话。

费成文莫名其妙地看了邝放一眼，差点把车开上人行道。

邝放向来痛恨说教者，他们都是些无视自身疼痛而想医治人类疾病的家伙。"他们总是尽心尽力地帮助你，为把落在你身上的一只苍蝇打死，他们可以毫不犹豫地在你身上砸下一块最重的石头。"这个世界要我们做什么，总有无数的理由。这个世界要把我们怎么样，从来不缺美妙的借口。

"邝放，你以为你是谁？你真的能够随心所欲躲藏起来？即使我不找你，也有人找你，而且能够找到你。逃避，是不可能的事……"

"你以为你能够解决我们的问题？你以为你能够指点迷津？你以为你

能够拯救世界……我们已被无数的死人教训还不够，还要你这个活人来多嘴多舌？常识性的问题，需要反复唠叨？我从来不想喝心灵鸡汤。这是我的私事，与你无关。"邝放像头失去理智的老虎，咆哮道。

"你，你这是干吗呢？我，我……"费成文的话像车轮压在石子路面上一样颠簸起来。

"你，你给我停车。"

"老邝，我不是那个意思……"

"那是什么意思？你跟那帮家伙有什么区别？我不是电脑，你也不是杀毒软件。说教，就是精神虐待。如果上帝喜欢说三道四，早就被我们拉下神龛。"邝放双手挥舞着，像要把费成文赶下车。

"你，你……"

"停车，停车……"

汽车尖叫着停在街边。一位小姑娘吓得惊叫着一把抱住母亲的腿。一条哈巴狗挣脱了主人的绳子，失去方向似的向前猛冲。

"别管我。"这是邝放对费成文说过的最雄壮的一句话。

邝放拉开车门，像只打了胜仗的公鸡，撂下莫名其妙的费成文，昂着头直往前冲，比平时快了差不多一百倍，仿佛溺死鬼跟在身后。

他只想找个清静的湖边，躺下来，或者跳进湖里去……

43

　　看到邝放一股劲儿地往前冲，奋协会长又一次感到了绝望。自从逃脱邝放的火刑后，奋协会长开始隐居互联网，潜心研究爱情，发誓破解爱情的千古魔咒，几乎成了爱情脑残粉。这是真的。爱情是个神秘、古老、永恒、常说常新的话题。无数的故事传说、科幻电影、玄幻小说，证实了神仙鬼怪也在谈情说爱。有些神仙鬼怪为了追求和享受短暂的快活，喜欢下凡，爱情也随之来到大地上。因此，他把爱情分为两大类：天上的爱情，地上的爱情。

　　天上的爱情，当然要惊天动地。爱你一万年，海枯石烂不变心。这是真的。缘分、天意、命运、前世、轮回，那是顺理成章的事。山盟海誓、形影不离、如胶似漆，他们都能做到。而地上的爱情，再说天长地久、此生不换、海枯石烂不变心之类的大话，就有点不可信。爱你一辈子，至死不渝，在天上愿意干什么，在地上喜欢干什么，也值得怀疑。地上的爱情，不是先天的东西，而是后天的行为。任何人不可能一生下来就开始谈情说爱。除了老子，人的寿命就那么几十年，加之每个人的情感开发有早有晚，因此，地上的爱情，其寿命绝对超不过人的寿命。即使能把神仙鬼怪赶尽杀绝的现代科学技术，也只证实了荷尔蒙的存在而没发现人类的爱情基因。这是真的。不少证据显示，神仙敢在玉皇大帝身边偷情做爱，但是，他们纯属娱乐，即使不小心弄出一男半女，多半也能隐瞒身份送给地球人。可这种天地野合的结晶却不得了，再不济也是皇帝、圣人。而纯种的地球人，担着传宗接代的使命，不可能只顾娱乐消遣。这是真的。地上的爱情，虽然有花好月圆、吉祥如意、花生红枣的祝福，总体上平淡无奇，从统计学的角度来看，堪比金戒指的纯金含量99.99%。当然，有些人为了使爱情出点意外，幻想着上天入地，鼓捣着把爱情整得惊天动地，也可以理解。地上的爱情毕竟是从天上下来的，与天上的爱情同根同源。虽然只有0.001%的中奖率，也要付出100%的努力。自从不周山倒塌后，宇宙就在不知疲倦地膨胀逃逸，天地之间的距离也越来越遥远。有些人梦想拥有天上的爱情，也不过是他们的美好愿景。

鉴于奋协会长的自身体验和比较研究，发现地上的爱情比天上的爱情有趣得多。天上的爱情，基本上形式单一、枯燥乏味，如果追求爱情，就会被打入凡尘，变成猪。典型代表是仙名天蓬元帅、自称猪刚鬣、观音菩萨恩赐法号悟能、只会念紧箍咒的唐僧不得已给他起名八戒、让地球人爱恨交加的猪八戒。猪八戒的爱情之所以生动有趣，唯一的原因是他被逐出天界，下到了凡间。而地上的爱情，花样百出，变化无常，既没有性别区分、年龄界限，也没有物种障碍，简直天地不分，人鬼难测，完全可以气死鬼神。因此，地球人的爱情智慧，肯定超越了神仙鬼怪。这也充分说明，地球的确是个适合生物进化繁衍的地方。他坚决拥护进化论，坚信不久的将来，地球上所有的苍蝇蚊子鸡鸟虫鱼都进化成了人。那时的地球上，除了人，啥都没有。

他进一步认为，除了天堂，人世间的万事万物都逃不过"生老病死"四个字。神仙鬼怪都是不生不老不病不死的，天上的爱情当然也可能不生不老不病不死。任何地球人，既要生又要老，既要病也要死，地球人的爱情当然必须生、必须老、必须病、必须死。"生老病死"这四个字里的关键词是病。只有病是不完全的自然现象。社会上的一切问题，追根溯源都可以由病来承担。社会就是病变的结果，地上的爱情也不例外。

他闲来无聊时，喜欢琢磨一个问题：地上的爱情是怎么病的，怎么死的？也就是说，地上的爱情能活多久？三秒钟、五分钟、半个小时、三天、三个月、三年、三十年、三百年，还是像某些人信誓旦旦吹嘘的一万年？为了搞清楚关于爱情的这些尖端问题，他给自己批准了一个重大科研课题：假如给你三天爱情，并积极准备把邝放作为他科研成果的转化对象。

当依倩与邝放在夏家小院热烈拥抱时，奋协会长惊奇地看到了降临人世的爱情，禁不住兴奋起来。他向来认为，没有爱情，地球只不过是个动物园。这是真的。仔细检查邝放后，他感到纳闷。邝放的其他功能恢复如初，唯独记忆功能消失了。他的脑子里只有爱情、爱情、爱情……有些记忆，你不去碰它，它就像山顶上的湖，安静地待在哪儿。一旦打开决口，就会倾泻而下，将人淹没。

他调出所有的相关信息，进行认真剖析，发现凡是处于爱情状态的人，都失忆了，偏执性失忆、选择性失忆。曾经的记忆无论是真是假，还是半真半假，要么自动消失，要么主动屏蔽。这是真的。他还有了个意外收获，有人说"爱你一万年"，原来是"爱你一万次"。难怪现在的所谓爱情，需要车载斗量。

他低下头，对爱情做了阶段性小结：爱情，是失忆症的表现。只有患了失忆症的家伙，才敢追求爱情。

可突然出现的费成文，却残忍地惊散了他们的爱情。望着邝放离开依倩的背影，奋协会长倍感失望。费成文像支魔法棒，一出现，旷野立即变成了邝放；一句话，邝放就轻而易举地被带走了。在编导演三体合一的金导演看来，依倩应该喷血、一地口水、哭晕在厕所里。邝放应该坚决不离开，甚至不惜攥紧水果刀跟费成文大干一架，至少应该当着读者的面挣扎几分钟，让三天的爱情功德圆满。这是真的。从邝放跟依倩拥抱接吻到他被费成文带走，差十分钟才三天。连最后十分钟都不能坚持，让"坚持就是胜利"这句名言还有啥脸活在世上。在这个拒绝平庸的时代，邝放的这种行为，真让地球人觉得不可思议。

为了等邝放跟依倩上床，奋协会长跟广大读者一样忍受了250页，原谅了作家的唠唠叨叨、胡言乱语、装腔作势，甚至不在乎"你懂的""你知道的"这些敷衍塞责的说辞。好不容易盼到邝放跟依倩出双入对，却没有预期的惊喜和效果。这是真的。厨房、客厅、卧室，就是他们三天爱情的场所。拥抱、接吻，没有灯光、没有观众、没有视频，藏在被子里做爱、一个不清不楚的梦、没完没了地说话，就是三天爱情的内容。他们的爱情太平淡无奇，主题不突出，特色不鲜明，教育不够，启迪不深。他既没有从中审出真善美，也没嗅到一丝传统文化、时尚文化的韵味。唯一的激情是荷尔蒙的捣乱，连傻大姐说的"妖精打架"的情景都朦朦胧胧，好像被审片官打了马赛克。即使攥着放大镜，他也没有找到爱情的神圣。邝放和依情，像许多爱情主角一样，无情地抹去了爱情的光辉。这是真的。人类的爱情梦想被邝放残酷无情地摧毁了。

当回看邝放跟依情在床上卿卿我我的情景时，奋协会长终于认可了马尔克斯"所有的爱情最终都只能在床上解决"的爱情观。邝放一离开床榻，爱情就轻飘飘地醒了。他在当天的博客上感慨道：任何人，一旦被爱情选中，就是一场灾难。男人和女人互为试金石。你想了解一个男人，就送他一个女人；你想了解一个女人，就送他一个男人。男人之所以成为男人，是因为女人；女人之所以成为女人，是因为男人。男人是女人造就的，女人是男人塑造的。男女之间的本质关系是性关系，这是造物主造人的初心，也是唯一目的。其他关系都是性关系的延伸和变异，比如爱情、金钱、权力。女人能承受的最轻重量是男人，男人能承受的最轻重量是女人。因此，男人对女人而言是最轻的东西，女人对男人而言也是最轻的东西。即使男女纠缠在一起，也是世上最轻的东西。

刚开始，他以为旷野在隐瞒什么，或者故意用中括号漏掉几十万字的信息。电子时代的作家，不写做爱的真实场景、精细动作，那是可以原谅的。他们是实实在在的行动派，喜欢丰乳肥臀，根本不需要意淫，也不想把情感宣泄在裤裆里。这是真的。旷野既非时尚作家，也没有畸形变态，难道连那些想转行干侦探的怨妇、要登堂入室的小三、梦想以颜色和影子来敲诈勒索的家伙都不如？

他情不自禁地愤怒了："邝放，你这个混蛋。你就是爱情杀手。"

他的唾液肆无忌惮地溅向读者："看书的家伙，你别望着我，也别跟我同仇敌忾。你以为我只是在骂邝放？你扪心自问，你相信爱情吗？你拥有爱情吗？你为爱情做了些什么？你想过要像珍惜大熊猫一样珍惜爱情，像保护你的萌宠一样保护爱情？你打算过为我提供一例真正的爱情故事？你的爱情能像邝放那样坚持差十分钟三天……"

奋协会长在跟镜子姑娘巫山云雨后，不得不痛心疾首地琢磨出一个需要用板砖来讨论的结论：现在的爱情，即便是聪明绝顶的天才，也没发明出什么新鲜玩意儿。现在的地球人，撕破脸似的剥去了爱情的本真，只做最基本、最简单、最粗暴的事。就像畅销书作家和导演，只要肉体反应。

邝放从来没有理解过奋协会长的良苦用心。奋协会长曾好心好意地要帮邝放尽快成名成家，狠狠地火一把，赚它个盆满钵满。邝放现在最需要的是钱，火起来之后，还怕没钱？还在乎赔偿他老婆那点青春损失费？管他骂到天荒，只要红到地老。可他就是一根筋，怀疑奋协会长居心叵测、别有用心，以为奋协会长想做经纪人、代理人、推销员，上蹿下跳地把他当作摇钱树。邝放简直太不了解奋协会长了。且不说他不差钱，更不用说他从来视金钱如粪土。钱是什么？钱是王八蛋。钞票比马桶还脏。这是真的。奋协会长也不想跟邝放的文学艺术观同流合污。他的小说只写了个开头，摆了个张口结舌的 pose，没有故事，没有高潮。看了无数遍都看不出邝放到底要表达什么，说明什么。还振振有词地说：写作的目的和意义就是要读者去猜测、窥探、想象。奋协会长最初相信邝放具有逆天才华，以为他这样做有什么见不得人的阴谋诡计，或者潜伏着惊世骇俗的结局，后来才发现，他是故意这么干的。他的健忘症也越来越严重，经常忘记他的大名。刚说过的事情，转眼就不记得了。有一天晚上，奋协会长又给邝放出了个水晶点子，请邝放换个笔名，取个艺名，这样才会流行畅销。可邝放说，畅销流行的就没有一个好东西。虽然有大众艺术，但真正的艺术永远不可能属于大众。原创只能收藏拍卖，复制品才会流行。奋协会长好不容易在邝放睡着的时候说服了他，可第二天早晨醒来，邝放就忘得一干二净。奋协会长又劝邝放说，如果不把文字从书里放出来变成颜色、声音、魅影，书就是死书。他还叫邝放脱去那身呆板的衣服，说些诡异的话，做些荒唐的事，写些病快快的文章，可邝放死活不干。只有当会长让邝放制造绯闻时，好像动了心。没有一点绯闻，敢号称文艺家？连不雅视频都没有，真是丢人现眼。奋协会长正要进一步帮邝放，为他提供自己都不愿出手的香艳情报时，发现了邝放的胆怯……奋协会长立即像半空中挨了一针的气球，蔫了气。邝放太胆小怕事，连一篇小说都不敢写完，还敢制造绯闻？奋协会长看了邝放所有的小说、诗歌、散文，要么只有一个开头，要么说半句话，要么藏头藏尾，欲说还休，晦涩难懂。奋协会长原来相信他能写出掀天揭地之文、震电惊雷之字、呵神骂鬼之谈，现在才发现邝放不会写小说，也不会谈情说爱。写小说和谈恋爱一样，必须发动一场世界大战。运筹帷幄，调兵遣将，攻城略地，流血牺牲，杀人放火，巧取豪夺……邝放做到了哪样？

奋协会长进而对发明产生了怀疑。这个世界如此平淡无奇，都是发明家的罪过。女人至今没在男人身上发明啥新玩意儿，男人在女人身上同样感到江郎才尽。爱情比香烟可怜。无数男女不惜为香烟牺牲生命，有几个男女会为爱情奉献一点真情？这是真的。本来想翻过三座大山去见情人的，按一下手机就看到了。本来想抒发一点相思之苦，汽车、火车、高铁、飞机、宇宙飞船左冲右突，就是不答应。这是真的。本来想制造点惊喜，耍些小把戏，绣球、折扇、轿子、大红花之类的道具都成了导演的专利产品。一帮披着文化外衣的编剧导演把谈情说爱的亭台楼阁、风花雪月、小桥流水给圈进了小时代，没有钱包和粉脸根本进不去。更有一帮没文化的商人政客，拆掉烽火台、绣花房，铲平古墓、名人故居，粉饰长城，装修廊桥，擦去钟鼎锈迹……看不到红袖添香，情痴色鬼，发现不了偷香窃玉，叉杆挑帘……蜂媒蝶使不见了，骏马白龙也跑不出红尘……弄得地球人在爱情面前显得蠢头蠢脑，毫无教养情趣。这是真的。如果现代人没有进化得这么快，那每个人的爱情都会像野猫叫春一样惊心动魄，狗儿交配一样缠绵悱恻。邝放跟依倩三天的爱情，就会让地球人再次见证奇迹。

奋协会长准备在自媒体上发表系列文章，号召所有人团结起来干掉发明家。这是真的。只有干掉他们，地球人才能充分享受爱情的甜蜜和幸福。

第十一章

他本想走出激昂悲壮，瞬间离开广都。可直到走出孤独寂寞，也没能走出广都。在这个越来越庞大的城市里，他一直不停地寻找自己的位置，可至今依然悬置着，犹如水中浮萍，无法给自己定位。

44

依倩颓然坐在沙发上，泪水夺眶而出。她不明白，邝放为什么啥都没说就头也不回地匆匆离去。

这么多年来，她拒绝了无数追求者，没为钱江动过一次心。她要等旷野出现。旷野出现了，却像一个梦，漫长的旷野梦。

她与旷野在一起的这几天，虽然没有想象中的惊天动地，仍然感到兴奋、快乐、满足。网络邮件里的千言万语，不及面对面的一个眼神。她喜欢琢磨他神采飞扬的眼神，跟他一起谈文学、聊生活。她相信心有灵犀。她向往旷野小说里的那种意念交流。她想象他们老了时，不用说话都明白对方在想啥，一个动作就知道对方要干什么。

她曾在日志里写道："从三娥山回来的晚上，我做了个梦。我在梦里终于看清了旷野，他微笑着站在我面前，一副清秀、聪慧、善良的面孔。我正要拥抱他，旷野突然变成了邝放。我吓得转身就跑，没跑多远，邝放便挡在我面前。我惊恐地问：'你是谁？'他直愣愣地反问我：'你喜欢邝放还是旷野？'我不知道该如何回答。突然，邝放向自己的脸猛地抓去，撕下一副血淋淋的面孔……旷野手里提着邝放人头……我恐惧地叫道：'你杀了邝放？'旷野笑嘻嘻地说：'这是邝放的面具。你不喜欢，我就把它给扔了。'旷野一甩手，邝放的面具一下子不见了……"

邝放和旷野是不是同一个人？《密码时代》是邝放写的还是旷野写的？是旷野戴着邝放的面具，还是邝放长着一颗旷野的心？这几天，她是跟邝放在一起，还是跟旷野在一起？邝放走了，旷野在哪里……

镜子背后的女人

依倩打邝放的电话，始终没人接，后来就打不通了。

她盯着房门，渴望邝放突然开门进来。

昨天，她专门下楼配了一把钥匙。

"这是你的家。"她把钥匙交给邝放时说。

邝放接过钥匙。钥匙已被依倩捂得热乎乎的。一股暖流从钥匙传递到邝放手心，荡漾在他心里。这不是一把普通的门钥匙，而是一把打开爱情之门的钥匙。他握住钥匙，揽过依倩，吻得她喘不过气来。

"你才是我的钥匙。"

她又感到了邝放温暖的拥抱，看到邝放傻傻的微笑，可一伸手，什么都没有了。她要等，等邝放出现，再次充实她的生命。

一阵敲门声，依倩连泪水都没来得及擦就飞跑到门口。她相信邝放回来了。邝放决不会抛弃她。费成文不可能把邝放带走。旷野只属于她一个人。

依倩打开门，看到的既不是旷野，也不是邝放。

钱江捧着一束鲜花，笑嘻嘻地站在门口。

依倩怔怔地伫立在门里。

"你好！"钱江向依倩递上鲜花。

依倩没有接，呆呆地望着钱江一言不发。

钱江向前一步，蓦然看到依倩挂满泪珠楚楚动人的脸蛋，惊讶地问："你怎么啦？"

依倩还是没有答话。

"我可以进来吗？"

依倩突然转过身，进了洗手间。

钱江大步跨进门，把鲜花放在茶几上，站在客厅中央，打量起四周来。

"钱董，你有事吗？"

依倩从洗手间出来。脸上的泪痕已经不见了。

钱江转过身，看到依倩不冷不热的样子，觉得另有一番韵致。他没有回答依倩的问话，像在自言自语："这房间不错。什么样的房子适合住什么样的人。啊，有什么样的人，才会有什么样的房子。"他边说边自顾自地坐在沙发上。"家，就应该这样。啊，依倩，你请坐，别客气。"好像他才是这房子的主人，而依倩是刚来的客人。

"钱董，有啥事？"依倩仍然站在那里没有动。

"当然有事。我是无事不登三宝殿的。依倩，你坐下来再说。"

"有啥事，就说吧！"

"依倩，你喜欢这房子？"

依倩不知道钱江到底要干啥。她虽然没有立即把钱江赶出去，却后悔刚才没弄清楚是谁就把门打开。

"你当然喜欢了。这么温馨雅致的房子，谁都喜欢。这房子是你租的吧？"

"是。"

"租的房子，干吗还这么费心布置？"

"住一天，也是家！"

"好，我赞成。有些人住进宾馆几分钟，房间就乱得不成样子。"

"钱董，如果没有事，你请回吧，我还有事。"

"依倩，我好歹算是你的客人吧，虽然不请自来。没请我喝茶，就这么快地要赶我走？"

"如果你真的没事……"

"我是无事不登三宝殿的。"

"那你说吧！"

"依倩，你真不知道我想说啥？"

"你不说，我怎么知道？"

"依倩，我爱你，真的爱你，嫁给我吧！"钱江边说边拿起茶几上的鲜花，向依倩走来。

"钱董，别这样，我不了解你，你也不了解我。"依倩后退几步，要夺门而逃的样子。

钱江又向依倩走了两步，眼看就要零距离了。

"钱董，你再走一步，我马上出去。"依倩生气地说。

"好，好，我不过来。"钱江看到依倩真的向门口走去，便泄了气。

钱江把鲜花放在茶几上，重新坐回沙发。

"依倩，我不是要抢你的爱情，我是要给你爱情啊！"他左手拿烟，右手拿打火机，望着依倩问，"可以抽烟吗？"

"这是烟灰缸。"依倩指了指茶几上的纸烟灰缸。

"依倩，你真的不喜欢我？我就那么令你讨厌？"

"喜不喜欢，跟爱不爱是两回事。"

"依倩，我知道你喜欢邝放，可邝放是有家室的人。他这段时间的事，你都知道。邝放很可能受处分，甚至坐牢。我了解他，也了解朱玉。你们之间不可能有结果。依倩，相信我，我比邝放更爱你。你有什么要求，我都答应你。"钱江突然从包里拿出一样东西。"依倩，这是这套房子的房屋产权证和国有土地使用证。上周，我趁你上班的时候，请房东带我来过。我当即决定把这套房子为你买下来。"

"钱董……你还是走吧！"

钱江不知道，邝放并不是依倩拒绝他的唯一原因，而是他在表达爱情时总是带着那些世俗的东西。她不喜欢他。她无法爱他。

"钱董，你不是我喜欢的那类人。"

"你不喜欢我没关系，我喜欢你就行。我早就决定，我要找个我喜欢的人结婚。因为，我宁愿自己痛苦，也不让我爱的人痛苦……"

"钱董，这么晚了，你回吧！"

"依倩，我是真心爱你的。希望你再想想，给我个机会。"钱江把房产证放在茶几上，站起来，心有不甘地走了。

钱江离开后，依倩又坐卧不安地等邝放。直到第二天早上，邝放既没回来，也没发来任何信息。她不知道，那时的邝放正在没有手机信号的邝家山上。

一夜无眠的她反复告诉自己：一个长长的旷野梦终于醒了。邝放不会回来了。旷野不会出现了。她曾经把爱情依附于旷野，后来又把旷野依附于邝放。邝放成了她具体的爱情对象。可爱情对象只停留了三天就不辞而别。她终于明白，旷野不是邝放的化身。邝放不是旷野的替代品。旷野只是她的爱情幻觉。邝放只是她想象的创造物。

曾经的寻找、思念、渴望都已成为过去。她要离开这房子、离开广都。她打电话给房东说要退租。房东说："这房子我已卖了。新房东嘱咐我，要你继续住那里，想住多久就住多久，不用交房租。"她这才相信钱江真的把这房子买了下来。

放下电话，依情开始收拾行李。她只把手提电脑、衣服等一些必要的东西装进皮箱。早晨 8 点，她把办公室和这房子的钥匙放在茶几上，拖着皮箱、关上门。在电梯合拢时，这套住了近半年的房子和里面的东西瞬间不见了。在移动公司柜台前，她给邝放发了最后一条短信"我走了"，就取下手机卡，丢进垃圾桶，重新办了个号码。

在一株苦楝树下，依情叫了一辆出租车，直奔广都汽车站。

45

邝放从费成文车里冲下来，一往无前地穿街过巷。他要旁若无人地走过所有的人和事，用走的方式告别一切。走，是一种英勇无比的行为。在广都市区生活了二十多年，他从来没有这样迫切地走过。他本想走出激昂悲壮，瞬间离开广都。可直到走出孤独寂寞，也没能走出广都。在这个越来越庞大的城市里，他一直不停地寻找自己的位置，可至今依然悬置着，犹如水中浮萍，无法给自己定位。

他曾在嘈杂的青春步行街上做试验：逆人流而行。他故意迎面走向那些人，每次即将撞上的一刹那，那些人都让开了。一只贵宾犬模仿主人的样子回过头，还狠狠瞪了他一眼。三幅血红的标语广告企图蒙住他的眼睛，五根花枝招展的灯杆梦想与他拥抱，他都巧妙地避开了。走过一整条街，他都没撞着什么，好像他是个能开辟道路的人。

那时的他觉得，自己面前没有任何障碍，整个世界一马平川。

钱江东游西荡，跑遍大半个地球，还是回到了广都。他现在才恍然大悟。钱江想定居下来，在依情那里定居。可是，他忙乎了那么久，始终没有拿到绿卡。邝放今天这么走，也是为了找个地方定居？

在拥挤的广都汽车站，邝放买了一张到纳音镇的车票。

母亲去世后，他的思乡之情与日俱增。他要回邝家坝，看看父母的坟茔，跟他们说说话。父母在世时，他老觉得没有什么话要跟他们说，好像嘘寒问暖都显多余。父母不在后，他想跟他们说的话却越来越多，可他们已在另一个世界。当清水县副县长后不久，他回老家看望父母，发现自己的裤脚粘了一撮泥土，就大惊小怪地要找抹布把它擦去。母亲从厨房里递给他一条旧抹布，他没接。邝直皱着眉看他从汽车后备厢里拿出一条崭新的毛巾掸去泥土，一句话都没有说。

穿过寂静的山林，望着山坡上隐隐约约的老屋，他第一次发现老屋离村子那么遥远，离最近的人家也有不少距离。谣言发生前，他从来没有想过父母为什么要选择孤零零的地方修房造屋。

每隔两年，父亲就会用麦秆翻修屋顶。邝放进城工作后，父亲用青瓦彻底换掉了麦秆。一年四季忙忙碌碌的母亲，把房前屋后打扫得干干净净，把柴火堆放得整整齐齐。邝放从小就觉得老屋像一片雨水洗过的绿叶。无论电闪雷鸣、狂风暴雨，只要在屋里，他就感到温暖、安全。而眼前的老屋，虚弱得一团雾就能将它埋没，多喘几口气都能使它轰然倒塌。昔日纳凉的院坝长满了杂草。屋檐上悬吊着被燕子抛弃的燕窝。青石板上爬满了蜗牛和暗绿色的苔藓。木门布满了刺眼的裂缝。虫蛀的柱子仿佛风干的藤蔓。母亲挂在土坯墙上的干丝瓜像他理不出头的思绪。来来往往的白蚂蚁在墙角边忙碌。若隐若现的蜘蛛网阻挡着他探究的脚步。

他小心翼翼地在房前屋后寻找，始终没有发现他曾在这里生活过的痕迹。父母在世时还为他守着可以偶尔回来住一宿的老宅，看看他们用汗水和茧疤开垦出来的荒地，栽的树，种的菜，嗅嗅他儿时的味道。父母去世后，这里再也没有属于他的东西。老屋的命运是在深山老林里寂寞地腐朽、消失，他的命运是在喧嚣的城市里孤独地衰老、死去。他常想，如果弟弟没有失踪，老屋就不会如此颓败。

每次看到家乡人亲切的面孔，听着熟悉的乡音，望着湛蓝的天空，邝放就会萌生回邝家坝定居的念头。他多次打算修整老屋，梦想退休后回来上山打猎，下地躬耕，做个垄亩间的农夫，森林里的山民。"余生还做垄亩民，清风明月入怀抱。"他去年旁敲侧击地跟村民委员会主任说，老屋的南墙裂了一条缝，堂屋的房梁已断。村主任暗示他是城市人，断了他的最后梦想。他也明白，户口迁出后再也迁不回去，成为城市人后再也变不回农民。现在只有下岗工人、失地农民。

山清水秀的纳音镇被发现后再也没有安宁过，像位绝色美女，不到年老色衰，地球人绝不会放过她。两年前，"全域城市"理念被写入广都市政府工作报告，邝家坝被纳入广都市总体规划。去年，发展广都的"大洋方案"已逼近邝家坝，广都市区已扩展至亚诺山下，正准备带着工业开发区、页岩砖厂、砂石场、缆车、商场、游乐园、宾馆、茶坊、咖啡屋、洗脚房、别墅、雕像、纪念馆……爬上亚诺山顶。

为了把广都建成一个来了就不愿离开的城市，贾金强在李董的三瓶茅台酒和三条至尊烟的启发下，重新规划广都，正式提出并着力实施以"全面硬化"为核心的"大洋方案"。他认为秀水河是一根巨大的电缆，邝家山藏有丰富的森林、页岩、煤炭、石油、天然气和黄金。"大洋方案"明确提出：消灭邝家山、截断秀水河，奋力建设和扩展广都市区。

贾金强决定在广都建五湖四海，挖出继太平洋、大西洋、印度洋、北冰洋之后的世界第五大洋——广都湖。这使广都人相信，教科书上的五湖四海将很快被改写。贾金强要求将广都湖底全部硬化，把广都湖建成巨无霸游泳池，使广都成为地球上最大的浴都，永远终止广都人世世代代在这片土地上用双手、锄头、犁耙和镰刀侍弄土地的行为。他的五年目标是全面硬化地球，消灭所有的乡村，把地球整体打造成一座城市，使城市成为地球上永恒的人类痕迹。十年目标是重新规划太阳系。百年目标是重塑宇宙。他在主席台上慷慨激昂地宣布：碧波荡漾的广都湖将彻底淹没蛮荒和贫穷。

后来有人认为，纳音大地震的发生就是因为贾金强把广都戳了这么一个大窟窿。贾金强好像预知到了纳音大地震，在纳音大地震发生前躲进了安全设施完善的监狱。

在熟悉的河谷山林游走，跟一张张模糊的面孔打招呼，邝放有些莫名其妙的紧张。那些儿童根本不认识他，把他当作了不知从哪里来的陌生人。只有几个老人闲聊时提起过他，好像他是个若有若无的传说。让他感到欣慰的是，村里的狗看到他，都和善地冲他汪汪叫，没有一只狗向他狂吠。一只半大的黄狗，活像他家养了十多年的大黄狗的后裔，怯生生地挨近他，嗅他的裤脚。

曾经是邝家坝标志的水车，被收藏家拆散搬进了民间博物馆。清澈的邝家河头也不回地流走了。邝放走遍邝家坝，没看到一位把锄的健妇。邝家坝稍大点的女孩都走了，从断头崖下走的，再也没有回来过。过去有一段时间，山外的女人梦想嫁进山里，而现在，山里的女人没有一个愿意留在当地。越来越多的已婚男女，生下一男半女后，就把还没断奶的孩子交给爷爷奶奶照管，双双外出打工挣钱。邝家坝好像发生了一场可怕的战争，青壮男女都已光荣牺牲，只剩下弱妇、儿童和老人，改名叫386199村。邝放记得小时候，最有味道的是袅袅炊烟。邝家坝的男女老少最喜欢端着饭碗串门，边走边吃，尝一口王家的菜汤，夹一筷子邝家的回锅肉，忙里偷闲地评价张嫂的豆腐、赞扬程大娘的酸萝卜，连自己都搞不清楚把饭碗忘在哪家了。

那天的邝家坝，冷清清、灰蒙蒙，邝放的眼睛找不到一个踏实的落脚点。他过去觉得邝家坝是那样的闭塞落后，邝家坝外的世界才天广地阔。当他发现城市的狂躁、狭小和窒息后，每过一段时间都要离开城市，到山顶溪边开阔心胸，"只傍清水不染尘"。在返乡进城的路上，他强烈感觉到的是焦虑，仿佛徘徊在雾霾里的憧憧幽灵。

一群野牛突然在断头崖下轰隆隆地来回奔跑。他突然感觉到地下有个比野牛凶蛮的家伙。纳音大地震发生后，他才知道那是地震。

他专拣僻静的地方走，好像在为自己寻找墓地。对很多人来说，活着的时候要着急地离开家乡，绝不想与之同归于尽，将死之时，却要拼命地落叶归根。父亲生前带家人上坟祭祖，反复要他记住祖坟。只有祖坟才能证明他们属于这片土地，这片土地属于他们。邝家坝一直实行土葬风俗。邝家坝人从来不拒绝土地的掩埋。

邝放原本打算死后葬在父母身边，永远陪伴他们。可邝家坝已成为全域城市的一部分，不可能再有他的墓地。去年，邝家坝村委动员村民迁移祖坟。可他至今不知道该把父母的坟墓迁往哪里。梦里那些人对他的指责并没有冤枉他，他正打算把他的父母挫骨扬灰。

上高中前一天，母亲把两双新布鞋放进他的行李里时，他才发现，父亲很少穿鞋，甚至没有看到过父亲穿袜子，好像鞋袜是父亲的累赘。进城工作后，他给父亲买过几双鞋。可每次回家，发现那些鞋子都是崭新的。有年冬天的午后，他突然想给父亲剪脚指甲。当他把这个突如其来的想法说出来时，以为会得到父亲的一顿训斥。过去，他每次要为父亲做点什么，总是被父亲断然拒绝，甚至讨到一阵痛骂。可那天，年迈的父亲没有吭声。他激动得立即蹲下身，把父亲的脚轻轻地放在自己的膝盖上。父亲的脚指甲特别硬，指甲刀根本对付不了。他想去拿剪刀，又怕一离开，父亲收回他的脚。好不容易抓住父亲的脚，他不想放手。就在他不知如何是好时，父亲嘟囔了一句："剪刀。"母亲应声而出。

满面皱纹的父亲，静静地望着嘎啦雪山方向。自始至终，除了嘟囔"剪刀"两字，父亲一动没动。剪完脚指甲，他还不想离开父亲，就装着还没有剪完的样子，把父亲的脚轻轻地移进阳光里。他悄悄地用力摸了摸父亲的脚，粗糙、僵硬、冰冷、苍白，仿佛一块失水的土地。虽然在阳光里，但一点儿不温暖柔和。父亲的脚茧特厚，像他侍弄了一生的田埂。此时他才明白，父亲一辈子都把脚茧当鞋袜来穿了。他想再给父亲修脚，像洗脚房的小妹给他修脚一样。他觉得，除去老茧，父亲就会喜欢穿鞋袜了。在他的记忆里，给父亲剪脚指甲，是他为父亲做过的唯一一件事。

四年前的正月初八，他正在参加春节慰问工作会，突然接到父亲的死讯。父亲入殓时，他把一双雪白的袜子和一双崭新的布鞋穿在父亲脚上。最后一次摸了摸父亲的脚，他摸到了生活的沟壑。为父亲守灵的晚上，他梦见自己望着躺在棺材里的父亲痛哭流涕。父亲突然从棺材里站起来吼道："你为什么要这样对待我？一个大男人，穿戴整齐地躺着，真丢人现眼！还哭哭啼啼的，你给老子滚开！"

邝放慢慢清理完父母坟上的杂草，坐在墓前，想到若干年后，自己不知葬在何处，就紧紧揪住野草，禁不住泪如泉涌……爸爸妈妈，对不起，我很久没来看你们了。我不知道你们在那个世界过得怎么样，但是，无论怎样，我都已帮不上忙。我的爱，只能在这个世界上。我的思念，穿不透薄薄的泥土。我知道你们至今仍在担心我，经常到我梦里来看我……爸爸妈妈，请别再为我操心了。你们的眼神本来就不好，我怕你们在朦胧的梦里跌倒。对不起，爸爸妈妈，我过去把你们埋在这里，我现在准备把你们挖出来。我不是想看你们的模样，你们的模样早就铭刻在我心里。无论在哪个世界，你们在我眼里都是一个样子。我从来不想惊动你们，更不想你们被那些人惊动……爸爸妈妈，请你们放心，我会把你们放在家里，家里有空调，冬暖夏凉。你们生前从来没有见过空调，也没享受过冬暖夏凉。我家里有冰箱，你们不会再吃那些变质的剩菜剩饭。我要带你们去坐汽车、高铁、飞机、轮船，教你们如何上网、发微信、抢红包……爸爸妈妈，终有一天，我会跟你们相聚，永远不再分离……

站在老屋的院坝里，邝放又看到了一点一点降临的黄昏，听到了月光砸地的声音。雾霭四起，寒气袭人。天空是无垠的草原。星星是一簇簇生机勃勃的鲜花。北极星离他那么近，他伸出两根手指头就能夹住它。他要把月亮托在手掌心里。他可以把周围的星星像围棋一样哗啦啦地掀开。他要享受这没有喧嚣的夜晚，没有闹铃的清晨。

他和衣躺在老屋的床上，等待重生似的回顾自己幻影般的过去——跟小伙伴们一起玩泥巴、捉蝴蝶、生吃蚱蜢。从土里刨花生、红苕、土豆。带着邝勇制的木弹弓追小鸟。把扫帚放在门框上专等老师进来。让不识字的父母冒充老师。在食堂里抢馒头时嘴还没有吃上而头发已品尝了稀饭的味道。在大学教室的课桌上睡大觉。跟同学喝醉酒后躺在草坪上晒月亮。提着简陋的行李爬上绿皮火车。满怀激情地走出校园。怯生生地走进广都市区。衣冠楚楚地敲击一扇扇陌生大门。亲人般握紧冰冷的手。说一大堆温暖不了空气的话……这些只有在死亡的路上才会想起的事，井然有序地在他脑海里回放。

他清晰地看见了黑暗和寂静——死亡的真面目。他曾多次看见这样的情景。那时，他最大的梦想是：死后再活一把。而此时此刻，他却想与老屋一起死去。

他闭上眼睛，感到手脚冰凉，动荡不安的世界离他而去。他突然渴望一场大火。不在大火里涅槃，就在大火里毁灭。太阳是一团炙热的火。他一把拉近太阳，点燃了满地枯叶。床、蚊帐、被子、墙壁、瓦屋顶瞬间燃烧起来，邝家山燃烧起来，地球燃烧起来。被烧熟的蚊子散发出一缕缕血香。在熊熊大火里，他只感到温暖，而没有被烧灼的痛。

"啪啪啪""哗啦啦""轰隆隆"，老屋塌了。地震发生了。

邝放惊醒过来，发现自己不是在床上，而是躺在地上。

他打死三只不知好歹的山蚊子、逮住一只深居简出的跳蚤后，慢慢爬起身，走出老屋。

邝家坝的天亮了。星光、月光、树叶的翠光、山脊的雪光，在天空闪烁。邝家坝的地势高，没有遮挡，天比广都城区亮得早，而且一下子就亮了。广都城区的天，从来没有亮得这么爽快。久居灯火辉煌的城市，他对天亮天黑早已没有感觉。白天黑夜的界线早已模糊朦胧。能看到天亮天黑，成了城市人的奢侈享受。

望着皓月星空，听着山风簌簌，爱情比任何时候都更清晰地浮现在他眼前，他比任何时候更渴望把依倩拥入怀抱。离开依倩后，爱情就在他体内狂吼乱叫。爱情是一头猛兽，他的身体是囚笼。他本想带着困兽回到邝家山，把它放归山林。现在才发现，困兽还在他体内。

他拿出手机给依倩打电话，没有信号。他立即下山，赶往纳音车站。他要乘最早的班车回广都。只有在依倩身边，他才感到呼吸顺畅，周围都是她净化过的空气。他要告诉依倩，他要像山风爱遍大地一样爱她。

手机终于有了信号。里面传来的却是电信公司的声音：您拨打的号码是空号。您拨打的号码是空号。您拨打的号码是空号……

他打依倩家的座机，始终没人接听。

邝放心急火燎地乘车回广都时，依倩正神情黯然地乘车离开广都。他们乘坐的公交车在清水县界交错而过。如果他们同时抬起头，就能透过车窗看见彼此，可他们当时都各怀心思。

46

费成文正在办公室出神地望着陶瓷菩萨，突然接到邝放的电话。

对这尊钱江送他的菩萨，他一直不知道该怎么办才好。他从来不收藏菩萨。他觉得任何形式的菩萨都不能作为藏品被随便搁置，而应该在神龛上被虔诚地供奉。神龛只能建在高堂、庙宇、大地、天空和人心里。

"依倩在上班吗？"

"没有。"

"依倩失踪了……"邝放失魂落魄地说。

"你在哪里？"

"我在她家里。"

"你等着。我马上过来。"

费成文赶到依倩家时，邝放正两眼无神地坐在沙发上。从纳音镇回到广都，他径直跑到依倩家里，连窗帘的皱褶都找遍了也没发现依倩，而依倩的电脑、行李箱、衣物和《广都文学》杂志、《旷野文集》却不见了。他反复琢磨依倩发给他的最后一条手机短信，断定依倩已离开广都，失踪了。他又一次体验到了失去的痛。他要去寻找，可就像面对莽莽苍苍的邝家山，不知道如何迈开步子。除了费成文，他与依倩几乎没有共同认识的人。

"依倩在哪里？"看到费成文，邝放就像见到救星。

"你都不知道，我咋知道？"

"依倩有没有其他手机号？"

"不知道。"

"你知道她有什么其他朋友吗？"

"我问问钱江。"

费成文还没打通钱江的电话，就听到了门锁转动的声音。邝放以为依情回来了，兴奋地起身拉开门，惊讶地发现是钱江，钱江也惊讶地发现是邝放。他们一个站在门内，一个站在门外，都不知道是进去还是出来，好像纳音大地震提前爆发了。

昨天晚上，钱江悻悻地离开依情后，心有不甘，一大早给依情打电话，通了却没人接，之后就打不通了。钱江觉得爱情不仅是甜言蜜语、山盟海誓，还须物质证明。今天上午，他花了大半天时间，跑遍了广都所有花店，选了一大簇最漂亮的玫瑰花，兴冲冲地来向依情再次表白。门开时，他还以为依情已回心转意，正在等他，想不到却是邝放。

钱江可不想把玫瑰花送给邝放。他把钥匙从门锁里抽出来，大大咧咧地走进房间。居然看到费成文也在客厅里。

"你们怎么在这里？"钱江纳闷地问。

"我在找依情。"费成文说。

"依情没上班？"钱江望了望卧室，"依情在家吗？"

"你怎么会有依情家的钥匙？"邝放突然问钱江。

钱江反问道："你们是怎么进来的？"

邝放再次问钱江："你怎么会有依情家的钥匙？"

钱江没理邝放，一屁股坐在沙发上，热情洋溢地招呼费成文和邝放："来来来，坐下说。"

"你怎么会有依情家的钥匙？"邝放提高音量重复问道。

"这是我的房子。"

"啥？你的房子？"

"你看那房产证。"

邝放从茶几上拿起房产证，果然是钱江的大名，过户才两天。邝放终于明白依情为什么不见了。他把房产证"砰"地甩在地上，本想用凌厉的眼光在一秒钟之内把钱江击倒，却发现钱江巧妙地避开了。他不得不提起右拳突然扑向钱江。钱江、费成文都没弄明白是怎么回事，邝放的拳头已奔至钱江脑袋，那力度足以把欧阳锋打得在医院里躺上一年。钱江被突如其来的拳头击中脑门，一个趔趄，差点倒下。

"你要干吗？"费成文拉住邝放。

"混蛋。依倩在哪里？"邝放还要揍钱江，却被费成文死死拽住。费成文没想到邝放会动手打人。邝放确实变了。

钱江捂住脑袋，痛苦地叫道："你干吗打我？"

"我就是要打你。你为什么要赶走依倩？"

"赶走依倩的不是我，是你。你不掺和，依倩早就是我的人了。是你在横刀夺爱。是你逼走依倩的。"

两个人开始还有点外交口吻和会议腔调，后来便甩开膀子唇枪舌剑地吵了起来。虽然他们都没有问候对方全家和十八代祖宗，仍然使南湖小区所有的宠物狗竖起了耳朵，还有人监测到南湖小区发生了地震，震源在十七层。

"你们吵够没有？"费成文认为南湖小区完全能够承受住八级地震，便无所顾忌地加盟，大声吼道。

邝放、钱江同时停止争吵，怔怔地盯着费成文。

"钱江，你晓不晓得依倩在哪里？"

"我不知道。我打不通她的电话，才来这里找她的。"

"钱江，我一直想问你，你跟邝放谣言和那些照片有没有关系？"

"费成文，连你也不相信我？"

"男子汉大丈夫，敢做就敢承认。"

"我知道你们从来都瞧不起我，认为我无恶不作。那好，我承认那是我干的。少干一件坏事，我也不会变成你们所谓的好人。"

"为什么？"

"费成文，你不是法官。"

"钱江，你明知道这是依倩租的房子，为什么还要买？"

"你管天管地，管我买房子？我是广都人，回家乡买房也要限购？"

"你居心何在？"

邝放抓起花瓶就向钱江掷去。

钱江没被花瓶砸中，他的机灵再次救了他。

"邝放，你给我滚出去，这是我的房子。邝放，老实告诉你，我一直在雇人跟踪你，我闻到了你在这个房间里的气味。你给我滚出去……"

"混蛋，原来那些谣言和照片真是你干的。"费成文甩手给了钱江一记响亮的耳光，"你以为有几个臭钱就敢胡说……"

钱江大叫道："我有钱怎么啦？我的钱都是我爬着赚来的、跪着赚来的，是我用白发、皱纹、人格尊严、忍辱负重和无数病痛换来的……我有许多钱，我也缺过钱。我比你们都了解钱，我最清楚钱是什么东西……"

"混蛋，你去跟你的臭钱说吧。"邝放把钥匙狠狠地摔向钱江，愤然离去。

后来，人们在讨论钱江第二次离开家乡的原因时，众说纷纭。有人说，他因为跟邝放为同一个女人争风吃醋而离开；有人说，他害怕被黑社会再次绑架勒索而远走高飞；有人说，他因为广都大道和市委行政办公区建设项目竞标失败愤然离去；有人说，他信了算命先生的话，广都不是他的风水宝地，不宜他富贵发达。

47

费成文陪邝放到古城宾馆，在房间里抽完四十七支香烟后才离开。临走时，费成文再三嘱咐邝放别大惊小怪、胡思乱想，随时保持联系。第二天早晨，费成文打电话叫邝放一起去吃渣渣面，却没人接。他以为邝放睡着了，也没多想。到办公室后，他又打电话，邝放仍然没接。他感到情况不妙，便赶到古城宾馆。敲了半天门都没回应。他慌忙叫来服务员。打开门才发现邝放一动不动地仰躺在床上，嘴角、床单粘满了白沫。床头柜上横倒竖歪着几个空药瓶。地上散落着不少白色药丸。费成文立即拨打了120。医生说，因为发现及时，没有大碍。还因为邝放长期服用安眠药，有了抗药性，否则，吃了那么多安眠药，根本救不过来。

邝放后来苦笑着告诉费成文，他之所以没有见到阎王爷，是因为他长期吃安眠药不是为了睡觉，而是为了不死。

长久以来，邝放都没与费成文谈文学，费成文跟他约稿，他总是推三阻四。费成文以为他不再写小说，看了邝放的笔记本后才发现，他不仅没有中断写作，而且做了大量笔记，制订了宏伟的写作计划。他创造的8849世界已初具规模。可他写的小说都是标题、片段、稀奇古怪的观点。费成文发现，他是故意不把小说写完的。他觉得完成的作品，就像被执行了死刑的人，再也没法改变。任何完成的作品，都是一种失败。他不想失败。他坚决地不把小说写完整，这样就没有谁敢说他失败，他也有机会在手稿上涂改、增删，包括人物、情节、开头、结局。大多数读者阅读时，总是有意无意忽略某些故事、情节、描写、思考，以及隐藏、空白、被反复涂改了的疤痕。谁会去认真理会作者的思想？谁会去琢磨一个词、一句话背后的意义？沉思和冥想，也是一种情节，它放缓了故事的速度，成为故事的润滑剂。凡是智慧的读者，都会从只言片语里演绎出一个又一个故事。精彩的故事都隐藏在读者心里。只有标题，只是片段，按照某些新锐的观点，也叫小说，也许还是一部伟大的作品。卡夫卡的长篇小说，都没有结尾。曹雪芹的《红楼梦》也只是一个开头。只不过，那个开头比较长而已。他还惊奇地发现，许多伟大的小说都有头无尾，有尾无头，支离破碎，朦朦胧胧，看得读者心里痒痒的，恨不得指着作者的鼻子质问十万个为什么。

当翻到邝放写在笔记本上的"我只有跟这个世界告别了""自杀是躲藏的完成，自我背叛的成功""唯有自杀能证明自己"之类的词句时，费成文才确定邝放要自杀的念头由来已久。他自责过去只看到邝放眼神里经常出现的厌世情绪，而没有发现他的绝望。

望着昏迷不醒的邝放，费成文始终想不通他为什么要自杀。他想吓唬谁？世界上最不应该着急的事就是死。死，迟早会找上门来。

邝放不可能因为竞选副市长失败而自杀，也不会为那些流言蜚语而想不开。他清楚自己的所作所为，纪委的调查只会还他一个清白。他跟朱玉一旦办完离婚手续，他的生活就会逐渐恢复正常。当费成文看到邝放手机里依情的短信时才感到后悔和自责。他不该去找邝放，不该把邝放从依情家里带走。他才是冷酷无情的爱情杀手。

费成文跟邝放交往三十多年，算得上割头换颈的兄弟，仍然难于理解他神秘的性格和难以捉摸的气质。尤其是这两年，邝放像个双面人，喜怒无常表现得尤其充分。一会儿勇敢无畏，一会儿胆怯懦弱，一会儿暴跳如雷，一会安静得像个小姑娘。他多次跟费成文说他失踪的弟弟邝勇。他们虽然相貌惊人地相似，但完全是两类人。他一直感到困惑，失踪的到底是他还是他的弟弟。费成文只跟邝勇相处过一个暑假，也发现他们两兄弟的性情确实差异太大。他每次劝邝放别太内疚，可邝放一提到邝勇就丢了魂似的刹不住话。他现在才发现，自己只比别人多看到邝放的一些侧面，而无法给他一个定性结论。可他始终不相信邝放因为懦弱而躲藏、因为胆怯而回避。邝放说过，他宁愿独自面对空茫的未来，那里没有烦恼。而眼前是现实。离现实越近,烦恼越多。有一次,邝放说他做了个梦,梦见自己躲在一只大木鼓里四处漂泊。接着又莫名其妙地说,鼓声还没有响起,他就出来了。他出来得不是时候。

如果说邝放有错,那就是他老是沉浸在自己的世界里,对他人和他之外的世界有种善良的蔑视,而这种隐藏在他内心里的轻蔑很少表现在口头上、行为上。可他的敏感、偶尔的神经质、自闭倾向和无缘无故的情绪变化,有意无意地得罪了不少人。他认为自己并不是他人的威胁,可在他人看来,他的存在就是对他们的一种伤害。他不想顺从也不愿反抗,只好躲藏。他几乎没有跟任何人发生过正面冲突。一旦看见讨厌的人,他恨不得全身抹上橄榄油,赶快逃跑。他经常埋怨自己逃得太慢,藏得不隐秘,以至于给人们增添了麻烦,带来了痛苦。即使被车撞了,他也只怪自己躲得不及时。他崇拜尤塞恩－博尔特——世界上跑得最快的人。跑得快,才能躲得快。费成文终于明白了邝放只写小说片段的原因。他是在躲藏。他要把他写的东西隐藏起来。杀死自己,就是他最后的躲藏。

邝放喜欢自责,是不是他的责任都往自己身上放。多年前,费成文问他是不是痛恨人,瞧不起人。他说:"别为我担心。我跟任何个人和组织都无冤无仇。我的需求不多,吃饱穿暖睡足就行。世界上没有那么多恨需要记一辈子。恨是最不划算的事,最受伤的是自己。我佩服那些敢恨一辈子的人,能够恨一辈子的人。他们完全可以称为上帝、圣徒。如果硬要说我痛恨谁,瞧不起谁,那只有一个,我自己。"

邝放经常自我作践地批评自己,好像自己真的一无是处,干的都是恐龙蛋一样大的坏事。费成文曾参加过一次特别会议,大家拼命找自己的毛病,不把自己批评得不是人就不罢休。还有人心甘情愿地诽谤自己,控诉自己,认为自己是无恶不作的混蛋魔鬼,任何判决都公正合法,就地正法都罪有应得。钱江认为这些人都有自我矮化的嗜好。他从来不把时间浪费在"一日三省吾身"上。他只要别人为他反省。

奋协会长认为,这种否定自我的批评是一种自毁。别人的谩骂,他人的憎恨,法律的制裁,道德的评判,都可以辩解反抗,可一旦自己批评自己,自己讨厌自己,那辩解反抗的理由和借口都没有了。可怕的不是别人把你当作敌人,而是自己把自己当成敌人。

邝放是个视感情为生命的人。一旦投入，几乎无法自拔。他虽然与朱玉闹离婚，但并不说明他情断义绝。在费成文看来，他们的关系越来越复杂。对儿子的愧疚，对背叛朱玉的忏悔，对依情的不舍，以及内心经常涌动的莫名其妙的愤怒和不解，千丝万缕地交织在他心里。面对这些乱麻般的纠结，唯有死亡才能彻底解决。

邝放从来不想伤害任何人，结果却经常使跟他亲近的人受到伤害，越亲近的人伤害越重。他的父母，他的弟弟，他的儿子，还有朱玉、依情、费成文……他是一丛荆棘。邝放不明白，同床共枕一起生活了十多年的人，一旦反目，竟然比敌人还狠。敌人只想把你打垮，而亲人却能抽掉你全部的元气。跟朱玉恋爱时，他发誓要爱她一生一世。结婚证，是他们跟爱情签订的协议；儿子，是他们婚姻的结晶。而现在，他却要违背誓言，撕毁协议。他觉得自己不守承诺，违约在先，他必须负责任，必须承担后果。依情的出走也使他的负疚感越来越强烈。自己已经伤害了朱玉，现在又在伤害依情。是他逼依情出走的。依情是第二个朱玉。他无法原谅自己，唯有杀死自己方能赎罪。

在三天的爱情里，邝放跟依情谈论过自杀问题。他认为，人都是要死的。自杀，无非是自愿提前跟死神见面而已。依情却说："只有你离开我，我才会自杀。"

在古城宾馆房间里，邝放左思右想，越想越觉得依情抛弃了他。父母去世后，他老觉得自己在这个世界上漂泊无依。邝家坝没有他的归宿，广都市区没有他的归宿，整个世界都没有他的归宿。依情抛弃他，无异于被整个世界抛弃。他想去找依情，却不知道去哪里找。他只能等，等依情跟他联系。直到半夜十二点，都没有依情的消息。

邝放醒来后跟费成文说，那只是个意外。但费成文心里却不相信他的解释。这段时间的邝放，虽然没有大的情绪波动，但他的精神一直饱受折磨。世上很少有人因为肉体的痛而自杀，走上自杀之路的多半因为精神受不了。朱玉的绝情自有其充分理由，儿子对父母离婚的淡漠更让他揪心，依情的不辞而别是压垮骆驼的最后一根稻草。

邝放吃第一颗安眠药只是为了睡着觉，并没有打算自杀，但吃了安眠药后更加烦躁不宁。他打开窗户，想透透气，却发现外面汹涌着跌跌撞撞的阴影。他关闭窗户，反锁门闩，又吃了两颗安眠药，还是无法入睡。他觉得安眠药只对那些伟大的诗人艺术家才管用。不久之后，他就感到头痛，脑袋像被砸碎的核桃。他挣扎着吃了一颗止痛片，疼痛没有减轻，意识反而越来越清晰。他一动不动地躺在床上，睁不开重若千钧的眼睛，而眼皮却跳个不停。清醒的无奈和痛苦始终无法消除。他爬起来又躺下，躺下又爬起来，反反复复，直到精疲力竭，视线逐渐模糊，思绪开始混乱，灵魂抽丝剥茧般地要放弃他越来越虚幻的肉体……他又看到了邝勇，邝勇要看图画书，他不给他，邝勇哭着向断头崖跑去……在失去知觉前，他也不清楚自己在吃啥，像饿极的孩子抓起东西就往嘴里塞。他口干舌燥，意识到水杯就在伸手可及的床头柜上，可他已没有力气爬起来，只看到自己的鞋带。他正在慢慢死去。他再也不想回去了。如果人生是一场战斗，那战斗的最后对象是自己。在与自己的战斗中，只有死神的帮助，只有死神的不离不弃。他要跟死神一起缥缥缈缈地走向永恒……

第十二章

我不想打电话，也不想发邮件。经过电脑处理的文字，就像无限复制的商品，一样的味道，一样的面孔。机器永远不会在乎所谓的思想智慧、伦理道德。能唤起记忆的真情实感，须用可触摸的笔和纸来书写，经电脑过滤的情感没有水分。

48

市纪委终于把邝放的情况调查清楚，主要问题有三个：一是去年他比市政府办公厅提前一天给单位职工发奖金，属违规行为；二是他存折上的一百万元，因为没有借条，无法说明是他向费成文借来作为儿子的留学保证金，也没有证据认定那是他非法所得；三是他没有向组织报告他正在与朱玉闹离婚这个个人重大事项。

市委研究决定给予邝放行政警告处分；因财产来源不明，没收一百万元；撤销邝放广都市地方办常务副主任的行政职务。

邝放再三向费成文说对不起，保证想办法把钱还给他。费成文叫他别放在心上，好好上班。在医院的病床上醒来后，邝放已打定主意辞职，辞职后就离婚，离婚后去找依倩。如果依倩还爱他，他就把完完全全、无牵无挂的自己交给她。死神的拒绝，他无可奈何，但谁也阻止不了他辞职。他曾跟朱玉提过辞职的想法，朱玉立即瞪大眼睛："辞职了你喝西北风啊？辞职了你能干啥？"他跟依倩也说过想辞职，依倩说："你是自由的。想辞职就辞职。没有工作，饿不死人。没有爱情，就是活死人。"

5月12日下午1点30分，邝放刚到单位大门口，正在藤椅上打盹的钟大爷突然醒了。邝放正要打招呼，钟大爷已把头转向大门，像在为他指引出路。记得刚到单位上班时，守门的钟大爷一见到邝放，都要迅速站起来，向他问好。此刻的钟大爷，像足球门神，一见到他，就想一脚把他踢开。

广都市地方办还没接到市委处理邝放的通知。小杨以为邝主任又回来上班了，正在为他整理一塌糊涂的办公室。邝放叫小杨去忙别的事，他自己来清理。小杨出去后，邝放坐在皮椅上，呆呆地望着沙发上的文件、五花八门的报纸和几封叠好的信。它们的内容几乎惊人得一致，连颜色、版式格式、标点符号都一样。那些板着面孔的信件，更枯燥乏味，都是有关开会、培训、购书、获奖、约稿等之类的信息。他觉得它们的价值远远低于为之支付的邮资。

邝放一直对手写书信保持着浓厚的兴趣和好感。通过纸笔可以自由地表达感情，避免面对面的尴尬、慌张和胆怯。手写书信是防止泄密的最佳方式。电话可能被窃听，上网可能被截图，密码可能被破解。也许，越原始越安全，越先进越危险。

邝放曾收到过一封来自远方的信，看到信封上盖的五六个鲜红的印章，他被狠狠地吓了一跳。那些人居然知道他——一个偏远地区的无名之辈。他开始以为是封发错了的信，可收件人、地址、单位、邮编都准确无误。他忐忑不安地剪开信封，原来是他写的调研文章《关于进一步打造广都地方办的思考和建议》获奖了，而且是一等奖，奖金十万元。后面还附有三份通知：一是他的文章已被收入全球公开发行的《二十一世纪文丛》；二是他的名字和主要事迹已被《宇宙名人大辞典》收录；三是作者可以自己决定购买多少本书。

每年邝放都要请刘立建主任以他的名义写两篇调研文章，经他修改润色后拿去发表。他认为自己的思想境界太低、理论水平不高、方针政策理解能力有限，不敢亲自操刀。每次签字后，他就忘得一干二净。偶尔被人提及，他就支吾其词，不置可否。可是，《关于进一步打造广都地方办的思考和建议》居然获了大奖，简直比荣获诺贝尔化学奖还令他吃惊。他把信反复看了三百多遍，终于发现：不是他荣获了大奖，而是组委会荣获了大奖；不是组委会要给他颁发十万元的奖金，而是要他给组委会颁发十万元的伯乐奖。这是真的。他谦逊地把信收了起来。自此以后，他几乎不再看书信。电话、手机、电脑、互联网已成为书信的凶手，使书信只剩下那点枯燥的内容。可他仍然无法可怜那些书信。

邝放呆坐在沙发上，就像非常时期的应急值守。每次值守，唯一的任务就是等待，等待视频点名，等待大事发生。视频点名时，大家都正襟危坐，像在参加坐姿比赛。点名完毕，值守室立即躁动起来，喝茶、玩手机、窃窃私语、进进出出。邝放望着一群或呆坐或瞌睡或低头拨弄手机的值守人员，觉得大家不是在值守，而是在认真等待惊天动地的大事发生，可直到大家悻悻而去，连飞进一只苍蝇之类的事都没发生。

等了大半天，除了给他送文件、报刊的小杨，再没人进来。这段时间，他手机里存的上千个电话号码，只有几个还在联系。一夜之间，他的朋友集体失踪了。他这才体会到古人造字的精妙。两个"月"拼在一起的"朋"，最不可靠。天上没有两个月亮，地上也不可能有朋友。

望着天花板，邝放突然高兴起来，不是他在躲避他们，而是他们在躲避他。不是他在逃避这个世界，而是这个世界在逃避他。他关上门，念叨着"我本不弃世，世人自弃我"，开始写辞职报告。

刚写完辞职报告，一股强烈的胶水味突然从对街的吴小妹美容美发店里飘了上来。窗户是楼房的鼻孔。只要打开窗户，屋里就会充斥大街小巷的味道。邝放起身关上窗户，突然想起多年前的校长钟善予。

钟校长精心培育的头发总是装腔作势地一边倒，嵌入天灵盖的发根没有一根敢向右倾斜的。钟校长找他谈心前，邝放蓄胡子，留长发，有时候还穿奇装异服。

一天上午，邝放正在教室里声情并茂地上课，突然瞥见一个黑影贴在窗玻璃前，刚才敞亮的教室瞬间黯淡下来。下课后，他从教室里出来才看清是钟校长。钟校长把他请进校长办公室，语重心长地从原始人遮羞的那片树叶说到世界选美小姐的比基尼，从孔子界定的君子到范思哲亲自剪裁的服饰，从《水浒传》里的口红到农民街的美容店，从英国贵族到中国古代的妃子，最后归结到面容和灵魂的关系，结论是相由心生。

在钟校长结束长篇大论前的一秒钟，邝放才逮住钟校长的中心思想：仪表问题。

邝放愣愣地望着钟校长白里透黑的脸，发现钟校长已把他的胡子当成人类进化过程中的尾巴给剃没了。他围着钟校长转了三百六十五圈，不得不感到好奇和惊叹：钟校长脖子以上，几乎找不到一根毫毛，看不到一个毛孔。这是真的。邝放后来心疼地花钱买了把大牌剃须刀，也没能把胡子刮得如此干净过。

邝放仔细观察同事，发现男同事的脸、唇、下颚都光溜溜的，看不到长过胡子的痕迹，他甚至怀疑他们的眉毛都是装上去的；穿的衣服，也像钢铁铸造的，没有丝毫皱褶；言谈举止，一本正经，仿佛谦谦君子复生。女同事好像是从来不起波澜的地下女特工，个个满腔仇恨，幸好有胶原蛋白之类护肤品的保护，否则，所有的男人无一幸免地都会受伤。如果必要，他们会毫不犹豫地从头到脚把所有看得见看不见的毛发剃光，以此来区别人与动物，佐证柏拉图"人是没有羽毛的两脚动物"的精妙论断。这是真的。苏盈盈的眉毛是拔光后描绘上去的。方安安的眼睫毛是假的。唐师师的头发是染过的。

听了钟校长的谆谆教诲，邝放发誓彻底背叛老祖宗，每天像对待仇人一样把胡子刮得干干净净，像梳理篱笆一样把头发理得一丝不苟，任何时候都穿得像周武王。他要自己的人生战斗从头发开始。上大学之前，他的人生战斗还没有真正展开，头发也没有进入他的视野。大学时的主要战斗对象是书本和知识，他要头发助他一臂之力，让它们像旗帜一样飘起来。那时的他不仅没有阻止头发的成长，还给胡子巨大的发展空间。直到钟校长找他谈心，他才发现头发、胡子不仅没有帮他取得胜利，反而碍手碍脚。

结束教书生涯后，他深刻体会到，因为战斗对象越来越多，战斗范围越来越广，头发胡子限制了他进攻的速度和效果，成了多余的东西。他跟理发师密切合作，把头发控制在他能掌控的限度内，有时还恨不得用毛夹子把胡子连根拔出，以求一劳永逸。

好长一段时间，邝放都认为被他精心打理过的头发是他有益的助手。在成为地方办常务副主任后不久，他在镜子里发现了第一根白头发，就毫不痛惜地揪掉了它。之后，他几乎每天都会发现新生的白发，而且数量越来越多，面积越来越大，速度越来越快，鬓角、头顶、后脑勺、脸颊都出现了，大有星星之火即将燎原之势。特别是有天洗澡时发现一根白阴毛，他几乎感到了绝望。他开始觉得这是头发帮他战斗累坏的缘故，后来才发现黑头发和白头发在窝里斗。眼看白头发的优势越来越明显，黑头发大有全军覆灭的趋势，他就开始协调白头发和黑头发，阻止它们互相残杀。他锻炼身体，改变酗酒、熬夜等不良习惯。他又请脑白金、何首乌、黑芝麻、核桃帮忙，可收效甚微。最后，他不得不用染发剂帮黑头发取得了自欺欺人的胜利。那时，他唯一感到安慰的是，自己还没谢顶，还有白头发供他染黑。认识依情后，他觉得这种胜利是必要的。现在，他意识到白头发黑头发都是自己身上长出来的，并没有你死我活的矛盾。他决定，辞职后一定给自己的头发和胡子恣意成长的机会和空间。

邝放把辞职报告折叠好装进信封后，开始清理办公室。他删除电脑里的私人文件，把办公室钥匙、车钥匙、公务卡放进信封。他掏空抽屉，搜遍旮旮旯旯，发现坐了两年多的办公室，只有几本他自己掏钱买的书、写有随想和小说片段的笔记本属于他的私人物品。扑满灰尘的报纸杂志，发黄的会议记录本，手写的学习心得，各种各样的学习资料，贾金强的批示，前不久得肺癌死去的何副市长给他的字条，早已公开的带有密级的文件……没有一样东西值得他带走保存。他曾说过，如果某天不得不逃离地球，只带书。他翻了翻著名作家、诗人签名送他的几本书，决定全部转赠给办公室。

他把笔记本装进手提包，来到窗前，想最后望望从这里看到的广都市。

广都城区在这片葱茏的大地上突兀起来后，越来越像一条季节性的河流。白天，人来车往，汹涌澎湃，黄昏时比较安静。这个时段人还是人，城市也在抓紧时间进行调理。不久之后，城市开始气喘吁吁、蠢蠢欲动，随后是一片饱暖之后歌舞升平的景象，波光粼粼，喧嚣热闹。子夜时分，人都不见了，随时随地都可能碰到饿鬼、醉鬼、色鬼、死鬼、魔鬼。黎明前的大街小巷，寂静，充满忧伤，仿佛干涸的河床。朦胧的晨曦、清洁工橘黄的身影、宁愿化为尘土也不愿躺在地上的果皮纸屑烟蒂塑料制品、疲惫的车辆、越来越浓的雾霾，使城区显得更加暗沉。只有春节那几天，城区才有机会喘口气，稍稍平静一下。

邝放点燃一支烟，猛吸一口，慢慢吐向窗外。袅袅烟雾如蘑菇云般飘向正在如火如荼建设中的宇宙城。宇宙城刚建好的一期工程，鞭炮齐鸣，烟花四起，云遮雾罩。那里正在举行盛况空前的天地婚礼。巨型竖幅接天触地。悬挂在彩云上的气球遮没了太阳。五彩缤纷的彩纸星星般布满了整个天空。衣冠楚楚的摩天大楼挽着光彩照人的地皇大厦，在"王侯将相"

的簇拥下，所向披靡地走过迎宾大道、立交桥、高架路。

邝放缓过心神。窗外依然雾霾重重。他突然对这间斗室产生了一丝留恋。它是整个世界不可分割的一个具体地点、确切意象。它与外面的世界一样，每天都在反复上演喜怒哀乐，寂静与喧嚣。无论从外面看进来，还是身居其中看出去，都没有本质区别。他在这里进进出出几年，在这个世界进进出出几十年，觉得自己只做了两件事：进去、离开。

他一步就能跨出这间办公室，却无法一步跨出这个世界。

无论这里有没有值得留恋之处，他早晚都得离开。

转过身，茶几上的云竹左右摇曳，像在跟他挥手告别。他端起云竹，想把它挪一个地方，却绊翻了废纸篓。刚丢在里面的信件跌出来，散落一地。一个信封，泛着粉红色的光芒，在半空中一个倒滚翻，准确地砸在他的脚背上。他赶忙捡起来，沉甸甸的，好像装满了精彩内容。他犹豫了一下，剪开信封，展开折得整整齐齐的信纸。

他收到了依倩的信。

49

邝放，这是我给你写的第一封信，也许是最后一封信。

我不想打电话，也不想发邮件。经过电脑处理的文字，就像无限复制的商品，一样的味道，一样的面孔。机器永远不会在乎所谓的思想智慧、伦理道德。能唤起记忆的真情实感，须用可触摸的笔和纸来书写，经电脑过滤的情感没有水分。

很久以前，我就在写这封信，从知道爱情的时候，从第一次看到旷野小说的时候，从爱上邝放的时候……

在纳音古镇，我发现自己带着太多无用的东西，电脑、手机、信用卡、钞票、莫名其妙的烦恼、矫情的思想……在城里，我几乎离不开它们。

在这遥远的山寨，当我拿起纸笔时才觉得生活原来可以如此简单。没有电脑、手机、电视，心，竟然宁静下来。在这里，我找到了纯粹、宁静和高远。

你那天从我家里离开时，我多想拦住你，把费成文赶走。可你一下子就消失了。我终于明白，我爱的那个人不是旷野，也不是邝放。我多年来心心念念的旷野，只是字里行间的幻影。

……

我曾经反复阅读旷野的小说，我读出了一个睿智幽默、疲惫消沉、随时想要逃避的邝放。我经常同时看到邝放从一边向我走来，旷野从另一边向我走来。他们刚刚合二为一，又突然各自分开。

旷野为什么无数次走进我梦里，最后却总是在我眼前消失？

邝放为什么没有一点对抗世界的勇气，周遭的任何事物都能轻而易举地把他裹挟，将他击倒？

望着你的背影，我的眼泪忍不住流出来，穿过肺腑，一路流到这里。

……

这是另一个世界，干净的世界。没有雾霾、喧嚣、谣言、噩梦、明争暗斗。高矗的嘎啦雪山，亿万年塑造的形象，闪烁着不可侵犯的圣洁。辽阔的蓝天，纤尘不染。峭壁上的一石一鸟，路边的一花一叶，都是只有心灵才能捕捉和感受的风景。

"这是最遥远的路程，来到最接近你的地方……"

这是我们的出生地，生命的源头，冰清玉洁。

一个不干净的人，会弄脏这个世界。一个不爱干净的人，其灵魂也污浊不堪。"如果眼里有了渣滓，她会不惜挖去眼睛。"当初我不理解你为什么这样评价朱玉姐。现在我明白了。她是一个爱干净的人。她是一个干净的人。

每天早晨，我做的第一件事就是推开窗户。红腹角雉在窗外叽啾叽啾地叫醒我。奶油般的晨曦涂抹着花格窗棂。微风带着浓郁的芬芳走进屋子。我贪婪地品尝着甜蜜的空气，抚摸着温暖的阳光，紧紧握住凉风，久久地注视树叶的翠绿、草尖上晶莹的露珠。没有任何文字、声影、科技和虚拟世界能够还原这里的真情实景。

虽然我的心胸无法宽广得能够容纳太阳，但我决不会拒绝温暖我的阳光。

……

我曾以为，要到另一个世界，需要一生的时间。现在才发现，一丝意念，一个转身，就能海阔天空，拥有洞天别地。

你写的《太阳雪》，很美，但充满了寒气，还有委屈。我不知道你有没有见过太阳雪？我到这里的第二天就见到了。那天的阳光涂满大地，湛蓝的天空簇拥着洁白的云朵。我踏着碧绿的苔藓，穿过云杉、白桦、箭竹林，来到一座小山头。极目远眺，青山连着青山，高低起伏，连绵不绝。我突然打了个喷嚏，眼前就飘起纸絮一样的东西，像天女散花。我开始并没想到那是雪花。在阳光的灿烂里，怎么会下雪？我双手接住它们，真的是雪，太阳雪，没有寒气，却有一缕温暖。太阳雪，是从森林飞出来的花朵，是阳光给我们的礼物。

在我窗前，有一棵榆钱树，它几乎成了这栋房子的一部分。不远处的小溪边，几棵马柳树像风铃般不停摇曳。在如此粗犷的地方，居然结满了鲜嫩的樱桃。放眼望去，一棵接一棵的银杏、水杉、松树，在平地，在山谷，在悬崖绝壁，坚韧不拔地挺立着，撑起了蓝天，保护着大地。即使飘零的枯叶，都像蝴蝶一样生动。

……

我到纳音古镇那天，已近傍晚。空气变了颜色，路边和屋里的灯光若隐若现，而天空依然明朗。这里的黑夜不是从天而降的，而是从地上氤氲而起的。

我把行李放在旅店，穿过小镇，独自往深山走去。在朦胧的山路上，我没有恐惧。我只想在天光的照拂里走下去，直到再也迈不动步子。

在一棵双生树旁，我听到一阵空空空的敲击声，天籁般的歌声穿林渡水而来。我不知不觉地停下来，直到歌声随风而去，一个背书包的女孩子突然出现在面前。她戴着红绿相间的线帽，帽上插着一片白色的羽毛，胸前挂着一串鱼骨、海贝和蜜蜡交错的项链。我呆呆地看着她，只觉得两颗调皮的星星不小心掉进了她眼里。

亚诺人正在举行篝火晚会。敲击声是他们用竹筒制作的一种乐器敲击发出的旋律，像流星、雨滴，又像是风与松树、火与木柴、闪电与雷鸣的合奏。能歌善舞的亚诺人崇拜火，他们相信火神为他们带来了温暖和光明。

镜子背后的女人

在炽热的篝火旁，小女孩问我："你要去哪儿？"

我不知道该如何回答小女孩清脆的问话。

"我妈妈说，晚上山里有妖怪，不能一个人上山。"

小女孩牵起我的衣角，要我跟她走。

我不由自主地跟着小女孩，向侧边的小路走去，直到走到她家里。

她叫龙樱桃。她妈妈说，龙樱桃是她看到春天的第一颗红樱桃的当天晚上出生的。她爷爷就给她取名樱桃。"小龙女"是我对她的昵称。

"姐姐迷路了。"小女孩对她妈妈说。

以前，我不相信命运。命运是怯懦者的护身符，既不可爱，也不可恨，是个中性词。现在我相信，冥冥之中一定有一双神秘之手在悄然安排一切。我跟小龙女的相遇就是一种缘分。

她的家人没问我是谁，从哪里来，好像我本来就是他们家的一员。

我盘膝坐在挂毯下面的兽皮褥上，品尝着咂酒。饮咂酒，不用酒杯，以一道花竹管插入罐中吸吮。主人先吸，客人随后，轮流啜吸。

小龙女就在温暖的火塘边跳舞，那是他们祖辈流传下来的"猫猫舞"。

……

在小龙女家的第一夜，我睡得特别踏实。醒来时，发现小龙女给我留了纸条：姐姐，我上学去了，妈妈在锅里给你热着饭菜。她不知道"锅"字怎么写，就画了一个锅的模样，在她名字旁边还画了一朵羊角花。

看着纸条，我感觉阳光正一点点挤进我灰暗的心里。

在夏家小院看到你时，我就感到你的 8849 世界已经崩溃，那里充满了丧气、怨气、戾气，没有阳光，没有爱。生命需要阳光点燃，人需要爱的沐浴。8849 世界不可能成为你的避难所。我真的好担心，你会陷入其中出不来。

爱情，往往被误解为只有快乐、激情、幸福和完美。当发现我们都喜欢米兰花时，我觉得，爱情是米兰的幽香，只有两个相爱的人才能闻到。我曾在书上看到一个关于米兰花的传说。我相信，有爱，生命才能开花。

任何人都有足够的理由强大，也有足够的理由脆弱。只有爱情，能让一个人勇敢坚强，又恐惧脆弱。

只要能与你相知，我愿意独自守候。我不祈求朝朝暮暮，只希望你懂我，哪怕只是一个眼神的交流。我不想给你任何负担，所以我选择了等待。

我不在乎网上怎么说我，他们对我一无所知。让我愤怒的是，有人指责我是第三者。那些心怀叵测的人才是真正的第三者。他们把那些与爱情毫不相关的东西硬扯在一起。他们介入我们的爱情，对爱情评头论足，动用各种力量阻止、污蔑。

爱情，自古以来就是人类共同面对而又无法解决的难题。

真正的爱情，不需要世俗的解释。爱情，是人类最动人的情感，可我们生活在不需要抒情的时代。

爱情，是奢侈品，我们只有消费三天的能力。

爱情具有一种神性。我们都是凡人，一旦结合，注定会分开。短暂比长久更永恒，想象比现实更完美，虚幻比真实更具诱惑力。我终于理解那些不停追逐虚幻，不惜为虚幻牺牲一切的人。存在的任何东西只有一种结局：消失。永恒的东西唯有虚幻……

我们的爱情故事，过去有，现在有，将来也会有。

"不管爱与不爱，都是历史的尘埃。"

……

这里没有戴面具的人。他们的面孔像高原一样，裸露、坦诚、简单、通透，无须琢磨，一点儿不耐人寻味。在山寨人家里，几乎没有一件足以称为"商品"的东西。他们从来不买化肥农药。他们只给庄稼施农家肥。我走遍山寨，没发现一座坟墓。这里的人，死后被火化，他们的家人把骨灰撒在田里，为这片土地做最后的贡献——肥田。他们明白，真正的死亡是被彻底地遗忘，只有大地能够保存他们、记住他们、延续他们。这里的人也许没有钱，但是，这里没有一个真正的穷人，没有一个真正痛苦的人。

他们的生活，就是城市人追求的一种快乐幸福的生活。

有时候，我真希望旷野仍然停留在我的脑海里，停留在《密码时代》那些小说里。

我们不是密码时代的人。生活中不是所有的人都在扼杀你的美好愿望、阻碍你追求的脚步。爱情的最大阻力是我们自己，世上最大的障碍也是我们自己。在那短暂的三天里，我最高兴的是，你在我身边睡得那么熟，电闪雷鸣都惊不醒你。我不是一个贪婪的人，但并不是说我一无所求。在那三天里，我只触摸到你的脸、你的手、你的眼睛。但是我不仅需要你的某个部分，也需要完全的你，完整的你，真实的你。可你是支离破碎的。生活把你撕碎了。我曾经看到的都是碎片化的邝放，模糊的旷野……

你不是不想把完全的你给我，而是你没有办法。你也想成为你心目中的人，可你负累太多，你一直没有从过去和现实中挣扎出来。

许多人没有未来，只因为他们生活在过去。

未来的最大魅力在于，既不是现在，也不是过去。

你的过去，只能属于永远的过去。我希望你的未来属于我。

……

你讨厌镜子又忍不住去面对镜子。你想看到自己又害怕看到自己。许多人喜欢镜子，就像喜欢脂粉、香水、漂亮的衣饰、美颜相机。那不是真正的喜欢，而是想借此躲避自己，因为他们讨厌自己，不想看见自己、认识自己。我曾幻想把你从镜子里带出来，与你异体同心，偕老同穴……

你所谓的习惯，是麻木，是疲惫之后的僵化状态。只有行将就木的人才会从习惯中得到一丝安慰和满足。

你既勇敢又怯懦，既果断又犹疑。你今天迈出一步，明天后退十步。我第一次坐你的车，你不敢承认自己是旷野。你的手机关了三天，可费成文找到你时，你马上跟他走了。无论朱玉给你提什么要求，你都不反对。你的肉体在这个世上生活，而你的灵魂却躲在镜子背后。

你总是把自己悬浮在空中，本能地拒绝周围事物的存在。你既享受，又害怕这种被弃置的感觉。

在这个世界上，你越真实，你的周围越虚幻。

除了离开，我不知道我还能做什么。

离开，让爱情不受伤害。

也许，我的痛苦在于把爱情当成生命的全部，把你当成整个世界。父亲离去，我只觉得世界少了父爱。离开你，世界就完全空虚了。你想象不到我做出离开这个决定的艰难，那是挣扎之后的万念俱灰，绝望之后的自我放逐。我只想找一个远离人烟的山谷，让大自然赐予的生命静静地回归大自然。

······

在亚诺山寨的第二天下午，小龙女从学校回来，要我跟她到寨子旁边的一片空地上。她跟同学说，她有个会讲故事的姐姐，刚回家。

"姐姐，给我们讲故事吧。"

孩子们在我面前围成半圆形，十几双亮晶晶的眼睛将我的心照亮了。

如果不是天黑，他们都不愿回家。告别时，孩子们一个劲地央求我第二天放学后继续给他们讲故事。在跟小龙女回家的路上，我突然想当老师，永远跟这些未染尘埃的孩子待在一起。

自从我开始给孩子讲故事，我的生活变得充实起来。可每当我准备故事时，却怎么也绕不过你。你总是出其不意地走进我的故事，成为故事的主角。

你把自己分裂成了邝放、旷野、邝老师、邝主任、镜子背后的女人。我不知道你有多少个身份，我不知道哪个才是真实的你。

邝放是你父母的，你妻子的，你儿子的。邝老师是你学生的。邝县长是老百姓的。邝主任是你下属的。邝市长是某些人希望的。你只是每天穿着邝放的衣服。你只是按纪律、规矩走进邝主任的办公室。你只是想坐在邝市长的位子上……旷野是你的挡箭牌吗？躲在镜子背后，你就安全了吗？笔名、网名能隐藏你的身份，让人无法探究你的人生？笔名不是你的救世主，网名也不是你的躲藏地。

我曾经整日整夜地在网上搜寻旷野的信息，一次又一次刷屏，只希望从中发现你的一点讯息。在湛蓝的天空下我才知道，爱你，原来可以和你没有关系。我可以把蓝天上每一朵悠悠飘过的白云当成你，把每一棵树、每一株草当成你。只有把爱情交给天空和大地，才不会空虚，才有自己的根，才有自己的生命和归宿。

人不是机器。不按设定程序生活的人，才有魅力。

邝放不该在雾霾笼罩的城市里。旷野不该是庞大机器的某个零部件。他们应该在辽阔的地方自由生长、豪迈驰骋。

善良是软弱的借口，理想是现实的反叛。你比钱江脱俗，钱江却比你勇敢。我希望你勇敢，再勇敢些。

……

昨天，我跟小龙女一起上山放羊。她拿着牧羊鞭，吹着口哨指挥牧羊犬"汪汪"的样子，像指挥千军万马的女将军。我开始还担心羊儿漫山遍野跑迷了路。小龙女说："我家的羊儿认得我，认得汪汪，认得回家的路。"看我一脸疑惑，她吹一声口哨，"汪汪"立马得了指令，跑到羊群前头，立定，回头看着小龙女。领头羊停下来，其余的羊儿也都停下来。小龙女得意地吹了一声口哨，"汪汪"转过头，往山上跑去，羊儿们也"咩咩咩"跟着跑起来。羊群奔跑，大地都在颤动。

越往山上走，路旁的奇花异草越多，风景越美。小龙女一一指着它们，跟我说这是星叶草，那是天麻，这是大熊猫啃过的，那是四生树……她出生不久就跟奶奶上山放羊，这些花草树木的名字都是奶奶教她的。

经过纳音小学时，小龙女指着一丛绿色灌木说那是米兰。我是第一次见到野生米兰。它跟我养的米兰差不多，但闪烁着家养米兰没有的蓝晕。

我盯着倒在路边的一棵巨树，想象它倒下时的惊心动魄。小龙女告诉我，这叫风倒木。它不倒下，其他树就无法长大。

粪壤只能栽培花草，时空方能成就巨树。

……

亚诺山寨到处都是放养的猪、牛、羊、鸡。开花的木栅栏，形同虚设。肥硕的小黑猪穿过栅栏，一溜烟跑不见了。金色羽毛的公鸡扑棱着翅膀，飞上栅栏，望着我，咕咕咕，好像要与我交流什么。

大山是座奇妙的宝藏。松鼠、小鸟、金丝猴以及数不清的植物，一直在这里生长，好像未曾死亡过。

我对你的怨怼随蓝天白云飘走了。既然爱恨、荣辱与悲欢都会成为过去，我们要做的就只有珍惜。珍惜曾经的拥有，珍惜生命中的每一个片段。

选择，永远等于获得和失去。我们不是在计较选择，而是在纠结获得的是什么，失去的是什么。

无论我们选择什么样的路，只要坚定地走下去，都会与众不同。可怕的不是你选择了什么，而是半途而废。我们一生下来，就已在路上。我们已经无法回头。只要不停地往前走，天就会亮起来。

在这里越久，越觉得我是多么渺小，我过去的生活是多么狭隘。自以为无所不知、无所不晓的我们，想象力还不如小龙女，我们的世界还不如这里的孩子拥有的世界宏大。

……

今天，我成了纳音小学的课外辅导老师。

纳音小学是去年才建成的一所希望小学。一直在这里教书的阚老师对我说，这就是原来的邝家坝小学。他还说，他教过你。

镜子背后的女人

我很好奇，我不知道你读书时的邝家坝小学是什么模样。面对那些充满渴望的学生，我有时觉得他们个个都像你，有时又觉得没有一个像你。

我很兴奋。我开始给更多的孩子讲故事，也有更多的孩子给我讲他们的故事。他们教我爱一朵花，爱一只羊，爱一只蝴蝶，爱每个人，爱天空和大地。

一个人内心充满爱，才能发现万物有灵。

这里的每块石头、每根小草、每个小动物，都有属于自己的故事。

除了给你写信，我每天晚上写的都是我与孩子们在一起的发现和这个寨子周围的有趣故事。

我喜欢这里，不想离开。我好像回到了我曾经生活的家园。我要跟青冈树说话，跟百灵鸟一起唱歌。我要伴着松涛入眠，享受米兰的幽香。我要成为一棵树、一根草，静静地在这里生长，等你从天而降。

　　……

朱玉曾问我要怎样才会离开你，费成文要我提要求和条件，钱江要我嫁给他。我向他们说的都是同一句话：我绝不用爱情做任何交易。

爱一个人，就是这个人代替了其他所有的人。

我没有那么多的时间和精力爱更多的人。我的一生只够爱你一个人。

如果你爱我，我会给你足够的时间，无论多久。我相信你会来找我，不在今天，也会在明天。如果你不来，我就带着我的爱，直到永远。

人的一生，记忆最美。

在网络时代，记忆存储知识的功能已无多大意义。今后，我只赋予记忆爱情的功能。记忆是爱情的保温瓶。能记住的爱情永远不会褪色。藏在记忆里的爱情最安全……

50

5月12日14时28分，太阳遇到了大麻烦，刚到广都上空就搁浅了。灰暗的云层仿佛泥潭，不断吞噬太阳又吐出太阳。太阳挣扎出的散乱光线，惨白而模糊，不到半空就已消失殆尽。它一大早冲破黑暗，撕裂乌云，带着光明和温暖一路而来，却在广都成了天穹的伤口。

那时，邝放正攥着依倩的信，犹豫不决地站在窗前，不知道是先拯救被困的太阳，还是先唤回失去的爱情。突然，刺鼻的怪味破窗而来。他以为是底楼装修房子散发的甲醛，没太在意。就在他伸手开窗时，房间突然摇晃起来，骨折似的嘎嘎作响。无数怪异声响，仿佛千万头猛兽同时从远方窜至窗前。他身不由己地扑向窗口，像要跳楼自杀。窗户怪笑着推开他。他想稳住自己，却向办公桌扑去。他双手撑住办公桌，依倩的信“啪”地掉在地上。地板忽然直竖起来，似乎要搀扶他。他抓住信，惊骇得来不及思索，便夺门而逃。

楼道里挤满了惊慌失措的同事，全都忘了平时礼貌客气的招呼和往日的恩怨情仇。大多数人只是在本能的驱使下躲避、逃跑，根本不知道发生了什么。几个上了年纪的人边跑边惊呼：地震了，地震了……

他们刚到底楼，又一波力量涌过来，地面波浪起伏，仿佛传说中的土行孙在地底奔跑。所有的东西喝醉酒似的东倒西歪。哐啷、咔嚓、轰隆之声不断响起。五楼的窗户掉了下来。六楼的雨篷飞走了。顶楼的琉璃披檐碎了一地。侧楼的自行车棚倒塌了。路灯在荡秋千。汽车成了变形金刚。广都市政府大院里噼里啪啦地飞舞着纸屑、碎瓦、木片、玻璃片、黑云似的烟尘。乌云离开了天堂，灰尘失去了方向，空气找到了疯狂的舞台。

天翻地覆，日月脱轨。

世界正在举行盛大的葬礼。

5月12日14时28分04秒，地震把所有人从各个躲藏的地方赶到空地上，好像在开展野蛮的人口普查。后来有人推测，这次地震的能量，足以把人类瞬间推回青铜时代。

谢市长从会议室死里逃生后，在市委办公区的露天停车场主持召开了抗震救灾紧急会，通报地震情况：据中国地震台网中心消息，今天下午北京时间2点28分，在广都市发生了里氏7.6级地震（后来修正为7.8级，最终确定为8.0级），震源深度10千米，震中在北纬30.986°、东经103.364°的纳音镇。据不完全统计，目前的广都市区，人们受到了不同程度的惊吓，灰尘被惊动，旧楼新房受损，只有少数人轻伤，暂时还没有房屋倒塌，也没有人员死亡。谢市长要求各部门必须按照各自职责，立即启动一级应急预案，迅速开展抗震救灾工作。

对于如此强烈的大地震，任何人、任何部门都没有能力进行协调，只有惊呼呐喊，亡羊补牢，救援，重建，治疗……

邝放正要庆幸自己成功地躲过了地震，忽然想起儿子。他哆哆嗦嗦地掏出手机，反复拨打儿子的手机、依情的手机、朱玉的手机、费成文的手机……都是嘟嘟嘟的忙音……手机失联了。

邝放疾步穿过人群，直奔广都中学。

广都中学挤满了学生、老师、家长和附近来避难的人们。学校的房屋还在恍惚。一些家长正带着孩子离开。大部分学生紧紧挨着站在操场上，等待家长来接。

邝放在人群里找到邝藏。邝藏没有受伤。他正要叫邝藏跟自己走，突然看到朱玉飞跑过来，一把抱住儿子。这是他被赶出家后与朱玉的第一次见面。地震的恐怖在朱玉脸上涂满了绯红，昔日的高傲和冷漠被地震吓得无影无踪。她满头大汗俯身抱住儿子的瞬间，差点让邝放落泪。

邝放望着朱玉带着儿子离开后，转身向广都文学杂志社奔去。

混浊的天空奄拉在地。太阳把云层染成了猪肝色。气候倒退回了冬季。地球加快了速度，把广都人提前带进了黑夜。

电话还是打不通。手机依然没有信号。

大街上的车辆开始缓慢移动。新城公园里的人越聚越多，慌里慌张的人们，衣冠不整，表情不一，只有语无伦次的肢体动作。去年从森林里被搬来这里的黄葛树仍在瑟瑟发抖，好像在为自己还可耻地站在这里而不知所措。

当意识到这是大地震时，所有人都在东躲西藏，恨不得逃往火星。而邝放却在东奔西走，到处寻找，好像非要把地震揪出来就地正法不可。

穿过新城公园，邝放跑几步便慢下来走几步，走几步又跑几步，像是累坏了。突然，他的脚底被刺了一下，疼得他不得不低头寻找元凶。原来是水泥块里露出的一截钢筋。

新城公园建成后不久，一尊巨大的石雕拔地而起。只要去公园，谁都绕不过它。邝放经常仰视它，可它连正眼都不瞧他，两只炯炯有神的眼睛只顾斜望远方，活像宇宙的骄傲。徐文泉第一次带女儿经过石雕时，女儿突然莫名其妙地大哭起来。那段时间，他女儿正在看一部电视连续剧。她不明白，一块石头怎么会浮现出一张栩栩如生的面孔？昨天还在电视里叱咤风云的那个人，怎么会一下子变成一动不动的石雕，冷漠得无法靠近？

邝放四处张望，石雕不见了，只剩下一个巨大的基座：乱七八糟的石灰、水泥、卵石、沙子、木头，腐朽的铁条，猩红色的颜料，撕裂的标语口号，残缺肮脏的文字……

"原来是一堆渣渣。"邝放嘟囔道。

纳音大地震发生后，整个公园里，只有这尊石雕倒掉了。

邝放大汗淋漓地跑到《广都文学》杂志社二楼，推开依倩的办公室门，却没见到一个人影。他立即奔上三楼，去找费成文。在过道里，他闻到一股酒味。都这个时候了，费成文还在喝酒。在办公室里喝酒的老毛病，费成文至今没有改掉。

费成文的办公室像酒窖，醇香四溢。里面一片狼藉，地上满是报纸、书刊、碎酒瓶、玻璃片。不是费成文在喝酒，而是地板在喝酒。

费成文正在弯腰捡拾地板上的碎片，一看见邝放，就无奈地说："哎，我怎么跟钱江交代。"

"交代啥？"

“他要我替他保管的瓷菩萨摔烂了。”

“这么大的地震，还说啥瓷菩萨。”

“地震中心在纳音镇。广都市区只是个摇篮。”

费成文像大多数广都人一样，没有经历过大地震，也没有多少地震知识。他开始并没有把这次地震当回事，第一次强震后他就平静了下来。直到他知道这次地震的严重性，才后悔没有及时阻止邝放去地震灾区。邝放走后，他立即安排杂志社的同志连夜赶往灾区采访、抗震救灾，只留下自己和两位值班编辑。

一听到费成文说“纳音镇”，邝放就像被灵魂附体，浑身颤抖起来。

“老邝，你怎么了？”看到邝放失魂落魄的样子，费成文诧异地问。

“依倩在纳音镇。”

“她不是请假回老家了吗？”

“你的越野车在哪里？”

“在楼下。”

邝放从费成文手里抢过车钥匙，转身就走。

望着邝放义无反顾的背影，费成文觉得地震才刚刚发生。

越野车孤零零地停在钱江曾停过奔驰车的地方。

邝放一把拉开车门，发动汽车，向纳音镇方向冲去。他耳朵里只有嗡嗡嗡的求救声。这个世界需要救援的东西太多了。他要去救依倩。依倩在地震灾区。

收音机里没有了歌声、笑语、幽默调侃、八卦新闻，几乎都是紧张的地震消息：国内国际救援、志愿者、寻人启事、生命通道……

几乎所有的地球人都在谈论广都、关注广都。

驶过广都大桥，天黑得像刚断电的手机屏幕。噼里啪啦的雨水从天而降。无数的闪电没有带来一丝光明，呼叫的狂风无法撕碎层层叠叠的云层。望着前方，邝放只觉得车在河水里漂流。他抓紧方向盘，放慢车速，小心翼翼地驾驶着。他不敢奢望雨停，只希望这车千万不要过早地沉没。

转过九江弯道，雨却突然停了。

摇下车窗，迎面一股冷风，使邝放紧绷的身体突然松弛下来，差点进入无风无雨也无晴的世界。

第十三章

那时的邝放正在三娥山上，半躺半卧在帐篷里，迷迷糊糊地纠结着外面的风风雨雨。他啥都想到了，就是没有想到自己成了左邻右舍的话题，在帮他们互相安慰、驱散恐惧、打发漫漫长夜。这是真的。邝放能躲过地震，却躲不了人们的口舌和想象力。

51

在清水县界，邝放被警察拦了下来。

这里已实行严格的交通管制，禁止社会车辆通过，为抢运伤员和救灾物资让出生命通道。邝放把车停在路边，跟警察说是去救灾的。警察叫他拿出相关手续，他说没有。警察说，群众安全第一，前面有危险，没有上级指示，任何人都不准过去。邝放再三解释，他的小妹困在纳音古镇，他要去救她。警察认真地把他打量了一番，仍然不放他过去，说那里有专业救援人员。邝放从车里拿出野营包，挎在肩上，要硬闯警戒线。可一到警戒线边上，就被另一位警察拦住了。

警察感到纳闷：纳音镇是地震重灾区，里面的人拼命地要逃出来，而眼前这个人却不要命地想孤身冲进去。

离开清水县才三年，这些警察就不认识邝放了。邝放刚想拍桌子发火，才发现这里没有桌子供他拍。如果拿出清水县副县长的名片，警察也许会放他过关，可他没带名片。写好辞职报告，他已把名片之类的东西全都丢进了垃圾筐。

最需要他的地方，却不让他去。焦躁不安的邝放不知道是离开还是留下来。留下来做什么？离开又到哪里去？

邝放踩灭烟蒂，心有不甘地钻进汽车。

当邝放发动汽车准备掉头时，突然对自己产生了怀疑。大地都动了起来，自己怎么能无动于衷？他过去经常嘟囔这抱怨那，从来没有多少实际行动。他与费成文的最大差异在于，费成文是自己的费成文，他有权利也有勇气处置自己，而邝放不是自己的邝放。面对事情几乎都是逆来顺受，实在受不了就躲起来。地震之前，他一直浑浑噩噩，不清楚自己在干什么，想干什么。地震震醒了他，把周围的乌烟瘴气都震没了。他终于知道自己该干什么了，警察却不让他过去。

他抓住方向盘想，他不是一个懦夫。如果连第一道关口都过不去，即使到了地震灾区又能怎么样？他必须阻止邝放的退缩和躲藏。

邝放在车厢里胡乱翻找，他抓起一大叠名片，在董事长、一级作家、获奖诗人、协会会长、各级官员里翻来看去，希望他们能帮助自己。当看到一张已经发黄的印有国家级部门和职位的名片时，他心中一动。他跳下车，径直向警察走去。在警察面前，他却犹豫起来，倒不是害怕冒充国家级领导干部被抓起来，而是担心再大的领导此时此刻都没用。这是真的。他没从裤兜里拿出名片，而是把车钥匙递给警察，以费成文的名义要把这辆越野车捐给灾区。

警察接过车钥匙，代表灾区人民向他敬了个礼。

邝放趁机撩起警戒线，钻了过去，像勇敢的战士。

凭借连蒙带猜的野营知识和电视纪录片《野外求生指南》中的一些方法，邝放像头哺乳动物，手脚并用地向高处爬去。漆黑的夜，飘忽着崖壁般的魅影。每一步都是诡异小说里的情节。他不敢停下来。一旦停下来，就是一处悬崖。离开邝家坝前，邝放的交通工具就是两条腿。看了费成文送他的图画书后，他曾梦想回到远古时代，那时的地球人可以把扫帚、毛毯、盘子当交通工具。后来才发现，人是被双脚禁锢的囚徒。

在一棵大树旁，邝放精疲力竭地支起帐篷。

又下雨了。巨大的雨滴惊慌失措地砸在帐篷上。狂风呼啸，气温直线下降。多年来，邝放都没感受过如此的寒冷。此时的寒冷不是来自外面，而是从他的骨髓和灵魂里产生外散的。

他闭上眼睛，一记闪电，为他开辟了一条通天之路。

他恍惚来到纳音小学大门口，他看见依情和她的学生被埋在倒塌的教学楼里。他冲进学校，拼命地用双手刨土石，边刨边喊，可始终没听到依情的回音。他顾不得汗水、泪水、血水，疯狂地刨出了一个大坑。眼看就要刨出依情，大地突然一阵抖动，石块雨点般地填满刨出的大坑。他双手刨烂了，也不知道疼痛。他根本停不下来。他只恨自己只有一双手。他又刨出了一个大坑，大地又是一阵抖动，刨出的大坑又被石块填满，如此反反复复……

一声炸雷。邝放惊叫一声，醒了过来。

他浑身湿漉漉的。垫单、枕巾、衣服，仿佛刚从水里捞出来的一样。他不知道那是汗水还是泪水，是唾液还是鲜血，是雨水还是洪流，是梦溃还是病垢……依倩已被洪水冲走，依倩已在地震中遇难……昏昏沉沉的脑袋，战战兢兢的身体……邝放再也承受不了梦的重量。

5月12日14时28分05秒，丽都花园小区的草坪上突然冒出无数花朵。青草们以为是蚯蚓春心萌动在给它们松土，纷纷为自己突然长高而兴奋起来。当一拨又一拨的尘土从天而降，弄得它们灰头土脸时，才发现是地震。随后的奔跑声、尖叫声、倒塌声使它们感觉到了恐怖。它们被反复践踏而迅速枯萎倒下时，仍然觉得纳音大地震还没有人的脚步、口痰和鼻涕可怕。

整个晚上，丽都花园小区的所有住户与那些没有逃出城的居民一样不敢回家。有的拿着手电筒、蜡烛和蚊香，有的抱着被子、枕头，有的在马路、草坪、空地上支起帐篷。没有帐篷的，就钻进车里。有人后悔没把麻将桌搬下来。有人抱怨商店关门买不到扑克牌。几乎所有的人都在咒骂密如蛛网的电线太脆弱，埋怨手机、电脑和电视机还没有信号。他们不得不三三两两地聚在一起，像失散多年的亲人，有说不完的话，交流不完的感想。

"我家的墙壁裂开了一个刀把大的缝。"

"我家的吊灯差点掉下来。"

"我家的花瓶被打烂了。我明天去找保险公司。"

"我家的小狗吓感冒了。我要带它去看心理医生。"

"听说龙门山断了，纳音镇的人都死了。"

"地震前几秒钟，彭大妈正在教邓大爷跳广场舞。刚搂住邓大爷的熊腰，旁边的江大爷就两眼放光，左右摇晃。彭大妈以为自己魅力不减当年，来电了嘞……"

只有巨大的天灾人祸，才能把这么多地球人聚在一起。

现在的地球，每个角落都充满了人的气息。地球已成为宇宙果壳里最不寂寞的星球。

"邝放失踪了。"当廖大妈神秘地说起邝放时，大家再次亢奋起来，好像终于找到了打麻将的搭档。

"邝放在神游夜总会里唱《废墟的颂歌》。"

"邝放跟广都俱乐部的易美女走了。"

"邝放趁大地震携带赃款潜逃了。"

"邝放被一帮神秘人物带走了。"

"邝放在古城宾馆创作了一部杰出的思想检查后，开始玩神灯科技无限公司开发出来的人间蒸发游戏……"

嘤嘤嗡嗡的蚊子从墙角地缝和树枝草丛中飞出来，不要命地扑向这些有惊无险的幸存者，可仍然没能阻止他们对邝放的无限想象。他们又成了前不久邝放谣言发生时的自媒体、了不得的侦探、窥隐癖患者。任何事情，无论大小，都会被他们肢解聚合，无限放大缩小，连地球都承受不住地频繁发生余震。他们乐观地认为，越是大灾大难，越要齐心协力地创造娱乐资源，好让人类继续兴致勃勃地活下去。

那时的邝放正在三娥山上，半躺半卧在帐篷里，迷迷糊糊地纠结着外面的风风雨雨。他啥都想到了，就是没有想到自己成了左邻右舍的话题，在帮他们互相安慰、驱散恐惧、打发漫漫长夜。这是真的。邝放能躲过地震，却躲不了人们的口舌和想象力。

52

奋协会长单膝下跪，双手捧着身份证，向镜子姑娘求婚。镜子姑娘感动得热泪盈眶，满口答应嫁给奋协会长。就在他们商量如何在广都大酒店举行一场别开生面的豪华婚礼时，纳音大地震发生了。当天晚上，奋协会长在博客里写道：

地震是个隐喻。

今天14时28分，世界还是一如既往的那个样子。既没有《健康手册》宣布的癌症潜伏期的任何症状，也没有玄幻小说里的一丁点儿异常现象。星星依然高高在上，遥视着芸芸众生。太阳依然霸占着太阳系的中心位置，一点儿没打算挪窝。被人类称为地球的东西还在自顾自地转动。花草树木还在摇曳多姿地成长。一群冒充天使的家伙还在抢救油尽灯枯的老葶障。脑满肠肥的文艺装饰工还在咖啡地带跟忽闪着大眼睛的姑娘畅谈伟大的人生和希望工程……这是真的。

14时28分04秒，地球迎来了它45亿周岁生日，兴奋得浑身颤抖。它选中纳音镇举办生日派对，当天就创造了最短时间内毁灭最多生命的纪录：二十万人命丧黄泉，数不清的飞禽走兽和家畜死亡。被大山压死。被倒塌的墙砸死。被预制板困死。被倒塌的楼房掩埋。被断裂的桥梁卡死。被疯了的河水淹死。被滚滚泥石流闷死。被雾霾呛死。被怪味熏死。被汽车碾死。被自己吓死。自拍死。坠崖死。从楼上跳下来摔死。到纳音古镇找死……还有差不多十亿人躲藏起来，一万亿元人民币失踪，几十亿地球人的心灵受到不同程度的创伤。这是真的。

一场可怕的雪崩，使邝家山瞬间与天庭拉开了四千五百米的距离。汹涌的泥石流撕掉了大半个亚诺山。无数石块拼命躲进山谷。道路成了血肉模糊的鞭痕。矿山、经济开发区、古镇、城区、撂荒的田地成了大地可怕的疮疤。这是真的。

一朵白云一头栽进一团乌云。一群麻雀从树林里冲天而去。一头驴子撅起屁股，放了个响屁，幸好没有伤到行人。一头母猪撒开四蹄，嗷嗷大叫，成为英雄的机会终于来了。一头熊猫刚爬到树上睡觉，咔嚓，树枝断了，它合树扑翻在地，龇牙咧嘴地想：自己该减肥了。一只硕大的青蛙蹦地跳起来，面向群蛙叫道：大合唱开始啦。公鸡飞过篱笆，在院子里骄傲地扑来扑去，惹得满院子鸡飞狗跳。鸵鸟坚定地认为，只要把头埋在沙里，世界就是太平盛世。这是真的。

KN2612航班在广都机场上空画了五个大圈，没宣布任何原因突然返航，弄得所有的安全带紧绷绷地差点挤出眼泪。三千千米外的女人尖叫一声，从赤裸裸的男人身上滚落下来。诗人绝对零度正坐在沙河边的草地上，拽着一张青肿脸写诗。一尾红嘴鲤鱼纵身一跃，从湖心直蹦到高速路上，急着赶路的胡勇强只见车前方红光一闪，天上掉下来个美女，他踩住刹车，车子转了几个优美的圆圈，昏头昏脑地往回奔去。这是真的。

挂在康健办公室墙上的"厚德载物"惊恐地在墙壁上挣扎，"啪"的一声掉下来，把墙壁划开了一条口子，一股尘烟喷涌而出。半掩的房门"咔嗒"一声关上了。电脑"砰"的一声倒在桌上。花瓶啪啪啪地砸在地板上。文件、报纸呼啦啦满屋子飞舞。座机电话、文件柜、笔筒、地球仪、水杯、剪刀、碎纸机、废纸篓、花盆、吊灯……突然拥有了量子纠缠意识，全都复活了，惊叫着要离开它们原来的位置。这是真的。

逻各斯正在查看广都地图，突然发现邝家山、广都湖和广都工业开发区错位了，以为市政府又在调整区域规划。谢市长正在念讲话稿，他的大腿根儿突然抽搐起来，一头钻进主席台的桌子下面，勇敢的吕秘书掀翻主席台，把谢市长拖起来就跑。这是真的。市委大楼喝醉酒似的整个儿倒过来，又仰天离开。屋顶的球形水塔像在弯腰致敬，一晃就不见了。

根据地球生物和地震仪的看法，这叫地震。地震即地球的震动。地球震动，向来是件稀松平常的事，就像经常震动的手机、汽车和床。一句话、一跺脚、一个喷嚏、一次心动、一场恋爱，都能引起地球震动。自地球诞生以来，从来没有停止过震动。只是有的人感觉到了，有的人没感觉到。可这次震动，动静特别大，所有的地球生物瞬间感到了恐惧。山川河流、高楼大厦、手机、电脑、电视机都被震呆，连 Wi-Fi 信号都吓得没了踪迹。这是真的。拼命东躲西藏的广都人，只恨天地不够阔大，藏不住自己。

晚上 7 点整，新闻媒体众口一词：广都市发生了纳音大地震。

我早就明白，多年来，印度洋板块一刻不停地冲击着亚欧板块，造成青藏高原快速隆起。高原物质向东缓慢流动，沿龙门山构造带向东挤压，遇到广都盆地下面刚性地块的顽强阻挡，造成构造应力能量的长期积累，将在纳音镇区域释放。果不其然，今天 14 时 28 分 04 秒，准时发生了惊天动地的纳音大地震——面波震级 8.0Ms，矩震级 8.3Mw，地震裂度十一度，破坏地区超过一百万平方千米。

我曾试图阻止过纳音大地震的到来。以悲天悯人的情怀动之以情晓之以理，朗诵了一千篇最美的文章，唱了一万首最动听的歌。画了十万幅美轮美奂的山水人物画。召开了一百万个会议。请杰奎琳·杜普蕾反复用大提琴演奏《埃尔加协奏曲》叫醒灵魂。用最低工资担保地球人是最善良的宇宙生物。疯狂转发了十三亿条"速看，能救命"的微信。宣讲了一百万个最严厉的法律法规。搬来三十三座大山把纳音大地震镇压住。挪开震区所有的生命。不让那个时间到来……但都没有成功。

在准备跟镜子姑娘结婚后，我不再跟地球人说纳音大地震的事。谎言说多了，会成为真理。真理说多了，也会成为笑柄。我倒不害怕被关进不正常人类研究院。我只是不想被嘲弄。丢给乞丐一块钱的善，只能体现善的分文不值，杀人、战争却体现了恶的价值连城。我悲观地觉得，纳音大地震是个隐喻。"故事没有转机，结局早已注定。"即使能预报天气，预测飓风、火山爆发，又能怎样？

这是真的。地震可不管你有没有航空母舰、核武器，在不在网络里、深宅大院里，它想来就来，想走就走。即使所有的地球人提前知道了，也改变不了什么。即使他们相信了我，也无能为力。必须发生的事，必须发生。

这是真的。地震来无影去无踪。它出现的时间以毫秒计算，而留下的灾难却须用年、用生命、用毁灭做计量单位。地震是人人喊打的过街老鼠、残酷无情的敌人、双手沾满鲜血的刽子手、摧枯拉朽的魔鬼。地震是黑死病、鼠疫、瘟神、病毒……而无辜的受害者却找不到搏斗、抗争、痛恨、报复、补偿的对象。地震因天灾两个字就被原谅，地震的同谋也因此而被宽恕。

这是真的。纳音大地震的发生，再次证明这个世界是部没完没了的惊悚小说，危机四伏，风云变幻，说出口的每句话都可能是临终遗言。我想帮助邝放，却闯进了8849世界，差点出不来。邝放的小说人物居然跟我同名同姓。邝放不接我的电话。邝放经常让我歪在电脑旁。邝放一门心思地要追杀我……

这是真的。地震是地球的出气孔。蒸笼尚有气孔，何况地球？没有地震这个出气孔，地球也会憋死。地震是阴阳镜，找出了所有的畜生、野生动物，缩头乌龟，醉生梦死的家伙，稀里糊涂的混蛋，慷慨激昂的正人君子，胸怀梦想的男男女女……

这是真的。地震在撕碎掩饰物，砸烂躲藏地，暴露真相。在这个世界上，真相是最强大的东西，对很多人而言，也是最可怕的东西。即使一点点真相，也足以要他们的命。寻找真相的过程就是一个不断颠覆的过程。真相能改变自己，改变世界，改变未来。有些人只想掩藏、涂抹、改写真相，绞尽脑汁地修正过去，粉饰现在，规划未来。无数可怜的人，只顾东躲西藏。

这是真的。地震在恢复自然秩序，唤醒世人正确的生死观。地震是对世人的教育。地震是对真相最全面的诠释、最残酷的说明。没有天崩地裂，真相永远不会出现。只有山呼海啸，才能唤醒麻木不仁的人。

这是真的。我曾以为像纳音大地震这样的大家伙最公平正义，对任何人任何事都会一视同仁。可是，在纳音大地震中，有的人死了，有的人仍然活着，有的房屋倒塌了，有的房屋依然挺立着……

这是真的。纳音大地震备感委屈。它实在憋不住才抖了几下，地球人就要它为所有的死亡、失踪、损失负责。而地球人却坚定地认为，他们只为祖国为人民为美好的未来负责，地震不属于他们的管辖范围和服务对象。

这是真的。无辜的地震并没有力量伤害生命，也不愿伤害它们。地震只针对腐朽的东西。纳音大桥是在地震前两秒钟垮掉的。楼房里的钢筋在修建时就已探头缩脑。建设时就已注定很快就会倒塌的教学楼以地震的名义掩埋了几百个师生。堤坝是因为太脆弱才不堪一击的。墙是没有钢筋才倒塌的。桥梁是被风吹垮的。脂粉般的道路是被汽车碾断的。泥石流是没有了树木的依靠才下山横行霸道的。河流是受不了臭气熏天的垃圾才咆哮愤怒的……

地震，是在毁灭还是在重塑？

这是真的。最让我生气的是时间。它根本无视我的积极努力和悲悯情怀，吝啬得一秒钟都舍不得，固执得一分钟都不肯让步。如果纳音地震提前一分钟或者推迟一秒钟发生，很多事情都可圆满解决。

这是真的。伟大的地球人已被机械控制，点头哈腰地询问钟表手机。他们的时间观念草率无知，用时间来表达生命，把时间

324

镜子背后的女人

简单地当成数字，就像述说他们的起源和历史一样马虎。

这是真的。时间是一切问题的罪魁祸首。地震爆发时那些怪异的声响就是时间祭献的咒语。多年以后，我仍然坚定地认为，不是人战胜了地震，而是时间。时间是唯一的最终胜利者。

这是真的。光阴过处，了无尘迹。

53

在电闪雷鸣中，邝放艰难地度过了半梦半醒的地震之夜。从帐篷里钻出来的他，脸色灰白，胡子一根一根地插满脸庞。天空累坏了，不再下雨。低垂山腰的云雾如湿淋淋的水袋，伸手就可戳破。

他望着前方，惊讶地发现自己到了平时只有云雾才能到达的地方。

巨大的石块从地里蹦出来，横行霸道地露出狰狞的面孔。高大的树木离开原来的位置，被拦腰折断。纵横交错的地缝像大地撕裂的伤口。青山撕破脸似的露出裸石。道路、桥梁都已扭曲变形。放眼四周，看不到一座完整的房子。

邝放过去觉得镜子可怕。每次想通过镜子来认识自己，不是怀疑就是失望，镜子把他扭曲变形了。他现在才觉得，最可怕的镜子是地震。

山下的车轮声喇叭声、天上直升机盘旋的螺旋桨声、偶尔的人声和乌鸦的叫声，无力地撕扯着浓雾笼罩的天幕。远处朦胧的车灯，虚弱得像夏不凡调制的水粉颜料。眼前的茉莉花，凌乱地倒伏在被疯牛践踏过的花圃里，沾满污泥的花瓣已发不出香味。

看到不远处的三娥庙，邝放才发现自己又来到了三娥山上。可眼前却没有跟依倩在这里时看到的景象。那时，山里弥漫着欢快的清香，三娥湖闪烁着粼粼波光。草坡上散漫的花朵，姹紫嫣红。一只小松鼠，哧溜一声，蹿到了树上。

"啊，那是什么花？"依倩惊喜地问。

"那是紫茉莉花。"邝放看了一眼手表，正好五点，"正是紫茉莉花开放的时候……"

奔过去采紫茉莉花的依倩，一个趔趄倒向荆棘丛。

邝放终于逮到英雄救美的机会，他毛手毛脚地一把抓住依倩的手。依倩本能地拽住他的胳臂。依倩没有跌倒，只是与他更近了。她清澈的眼睛、洁白的虎牙在茉莉花瓣里闪烁，如兰的气息催动着茉莉花香，一波一波荡向邝放……

此时此刻，邝放觉得爱情就是躲在密林里的梅花鹿。

他真想用一个干脆利落的拥抱彻底解放塞满他脑袋的胡思乱想。

他们一起坐在草地上，遥望半坠山坡的红日。这不是黄昏，而是画师越调越浓的爱情色调。

邝放点燃一支烟，讲起了三娥女的故事。

玉皇大帝的七个女儿到人间游玩。路过三娥山时，三娥女被这里的绮丽风光、淳朴民风吸引，变成美丽的梅花鹿，躲进密林里的山洞。她的姐妹没有找到她就回去了。一天，她到三峨湖饮水，被一群猎人发现。香甜的三娥湖水，使她没有觉察到正在向她逼近的危险。突然，一声急促的口哨惊动了她。她蓦然抬头，发现一群猎人正弯弓对准她。她飞快地转身奔进森林，逃过一劫。后来，她才知道是一位年轻猎人救了她。年轻猎人不忍射杀美丽可爱的梅花鹿，慌忙吹响口哨。三娥女不顾严厉的天条，爱上了善良、勇敢、机智的猎人，要跟他结婚。玉皇大帝警告说，如果跟猎人结婚，就会变成凡人，永远回不了天庭。三娥女为了爱情，放弃做神仙，放弃长生不老。她跟猎人在三娥山上结庐成家，相亲相爱，生儿育女，在时光里慢慢变老。猎人死后的当天晚上，三娥女也以一个凡人的身份寿终正寝。后人为了纪念她，就把这座山改名叫三娥山，又在山顶修了一座三娥庙。每年，来这里烧香拜佛的人络绎不绝。青年男女恋爱时，要到这里来祈福；结婚后，又要到这里还愿。他们都坚信，三娥山能赐给他们爱情，三峨庙将保佑他们的婚姻。邝放希望三娥庙那些神奇的传说是真的，但仍然怀疑一炷香，不能出口的祷告会让奇迹出现。

纳音大地震后的三娥庙依然完好无损，三娥女塑像更加金光闪耀。在纳音大地震中，发生了许多奇迹，三娥庙屹立不倒就是奇迹之一。

三娥庙是爱情的象征。

邝放挺直腰，尽力望向远方。可他看不到嘎啦雪山，无法还原邝家坝曾经的模样，不知道回去还能不能找到父母的坟墓。也许，邝家坝像纳音镇一样再也不用麻烦拆迁办。也许，贾金强消灭邝家坝的梦想，已由纳音大地震帮他实现。

邝放收拢帐篷，磕磕绊绊地开始下山。

地震是个伟大的艺术家，把湖泊当墨池，把大地当宣纸，把想象当力量，随意涂抹描画。它把所有的理想主义艺术家、浪漫主义艺术家、虚无主义艺术家统统变成了现实主义艺术家。浊浪滚滚的秀水河成了一条凶恶的乌龙。风光不再的悬崖绝壁挡不住人间地狱的诞生。这里已无路可供行走，即使同时用上四肢，也无法称作标准的爬行。

在山下的一条岔路上，邝放看到插在地上的一块木牌，上面用红漆写着一行醒目的大字——清水县殡仪馆由此去。他的心一阵抽搐，不由自主地向木牌箭头所指的反方向走去。没走几步，一股夏天腌肉的恶臭扑面而来，各种腐烂的东西散发出来的气味和大量消毒剂气味拼命扭在一起，争先恐后地往他鼻孔里钻。他屏住呼吸，试图阻止它们的袭击，可除了使它们更加疯狂地窜来窜去外，毫无作用。大厨能有效处理它们，可他不知道大厨在哪里。此时的邝放，最担心强烈的地震味彻底毁了他好不容易恢复的嗅觉。

第十四章

他闭上眼睛，静静地蜷缩在母亲体内，他又成了母亲的儿子。他从母亲怀里离开，最终又回到了母亲怀里。母亲是他的出生地，也是他的最后归宿。母亲用行为向他诠释了"我们从哪里来，到哪里去"的终极命题。

54

　　大学毕业后这几年，王守园是个经常被嘲弄、四处碰壁的年轻人。纳音大地震发生时，他却头脑清晰，动作敏捷，第一时间加入志愿者橙色救援队，奔赴灾区救援。他是当地人，本熟悉路，可绕过三娥山，他也迷路了。他正不知道怎么办时，突然看见前方有个踽踽独行的人。

　　"喂，老乡，你去哪里？"王守园边跑边喊。

　　邝放停下脚步，回过头。

　　"邝主任，你怎么在这里？"王守园发现是邝放，惊奇地问，"我是小王，王守园。我们在鼓楼村见过。"

　　邝放看了看王守园，觉得他们确实见过，还说过几句话。

　　准备辞职前，邝放到夏家小院收拾东西，在那里住了最后一晚。当早晨的云朵刚变颜色，他就把房钱放在桌上，留了张纸条，跨出房门。夏大爷、夏大妈还没有起床，也不知道他要离开。邝放羡慕他们。他们睡得那么沉，那么香，那么安静……什么东西都惊动不了他们。

　　邝放回头望了望清幽的夏家小院，天亮前的微光使它更加静谧。前一天晚上，夏大爷的女儿回来大声跟她爸说："住在我们家的那个人不是作家。他叫邝放，在外面乱搞，被老婆赶了出来……"

　　刚到村口，邝放突然被一个陌生人叫住："你好，邝主任。"

　　邝放吃惊里夹着惊慌，这个陌生人怎么会认识自己。谣言确实起了作用，自己果真成了名人。

　　看到邝放不知所措的样子，陌生人腼腆地说："啊，邝主任，我叫王守园，纳音镇王家坝村的，我听我的老师说过你……"

"啊，你好。"

"邝主任，你在晨练啊！"

"啊，嗯，哈，哦。"邝放哼哼哈哈地应付道。

这时，邝放看到一辆大型挖掘机在晨雾中轰隆隆地向他开来。矗立在路边的吊车，像刚搭建的绞架。

天宇公司承包了鼓楼村的整体拆迁工程。王守园是拆迁公司服务组负责人。他说，这里今天就开始拆迁。邝放想，乡村的静寂再也无法幸存了。他很高兴昨晚就决定离开。即使不主动离开，此时也不得不离开。邝放早就知道，广都市政府雄心勃勃地要在鼓楼村建一座人间天堂，消灭贫穷，造福一方。那些精美的规划图，迎风招展的标语口号，以及新闻媒体连篇累牍的报道就是铁证。他要赶快离开这里。他不配住在人间天堂。

"我去救灾……"邝放小声道。

"我也去救灾。我们一起走吧。"

"不。我想走路……"

"还远呐。"王守园拿过邝放的背包，拽着他上了车。

"我是个志愿者……"邝放上车前小声道。

"我们都是志愿者。"

地震灾区的人只有一个身份——志愿者，只有一个目的——拯救生命。

越野车里的八个人，都穿着橙色夹克。副驾驶座位上的中年男子叫雷玉山，禾梦公司老总，志愿者橙色救援队队长，当过五年兵，转业后自主创业，这辆越野车是他刚买不久的私车。开车的叫方伟明，三十来岁，公司职员。热情洋溢的黄静是记者、年轻的女诗人。漂亮的杨柳是塔子山中学的心理健康辅导老师。精瘦的董大春是广都医院的骨科医生。黝黑的王立冬是广都市郊的村民。满脸络腮胡子的马勇是广都机械厂的维修工人。

小王介绍邝放时说："这位是邝主任，啊，邝教授。欢迎邝教授加入橙色救援队。"大家立即鼓起掌来。虽然这些掌声比过去听到的掌声小多了，但充满真情实意。终于被同类接纳，邝放感动得差点流出眼泪。

"谢谢！谢谢！"邝放连声道。

在颠簸的车里，邝放闭上眼睛，听着石块击打车底的声音，反复琢磨身为志愿者的他能做什么。心理咨询，他不懂；止血接骨，他不会；挖掘救援，他没有经验，没有足够的力气；他甚至不知道如何生火煮饭，照顾人，看见血就害怕，闻到异味就恶心，劣质酒不喝，不对口味的饭菜不吃。他能够开会、讲话、做思想工作、签发文件，在电话里发号施令，在办公室里指手画脚，还会喝酒抽烟打牌唱歌跳舞上网，可在这里，那有什么用。他既没有善良的知识，也没有悲天悯人的技能。他觉得自己连做一个志愿者的资格都没有。

自从办公室主任抢过他的公文包，到当上地方办常务副主任，他的手再也没拿过重东西。他的年龄越来越大，生活能力却越来越差。他能在小说里把世界安排得风生水起，在现实生活里却一塌糊涂。换电灯泡之类的高空作业因恐高症干不了，捅下水道之类的地下工作又不屑干。在哪里能买到什么东西，手机黑屏了怎么办，都得请教张翼鹏。

五年前的一天下午，邝放正在办公室里绞尽脑汁地撰写调研报告，突然接到去组织部开会的通知。

肃穆的会场，充满了悲壮气氛。没有会标，没有鲜花，没有掌声，没有昂扬的音乐。服务员提着水瓶、拿着茶杯，四处奔忙却无声无息。组织部胡部长孤独地端坐在主席台上，好像刚攀上珠穆朗玛峰，正在歇息。

散会之前邝放才知道自己被选派到清水县拟任副县长。有些同事阴阳怪气地向他表示祝贺。有些同事恨不得把他当根刺从眼里拔出来。那时的他还不清楚副县长是个什么样的官，要做什么样的事。只觉得清水县离家太远了，他与朱玉不得不两地分居。

在去清水县上任前，因为不好意思显得无知地问费成文，邝放足足思考了三天三夜，才忐忑不安地给清水县政府打了个电话，问需不需要带床单被子什么的。接电话的同志愣了一下才说，什么都不用带，一切都为他准备妥当。对方又说，他们已备好一辆车，问啥时可以去接他。他连忙说，谢谢，不用麻烦，组织部已安排车送他。

他和朱玉还是不放心。出发时，朱玉把牙膏牙刷、漱口盅和一卷卫生纸塞进行李箱。他拖着行李箱、夹着公文包，忐忑不安地上了车。

清水县政府办公室主任和一大帮人早已在县政府大门口恭候多时。多年以后，他还在回味第一次享受列队欢迎的滋味。

挣扎着下了车，他忙去拿行李。办公室主任抢过他的公文包，其他人夺走了他的行李箱。他们好像不是在迎接而是在抢劫。下午3点，他以为要去办公室走马上任，一行人却浩浩荡荡地簇拥着他去了清水宾馆。宾馆的豪包里早就准备了丰盛的酒肉饭菜，为他接风洗尘。

邝放的白酒酒量不足二两，可经不住大家的劝，又是第一次见面，他就强迫自己喝。第二天醒来，他却不知道自己在哪里，直到办公室主任中午来敲他的门。他后来才知道这一百多平方米的三居室是宾馆套房。这套房比他多年后买的新房面积还大，套房里啥都不缺。

随后的几个月，各路人马轮番为他接风，他几乎每天都感到晕乎乎的。有天开会，他突然脸色发白，大汗淋漓，心慌腹痛。他使劲按住肚子，胃痛减轻了，脑袋却针扎般地疼起来。医生诊断为无先兆偏头痛、早期胃溃疡，建议他戒烟戒酒，培养锻炼习惯。他戒了几天酒，烟却从来没有戒过，锻炼更是没时间。他向来认为生命在于不动。他非常欣赏苏轼"静守神、动出精"的思想。

办公室主任发现他确实不胜酒力，给他准备了一大堆海王金樽、速效救心丸、丹参滴丸。费成文还神秘地告诉他千杯不醉的偏方：喝酒前服一指甲盖葛花。葛花就是研成粉末的油菜花，可他至今没有试过。

在去费成文办公室的路上，邝放看到广都市红十字会正在新城公园的激情广场招募志愿者，他抱着试试看的心态挤进人群应征。招募者是位剽悍的中年男人，他问一个小伙子干过啥，小伙子用洪亮的嗓音回答说当过兵。中年男人用拳头向小伙子的胸口擂去，小伙子纹丝不动。中年男人大声道：你跟我们去。轮到邝放时，中年男人瞅他一眼，一拳甩过来，邝放踉跄着退出了人群。

想起每年考核表上对自己的鉴定结果，不是称职就是优秀，他就觉得这是在开玩笑。小王他们个个年轻力壮，热情奔放，无私无畏，拥有一技之长。每个人都有明确分工，每个人都清楚自己要干什么、能干什么。而他邝放，好像不是来救援的，而是来添乱的。他清楚自己只为依倩而来，只为爱情而来。他觉得自己根本不配与他们为伍……

"雷玉山，请回话。"雷玉山的海事卫星电话机突然叫起来。

"我是雷玉山，请讲。"

"请你马上带领橙色救援队赶到纳音镇南面的老虎嘴，那里有一批刚到的救援物资急需卸运分发。"

"好，我们马上赶去。方伟明，向左。"

方伟明立即扳转方向盘，加大油门，汽车倾斜着向左驶去。刚跑了一百多米，突然听到惊叫声："塌方，塌方了……"

一个急刹车，汽车尾部弹起来，又重重地砸在地上。平时蠢头呆脑的石块都活跃起来，冰雹般噼里啪啦地砸在车身上。

邝放一阵晕眩，差点呕吐。

"冲过去。不要停车。"雷玉山大声喊道。

方伟明猛踩油门。汽车轰隆隆地向前飞去。刚飞过去，就发现后面的路没了，一座石山耸立着。大家惊出了一身冷汗。

邝放曾经思考过自己的生命终点：在一项伟大的事业中光荣献身。他为此设定了一个假定条件：有价值的危险。他认为，任何冷死的，热死的，饿死的，愁死的，劳累死的，奋斗死的，花下死的，快乐死的……都无法体现生命的价值。几十年来，他一直在追求危险，可他所遭遇的危险都不足以体现光荣牺牲的价值，所以他至今还活着。就像这次纳音大地震，对广都城区而言，只有险情，没有灾情。他为自己至今还活着罗列了一个又一个充分理由。刚才的危险不算有价值的危险。他不能在光荣牺牲前被毫无价值的危险干掉。刚才的危险虽然不像钻石那样价格不菲，却是实实在在的危险。就像地基里的小石块，松动了他曾经拥护的文学观：作家的善良是作品的灾难。没有比作家对现实更不满的人。生活中人人求平安，可小说里的人物绝对不能平安。小说家必须毫无心肝地把他们置于危险之中，不择手段地把他们逼入绝境，使他们永不安生。这样才能产生问题、矛盾、冲突、故事，才能让小说荡气回肠。他现在才明白，故事就是事故，小说和现实是不同的，小说家和小说人物是有区别的。

自从发现自己有几个文学细胞之后，邝放立志成为一个非现实主义作家。他严格要求自己，即使万不得已，对现实都必须做到有节制地想象。现实是母体，我们只能享受远方、未来和理想。他不反对文学与现实谈情说爱，但绝不允许它们产生浓情蜜意，更不能让它们结婚生子。为了真善美，他要求文学艺术与现实必须保持一千米的距离。这使他跟所有的逍遥派与写实派都不沾边搭调。他也考虑过写英雄、写名人、写大人物，甚至写毒枭、偷天换日的大坏蛋，绝不让普通人闯进自己的小说。可现实变化太快，令人措手不及。昨天还是纵横捭阖的风云人物，今天就成了畏畏缩缩的阶下囚。前天还在宣传某某英勇献身了，明天就发现他在五星级宾馆跟一位美女在床上复活了。半夜里还是英雄，醒来就成了小偷。当了十年的天才，原来还需要代笔、抄袭。呼风唤雨的江神仙是隔壁的王麻子……平凡的小人物，即使活五百岁、三千岁、一万岁，变化都不大，也好把握。随便怎么写他们，都不会惹什么官司、麻烦。他还担心无节制地写下去，人物多了，不能率领他们向沙漠荒岛去殖民，反而可能破坏计生政策。他觉得任何事情都必须分散来写。就像大地震，如果集中写，谁都受不了。

汽车继续颠来倒去，挣扎着在险象环生中一路向前。

透过车窗，邝放看到破败的纳音路上纵横着干枯的枝丫，积满了雨水、泥泞和石块。它们发出龇嘴磨牙的声音，愤怒地反抗着汽车的碾压。

没跑多远，方伟明又是一个急刹车，刺耳的声音几乎把车卷成一块铁饼抛出去。

"怎么回事？"

"前面有个大坑。"

小王跳下车，向前走几步，回头说："路断了，过不去。"

这条路实在太差，走着走着就断了，雷玉山抱怨道。他不知道修这条通往亚诺山寨的旅游环线时，邝放是指挥长。为了尽快修好路，邝放也不知道跑了多少趟市政府、省政府争取资金，开了多少次协调会，喝了多少不想喝的酒，赔了多少不愿笑的笑，得罪了多少人马。从规划设计到建设施工，他尽心尽责，一丝不苟。可这条路还是没有经受住纳音大地震的检验。

望着七翘八拱的路，邝放满心羞愧。

雷玉山叫方伟明把车倒回去，警示后面来的车辆。

"下车。我们走路去。"雷玉山大声道。

雷玉山爬上一块巨石，目测了一下方向，带领大家开始徒步跋涉。

在小弯隧道口，大家停下来。雷玉山查看四周，除了黑黢黢的隧道，再也没有路。他把手一挥，正要冒险带领大家进洞，大地又是一阵抖动，从洞口上方的护坡滚下来无数石块。雷玉山急忙叫大家躲避。邝放本能地抱着头靠向崖壁。石头带着风声擦着他的头皮嗖嗖嗖地飞向谷底。当谷底沉闷的声音像滚到天边的雷声一样消失之后，他们才继续向洞口走去。

阴森森的隧道里全是浓稠的黑暗，不可知的恐怖。邝放打开手压电筒，隧道里才有一点虚弱的光亮。电筒光所及之处，全是狰狞的面孔。在里面躲避地震的蝙蝠，受惊地吱吱乱飞。嗒嗒嗒，滴在他头上、手上的岩石水，像黏乎乎的鲜血。没来得及逃跑的空气，让他窒息。隧道已变成墓道。墓道一直向前延伸着，没有尽头。

在小弯隧道开通后不久，邝放带着邝藏开车经过这里。一进隧道，就感到阵阵凉爽。光滑的洞顶上，望不到头的一溜隧道灯，形成特别的灯光带，在立体圆柱体内呈现出蓝天、白云、彩虹等奇妙景象，仿佛科幻电影。他一踩油门，就穿越了小弯山。回来时，意犹未尽的儿子要他开慢点、再慢点。如果这次能平安回去，他一定告诉儿子，千万别进时光隧道。

胆战心惊地出了隧道，他们又开始爬行。整整五个小时，他们才爬到老虎嘴。一些人在搬运矿泉水、棉衣、方便面、药品，一些人在搭帐篷。邝放忘了疲惫，立即加入忙碌的人群。他暗自高兴，还有这种不需要技术含量的活让他干。

没过多久，邝放就像刚出土的陶俑，全身没有一处干净的地方。雪白的衬衫落满灰尘。锃亮的皮鞋裂开了口子。袜子已经看不出底色。他的脚掌能直接感受到大地的粗粝和寒冷。肩部的夹克磨破了。眼镜上的尘土越积越厚。汗水流了干、干了流，把他的细皮嫩肉和衣服粘成一块。浓密的胡须长得跟头发连在了一起。苍白瘦弱的颧骨脸颊，轮廓分明。他的动作越来越迟缓，神情却越来越坚毅。如果费成文看到此时的邝放，再不敢拿名人圣人伟人来吓唬他。

卸完救援物资，邝放视线模糊，双手僵硬，几乎直不起腰。世界出奇得安静，他只听到自己的耳朵在嗡嗡作响。一个人，要适应另一种身份，确实不易。多年来，邝放苦苦追求与众不同，把别人看作芸芸众生。他现

在在想，如果自己被一块石头击中，被压在一堵墙下，与芸芸众生的感觉
有何不同？如果自己像那些在地震中失去生命的人躺在广场上，又与他们
有什么区别？人与人之间并没有本质差别，可许多人却在为追求那点可怜
的不同而苦苦挣扎。

　　王守园坐下之前递给他一瓶矿泉水。邝放无力地摇摇头。一瓶矿泉水
已解决不了任何问题。

　　邝放挣扎着离开了王守园。他要去找依倩，他的爱被埋在了废墟里。

55

　　亚诺山寨是与白云离得最近的地方。乾隆皇帝曾派一支大军，要彻底征服这个云朵上的民族。土司带领军民与这里的山水碉楼绳桥栈道一起，顽强抵抗。乾隆大军想尽办法，挖地道，围绝水道，用火炮轰炸，始终攻不进去。这让十全武功的乾隆皇帝颜面扫地。一怒之下，他杀了带兵将军。乾隆大军没有把亚诺山寨打下来，地震却在几十秒内毁了它。

　　那栋曾经高傲无比的纳音大酒店只剩下了一颗歪在一边的头颅，它倒下时像一把大刀，突起的一股黑烟消逝了它的光芒。邝放参观过的"总统套房"早已不知去向。镇政府大门消失了。刚立起来不久的纳音牌坊倒塌了。到处都是断垣残壁，碎砖烂瓦，烧焦的木头，变形的钢筋，血迹斑斑的文具盒、书包、作业本、教科书、鞋子、雨伞、帽子、鱼竿、衣服，没来得及处理的猪狗的尸体。好像纳音古镇的房屋、桥梁、道路、学校、商场、酒店、工厂都不达标，纳音大地震不得不前来实施强拆。邝放终于看清了楼房的真面目，它们平时隐藏得那么光鲜结实。如果没有这场地震，他永远也不知道什么叫楼房。要是这里的房子像刘富真的房子一样会飞就好了，再凶残的地震都伤害不了它们。

　　纳音大地震，残酷无情地暴露了人和人的创造物的脆弱，也暴露了这个世界的脆弱。一有风吹草动，世界便分崩离析。碎片，是世界的本相。

　　在一块断裂的预制板旁边，蜷曲着一具不完整的尸体。一条腿从膝盖处被硬生生地扯断，丢在一边。满是伤痕的一只手，像从预制板里爆裂出来的铁条，锈迹斑斑。另一只焦状的手，掌心向上，像要脱离臂膀，歪向身后半残的墙壁。浑浊的血已经凝固。他再也流不出一滴鲜血。

　　一位披头散发的妇女，呜呜咽咽地蜷坐在破碎的地上，抱着刚从废墟里挖出来的女儿，一只手枕着女儿的头，另一只手轻轻地擦着女儿脸上的灰尘血迹，梳理着女儿凌乱的头发。邝放走到母女面前，把身上所有的钱都掏出来，递给那位母亲。他现在唯一能帮助她的就是这点钱了。那位母亲瞥了他一眼，哽咽着说："女儿都死了。我拿钱来有啥用？"邝放把钱放在母亲手边，慢慢离开了。

　　一块巨大的广告牌被拦腰折断。广告牌上的大家伙，龇牙咧嘴地跪在地上，昔日的红光满面被尘土弄得污秽不堪。上面的图像已被撕裂，只剩下一条手臂，有力地指向远方，好像还在唆使人们追求真理。

　　小何和小黄准备了两年，决定到山清水秀的纳音古镇拍婚纱照。他们跋山涉水来到纳音古镇，梦想这里的蓝天白云、青山绿水和古老的碉楼见证他们的甜蜜爱情。在秀水河边拍了一组照片后，他们在没有摄影师指挥的情况下就进入了爱情角色。摄影师深受感染，兴致勃勃地紧随他们来到一栋寨居前。小何和小黄的爱情正闪闪发光，使古老的墙壁熠熠生辉。摄影师不再需要闪光灯和反光板。他用镜头对准墙边的小黄和小何，从不同的角度咔嚓咔嚓地按下快门。小何把小黄揽入怀里，他们越拥越紧，几乎忘了摄影师、围观的人群和整个世界。大地嫉妒得浑身发抖。一股汹涌的泥石流倾泻而来，像滚烫的铁水把他们浇铸在一起。小何和小黄浑然不觉，直到他们去了另一个世界也不知道发生了地震。救援人员将他们从废墟里挖出来时，他们还紧紧地拥抱着。洁白的婚纱已扑满灰尘。小何和小黄已经僵硬，改名叫尸体。救援人员用了种种办法，都无法把他们分开。拥抱的力量是最强大的，没有任何东西能把他们分开。

　　上帝不一定存在，而死神却无处不在。我们不一定是上帝创造的，但死神却能随时随地置我们于死地。只要死神还存在，任何人都不能永生。邝放曾迷恋成功，羡慕那些成功者，现在才觉得，任何成功都是短暂的。在死神面前，人人都是失败者。

　　二十年前没死的人死了，五十年后才死的人也死了。摆放在破碎的纳音广场的尸体，衣衫褴褛，血迹斑斑，睁着扑满尘土的眼睛。他们要向世人证明，死不瞑目这种现象是存在的。更多的人却被埋在地下，早就习惯了地下生活似的站着、躺着、歪着、弯着腰、仰着头，失去了挣扎的欲望，丧失了要到地面呼吸的力气。纳音大地震发生的那一刻，他们瞬间坠入地下世界，不需要棺材，不需要入土之前的任何仪式，不愿看到亲人们悲恸的样子。

多年以后，人们在这里发掘出一大批地球人化石。他们通过一种特殊仪器，听到了凄厉的嚎叫声、惨叫声、尖叫声，还看到了许多青面獠牙的怪物。经过科学鉴定，这就是传说中的地狱所在地。他们为此撰写了轰动一时的考古报告《地下的故事，天上的谎言》。可他们始终没弄明白，这些地球人是被什么定格在同一瞬间，是什么可怕的东西为他们集体定购了死亡时间？

人类历史，总会在某个时刻停滞不前。历史走到此时此地，便开始浑浊、痉挛、抽搐、呐喊。它是巨大的筛子，只做一件事：选择，单方面的选择，没有任何妥协和商量余地。

纳音古镇，已成为历史。

去年秋天的一个下午，为了在广都博物馆感受人世沧桑，邝放伫立在匪夷所思的刑具前，思考着它们跟商场里那些稀奇古怪的玩具的区别，分辨着真实历史与编撰历史的不同。当天晚上，他梦见自己走进房间，坐在老虎凳上，拿起一副血迹斑斑的镣铐，傻呵呵地望着被时间熏黑了的四壁。不做任何解释的历史，就这样冷漠地陈列在博物馆里：鲜血、尸体、无数杀戮工具，不停变化的文字解读、图像说明和声光色影。

人类历史不忍卒读，大自然的历史更加惊心动魄。人造的刑具可怕，大自然的刑具更恐怖。人类发明的何种刑具，堪与地震相比？金钱和权力可以购买一方土地，一片废墟，购买无数死亡，但是，只有地震才是购买死亡和废墟的威武大将军，它喜欢鬼哭狼嚎、血雨腥风、尸横遍野。

面对人类共同的灾难，一切都变得严肃起来。灰蒙蒙的天空，也不再扭捏作态。

望着山河移位、被撕裂的大地和恶臭肮脏的世界，痛苦、沮丧和羞愧就充满了邝放身心，每走一步，他都感到有无数的鞭子抽打着自己。

一路上，他看到了逃跑，感到了悲壮。可地球人的速度连箭都赶不上啊！人类不能只有悲壮，人类应该还有活路啊。

340

小时候的邝放，只觉得死亡的号召力最强大。只要邝家坝有人死了，全村人都会去那里，从始至终，像个不期而来的节日。即使娶媳妇嫁女，也没能把全村男女老少这样全部聚在一起。死去的人静静地躺在堂屋的草席上或者有缝的棺材里，像在睡觉。他跟小朋友远远地看一眼就跑开去各自玩耍。他们唯一害怕的是死人突然从躺着的地方爬起来，像过去一样吆喝他们。

　　邝家坝的人相信轮回，死人能复活、再生。一旦有人死了，所有的亲朋好友都会痛哭流涕，整日整夜地守着。哭不回来的，就请道士前来助阵。道士也没办法使之复活后，大家才一致认为，那人真不想活了。最后请来江吹吹和他的乐队，一路吹吹打打地欢送最后一程。邝家坝的人死后要在家里停十天，还要在敞开的坟墓里待十天，最后才钉上长命钉、封闭墓门。邝师傅做的棺材有一条缝，防止死人复活后没有力气爬出来。小时候听大人讲，邝世云活了321岁，死了十三次，可每次都从棺材里爬了出来。邝世云最后那次死后没被放进棺材，而是被直接送进了火葬场。因为从那年开始，广都市规定，人死后一律实行火葬。于是，邝世云才真的死了。

　　认识费成文之前，邝放的胆子特大，无论白天黑夜，无论江湖森林，即便一个人也敢乱窜乱闯。第一次见到费成文后，邝放莫名其妙地发现了恐惧。离开邝家坝后，他的胆子越来越小，几乎跟一粒草籽差不多。因为胆怯，他尿过几百次裤子。为了练胆量，他试过各种各样的办法都没成功。后来，他发现作家的胆子最大，敢随便谋害总统、囚禁元首、干掉国王、秒杀外星人、摧毁星球，敢叫神仙跟凡人结婚、人跟鬼睡觉，他就想当作家。可写得越多，他的胆子却越小。

　　他最怕黑夜。白天只是表象，夜晚才是本质。在黑夜里，除了睡觉做梦，他几乎没有干过其他事。黑夜不是降临了，而是不知从什么地方坠落了，稍不留意，它们就会掉在他头上，把他砸得头破血流，灰飞烟灭。一到夜晚，他就钻进被窝，从来不敢跨出房门一步。在黑夜里出没的东西，除了星星、月亮和萤火虫，他都感到恐惧。一想到黑夜，他就会看到蝙蝠、蛇、老鼠、盗贼、杀人犯、鬼火、幽魂，以及黑夜浓缩成的乌鸦。他相信一定还有另一个世界，不可知的、神秘的、可怕的世界，一不小心，就会误入其中。他患了恐惧症，连"世上没有恐惧，只有恐惧本身"这句名言也没有把他治好。

六岁时落下的病根，在他的成人世界里枝繁叶茂，开花结果了。他身体里好像有一道自动阀门，恐惧总是出其不意地溜出来，变成人的模样。小时候，他怕鬼；长大后，他怕人。除了书本影视里的鬼，他至今没有看到过一个鬼。而人，从来如影随形。他不明白为什么小时候在黑咕隆咚、虎狼出没的山野里都没有胆怯，而在灯火通明、人群密集的城市里却心惊胆战。

他后来才发现，没有一个人不恐惧，即使是那些杀人不眨眼的恶棍也有恐惧。试图消除恐惧的任何努力都是徒劳。

蓦然看到这么多尸体集中躺在一个地方，邝放确实感到了恐怖。它们不是电视里的影像，不是书本里的传说，不是故事中的虚幻。过去再残酷的天灾人祸，大多是隐藏在故事里的口头传说，或一些简单的文字记载，即使留下痕迹，也隐隐约约，很难触动人心。而此时此刻，他成了传说的一部分。

科技发达了的人类，仍然无法使死人复活。生命是唯一，一旦消失，就不复存在。在地震灾区不到一天，他就深切感受到，无论怎样地活着，都是一种不幸；无论怎样地死去，都是一种幸福。他希望马上下一场暴雪，覆盖那些尸体，把整个世界变成白茫茫一片。

他默默地走过纳音广场，不忍多看一眼那些了无生气的人。泪水模糊了他的视线，将他灰扑扑的脸流得面目全非。他的眼泪不是为自己流，而是为那些素不相识的陌生人流，为同类流，为苍生大地流。他从来没有想到大自然的灾难会如此惊心动魄，残酷无情。他现在才觉得，粗制滥造的爱恨情仇，还不如飘浮在空中无法坠落的尘埃。曾经的所谓痛苦、忧郁、愁闷、焦虑，纯属矫情。他不是到地震灾区来救援的，而是来赎罪的，为爱情赎罪，为他指挥修建的纳音路赎罪，为他不敢直面人生赎罪。

56

死亡，是个毫无真知灼见、注定会实现的伟大预言。死之前，任何人都相信自己不会死。其实，每个人都是被地球囚禁的死囚。每个人一生下来就被判了死缓，开始等死。有的人等的时间长一些，有的人等的时间短一些。我们不知道自己是怎样出生的，但一定知道自己是如何死的。死，只是对活着的人来说才有意义，死了的人从来不知道什么叫死。死人从不谈论死，只有活着的人才会津津乐道。当我们真正弄懂死时，我们已实实在在地死了。生，是我们来到这个世界的一个洞。死，是我们到另一个世界的一扇门。因此，才有那么多人敢对死亡喋喋不休，才有无数的人相信那些死亡之后的转世、来生、轮回、天堂、地狱、极乐世界等胡言乱语。

邝放曾经幻想过自己的无数种死法，正常的死，非正常的死，无声无息的死，惊天动地的死，不明不白的死；他也想过各种原因的死，泰坦尼克号沉船死，飞机失联死，动乱死，灾难死，嫖娼死，赌博死，拆迁死，安乐死，自由斗士凌迟死，跟外星人血战到底死……但他从来没有想过自己会梦死，连"保险手册"都没有收录的一种死法。他一直在思考梦与死的区别。后来才搞清楚。醒来的，就是梦。醒不来的，就是死。

所有的人只有一个目的：活下去，哪怕多活一分钟。

邝放虽然胆小，却并不怕死。世间万物，都是生死较量出的意象。宇宙一直在加速膨胀，因为不断有新能量的加入，这是"人死但未消失"的证据。他相信维特根斯坦对死亡的看法："死亡不是生命的任何事件。它并不是世界中的任何事实。"他相信鲁迅先生"死后"就是"将来"的观点。他觉得，生活就是耐心等待。有的人等不及了，就自杀。有的人不想要他人等死，就成了杀人犯。死亡太模糊。只有耐心等待的人，才会看见死亡的真面孔。

在地震灾区的第二天晚上，邝放迷迷糊糊地梦见自己跌下悬崖，奄奄一息地躺在地上，无数的人蜂拥而至，妻子儿子，兄弟姊妹，朋友同事，还有许多陌生人。他开始以为他们是来看望他，安慰他，悲悼他，拯救他，见他最后一面，跟他做最后的告别，准备为他办一场风光的葬礼。

他感动得几乎要重新活过来。

就在他不知如何感恩时，随着一阵嘈杂的声音，大厨、奋协会长、李董、高要求、谢市长、小红姑娘等蜂拥而来，甚至连医生、科学家都来了。他们有的说要带走邝放继续为其工作，有的则要将邝放带去做生理实验……

必须找个地方把邝放藏起来。邝放千错万错，还不至于被用于解剖研究。可邝放老觉得藏在哪里都不安全。就在他走投无路时，突然看到了母亲。母亲是他一生的依靠。每当他苦闷彷徨时，母亲总是安慰他、鼓励他。母亲不识字，但他能够把母亲的声音变成温暖的文字。母亲虽然理解不了他的那些胡思乱想，但向来无条件地爱他、支持他、帮助他、宽容他。而其他人一看到他的所作所为，总是要唠叨、制止、纠正。

高三暑假的一天，父亲因为他不想学理发手艺不准他再读书。母亲为支持他考大学，第一次跟父亲对着干。那天，他端着饭碗看书入了迷，忘了吃饭。父亲一到家门口就大声地叫邝放。母亲从邝放身边匆忙跑到门口问："啥子事？他在看书呢！"

父亲气冲冲地跨进屋子，看到邝放正在饭桌边看书，就一把扯过他的书摔在地上："吃啥饭？吃书得了。"

"他在看书呢！"母亲生气了。

父亲抓过饭碗，用力摔在地上。母亲要接住饭碗，已经来不及。

"你……"

母亲愤怒地瞪着这个男人，话还没说出口就挨了一记耳光。不知是要去捡饭碗还是要跟父亲拼命，母亲扑向父亲。强壮的父亲一伸手，瘦弱的母亲就倒在了地上。邝放后来才知道，父亲生气，是因为他发现早该收回家的玉米被人偷了。这顿揍本来是属于邝放的，母亲替他挨了一顿打。

"别害怕，有我嘞！"

母亲矮小的身材突然高大起来，有母虎般的威严。

"尸体，是世上最隐蔽的地方，没有任何危险。只要躲在尸体里，谁都找不到你。"

母亲一说完就栽倒在地，成了一具尸体。邝放扑了过去，舒舒服服地躺在尸体里，他感到了安全，所有的一切对他再也构不成威胁。他闭上眼睛，静静地蜷缩在母亲体内，他又成了母亲的儿子。他从母亲怀里离开，最终又回到了母亲怀里。母亲是他的出生地，也是他的最后归宿。母亲用行为向他诠释了"我们从哪里来，到哪里去"的终极命题。

"你装模作样几十年，居然给我装死。邝放，你给我滚出来……"朱玉扬起手掌，狠狠地扇了他一记耳光。

邝放一惊，爬起来就跑。刚跑几步，咚的一声，栽进了纳音大地震震出来的墓穴里。邝放看了看邝放的尸体：蜡黄的脸颊、僵硬的皱纹、干瘪的躯体，散发着越来越浓烈的臭味。他终于知道死亡不是黑色的，而是黄色的，好像煎煳的玉米饼。

他扒拉着他干枯稀疏的头发，掸了掸他的衣服，抹了抹他的脸。他要把自己好好整理一番。他要留给人们最后的美好形象。他的最大理想就是有一个完整而体面的死。他要去见母亲，把自己一点不缺地交给她。母亲把他完整地带到这个世界，他绝不允许任何人、任何事、任何疾病糟蹋他。

无数的蚂蚁蜂拥而来，跟蛆一起在他身上肆无忌惮地爬来爬去。他一点儿也不怀疑蚂蚁蛆虫们的勤劳和贪婪。他只希望它们一下子把他吞噬，连一丝发渣都不留。可这些小家伙像一群训练有素的战士，秩序井然地享用着他。他能养活它们一代又一代的子孙，即使是他还没有被剥光的破衣烂衫也能把它们喂得肥肥胖胖。他体内还没有流尽的泪水已经醉倒了一大片蟑螂。一群调皮的蚂蚁正在商量如何横渡他那几乎干涸的尸水。几只蜗牛在他的肚脐眼上一动不动。蜘蛛在表演杂技。寄生虫蛰伏在他的胳肢窝里，它们试图抬起他的胳膊。它们只喜欢邝放的肉，把他的骨头当作宽阔的马路，把他的头发当成秋千……

人，原来是蛆的养料。

在黑暗里，他清楚地看到他漫长的丑陋变化：颜色越来越暗淡，躯体越来越干瘪，肮脏的恶臭越来越强烈，衣服碎裂，头发一绺绺地飘走，最后只剩下横七竖八的白森森的骨头，一个个深不可测的黑洞。

他羡慕那些英年早逝的人，被死神拽去之前自杀的人。谁也看不到他们被病魔折磨的不堪，被死神吞噬的丑陋。与其让那些小家伙一点一点地啃噬他，还不如把他让给他的同类，他们会像焚尸炉那样瞬间把他彻底消失，绝不剩下一块伤心的碎骨。

邝放终于看到了邝放的死亡。痛苦、痉挛、呻吟、眼泪、绝望与死亡无关，它们都是死之前的事情，都是活着的人所拥有的东西。死亡不是结束，而是新的开始。死亡使他的同类终于弃之而去。他用死亡交换了他们的善良、同情和美德。他死了。他们不再诽谤他，侮辱他，糟蹋他，生吞活剥他。他们异口同声地宣布：我爱邝放。

"死后的名声较为可靠。"

似乎只有死亡，才能净化这个世界。

57

　　纳音古镇分为老区和新区，中间隔着秀水河。地震前，老区和新区泾渭分明。纳音大地震发生后，它们没有了任何区别。歪斜的碉楼蒙满了尘垢。曾让游客兴奋不已的索桥只在记忆里恍惚。千百年来存储在纳音古镇的一切灰飞烟灭。价值连城的瓷器成了一文不值的碎片。青铜宝玉重回地下。能离开的人都走了，没走的不是被埋在废墟里等待救援，就是去了另一个世界。电力完全中断，照明的东西只剩下了眼睛。无数闪电把人们带入了更深的黑暗。

　　纳音古镇已成为死镇、空镇。

　　邝放走了两个多小时，不清楚自己是在新区还是在老区。他真想跳起来，打散乌云，找出太阳月亮星星，哪怕漏出一丝闪电般的天光。可他已没有跳起来的力气。多年前，他就感到自己越来越虚弱。一位警察曾跟他抱怨说，现在的人根本经不住打。还没触到身体，就倒了；还没询问，啥都交代了；一耳刮子就骨折，一吓就疯；一顿饭不吃就低血糖；没空调就感冒，没床就睡不着。不像过去，竹尖戳不出一滴血，三天三夜吊起来打都打不死。所以，他们对犯罪嫌疑人再不敢动手动脚，准备的刑具成了博物馆里用来吓唬人的摆设。

　　帐篷、食品、药品、先进的救援和医疗设备越来越多。邝放能看到的活人也越来越多。他们不是游客，而是需要被拯救的人和拯救人的人。

　　解放军官兵、消防队员、国际国内的志愿者、当地的幸存者和搜救犬不知疲倦地寻找着一息尚存的人，邝放寻找着生死未卜的依情。他们在救生命，邝放在救他的爱情。

被埋在废墟里的一些人，在万众一心的救援中起死回生，可依倩仍然了无踪影。

邝放一见到人就问："亚诺山寨在哪里？""纳音小学在哪里？"可没有一个人能回答他的问题，好像他说的不是人类语言。

邝放总是清晰地听到依倩的呼唤，却始终找不到她。依倩的信还在身上，可他已盲人似的看不清里面的文字。

依倩曾像一股清风吹散了他内心和周边的积云、污浊和臭味。依倩不见了，清风也不来了。惊鸿一瞥的依倩，仅仅勾起了他对美的向往和追逐。即使一波三折的完美结局也只是生活的一种偶然。那些故意涂抹生活的家伙都是在自欺欺人。他不是虚无主义者。他只想做个普通人，不想因为灾难而变得伟大和高尚。

他禁不住问苍天大地：忍受爱的痛苦就是更加痛苦？爱一个人，就是把一个人的痛苦变成两个人的不幸？那些生离死别的爱情考验，到底有多大意义？

他总觉得是自己害了依倩。如果他们在一起，依倩就不会出走，就不会跑到这偏远的地方，就不会遇上地震。如果他们在一起，再大的地震，也不会感到害怕。三天的爱情是个骗局。他跟那些以爱情为借口骗女人上床的家伙有什么区别？难道自己与"邝放，你这个伪君子"里的邝放一点关系都没有？难道那些关于邝放的谣言都是捕风捉影、瞎编乱造……

冷风吹来了暮色。凄雨拉下了天幕。切割机不停发出撕心裂肺的声音。远处的救援机械声在夜里越发恐怖。邝放突然害怕起来。他想到儿子，想到依倩，想到那些认识他的人。他还没立遗嘱，没告诉任何人他去了哪里。如果自己被石头砸死、掉进堰塞湖溺死、被垮塌的泥石流埋葬，那谁都不知道他死在何处，怎么死的。即使有人经过他死去的地方，那时的他也早已尸骨无存。

一丝微弱的呻吟声，从一栋严重倾斜的楼房里传来。

邝放折身进去。楼里阴风嗖嗖，一片漆黑。他打开手压电筒，四处搜寻呻吟声。呻吟声戛然而止。他禁不住打了个激灵。他依稀看出这间房子是一个会议室。地上满是灰尘、木条、碎泥块、电灯泡碎片和不再鲜艳的画片。屋顶和墙壁上的凹洞，仿佛伤疤。

邝放绕过歪倒在地的桌子、凳子，胆战心惊地在屋里搜索。

"救我。救救我……"

邝放又听到了垂死的呻吟声和求救声。

他用手压电筒照向声音来源处，发现一双幽灵般的眼睛。

"救我。我的腿断了。"细若游丝的声音像阳光里的灰尘，不断消失在黑暗里。

那个人趴伏在地，头发凌乱、满脸灰尘，只露出两只充血的眼珠。除了一只手，一颗头，其他部位都被压在一张巨大的会议桌下。邝放放下手压电筒去搬桌子。他使尽全身力气，会议桌像在等人开会似的纹丝不动。

"我马上找人来救你。"邝放安慰那人说。

他把手压电筒放在地上，让微弱的光带给他一缕生的希望。

当邝放带人回来时，眼前却是刚落下炸弹的样子。到处都是石块、残木、断裂的预制板、扭曲的铁条，就是见不到人，好像刚才看见的楼房和进去的屋子根本不存在。他怀疑这里不是他刚来过的地方。

余震正在收集碎砖烂瓦，重新建造大山。

邝放和搜救人员拼命地搬石头。搜救犬累得趴在地上喘气。生命探测器探测到的异状，几分钟后就消失了。足以顶起地球的千斤顶、足以穿透地壳的钢钎都没用。再顽强的生命都有极限。

又饥又渴又冷又累的邝放，实在支撑不住了。只要能睡一会儿，哪怕尸体一样躺在地上也行。当他看到第一具尸体时，又惊又怕。现在，他对死人不再感到恐惧。这与他过去尽量避开活人不无关系。

尸体成了路标，可邝放已无力迈开脚步，他颓然躺倒在两具尸体之间。刚闭上眼睛，他就看到一张死亡证明像一片黑布从天而降。一股血腥味直刺他的鼻子。他猛烈咳嗽起来。咳嗽之力弹起他的腰。一声惊叫，他睁开眼睛。原来，一位武警战士以为他是尸体，把一片染满血迹的布片盖在他脸上。可一盖上，就把他窒息醒了。看到突然坐起来的邝放，武警战士以为死人复活了，吓得转身就跑。

58

　　纳音大地震发生后，王守园一直联系不上家人。他本打算卸完救灾物资后赶回王家坝，看望生死不明的父母，但寻找纳音小学需要向导，他忍住悲痛，带领雷玉山他们一起赶往纳音小学。

　　纳音小学是去年在邝家坝小学原址上扩建的一所希望小学，距纳音镇二十公里。纳音大地震发生时，学校正在上课。强烈的震动，使四层高的教学楼突然下沉两层，校门和两侧的副楼轰然坍塌，师生还没来得及跑出教室，碎裂的亚诺山就像铺天盖地的冰雹，淹没了纳音小学，纳音小学瞬间成了一片废墟。

　　山体滑坡。大地错位。王守园也不清楚纳音小学的具体位置。他们步行绕开滚石、水凼、垮塌的桥，用砍刀尽可能地赶走横七竖八倒在路上的树枝，可找了大半天也没有找到纳音小学。

　　在亚诺山垭口，雷玉山突然发现一处刺目的废墟里有人。

　　"快来救人。有人被埋在这里了。"那人直起身，嘶哑地向山上喊道。

　　喊声未歇，大地突然抖动起来，好像是那喊声引起的余震。山上的石块哗啦啦地追着雷玉山他们滚了下去。废墟还在不停地摇晃，轰轰作响。那人忽然不见了，好像被废墟吞噬了。

　　雷玉山趔趔趄趄地边跑边喊："老乡，快出来，那里危险。"

　　刚到废墟边，余震突然停了，雷玉山又看到了那个人：衣衫褴褛，满面尘土，双手血污。他以为是灾民，没认出那就是邝放。

　　邝放离开小王后，一直在寻找纳音小学。依情在信里说，她在纳音小

350

学当课外辅导老师。纳音小学就是原来的邝家坝小学，邝放的启蒙学校。其实，邝家坝小学早已不存在。它们只是校址在同一个地方而已，其他没有一点相似之处。

邝放以为不用手机导航，凭直觉也能找到纳音小学。可走了大半天，也没发现纳音小学。经过断头崖时，他才觉得纳音小学就在附近。断头崖是他最熟悉的地方，他上小学的必经之地。地震过后，断头崖好像插满了尖刀，越发恐怖。

一只金丝猴坐在一块岩石上，褐色的脸上布满了乱糟糟的忧伤。她一只手搂着幼猴，另一只手缓缓梳理着幼猴的毛发。幼猴一动不动，躺在它母亲温暖的怀里酣睡。

邝放的出现，惊动了母猴。母猴暂停梳理，微微抬起头，瞥了邝放一眼，又低头继续梳理。

纳音大地震发生时，幼猴正在树上玩耍。双手紧握树枝，身子悬垂，像在荡秋千、练单杠。地震瞬间震倒大树。幼猴抓住的树枝咔嚓折断。惊慌的幼猴扑通一声掉在地上。母猴奋力扑过去，可没能接住。母猴抱起奄奄一息的幼猴，纵身跳上一块岩石。

邝放不想惊扰金丝猴母子，慢慢离去。

即使没有发生纳音大地震，这几年的邝家坝也发生着沧桑巨变，邝放记忆里的那些痕迹早已消失殆尽。但他没忘记父亲的话，没忘记嘎拉雪山。他父亲总是说，嘎拉雪山是神山，只要看到嘎拉雪山，就不会迷路。他那时相信，无论在哪里，都能看到嘎拉雪山。他每天上学，就望着嘎拉雪山一直往前走，经过断头崖，半个时辰就到了亚诺山垭口，绕过一座小山头，邝家坝小学就呈现在眼前。邝家坝小学在秀水河边上。邝放和同学喜欢在浅滩戏水、捡石头、捉螃蟹。秀水河水电站建成后，秀水河改道，这里显得更加空旷。

邝放望着嘎拉雪山，终于来到亚诺山垭口。可眼前只是一片刺目的废墟。废墟是地震的素描，是地震狰狞的面孔。纳音小学哪里去了？迁址了、被地震吞噬了、被地震震到了天外？

一只野猫，趴在废墟里的一块石头上，望着远方。

一只大黄狗，像要迎接邝放，挣扎着要从废墟里站起来，却呜呜呜呜地呻吟着倒了下去。它已严重受伤。

邝放又看到了依倩被泪水打湿的目光，他相信这里就是纳音小学，依倩已被埋在里面。

邝放踉踉跄跄地冲进废墟，到处扒拉，好像在废墟里寻找真谛。

雷玉山他们赶来时，邝放还在废墟里拼命捡石头、刨土。不管埋得多深，他都要把依倩从废墟里刨出来。

雷玉山不相信这里是纳音小学。这里连一个学校的影子都没见到。邝放反复说，这是纳音小学，里面埋着学生、老师。雷玉山以为这个灾民受了伤，神志不清，叫王守园一起进去要把他强行扶出废墟。

邝放看到王守园，就一把抓住他的手："我是邝放。我是邝放啊。"

无论是衣着、眼睛、鼻子，还是声音、神态，邝放没有一处可供辨认。王守园动用了自己有限的记忆，完全忽视眼前这个人，才依稀觉得他是邝放。

"我们在鼓楼村见过啊，你不记得了吗？你看，那是嘎啦神山。"

"他是邝放。"王守园向雷玉山保证说。他知道，只有当地人才会把嘎啦雪山视为神山。

"这里就是纳音小学。我从小就在这里读书。地震把学校埋了。我们快把他们救出来。"

雷玉山用海事卫星电话告诉指挥中心，他们找到了纳音小学，急需救援。一批公安民警、武警官兵及民兵应急分队立即赶赴纳音小学，吊车、挖掘机、救护车也随即赶来。

邝放不顾劝阻，继续在废墟里捡石块、刨土。他像移山的愚公，不停地挖呀，刨呀……要把地球掏空似的。他刨出了模糊的校牌。他看到了被污水锈蚀的钢筋。他发现楼板缝中填的不是水泥，而是水泥纸袋。他认出了砖栏杆、直径三十七厘米的三七柱、窄小陡峭的楼梯、像纸糊般贴在墙壁上的大理石面……

雷玉山他们被邝放感动了，没等专业救援队赶到，已齐心协力地挖出教学楼的屋顶，依稀看到缝隙里的教室、课桌。

经过一天一夜不停地挖掘搜救，纳音小学终于现出来了，却没有一个活着的人。救援人员给地下灌氧气，用生命探测器把整个废墟探测了无数遍，都没感知到任何生命迹象。

纳音小学、十二位老师、一百九十六位学生，无一幸免。邝放忍住眼泪，怀着复杂的心情，一一查看挖出来的二百零八具尸体，始终无法确定哪个是依倩。他希望能在这里找到依倩，又希望依倩不在纳音小学。

当大家把最后一具遗体抬上车、所有救援人员离开后，邝放才低着头，慢慢离开废墟。他发誓，就算把地球戳穿，也要找到依倩。

纳音大地震发生后，奋协会长为邝放暗自窃喜。千年难遇的大地震，应该够资格进入他的视野，大地震的碎砖烂瓦、残肢断腿和腥风血雨应该成为他创造 8849 世界的优质原材料。但是，邝放在地震灾区切身感受到了地震，却没有时间创作，也毫无创作念头。

无数飞机、挖掘机、救护车、医生、志愿者、官员、搜救犬都赶不走地震的恐惧，拯救不了被掩埋的生命。"救我，救救我……"整个世界都是可怕的求救声。

邝放鼓起残余的力气，向求救声挪去。一只焦黑的手突然从残壁里伸出来。他惊恐地向侧边躲避，却绊在一条断腿上。像一截被地震震松的墙壁，邝放扑倒在地。尖刀般的剧痛，咔嚓一声把他的灵魂与肉体切割开来。

邝放又一次倒下了，倒在废墟般的大地上。

此时此刻，只有太阳，没有温暖。

第十五章

　　他在汹涌澎湃的大海里挣扎漂泊。就在他筋疲力尽即将沉溺时，突然看到一只木鼓向他飘来。他钻进木鼓，整个世界一下子安静下来。他婴儿般躺在晃晃悠悠的摇篮里。当轰隆隆的鼓声骤然响起时，他钻出木鼓，伸直蜷缩的腰。灿烂的阳光洒满大地。

59

　　纳音大地震发生后的第七天，全国哀悼日。人们在各个地方为纳音大地震的遇难者举行默哀仪式。地震灾区的幸存者在废墟上点燃香蜡，焚烧纸钱，祭奠逝者，希望被埋在地下的人仍在坚持，等待获救；祈祷微弱的烛火点燃无边无际的黑夜，照亮他们的亲人、朋友的回家之路；梦想那些纸钱能让他们的亲人、朋友在另一个世界通行无阻……

　　5 月 19 日 14 时 28 分，全国人民默哀三分钟，汽车、火车、舰船同时鸣笛。鸣——鸣——鸣——沉缓的警报声穿过云层，刀啸剑吟般缭绕苍穹，久久不息。

　　费成文站起身，被警报声惊醒的邝放也想下床。费成文示意他别动。悲厉的警报声穿透邝放紧闭的眼睛，带出了浑浊的泪水。他又看到了依情被泪水打湿的目光。

　　当警报声停息后，邝放跟费成文说，他不清楚自己是怎么从地震灾区出来的，只记得自己摔倒时的最后一点力气是用来闭上眼睛，之后的一切都模模糊糊。可同样的声音、气味、情景总是反复出现。他不知道那些可怕的声音、恐怖的景象、恶心的气味是真实的还是幻觉，自己是在梦里还是在现实中。

　　在地震灾区寻找依情时，邝放多次倒下又爬起来，爬起来又倒下。当最后一次倒下后，他被救援队发现，当成灾民抬上救护车，送到广都医院。看到血迹斑斑的邝放，救援人员以为他受了重伤。医生检查后发现他只是些皮外伤，倒下的主要原因是饥饿，劳累过度。他随后被转到临时

356

镜子背后的女人

医院。

在临时医院的病床上，昏迷的邝放总是梦见依倩……

在广都文学杂志社楼下，邝放坐在车里，专注地盯着楼道口。一阵细碎的脚步声响起，一个人影冉冉隐现，世界瞬间明亮起来。一袭丁香图案的连衣裙，长长的裙摆自然下垂，几乎盖住脚背。棕色的高跟鞋缓缓踏碎漆黑的背景。依倩的脸庞，像镜子一样闪闪发光。一头短发，闪烁着不可思议的美。依倩走过他身旁，并没有停下来，而是继续往前走，走成了一个背影。他不明白依倩为什么走过广都、走进纳音镇都不肯转身。

纳音镇还没有被阳光温暖的空气，冷飕飕的。暗淡的石板路，发出湿漉漉的声音。她相信，只要一直走下去，就会走进阳光，走出温暖。

亚诺湖不大，却能装下大山和天空。湖面波光粼粼，好像堆满了金砖银锭。依倩坐在海边冰凉的石头上，发现倒映其中的嘎啦雪山变得温柔起来。

想起邝放，依倩泪光盈盈，摇摇欲坠……大地被感动了。一声巨响从地底冲天而出，轰隆隆地碾过山脉，湖水细微的波纹瞬间变成巨浪，两座山纠结在一起，轰然合拢又突然分开。纳音大地震再也不想忍受亿万年的囚困和压力，它要呼吸，要自由，要冲破枷锁，海阔天空。可它并不知道，它的一时冲动，殃及了多少无辜的生命。

依倩像只白鹭，被卷进了沸腾的湖水里……

邝放纵身跳下去，把湖水砸出了深不可测的洞穴，洞口像伤口一样很快愈合了。他奋力游过去，一把抓住依倩。一排巨浪打过来，把他们一起掀到了邝家山上。依倩冰冷地躺在地上，紧闭双眼。他不停地呼喊，疯狂地吻她，使劲地摇她。可他只感到大地在动，天空在动。依倩已没有气息，整个世界已没有任何味道。

邝放抱住依倩，放声痛哭。他再也不想放开她，不让她离开自己。此时此刻，只有死在她身边。

突然，依倩挣脱邝放的拥抱，离他而去，仿佛亚诺湖的波光，越来越黯淡，越来越模糊，越来越遥远……

"依倩，依倩……"邝放在病床上七扭八拐地挣扎。

"你怎么啦？"

"我做了个梦……"邝放有气无力地说。他奇怪地望着挂在帐篷沿的电子钟。他被时间惊醒了。时间是一头蒙着眼睛的驴子。

骨折和错位的疼痛恢复了邝放的记忆。目光空洞的他，没有了昔日的灵动。苍白的脸色，像墙壁上的涂料。低沉的情绪，仿佛窗外灰蒙蒙的天空。

费成文又看到他乖顺中隐藏的无助和孤独。

费成文说，这是个临时医院。由于伤员太多，轻伤的只能住在这里。邝放没有答话。他觉得自己并没有受伤，而是房间受伤了，大地受伤了，人类受伤了。

护士离开后，病房里只剩下邝放和费成文。住院期间，只有费成文每天来看他。朱玉带着邝藏去了外地。他曾经的朋友们都冠冕堂皇地躲避地震去了。金导演又去了日本。冷苦漠在画布上琢磨什么颜色才能充分表达地震的狰狞恐怖。诗人绝对零度整天坐在电视机前，面对抗震救灾新闻直播，泪流满面。

费成文把他扶起来，斜躺在床上。

"信，依倩的信……"邝放浑身战栗起来。

"给你。"费成文从邝放的枕头底下把依倩的信抽出来。

邝放一把抓过信，攥在手里。这是他与依倩唯一的联系。收到依倩的信后，他一直贴身带着。为了防止被水打湿，他买了十多个身份证封套，把信一页一页折叠起来装进去，包括那把依倩给他的钥匙。医生救治邝放时，发现他身上只有这两样东西。

"老邝，你要振作起来……地震已经过去……"费成文好像在安慰邝放，又像在安慰自己。纳音大地震后，所有的人都需要安慰。

"老费，有依倩的消息吗？"

"还没有。你放心，她会没事的。"

"这是我昨天晚上重新写的一份辞职报告，你帮我把它交给胡部长……"决定辞职那天，邝放像获得解脱的上钩之鱼，不再纠结那些非如此不可的人事。可他还没来得及交上去就地震了。

"不……"

"你是不是我的兄弟？"

"当然是。但我不会帮你这个忙。你想过后果没有？"

"后果？还有什么后果能够大过地震？你去了地震灾区，就什么都明白了。其实，真正明白地震的人都被埋在了地下，可他们永远无法告诉我们他们的切身感受。"

"我们应该感到欣慰，我们是幸存者。"

"世上没有幸存者。灾难的伤害，无人能幸免。"

"你不要那么悲观……"

"我已决定。你别劝我。"

"过去了的事，再大都不算什么。"

"给我一支烟。"

"你病了，不要抽烟。"

"我没有病。"邝放大吸一口烟，慢慢吐出烟雾，"我过去一直在为自己的所作所为寻找理由和借口，总担心发生什么事，总想阻止什么事的出现。其实，世界上根本就没发生什么事。那些事都是我们的虚构和想象。世界上唯一一发生的事，是我。这个世界本来井然有序、宁静和谐，但是，我出现了。没有我，父母不会争吵，朱玉不会瞧不起所有的人，儿子的成绩不会那么差，依情不会出走，纳音大地震不会发生……"

"你不要老是自责……地震，是天灾……"

邝放的声音干涩得仿佛生了锈。可他依然不停地说，好像要把死前所有的话一口气说完。他沉闷得太久了，睡得太长了，藏得太深了。他需要用声音打破寂静，赶走孤独，使自己清醒。最好的药，是自由说话。

"我们会因为天灾而伤心，更会为人祸而痛苦。如果连这么大的地震都震落不了我们的眼泪，震不开我们的嘴，震不出我们的心里话，那我们真的无可救药了……看来四十还如此，虽至百年亦枉然。陀思妥耶夫斯基说过，活过四十岁，是件可耻的事情。这几天，我在想，四十岁的我到底做了什么，应该做什么，能够做什么？可我还没有做过什么值得记忆的事，就已马齿徒增。现在，我要说我想说的话，做我喜欢做的事。昨天晚上，我终于明白，只有一件事值得我去做：找回依情，找回自己，找回爱情，哪怕用一生的时间……"

邝放突然下床，像要追逐什么似的。他终于明白自己的小说为什么只是片段，因为其中没有依倩。他要用整个余生找到依倩，跟她一起，共同完成一部有头有尾的小说。

"你看，我站起来了。每个人都只有站起来的力量。"

望着站起来的邝放，费成文悲喜交织。为了站起来，人类付出了千百万年的代价。一个人要站起来，也将付出不可估量的牺牲。只要还有站起来的信念和力量，就不是彻底的倒下。

60

邝放揣着费成文给他的一万元现金，悄无声息地离开了临时医院，再次踏上寻找依倩之路。他不想继续躺在病床上被人救治、关心和安慰。任何医生、药物和机器都治不好他。

纳音大地震后，所有的人都在寻找，寻找丢失的亲人、朋友和爱。

邝放相信爱情可以改变生活，改变人生轨迹，改变命运和未来。凡是被爱着的人和爱着人的人，都不会死。他没有死，因为依倩还爱着他。依倩也没有死，因为依倩还被他爱着。

许多地震幸存者和从地震灾区回来的人，都不同程度地患上了心理疾病。治疗能快速治愈肉体疾病，却很难根治心理疾病。官方能准确统计出地震受灾人数，却无法准确统计出心理受灾人数。不少幸存者想起死去的亲人，只恨自己没有像他们的父母兄弟姐妹那样被埋在地下。很多人不是在地震中死的，而是在地震后死的。

邝放不像经历过纳音大地震的有些人那样悲观绝望。他觉得，是纳音大地震把依倩的信送给他，告诉他依倩在哪里；是纳音大地震救了他后半生的命，让他明白了许多人生道理；是纳音大地震让他真正拥有了依倩，拥有了爱情。纳音大地震留下的不只是废墟、死亡、伤害、痛苦，还有大爱、反思、抗争、勇气。纳音大地震过后，他觉得世界更加充满了爱，他相信这种爱会延续到以后的岁月。

邝放义无反顾地沿着邝家坝的方向走去，那是爱的方向。

他不想乘车。他要安步当车，他要徒步寻找，他要一步一个脚印地丈量通向爱的路途。

广都城区基本恢复了昔日景象。神游夜总会的招牌依然闪亮。广都大道更加繁忙。太阳准时升起，黑夜按时降临。到外地躲避地震的人又回到了他们过去的家，回到了曾经的生活状态。茶余饭后关于纳音大地震的话题越来越少。路口"抗震救灾专用通道"的标牌越来越少。街头巷尾关于地震的标语口号越来越少。新闻媒体关于地震的报道越来越少。博客微信里关于地震的感慨越来越少……

一只前途无量的卷毛狗，在激情广场的人群里窜来窜去，像在寻找失踪的主人。它掉转拨浪鼓一样的头，认亲似的向他奔过来，蹲在地上，瞪着两只弹珠样的黄眼睛，呜呜叫唤，好像读过邝放的小说，要跟他交流心得体会。它直立起来，向他伸出前爪，要跟他拥抱，为他表演节目，嗷呜嗷呜地向他证明：自己可以两脚直立，进化成了人。但在邝放看来，它虽然比人还受宠，却永远不会说人话。

一个流浪汉，坐在大理石的广场花台上，两条悬空的腿毫无节奏地摇晃。他把警惕的目光在行人身上滴溜溜地丢来丢去。突然，他的眼睛不动了，一副沉思的模样，仿佛要跟他身旁的雕像比试耐心。他的一根白头发擅自公开了厌倦的表情，他的第三根脚趾在思考如何改革工作方法。从外表来看，无人摸得准他的年龄，也搞不清楚他的性别。他总是不间断地扯头发、抓大腿、挖鼻孔、搔胳肢窝，偶尔偏转头，瞥一下路过的行人，渴望他们向他扔香蕉、花生、面包、糖果和脏兮兮的尊严，像只等待进化的猴子。

邝放直视着摇摇晃晃向他奔来的公交车，还没想好应对措施，公交车就倾斜着身子，从他旁边轰隆而过，嘎吱一声，停在不远处的公交站台上。两个车门哗啦张开，一拨人冲出来，一拨人涌上去。他突然觉得那不是车门，而是两张大嘴；那不是公交车，而是吃人的怪兽。它们在城市里横冲直撞，像地上扭来扭去的火车、地下轰隆隆的地铁，一到站就迫不及待地吐出一群人，吞进一群人，吐出一群人，吞进一群人……一站又一站地吞吞吐吐，直到夜深人静，再也没有人供它吃让它吐，才停下来喘口气。

邝放第一次进城看到有轨电车，吓得躲在黄葛树下不敢出来。觉得那个轰隆隆的庞然大物活像邝家坝的牦牛，被绳子一样的电线捆着、牵着，否则，那东西肯定比疯牛可怕。

广都俱乐部的小门还是那么低调。方安安的领口也低得让某些读者不得不摘下眼镜。苏盈盈担任编导的《感动好人》节目已正式停播。唐师师还不知道，明天凌晨 2 点她就会睡眼蒙眬地接到谢刚谋的电话，同意她做《打官司》的女主角。而此时，她们正在跟拿铁咖啡一起认真研究钱江的去向，最后达成两点共识：她们想尽办法都没打通钱江的电话；钱江的肺有毛病，因为他喜欢自吹自擂。

迎宾大道的桂花树又被砍光了。接替高要求的郑勋刚觉得丛桂街的银杏树又该"换防"了。郑勋刚进一步认为，地球上的花草树木都太普通。为了提高广都人的存在感和城市环境的颜值，他打算弄些更好的花草树木。他相信自己拥有绿化沙漠、天堂和地狱的本事。

邝放觉得，世上再没有比迎宾大道值得怜悯和赞颂的路。这条路常年在实景表演"川剧变脸"，所以应该给它挂满勋章。自从它在这片土地上诞生后，三天两头被开膛破肚、撕心裂肺，比纳音大地震过后的余震还频繁。安装好自来水管道后再被挖开安装天然气管道，安装好天然气管道后再被挖开安装通信电缆，安装好通信电缆后再被挖开安装路灯，整治黑加白，换地砖，经常为它修补、文身、粉面……一到节日，还得更换花草树木。调整城市规划、修地铁、拆建立交桥、开发房地产……都是为了使迎宾大道更加漂亮，迎宾大道的花草树木更加温柔、恬静和善良。贾金强走马上任的第一年，觉得迎宾大道实在太可怜，就在它上面修了个盖子，成了广都市的第一条下穿隧道。不到半年，他认为不能这样把迎宾大道给闷死，必须每年掀开两次盖子，让它透气。而广都人都相信，迎宾大道意志坚定、忍耐力超强，不怕折腾，能够死而复生。

逻各斯对广都市的最新研究成果表明：广都的发展变化与广都大人物的属相惊人一致。大人物比纳音大地震还要厉害。一旦属羊的大人物出现，车祸就特别多，人和车都无瞳似的乱窜。属猴的大人物出现，"屁股指挥脑袋"这句话就开始流行。属龙的大人物出现，广都的高架桥越来越多，楼房越来越高。属马的大人物出现，所有广都人都谨小慎微。属蛇的大人物出现，广都市的首条下穿隧道诞生了，广都地铁也从那年开始修建。属兔的大人物出现，广都市的房地产业最火爆。属鼠的大人物出现，揪出的贪官最多。属鸡的大人物出现，广都市的脏乱差现象特别严重。他在研究报告的结尾处留下了一个悬疑：不知道下一位大人物属啥。

在奋协会长看来，广都人极其卖力地发挥勤劳勇敢的传统美德、一不怕苦二不怕死的时代精神，没完没了地挖掘、拆散、修饰、重组广都，用越来越光鲜的城市摧毁这片沃土，以农耕文明的骄傲出身来赞美城市发展的丰功伟绩。密如蛛网的道路把它分解、割裂、圈禁起来。超速列车呼啸而过。地铁像条终于现出真身的巨龙，昼夜不息地在它心脏里穿梭。忙碌的尘土、汽车尾气、工厂烟雾、广都人呼出的气味、各种垃圾散发出来的味道，集中在广都上空，不把臭氧层戳个窟窿就不肯离去。风起云涌的谣言、微信、手机段子和麻将声使它整天整夜地亢奋沸腾。海量的信息把它逆推回了混沌时代，瞬息万变的大数据几乎把广都人给活埋了。几十年来的广都与其他飞速发展的城市一样，几乎没啥独特的东西使之脱颖而出，在城市林立的时代鹤立鸡群，除了不久之后突然发生的纳音大地震。纳音大地震发生后，广都又持续发生了余震、干旱、洪灾、崩塌和泥石流。无论是土著人还是外地人，谁也分不清广都的过去和现在。广都正处在断裂带上，时刻承受着棒喝鞭笞，天天都有新的痕迹。

回头望见"广都欢迎你"的招牌，邝放才发现自己已走出广都城区。他颇感惊讶，走路比平常开车还快。

这里原是农田，白河弯弯曲曲地流经这片土地。一年四季，水稻、麦苗、油菜花、各种蔬菜在这里不间断地生长。他曾在一棵杨柳树下欣赏过河对岸的芙蓉花，在荷塘周围徘徊，背靠桂花树做过一个梦，梦见自己在竹林里迷路了。后来，这片土地长了一段时间的杂草、果树和绿化树。后来，这里只长房子，成了广都城区的边界。

十年前，鼓楼村被公认为城乡接合部，至今还在城市和乡村之间苦苦挣扎，试图蜕变。在纳音大地震中，鼓楼村比广都城区受损严重，地震后更加凌乱，像个巨大的建筑工地。本来就不坚固的房屋，经过纳音大地震，都成了危房。村民们不敢住在家里，只好在空地上支起帐篷，搭建简易板房。路边、街沿挤满了卖水果、蔬菜、小百货的地摊。车辆比熙熙攘攘的行人还慢。满堂红卤菜馆仍在开门营业，但门可罗雀。

邝放本想去看望夏大爷，但一想到夏月月的话，就绕开了。

在村口的围墙边，邝放多次被围墙上的油漆大字严重警告。"一切入室盗窃犯，一旦抓住，就地正法。"在"本人刚离婚，悲伤中"的鞋店门口，他差点落泪破产。他掏出钱，想请香烟平息被感动了的心情，可一看到挂在墙上用硬纸板做的警示牌就攥着钱没敢出手："我能容忍身材是假的，胸脯是假的，屁股是假的，绝不能容忍钱是假的。"他在裤兜里再次摸了摸钞票上的盲文后才递上钱。杂货铺老板问他买啥时，他正注视着"大奶，￥3.00；二奶，￥6.00。二奶比大奶好喝"的温馨提示，便脱口而出："买二奶。"一接过"二奶"，才发现自己是要买香烟。他不好意思地把"二奶"退给老板，就又买了两包香烟、一个双肩包、一顶简易帐篷、一些饼干和矿泉水。

出了鼓楼村，阳光打脸似的炙热起来。稻谷低垂。田边地角杂草丛生。除了公路上来来往往标着"抗震救灾"字样的车辆，几乎看不到纳音大地震发生过的痕迹。

邝放没上大路，他不想影响那些救命车辆。

走在田间小路上，邝放恍惚觉得自己成了多年前从邝家坝徒步走向广都城区的自己，只是脚步不像过去那么轻快，心情也不像当年充满渴望。

一切都已不重要，除了依倩。依倩是他的生命，他的唯一，他的全部。

他大汗淋漓，满脸通红，周身酸软，却不想停下来。他必须找到依倩。即使走断腿，也要用双手爬到她身边。越接近灾区，他的心情越急迫。

天空布满了疙疙瘩瘩的云层。没有温暖的风卷来卷去。东倒西歪的房屋千疮百孔。坎坷凹凸的道路不知要把人们引向何处。当地幸存者和前来援建的外地人，正夜以继日地清理废墟，重建被纳音大地震摧毁的家园，努力抹去纳音大地震对这片大地和人们的伤害……

夕阳西下。彩霞满天。

忙碌了一整天的一群人把饭桌搬到路边，在一棵麻柳树下，围着一张圆桌吃饭、喝酒。折叠椅插在青草丛里。圆桌下摇曳着不知名的野花。淡淡的月亮糊在天空。隐约可见几颗苍白的星星。竹篱笆上爬满了牵牛花。

大地的每次颤动都不会影响牵牛花的绽放。

吃完饭，一些人坐在草地上抽烟、聊天，一些人打麻将、玩扑克牌。在他们看来，没有比喝一杯酒吃一颗花生米更大的事。一碗蒜苗回锅肉能解决所有的问题。扑克牌背面的图案酷似矢车菊。地震只是一张最小的纸牌方块3，随便拿张牌就可以干掉它。世上最可怕的不是地震，而是对方手里的大王牌。

如果在过去，邝放会鄙视他们。此时此刻，他心里却涌起一股羡慕之情。他终于明白，这片土地上的人们为什么在频繁的灾难中仍然活了下来。他们善于苦中作乐，他们尊奉天人合一，他们坚信"留得青山在，不怕没柴烧"。遭遇任何灾难，先活下来再说，活下来就有希望。悲伤应该像地震，不能持续太久，否则，没被地震震死，也会被悲伤砸死。

一路上，每次看到陌生面孔，邝放都备感亲切。他们是多么坚强、乐观、热爱生活。他们不怕地震。再大的地震，他们都会勇敢地面对它、赶走它。他们生活在地震之中，又生活在地震之外。生活才是最重要的。生活才是真正的信仰。只有真实的生活，才会真实的存在。

地震可以夺走我们的生命，但夺不走我们爱的能力。只要一息尚存，我们就不怕与地震抗争。地震可以摧毁房屋桥梁，却无法摧毁生活、摧毁爱、摧毁世界。

一位黝黑的中年男人邀请邝放喝茶，他摇摇头，一瘸一拐地转身离去。

走过石板路，邝放在一株夹竹桃旁突然闻到一缕米兰幽香。他正要寻找，一位老人叫住他，递给他一根木头拐杖。他接过来，感激地说："谢谢！谢谢！"

在天黑尽前，邝放在一棵远离公路的铁甲松旁支起帐篷。

他感到疲惫不堪，却始终睡不踏实。

过去，他经常躲在旷野背后自得其乐，以为旷野为他挡住了寒风、冰雪、刺目的阳光、厌恶的人和事，为他营造了一个独立自主的王国。他曾在笔记本上写道：躲藏是艺术，是技巧，是智慧，是人的本能。这个世界从来危机四伏，我们随时随地都可能受到伤害。不受伤害的唯一的办法就是躲藏。躲藏是对死亡的抗争，对快乐的向往。躲藏，就是为自己找个安顿身心之处。从先祖用一片树叶遮住下体开始，躲藏就有了原始意义。每个人都在避苦趋乐，寻找躲藏的地方，以求安全、幸福、永生。躲藏，甚过被遮蔽、被抛弃。自古以来，躲藏都不容易。上帝至今仍在躲藏，不肯现身。谁愿意被棒喝鞭笞？谁愿意被车撞死？谁愿意被压在断垣残壁下？谁不想躲在豪车别墅、高楼大厦、温柔富贵乡？人类所有的发明创造和勤奋努力，只有一个目的：更好地躲藏。

纳音大地震发生时，所有的人都在拼命躲藏。可他们能躲到哪里去？在地震中，没有安全的地方。纳音大地震并没有过去。它从来没有离开过我们。它就躲在我们身边，藏在我们脚下，随时都可能突然出现。我们从来就没有离开过地震。我们一直生活在剧烈的震荡里。

旷野只是自己的幻影。写小说只是自己的爱好。躲藏只是他的一厢情愿。它们从来没有为他挡住什么。它们只是一个梦、一个华丽的圈套。他必须走出旷野，走出小说，走出梦，走出所有的躲藏地。他不再通过回避挣扎，把自己撕成碎片。他不再无缘无故地跟自己较劲、作对。他要在光天化日下去爱、去恨、去寻找、去嬉笑怒骂，自由自在，海阔天空。

61

　　5月11日上午，邝宗山正在龙王泉附近放羊，一股浊水突然涌出泉眼，把正在喝泉水的羊群惊得四散奔逃，他好不容易才喝住头羊。回家路上，一条菜花蛇窜出草丛，向他蜿蜒而来。蛇昂起头，蛊惑着幽灵般的眼睛，呼哧呼哧地喷着刺鼻的气息。他正要捡树枝赶走菜花蛇，菜花蛇突然回过头，张开嘴，一口衔住自己的尾巴，在地上扭来盘去，不一会儿便滚下岩坎。蛙声四起，田鼠乱窜。一股冷风袭来，落叶翻飞，遮天蔽日的蚱蜢在空中龙飞凤舞……

　　第二天早上，邝宗山听说龙王泉断流了，暗自惊慌。他小时候听爷爷说，龙王泉直通东海，东海龙王经常从这里进出。龙王泉自古以来就没断流过。他一直相信爷爷的话：龙王泉救醒过三万个癔症病人。周边的蘑菇草救活了死去七个昼夜的邝小强。邝家山的空气是一位不死的老中医，能医治失眠症、抑郁症、狂躁症等疑难杂症。

　　吃过午饭，他独自上山，想去看看龙王泉是不是真的断流了。

　　邝宗山慢慢地爬上断头崖，望着湛蓝的天空、绿油油的青稞苗、远处朦胧的老屋，心里踏实了许多。也许，他昨天看到的浊水、菜花蛇、蚱蜢、田鼠……是自己老眼昏花的缘故，龙王泉并没有断流。

　　他正在犹豫是上山还是下山，大地突然抖动起来，周围响起石头磕磕绊绊的声响。香樟、杜鹃、冷杉、松柏想要离开它们扎根的土地似的，摇摇晃晃。他把一根蒿草当作旗杆，紧攥着一屁股坐在地上，以为头昏病又犯了。他挣扎着站起身。邝家山还在摇晃。他家的老屋却不见了。他以为有人在拆他的房子，趔趔趄趄地向家里赶去。

刚到家门口，最后一堵土墙轰然倒塌，一阵黑色的烟尘模糊了他的双眼。他的家人还在屋里，他们还敢拆他的房子？他冲进废墟，到处找人。

救援队赶来时，他还在废墟里四处扒拉。一位穿制服的年轻救援队员要扶他离开，邝宗山反手给了他一记耳光，怒吼道："混蛋，还我老婆，还我老屋……"

这是邝宗山平生的最大音量，也是邝宗山的最后一次大吼，之后，他的声音越来越小，直到完全消失。

年轻人一下子蒙了，以为老人看到自家老屋倒塌，亲人死亡，悲伤过度，错把他当成了罪魁祸首。

邝宗山的堂弟邝国祥赶来时，邝宗山还在拼命拉扯年轻人，不准救援人员把已死去的老婆孩子抬走。

邝国祥拖开邝宗山："大哥，不是他们拆了你的房子，是地震……"

"不是地震。是强盗。"邝宗山不依不饶地吼道。

几个村民轮番跟他解释，是地震震垮了他的老屋，是地震砸死了他的老婆孩子。邝宗山总不相信，逢人就说："没有地震。地震不会拆我的老屋。是流氓拆了我的老屋。地震不会拆我的老屋。"

从外地打工回来的侄儿邝贵生说："大爷，别闹了，政府正在帮我们建新房子。就在山脚下。那里平坦，不怕地震。"

"我不要新房子。我只要我的老屋。"邝宗山反复唠叨，"我只要我的老屋。我不要新房子……"

所有的人都认为邝宗山疯了。

因为纳音大地震的警醒，邝家坝村民放弃了原来的屋基，选择地势平坦的地方修房造屋，架桥通路。只有邝宗山一直守着老屋，不肯离开。

邝宗山曾是邝家坝的歪人，高大的身材、金鱼眼、大嗓门。他哼一声，牯牛都会被吓得连连后退，断头崖上的石头都会打哆嗦。只要听说邝宗山来了，小孩都不敢哭出声。纳音大地震后，他一夜之间老得只记得自家老屋。他每天拄着拐杖，颤巍巍地在垮塌的老屋周围转悠，喃喃自语："没有地震，没有地震，没有地震……"

一天，邝宗山看到邝放，便"咚"的一声跪在地上，紧紧抓住他的裤脚，声泪俱下："邝县长，你要替我做主啊。强盗拆了我的老屋，还活埋了我的老婆孩子。"

"邝大爷，你起来吧。真不是他们，是地震。"

"不是地震。是流氓拆了我的老屋。"

"我们走吧！邝大爷！"

"不，我不走。"

邝放扶起邝宗山："邝大爷，快离开这里，又地震了。"

"邝三娃，你晓得的，我几十年才修起的老屋，他们啥都不说就拆了啊……你的大娘被砸死了，你的兄弟被砸死了，你的侄女儿们也被砸死了……求求你，邝县长，你要为我做主啊。"

邝宗山的声音嘶哑、凄凉，像刺骨的寒风穿透邝放的耳膜，扎进他的心里。他把邝宗山使劲拖起来，把自己的拐杖塞进他枯枝一样的手里，扶着他一起慢慢离开了废墟。

邝放把邝宗山送到邝贵生的板房里，把双肩包、帐篷和身上所有的钱放在木板床上，转身走了。

在邝放谣言发生的第三天，邝放回老家时还担心无颜见江东父老。让他诧异的是，父老乡亲看到他，还像平常回来时那样热情地跟他打招呼。也许是那些谣言还在广都市区缭绕徘徊，没有传播至此。也许是这里的青山绿水能够屏蔽消解那些污言秽语。

邝宗山瞅了邝放半天，才扯了扯没牙的嘴："邝三娃，你变了。要不是在村里，我都认不得你。"

邝宗山边喝酒边断断续续地告诉邝放：邝直24岁那年秋天的一个早上，他们一起上山打猎，翻过几座山，连一只斑鸠都没打中。邝宗山想回去，邝直不愿意。在断头崖下的树林里，他们走散了。十多天后，邝直回来就说要结婚，而且要把家搬出村子，在遥远的邝家山上造屋。多年以后，邝直在跟邝宗山喝醉酒后才说出那天发生的事情，酒醒后的邝直要邝宗山发誓为他保守秘密。

邝直在追一只野鹿时迷失了方向，浑然不知闯进了亚诺山。那天的亚诺人正在封寨祭祖，不准亚诺人出寨，也不准外面的人进寨。发现擅闯亚诺山寨的邝直后，族长暗喜，这是上天显灵，要他举行多年未有过的人祭

镜子背后的女人

仪式。他咿唔咿呀地指责邝直惊动了他们的祖先神灵，命人把他五花大绑，按祖上规矩杀了祭祀。就在邝直即将成为刀下鬼时，一位美丽的亚诺姑娘站出来说愿意嫁给他。按照亚诺人的规矩，只要有亚诺姑娘愿意嫁给他，就可免死。但是，她从此以后就不能再做亚诺人，也永远不能再回亚诺山寨。那时的亚诺人从不与外族通婚……

望着邝宗山的满脸皱纹和绯红脸颊，邝放恍惚看到了自己真假莫辨的最新版本的身世。如果不是在家乡，不是他从小就熟悉的邝宗山，他会认为这又是一个谣言。可他并没有愤怒、恐惧和痛苦，反而开始对谣言刮目相看。在三天的爱情里，他觉得，谣言就像是他与依情的媒人。谣言拓展了他对自己的认识。谣言让他知道了自己虚虚实实的人生。他好像终于明白父母为什么从来不谈家史，至死都不离开邝家坝。他无数次请父母进城跟自己同住，他们都没答应。他不了解自己的父母，就像我们无法了解历史真相。

为了灾民的安全和生活方便，政府把劫后余生的村民集中在离邝宗山老屋有五里地的村委办公室居住。政府每天送来矿泉水、粮油等生活用品。一批大学生志愿者在这里服务，照顾老人的生活起居。他们特别担心邝宗山，害怕邝宗山又跑去他家老屋。自从邝宗山搬来这里居住后，经常闹着要回老屋。他多次偷跑到老屋废墟周围转悠，每次回来都会生一场病。后来，他每次想溜出去时都被志愿者杨红劝住了。

杨红是广都大学医学院的大一学生，纳音大地震的第二天，她跟十多个同学一起赶到了灾区救援，直到9月1日开学才离开。她本来是个稚气未脱的学生，在地震灾区没几天，一下子成熟了。她做事勤快、干练，不怕脏、不怕累，深受老人喜爱，多次被政府表彰。一天午饭后，杨红像平时一样，进屋查看老人睡午觉，再出来后发现邝宗山又不见了。她屋里屋外找遍了都没找到。

午饭后，邝宗山跟几位老人坐在院坝里抽烟，趁杨红进屋之机，拄着邝放给他的拐杖悄悄离开了。其他老人以为他去上厕所，没理他。

邝宗山一到老屋，便甩掉拐杖，在废墟里捡石块、砖头、木料，把碎砖烂瓦堆放在一起，准备重新建房。路过的邝贵生劝他下山，他始终不理不睬。邝宗山抚摸着被地震震到龙门外的一块屋基石，那是他四十年前建房时费了九牛二虎之力从自留地里挖出来，打磨好，请人抬来安放在这里的。阳光把屋基石照得闪闪发光。他想把它搬回原处，可屋基石纹丝不动。

邝宗山坐在屋基石上，呆呆地望着远方。落日的最后一缕光线在空中消失后，黑夜把邝宗山与屋基石融成了一块。邝宗山再也没有从屋基石上站起来。

杨红和村民一起把邝宗山从屋基石上抬走了。

第二年5月12日凌晨，邝贵生进城买东西，经过邝宗山的老屋基时，突然发现邝宗山的老屋像过去一样矗立着，吓得他赶紧跑回村子，奔走相告。当他跟村民一起赶来时，邝宗山的老屋又成了一片废墟。

多年以后，邝家坝人仍在传说：每年的5月12日那天，邝宗山的老屋就会突然出现。

第十六章

余震不断。世界仍在恍惚。可再也没有人把它们与纳音大地震联系在一起。人们相信，纳音大地震已经永远过去。纳音大地震只在记忆、书本、影视、网络游戏和云端，以大数据和幻影的形式偶尔再现。

62

在寻找路上，依情的身影无处不在。可邝放一喊叫，依情就不见了。邝放一追上去，依情就消失了。邝放梦见他把依情从废墟里刨了出来。依情没有受伤。他们紧紧地拥抱在一起。依情给满身绷带躺在救护车上的邝放系安全带。邝放努力睁开眼睛，发现是一位护士。依情在纳音小学垮塌的教室里等邝放。那里一片黑暗。邝放决定留下来。他不想再回到地面上去。依情清澈的眼睛足以驱逐地下的黑暗。

不管这些是真实的，还是邝放的幻觉或梦，他始终神情坚定，在寻找依情的路上从来没有片刻犹豫和停留。疲惫不堪时，他靠着一块石头或一截残墙休息片刻，醒来后又继续往前走。当有人看到他踽踽独行时，以为是失去家园和亲人的灾民。当他主动搬运衣食棉被时，有人认为他是抗震救灾的志愿者。一旦帮忙搭好帐篷，他马上离开。人们热情地请他吃饭，他也没有拒绝，有时接过一盒方便面，有时接过一瓶矿泉水、一个盒饭。有一天邝放饿昏在地，一场瓢泼大雨淋醒了他，他喝了一肚子雨水后从泥泞里挣扎着爬起来。在一次帮忙建好板房后，一位中年妇女看到他衣衫褴褛，给了他一套衣服和一双布鞋。

最早从地震废墟里爬出来的是小草，它们再次覆盖了土地的荒芜，使世界换上了一副郁郁葱葱的面孔。大自然的自我修复能力比人类强。短短几个月，邝家山就恢复了最初的样子，一片生机勃勃的景象。阳光越来越灿烂，天空越来越湛蓝，河水越来越清澈。被撕裂的大地和山脉在逐渐愈合。花草树木宽恕了曾经的蹂躏。倒下的树再次昂起头，弯曲的树枝上绽出了新芽。青草和藤蔓从岩石和钢筋混凝土的缝隙里碧绿地钻出来，向废墟铺天盖地地爬去。

在一朵芬芳的茉莉花前，邝放突然觉得大自然不是在自我修复而是在用风雨阳光消除地震痕迹，人们不是在重建家园而是在用遗忘和宽容消除地震痕迹，纳音大地震不是为了毁灭而是为了抹去人为的痕迹。眼看地震痕迹在快速消失，邝放着急起来。一旦地震痕迹被彻底抹掉，就再也找不到依倩了。找不到依倩，他的生命就失去了存在价值。

邝放每天都要拿出依倩的信来看，不停地摩挲依倩给他的钥匙。钥匙还在，却找不到要开的锁了。依倩在信里说她喜欢邝家山，一辈子生活在这里也愿意。他觉得，如果纳音大地震发生时，依倩没在纳音小学，就一定在邝家山里。在三天的爱情里，他跟依倩说过，与其说他的家是那几间老屋，还不如说是这片森林。他越来越坚信，依倩就在这里，在他身边，从来没有离开过他。她就藏在清澈的海子里，躲在杜鹃花里，像米兰幽香隐身在空气里。她在跟他捉迷藏。她现在还不肯现身。暂时没找到依倩已不重要，只要知道他们生活在同一个地方，呼吸着相同的空气，他就感到满足。只要保存好依倩的信和钥匙，就能找到她。只要不离开这里，他们终有一天会相遇。

邝放在灾区兜兜转转，对这片土地越来越熟悉。离开老家后，邝家坝地区发生了天翻地覆的变化。无数穿洞爬山的铁路、水泥路、高速路，使他每次回来都会迷路。秀水河水电站的建设，逼秀水河改变了千百年来的河道。森林中长出了别墅。纳音中学建在老河谷边上。农民安置小区闪耀在半山腰上……纳音大地震后，它们全都消失了，一切又恢复了原貌。秀水河又回到了过去的河床上。嘎拉雪山仍然像朵永不飘逝的白云。

金丝猴母子还在断头崖上。

母猴脸色灰暗，毛发枯萎，瘦得皮包骨头，连眼皮都已抬不起来，但她仍然有气无力地抚弄着幼猴的毛发，不相信她的孩子已经死去。

邝放不忍再看下去，转身离开了金丝猴母子。

一只梅花鹿瞥了他一眼，影子似的跑开了。恍惚中，他觉得那是依倩。他拔脚追了过去，越追越远。当再也见不到人后，他迷路了。

当天晚上，他梦见自己攀爬在断头崖上。爬上断头崖，是他从小的梦想。风呼啦呼啦地刮进他的耳朵。斜插崖壁的松树，摇摇欲坠。灿烂的星辰在天空闪耀。他要爬出深渊，每一步都坚定得足以嵌进岩石，踏碎世界。冰雹般的石块，从他的身后纷纷向山下滚落。他已没有手，只有脚，两只脚，四只脚，五只脚……全身都变成了脚。他要登上山顶，把依倩找出来。他要抓住万恶的地震，为所有死难者讨回公道。

大地突然一阵抖动，邝放雄鹰般腾空而起。在他觉得自己即将四分五裂时，发现自己已站在山巅，成了天地之间的黏合剂，顶天立地的巨人。一切都消失了，只有白茫茫的一片。他想到了鸿蒙混沌、开天辟地、宇宙起源、人类命运、生命价值、生与死、肉体与灵魂、男人与女人、人工智能、万有引力与相对论、奇点、大爆炸、暗物质……它们不是哲学的终极命题，而是眼前的现实。他抬头寻天，低首查地。他要寻找颤抖、疼痛和寒冷之外的东西。

他越来越大，山却越来越小，支撑不了他似的摇摇欲倒。一声巨响，山，塌了。地，裂了。他轰然倒下。他呼出的气，变成了春风云雾。流出的眼泪变成了雨水。痛苦的声音变成了雷霆。目光变成了闪电。头变了东山。脚变成了西山。身躯变成了中山。左臂变成了南山。右臂变成了北山。左眼变成了又圆又明亮的太阳。右眼变成了银色的月亮。头发和眉毛变成了天上的星星。肌肉变成了大地的土壤。筋脉变成了道路。四肢变成了崇山峻岭。骨头牙齿变成了埋藏在地下的金银铜铁、玉石宝藏。血液变成了滚滚江河。汗水变成了雨水露水。汗毛变成了花草树木。灵魂变成了鸟兽鱼虫……

他的名字，变成了盘古。

他终于明白，艰难地爬上山顶，就是为了更加彻底地粉身碎骨。

63

多年前的 2 月 2 日上午，风雨交加，一个系着兽皮的亚诺人突然出现在广都市区，被好奇的市民围观，无数手机、照相机、摄像机对着他指手画脚，惊得他蜷缩在墙角不敢动弹。广都人以为发现了一个新物种——亚诺野人。有人主张把他关进动物园的铁笼里。有人愿出天价买下他进行全球巡展。有人想对他进行活体解剖，寻找祖先的痕迹和线索，证实我们与祖先的联系。

那时的亚诺人还处于原始状态。亚诺乡政府采取各种办法和优惠政策，仍然没有一个亚诺人愿意下山进城，去学校读书，住钢筋水泥堆砌的楼房，吃用各种作料搅拌过的食物，使用花花绿绿的钞票。亚诺山寨外的精彩世界，对那时的亚诺人毫无诱惑力。

后来，"亚诺野人"被路过此地的人种学家吴教授带走，送回亚诺山寨。此后不久，亚诺山寨就被确定为大力开发的旅游区。"亚诺野人"迅速销声匿迹。之后的亚诺山里，只有游客、探险家、驴友和为游人表演节目的亚诺人演员。

明白自己身体里流淌着亚诺人血液后，邝放觉得自己是在木鼓声里出生的感觉越来越强烈。他经常听到咚咚咚的擂鼓声从树林、溪水和天空传来。可他在亚诺山里跌跌撞撞地走了好几天，没发现一个亚诺野人，也没看到祭台和庙宇。而大熊猫、金丝猴、扭角羚却越来越多，它们有时从他身边一闪而过，有时驻足好奇地望着他。

一个陌生的海子，澄澈、闪着蓝光，像巨大的镜子。邝放不知道这是地震震出来的新生海子，还是早就存在而没被他发现。亚诺山里有无数的海子，那是大地的眼睛、人类的镜子。只要海子还能看见天空，还能清晰地照映人的面孔，世界就依然美丽。

他慢慢靠近海子，突然看到邝勇在水里挣扎。原来弟弟掉进了海子。他伸手要把弟弟救出来，可手刚触到水，弟弟突然不见了。他望着清澈见底的海子，恍然大悟：失踪的不是邝勇而是邝放。邝勇跑到亚诺山的海子里玩水去了。他要去找他，照顾他，像小时候一样带他去捉萤火虫、刨野地瓜，摘糖梨儿、灯笼泡儿……他要向母亲保证不再欺负他，不再把他弄丢。

一天正午，他突然嗅到一股血腥味，肚子里涌动着要把鸟、松鼠撕扯来吃的冲动。他抓起一块石头向一只飞鸟掷去，没打中飞鸟，就像在办公室里失手把一团废纸扔出垃圾筐外。当他立起身撞到头顶上悬挂的野果时，毫不犹豫地伸手摘下来塞进嘴里。那酸甜的味道让他胃口大开。此后，他就以野果野草果腹，以山泉溪水雨露解渴。曾经在纳音大地震灾区闻到的刺鼻钻心的怪味彻底消失了。漫山遍野弥漫着原始的清香。

刚到亚诺山的那段时间，一丛荆棘就能挡住他的去路，一声响动就能使他停留半天。树枝、蒿草、荆棘和滚石，全都成了可怕的拦路虎。若隐若现的一条条羊肠小道，全都竖起来，随时准备把他摔出去。他经常跌倒，脸、手、腿，像被刮破的衣服一样伤痕累累。

几个月过后，他像小时候一样，耸耸鼻翼就能嗅出花果的香甜酸涩，知道哪些野菜能吃，毒蛇最爱在哪里出没。他灵敏的嗅觉恢复了。他的右脚又能踢出石子的笑声，双手又能让桃树花枝乱颤，斑鸠又开始按他口哨的节奏摇摆尾羽，松鼠又跑到他手掌里吃松子，从树叶上滚下来的风正伴他走在回家的路上。吃饱喝足后，他像一只餍足的猫，半睁半闭着眼睛，慵懒地躺在地上。他的头发胡子越来越长，苍白的脸越来越黝黑，大腿鼓出来的肌肉像鹅卵石一样坚硬，强健的手臂可以击倒任何坏人。

下雪了。满地积雪把天地完美地融在一起。大地松动了，天空柔软得像地毯。他一伸手就触到了天际。他一个人踽踽独行，不知道是白天还是夜晚，不清楚是用脚在大地上行走，还是用头在天空里划动。他只知道自己在不停地走，就像走在波澜起伏的大海，始终无法靠岸。他不再感到寒冷。他纳闷自己怎么会在这里。好像一直在这里，又好像刚到这里。他不知道自己是要从这里开始出发，还是要经过这里。他挪动脚步，只是为了发出咯吱咯吱的声音。他已无法停下来。世界都是一个模样，无论怎么走，都没有走出一步。他停下来像在走，走也像是停。他只是雪世界里的一朵雪花，用放大镜才能看见它的美丽。人生总是从自己出发，无限的大，无限的小；世界也是从自己开始，无限的实，无限的虚，无限的白。一滴晶莹的水珠，从天而降，咚的一声，落在雪地上，发出没有杂质的清脆响声。一瞬间，水珠向四周漾开，淌成了一方水塘，波光潋滟，清澈见底。他低下头，看见了自己的倒影。他把手伸进水里，想去抚摸自己。水塘突然变成了镜子。他捧起镜子，镜子又变成了水塘……

当他以羚羊脱险的姿势从一块岩石上勇敢地跳下去时，突然感到身轻如燕，像在梦中飞翔。他已摆脱自身重量，轻得像曾经的理想。他的身手越来越敏捷矫健，提一口气，万壑千岩如履平地。他感到前所未有的自由和畅快。他终于忘了自己的 QQ 密码、银行卡密码、微信签名。他浑然不觉手机没了，钱包没了，身份证没了，银行卡没了，小说稿没了。没有空调，他也不觉得冷热。没有汽车，他也能四处游走。没有电脑，他也能预知刮风下雨。没有汤酒，他也能顺溜地把嘴里的东西咽进去。曾经在床上才能入睡、食物不熟不吃等习惯荡然无存。曾经在胸中压得他喘不过气的石头没了。无论风吹日晒雨淋，他的头不疼了，失眠症痊愈了。不管是躺在草地上还是靠着树干，他都能酣然入睡。他不知道自己为什么要在山林野地里游走，好像只是为了填饱肚子，睡个好觉。

温暖的阳光千丝万缕地在树林里缭绕。他终于忘了自己姓甚名谁。

他如痴如醉地匍匐在地，嗅芭地草的清香，看蚂蚁们觅食、搬家、筑城堡，专注地望着草丛，那是一个宏大的世界——镜子姑娘与奋协会长正在米兰的幽香里举行婚礼。罗大妈闭着眼睛安静地躺在沙发上。大厨搂着一位头上长草的心爱姑娘。阳富美劈波斩浪，终于登上了碧波荡漾的海岛。福斯卡踽踽独行在不断后退的天涯。镜子背后的女人在瓢虫温暖的怀里悄然醒来。邝放像一只风筝在空中挣扎。邝野从一株狗尾巴草上哧溜下来，坚定地在松软的大地上留下了一串深深浅浅的脚印。邝主任在办公室里不停地扔纸团。邝县长戴着口罩长时间凝望着浓烟滚滚的烟囱。西服领带的邝市长低着头，快步离开主席台。费成文弯腰扛起一粒沉重的芝麻，把它放在保险柜里。钱江跳下豌豆花，又被丝茅草弹到了空中。一条蚯蚓蟒蛇般破土而出，虎虎生风地蜿蜒在木犀草里……

他又看到了金丝猴母子。

风，轻轻撩拨着猴毛。母猴微闭眼睛，一只手搂着已经变形的幼猴，另一只手耷拉在幼猴头上。它们仿佛一座雕像，一动不动。邝放注视了好一会儿，伸手抚摸它们时，才发现它们已经石化。

当天晚上，他做了最后一个梦：

天上下起了瓢泼大雨，所有的堤坝溃决了，四面八方的洪流冲走了一切，广都成了一片汪洋。他在汹涌澎湃的大海里挣扎漂泊。就在他筋疲力尽即将沉溺时，突然看到一只木鼓向他飘来。他钻进木鼓，整个世界一下子安静下来。他婴儿般躺在晃晃悠悠的摇篮里。当轰隆隆的鼓声骤然响起时，他钻出木鼓，伸直蜷缩的腰。灿烂的阳光洒满大地。

64

纳音大地震发生后，广都市政府要求各部门统计上报在纳音大地震中的财产损失情况，受伤、死亡和失踪的人员。

费成文把依倩作为纳音大地震中的失踪人员报了上去。自从他把邝放从依倩身边叫走后，依倩的博客、QQ、微信再也没有更新过。纳音大地震发生以来，他一次又一次地打依倩的手机，始终处于停机状态。他问了所有的同事朋友，他们都说打不通依倩的手机，也不知道依倩在哪里。可有关部门异口同声地否认依倩是纳音大地震的失踪人员。

费成文说，纳音大地震发生后，因情况紧急，临时安排依倩去地震灾区采访，至今没有她的任何消息。相关部门认为，在讲究规矩、程序和法律的年代，费成文口说无凭，必须拿出确凿证据。费成文背着邝放把依倩写给邝放的信复印了一份。他们拿着复印件说，我不否认你们杂志社有位名叫依兮然的编辑，可信里只有邝放、旷野、依倩，并没有"依兮然"。这除了能证明邝放有个情人叫依倩、地震前关于邝放的谣言不是空穴来风外，不能证明啥。费成文说，依兮然就是依倩，依倩是依兮然的笔名。他们就要他拿出依倩就是依兮然、依兮然就是依倩、旷野就是邝放、邝放就是旷野的证据，而费成文一个都拿不出来。费成文现在才发现，试图证明自己的一切努力都是徒劳、可笑、荒诞。

他们最后说，依兮然被确认失踪的时限不够。即使依兮然被确认失踪，也不能被确认是在纳音大地震中的失踪人员，因为没有任何证据证明依兮然是在纳音大地震中失踪的。

望着依倩的母亲和哥哥提着依倩的行李黯然离去的身影，费成文只恨自己是纳音大地震的幸存者。他在当天的博客上写道：这个世界时时刻刻发生着各种各样的灾难，凡是活着的人，都是幸存者。但是，幸存者并不等于没有受伤。

多年后的一天下午，费成文又拿出邝放在地震中写的一首散文诗，这是邝放留给他的最后文字。

哪一段历史，精确到了 22.2 秒？

哪一天，能比 5 月 12 日这天还要沉重？

纳音大地震，一次又一次撞击着我的心灵。

我不想追问地震从何而来，也不愿拷问地震发生的原因和目的。

死去的人不会抱怨，活着的我们无须仇恨。

阳光还在照耀这片大地，温暖着生活在这里的人们。倒塌的房屋以崭新的姿态再次矗立。洁白的格桑花，已变成红色。在霏霏细雨里，我又听到了山谷回荡着嘹亮的歌声。

我们，都是幸存者。

又一次踏上这片土地，我不想再说天崩地裂，也不想再说悲壮血腥。

曾经颤抖的大地已经平静，平静得让我们有机会慢慢讲述一个个故事传奇。

……

我要保持生命的最后姿势。许多年后，我要以化石的身份重见天日。

在阳台上，费成文望着熙来攘往的大石西路，又跟女儿谈起了邝放。

当他最后一次到临时医院看望邝放时，邝放不见了。他打邝放的手机，停机。他问护士医生，谁都不知道邝放去了哪里。之后，费成文一直四处打听，到处寻找，可始终没有再见到他，也没有他的任何信息。他专程去参加纳音大地震周年祭暨纳音大地震遗址博物馆开馆仪式，希望能发现邝放。如果他不幸遇难，就为他献上一束菊花。

在纳音大地震中，邝家坝村死了七百多人，是死亡人数最多的村。广都市政府决定，整体迁建邝家坝村，在原址上修建纳音大地震遗址博物馆。

在凉风细雨中，费成文和满面肃穆的一群人默默地向前挪动。在永远停滞的时钟前，他弯腰把一束菊花放在冰冷的地上。他相信地震已经走远，逝者已经安息。死去的人，不再需要痛苦和希望。一切都会在大地、天空、死亡里终结，一切都会在大地、天空、死亡里重生。他闭上眼睛，双手合拢在胸前。他希望地震没有来过，祈祷地震已经永远消失。

当他睁开眼睛时，突然发现人群里的邝放。只有费成文能认出蓬头垢面、衣衫褴褛的邝放。他在后来的一篇文章里写道，纳音大地震比所有的化妆品、易容术都要管用。

邝放一看见费成文，转身挤出人群。

费成文追过去。他不能再让邝放跑掉，他一定要把邝放带回广都。

邝放头也不回地赤脚向前狂奔，直到断头崖下，才停下来。

费成文追得气喘吁吁，几乎直不起腰，而邝放却气定神闲，像刚散了一会儿步。他们互相凝视着，不认识对方似的。

"我还是跑不过你。"费成文一屁股坐在地上，哀叹道。

邝放站在草地上，没有吱声，好像在观云望月。

费成文看了看四周，说："这是我们小时候第一次分手的地方。你在这里送了我一颗白石，我现在还收藏着呢。"

邝放仍然没有吱声。

"邝放，你坐啊。"

邝放犹豫了一下，盘腿坐在地上。

"你为什么一看到我就跑？"费成文呼出一口气后问道。

邝放还是没有吱声。

"这么久都没有你的音讯，你在干啥？"

"你离开医院，干吗不跟我说一下？"

"你为什么不跟我联系？"

邝放平视前方，好像没听到费成文的话，始终不开口。

邝放的头发几乎全白了。浓密的胡须遮住了大半个脸。如果洗个澡，换身整齐衣服，颇有鹤发童颜的风采。他看费成文的眼睛，一会儿炯炯有神，一会儿暗淡无光。弄得费成文也不知道哪个是真实的邝放，哪个是过去的邝放。

"我一直在找你，朱玉在找你，你儿子在找你，你的很多朋友都在找你，你单位的同事也在找你。"

"找我干吗？"邝放终于开口了。

"你应该回广都。你需要那里，那里也需要你。"

"我不需要那里，那里也不需要我。"

"你就不怕别人笑话？广都真没有值得你留恋的？"

"没有。"

"你不怀念那些同事、同学、朋友？"

"他们还没有死。"

"跟我回家吧？"

"我的家在这里。"

"你不感到孤独吗？"

"这里有明月、清风、星辰、花草、树木、金丝猴……"

"你在这里怎么生活？"

"饿不死的。"

费成文瞥了一眼邝放，感到他有种冷漠的平静。邝放的回答，简短、毫无感情色彩，像在开玩笑，又很认真。眼前的邝放近乎裸体，但费成文一点儿都捉摸不透他的真实想法，他看邝放的表情，就像在看火星表面。

"朱玉怎么办？"

"她有工作。"

"你们还没离婚。"

"两年时间到了，法院会判决。"

"你儿子怎么办？"

"他已经长大。"

"你还没退休啊。"

"我辞职了。"

"谁说你辞职了？谁同意你辞职的？"

"那是他们的事。"

"可你的工作？"

"没有我，世界照常运转，地球一样存在。"

"你不写小说了？"

"小说是什么东西？"

"你绝望了。"

"绝望是什么东西？"

邝放眼里交织着怜悯、忧郁、迷茫、嘲讽、狡黠和无法用言语表达的东西。他一会儿若有所思，一会儿目不转睛，一会儿泰然自若，一会儿满不在乎。无论费成文说啥，他都像没听见。费成文明显感觉到邝放不需要他的同情、哀怜、友谊、爱。他希望他赶快离开。他不属于这里。可费成文仗着跟邝放多年的交情，或者出于拯救邝放的心思，继续劝说。

"你爱依情吗？"

"我在找她。"

"找不到呢？"

"就继续找。"

"你干吗不去广都找，到她的家乡去找？"

"她在这里。"

"如果她没在这里呢？"

"我就在这里等她。"

"如果她死了呢？"

"我也死。"

费成文拽住邝放的胳臂，要把他拖起来。邝放晃了一下身子，仍然盘腿坐在地上。费成文只恨自己不是警察，没有手铐，没有绳索，没有手枪。

"邝放，你知不知道你在干啥？你这样做，对得起依情，对得起你儿子，对得起朱玉，对得起你的朋友，对得起你的人生吗？"

"无所谓。"

"你才四十岁。"

"那又怎样？"

自始至终，都是费成文在提问，邝放作答，或者不吱声。但事情如果没有了断和结果，费成文是绝不会罢休的。他喜欢刨根问底，好像这个世界一清二楚，真能说个明白。事情了断了，又能怎样？谁能说清楚事情的结果是什么？世界不是水落石出，也不是非此即彼。

"邝放，你是个不负责的家伙。"费成文终于发怒了。

"你是个不负责任的家伙。"

"你在众叛亲离。"

"你在众叛亲离。"

"你不可理喻。"

"你不可理喻。"

"你是个混蛋。"

"你是个混蛋。"

"你是个蠢货。"

"你是个蠢货。"

"你是个懦夫。"

"你是个懦夫。"

"我真想杀了你。"

"我真想杀了你。"

费成文过去经常跟邝放对话，但从来没感到如此沉重、难受和恼怒。邝放好像患了语言交流障碍症。费成文在跟山谷对话，听到的都是自己的回声。

"你不觉得这里很美吗？"邝放淡淡地说。

费成文盯着邝放，忽然觉得面前的人不是邝放。邝放没有这么长的头发胡子，没有这么嘶哑的声音，没有这么强壮的身体，没有这么清澈的眼神，没有这么恬静的面容。他越看越觉得他不是邝放。但是，他是谁？费成文的神情恍惚起来。

"你不是邝放？"

"谁说我是邝放？"

"那你是谁？"

"我是我。"

费成文突然想起了什么似的跳起身,大声道:"你是邝勇?"

"但去莫复问,白云无尽时。"

费成文颓然坐在地上,默默地抬头望着深不可测的天空。天上没有太阳,没有云朵,只有一望无际的蓝和在蓝天里翱翔的鹰。在他俩身边有在蓝天里生长的花草树木,在蓝天里的山峰、岩石。慢慢地,天空像被夕阳浸染了,变成绯红。鱼鳞似的云朵井然有序地排在青山顶上,仿佛天际镶的花边。

费成文突然发现断头崖下突兀着一块猴形巨石。一只大猴怀抱着一只小猴。惟妙惟肖的猴头、猴手、猴脚、猴身。猴头上的青草,在阳光里闪烁着金丝的颜色。微风习习,大猴抱着小猴要跃过来的样子。

费成文感到惊奇。他多次来这里,却是第一次看见,好像是刚出现的。后来,他带女儿一家每年都要来这里,一是看风景,二是渴望见到邝放,或者邝勇。亚诺山风景区重新开放后,猴形巨石成了让游客啧啧称奇的一大奇观。

"我过去怎么没发现这块石头?"

"那不是一块石头,是一对金丝猴母子的肉身。"

费成文慢慢起身,向猴形巨石走去,想把它看个仔细。

当他想起邝放时,邝放又不见了。

从此以后,费成文虽然从未放弃过寻找,可再也没有见到过邝放。他现在才觉得,小说、爱情、纳音大地震,包括依倩和他,只是邝放躲避的借口,他真正要躲避的是这个世界。他相信邝放并没有消失,只是隐匿在山水花木里,成了这片大地不可分割的一部分。

"妈妈,外公哭了。"刚上幼儿园的外孙惊叫起来。

费成文使劲眨了几下眼睛,没让眼泪掉下来。

女儿起身从卧室里拿出毛毯,轻轻盖在费成文的膝盖上。

65

　　夏大爷把邝放丢弃的小说稿捡起来，一页页整理好，放在西厢房的书桌上，盼望邝放有一天来拿走。纳音大地震发生后，夏大爷只在梦里看到邝放在西厢房里写作。醒来后，再也没有见过邝放。第三年的5月12日下午2点半，夏大爷颤巍巍地来到院坝中间，把邝放的小说稿点燃烧了。温暖的火光映红了夏大爷的满面皱纹。一缕黑烟笔直地冲向阴沉的天空。风乍起，卷起纸灰，撒向万年青、玫瑰、米兰，有些纸灰越过院墙，飘进了竹林。当地上的纸灰散尽后，夏大妈搀起夏大爷，慢慢回到屋里。

　　逻各斯是土生土长的广都人，有天早上醒来，突然发现广都城区不见了，好像出差到了一个完全陌生的地方。他从小就如数家珍的树木、河流、公园、房屋、街道、桥梁和广都八景不翼而飞。广都城区好像刚诞生，一切都是新的。广都成了没有历史、没有物证的断根城市。他后来才发现，又有人在借地震之机对广都城区进行全面规划建设、拆迁重组。他戴上老花眼镜，不顾余震，开始呕心沥血地用文字、图片、声音、影像记录越来越模糊的广都人事。他决心后半生像考古学家一样，翻遍广都的每一寸土地，把过去的所有存在整理出来，使广都久远的痕迹能像化石一样重见天日。

　　廖江为了敲定最后见报的灾后重建数据，又在孜孜不倦地协调十个阿拉伯数字。钱江正在策划筹备第101届世界选美大赛。白发苍苍的贾金强在监狱的绣花台上飞针走线，小心翼翼地编织他的余生。他曾在广都市烙下的辉煌印迹早已消失殆尽。广都人彻底忘记了全面硬化广都的"大洋方案"。商智勇写了一部关于纳音大地震的非虚构小说，费成文收藏了不少惊心动魄的纳音大地震遗物。当李董再次成功地弄死一只不识好歹的苍蝇时，费成文梦见邝放在断头崖上架起一口铁锅，不停地给锅里加水，往锅底添柴。可锅里的破铜烂铁硬邦邦的，始终粘不成一块。月圆之时，邝放又往锅里放了几颗石头，发誓非把它们煮化不可。

余震不断。世界仍在恍惚。可再也没有人把它们与纳音大地震联系在一起。人们相信，纳音大地震已经永远过去。纳音大地震只在记忆、书本、影视、网络游戏和云端，以大数据和幻影的形式偶尔再现。

在雾霾再次侵袭广都的一天早晨，一位陌生人穿云破雾，来到广都城区，四处打听邝放，使不少人蓦然联想起纳音大地震。

陌生人一一拜访了三百六十五位名叫邝放的男女老少，发现他们都不是他要寻找的邝放。陌生人拿着官方公布的地震死亡名单，反复研究，认为在地震中死去的三十九位邝放，也不是他要找的邝放。有人说，邝放在纳音大地震中没能撑住坍塌的邝家山被活埋了。有人说邝放被飞石砸得面目全非埋进了万人坑。有人说，邝放陷入网络世界出不来了。有人说邝放跟他创造的小说人物一块儿生活去了。有人说邝放跟着刘富真去寻找会飞的房子去了。有人说邝放离婚后辞了职，挽着依情在黄昏里不知去向。还有人有鼻子有眼地说，邝放在办公室里留下一个抽屉和一封遗书，但没人敢打开。邝放给抽屉设置了密码，施了魔咒，装满了预言谶语。他们据此认为，邝放就躲在抽屉里。这些猜测、妄想和斩钉截铁的说辞，只想说明邝放的全部意义在于其不确定性。

对邝放的去向和结局虽然众说纷纭，大家却有一个共识：不论谁说邝放怎么样了，都有人相信，但没有一个人相信邝放会为爱情自杀，因为在广都，迄今还没有发生过一起为了爱情的自杀事件。

为了躲避陌生人可怕的眼光，所有的广都人异口同声地说，陌生人要找的邝放不存在。广都地方办常务副主任不叫邝放。朱玉的老公不叫邝放。邝藏的父亲不叫邝放。邝直的儿子不叫邝放。费成文没有一个朋友叫邝放。钱江没有一个同学叫邝放。邝家坝小学、广都中学、广都大学都没有名叫邝放的学生的档案。家院国际酒店、神游夜总会、广都俱乐部从来没有接待过名叫邝放的人。广都市网管办认真核查，网名叫"镜子背后的女人"的人不是邝放。费成文赌咒发誓说，旷野的原名不是邝放。广都市公安局再次证实，广都没有一个叫依倩的人，也没有办过依兮然的暂住证。后来有人说，纳音镇小学有位新来的老师叫依倩。又有人说，三娥庙里有位美丽的慧尼师傅，出家前的俗名叫依兮然……十年后的5月12日，六百多名地震孤苦孩子聚在广都安康家园，他们热泪盈眶地围着他们的老师依倩，异口同声地说："我们长大了！"

陌生人坚持认为，邝放肯定存在。他继续在广都市梦游般地四处游荡，逢人就打听邝放，几乎成了一道流动的风景。冷苦漠认为，陌生人只是个失忆症患者，不是在找邝放，而是在寻找忘却的家、丢失的身份和亲人，他呆滞的眼神是最好的绘画题材。

后来，陌生人一看到人就说是邝放。再后来，陌生人碰到一棵树说是邝放，看到一朵花说是邝放，还向一只狗大喊邝放，仰头把一只鹦鹉叫邝放。最后，陌生人干脆宣布，所有的广都人和所有的花草树木、猪狗牛羊都是邝放。

陌生人的言行激起了广都人的愤怒。他们越来越忍受不了陌生人的胡言乱语，想方设法要把他赶走。可陌生人活死人似的阴魂不散，不是在今天出现，就是在明天出现；不是在大街上溜达，就是在网络里瞎逛。忍无可忍的广都人认为，这一切的罪魁祸首是邝放，邝放是个不祥之词。他们强烈要求把邝放从地球系统里彻底删除。

一场轰轰烈烈的铲字除名活动随即展开。有人认为，无须再用汉语跟几千年前的祖先对话，极力主张简化汉字，只保留偏旁部首。有人倡议汉字拼音化、字母化、全球化……还有人不甘心，疯狂地提出消灭汉字。三百六十五位名叫邝放的人，集体到公安局改了名换了姓。三十九位在纳音地震中死去的邝放在死亡名单里下落不明。一位名叫邝放的高新企业家宣布破产。一位名叫邝放的作家的书全部下架。一位名叫邝放的高官被判处无期徒刑。与邝放有关的所有信息都被广都市的报刊书籍、组织机构、档案馆、网络主机、服务器永远删除。广都人在不得不使用"邝""放"两个字时，就用英文字母K、F代替。逻各斯受命整理广都市的所有文献资料，用K、F替换了全部的"邝""放"。广都人又发明了一个新词：KF。

纳音大地震发生后的第二年，魏主任和一支红色铅笔达成共识：纳音大地震已严重破坏了广都地区的地质结构，影响了广都地区的区域规划，必须立即进行行政区域大调整。广都市随即被改名为天益新区。清水县、纳音镇、邝家山、亚诺山、三娥山也被改了名字。广都市、清水县、纳音镇、邝家山、亚诺山、三娥山……全都消失了。

为了庆祝天益新区和 KF 新词的诞生，天益新区接二连三地举办了一系列宣传活动。天益新区人异口同声地宣布：地球上根本就没有出现过广都市、清水县、纳音镇、鼓楼村、邝家坝、鹿溪河、邝家山、亚诺山、三娥山，也没有发生过纳音大地震。邝放只是陌生人的疯言疯语。依倩是小说家虚构的人物，与安康家园的老师依倩同名同姓。纳音大地震遗址博物馆只是为了拍摄电影、电视剧、纪录片、宣传片而建的影视基地。曾经拉响的地震警报是演习。曾经失踪的人都回来了。曾经死去的人都复活了。

月掩轩辕十四那天黄昏，在纳音大地震遗址博物馆前面的广场上，已在这里拍摄电影《大地震》三天的金导演，装模作样地跷着二郎腿、叼着一支烟、严肃地歪坐在监视器后面的椅子上。他那草绿色的鸭舌帽也没能为他苍白的倭瓜脸增添一丝光彩，紧闭的紫色双唇却暴露了他满口黢黑嵯峨的牙齿。在他挥手之前，世界一片安静。突然，他把烟蒂像鼻涕一样用力甩在地上，一缕微弱的火星点燃了大地，轰隆一声巨响，天地之间狂风大作，飞沙走石，鬼哭狼嚎，除了惊慌失措的演员，其他人都气定神闲地望着山崩地裂，桥垮屋塌，人死物伤。突然，暴雨如注，倾盆而下。场记连忙后退，抱怨雨水洒错了地方，打湿了他的的文件夹。他打算晚饭时，狠狠地灌造景师三杯鬼酒。又是一声巨响，一波泥石流滚滚而来，灯光骤灭，摄像机的摇臂哐啷折断，纳音大地震遗址博物馆整个倒向广场。等金导演他们明白是真的发生地震时，已被彻底淹没，包括所有的观众、演职人员、设施设备，以及电影摄制组在这里疯狂制造的烽烟、雾霾、眼泪、呻吟、嚎叫、阳光、鲜血、大咖、小鲜肉、豪车、地震和爱情。与此同时，陌生人突然被黄色雾霾吞没，那个传说中的抽屉也不翼而飞。不管你愿不愿意，努不努力，一切都是彻底消失之前的瞬间存在。

2011 年 12 月初稿

2012 年 12 月定稿

2018 年 2 月修改

后记

　　当我把这部书稿交给浙江工商大学出版社时，举世震惊的汶川大地震已经过去近十年。当年的孩子已经长大成人，曾经的废墟早已变成美丽的旅游小镇。我时常惊诧于大自然的自我修复能力，人类面对灾难时积极的生活态度、强大的精神力量和自救能力、重建能力。汶川大地震过后不久，我就自然而然地写下第一行字，没有构思，没有提纲，没有书名，没有目的，只有一股强烈的冲动，想写些与地震有关的文字。因此，我给这本虚构小说安了个虚构的背景：纳音大地震。

　　就某种意义上而言，人类历史，就是一部灾难史。每一次灾难，都是一块沉重的警示碑。地震、海啸、火山爆发等大自然的灾难一旦降临，没有谁能阻止，也没有谁能置身事外，那是整个人类面临的共同危机。危机是一面镜子，冷静地观察着我们的行为。然而，真正可怕的并不是大自然的灾难，而是人为的灾难。最可悲的是，人祸与天灾"同谋"。但我相信，任何灾难都无法摧毁一切，总有一些人为的东西在灾难中依然坚挺，否则，人类不可能经历那么多灾难后繁衍至今。我们在灾难中毁灭，也在灾难中重生、成长。灾难过后，最重要的是我们能不能有所警悟。也许，这是灾难唯一的正面启示。

　　灾难，是现实生活的组成部分。现实，是我们存在的证据。无论是谁，都无法选择自己所处的时代，我们唯有与这个时代创建联系，成为它脉搏上的一缕颤音，我们短暂而匆促的生命才有意义。因此，我一开始就决定写现实题材的小说。作家与现实无法完全割裂，但文艺创作必须与现实保持适当的距离，这个距离不是物理距离，而是艺术距离，一道由逻辑、修辞、意象、隐喻和创新、发现编织的篱笆。我不想用文字简单地复制生活，我只想努力用我自己的方式去重构现实。我不希望小说一旦触及现实，特别是大地震这样的灾难，就变得一本正经、畏首畏尾，那无异于制造了另一重灾难。即使走入绝境，保持幽默感，葆有诗意，坚守爱和梦想，永远是我们热爱生活的最好方式。

写作让我们与世界有了更多、更深刻的联系。文学的魅力在于其创造性和不确定性。我喜欢介入性写作，也就是情感投入。我不想故意逃避现实，遗忘人的存在。现实中的个体生命如此脆弱而渺小，但人类历史却无法回避这些渺小而转瞬即逝的个体。现代社会的发展变化往往让人猝不及防，我们短暂的一生不是被腰斩，而是像打碎的玻璃，许多人忍着疼痛，一直在满地玻璃渣中寻找自己。一粒玻璃渣映照的永远只是世界的微小部分。我没有给读者一面完整的镜子，我将镜子切割成无数的多棱镜、哈哈镜、显微镜……唯有如此，才能真正映照出我们真实的心灵世界，映照出世界的真实面目。

世上比镜子可爱又可怕的东西不多。八千年前，就出现了用黑曜石制造的镜子。镜子的主要用途是整理仪容，为了美，但镜子的发明者却是一位丑女，黄帝的第四妻室嫫母。即使现在，镜子仍然是许多女人身上必不可少的东西。镜子既表象虚幻，又实在真实，几乎就是另一个自己。在东西方的神话故事、民间传说和文艺作品里，镜子大多带有一股"邪气"。它是巫师、神汉、妖魔鬼怪必不可少的道具，或者武器。镜子，除了实用外，颇具象征意义。一个揽镜自照的女人，自有一番迷人的风韵，而隐在镜子背后的女人更像一个谜语。

时间会锈蚀一切，也会重塑一切。我最想做的，是在锈蚀与重塑之间，找到那条缝隙，并弥合它，让它作为一个独立的世界而存在。写灾难，难免沉闷、灰暗，就像一个冗长、艰涩、疲惫的噩梦。但合上书页、从梦魇中醒来，再看到阳光、蓝天、白云，哪怕生活中最平常的事物，都会觉得如此美好，值得珍惜。任何人都不愿意遭遇灾难。我只想向灾难告别，以《镜子背后的女人》来诠释我告别的意义。

2012年上半年，我就写完了这部小说。值此春光明媚之际，这部小说得以出版面世，我要感谢虞锦贵、孙侃等好友的热心帮助，感谢孙侃先生拨冗作序、赵振元先生题写书名，感谢浙江工商大学出版社的鲍观明社长、郑建副总编、唐红编辑为之付出的辛劳……还要感谢经常鼓励我写作的一些好友。

毛国聪

2018年2月19日

镜子背后的女人